GENA SHOWALTER
Amanecer en llamas

Editado por Harlequin Ibérica.
Una división de HarperCollins Ibérica, S.A.
Núñez de Balboa, 56
28001 Madrid

© 2014 Gena Showalter
© 2015 Harlequin Ibérica, S.A.
Amanecer en llamas, n.° 76 - 1.2.15
Título original: Burning Dawn
Publicada originalmente por HQN™ Books

Todos los derechos están reservados incluidos los de reproducción, total o parcial. Esta edición ha sido publicada con autorización de Harlequin Books S.A.
Esta es una obra de ficción. Nombres, caracteres, lugares, y situaciones son producto de la imaginación del autor o son utilizados ficticiamente, y cualquier parecido con personas, vivas o muertas, establecimientos de negocios (comerciales), hechos o situaciones son pura coincidencia.
® Harlequin, HQN y logotipo Harlequin son marcas registradas por Harlequin Enterprises Limited.
® y ™ son marcas registradas por Harlequin Enterprises Limited y sus filiales, utilizadas con licencia. Las marcas que lleven ® están registradas en la Oficina Española de Patentes y Marcas y en otros países.
Imagen de cubierta utilizada con permiso de Harlequin Enterprises Limited. Todos los derechos están reservados.

I.S.B.N.: 978-84-687-5622-6
Depósito legal: M-30444-2014

Para Jill Monroe. Eres asombrosa. Te mereces lo mejor. Por eso yo estoy tanto tiempo contigo. (Sí, he conseguido centrar toda la admiración en mí. Soy así de habilidosa).

Para Emily Ohanjanians. Tú siempre vas más allá del deber, y yo siempre te lo agradeceré.

Para Kathleen Oudit, Tara Scarcello, Glenn Mackay y Alan Davey. Me habéis dado la portada de mis sueños, de mis sueños más dulces y sexies. ¡Gracias!

Para Craig Swinwood, Loriana Sacilotto, Brent Lewis, Christina Clifford, Stacy Widdrington, Diana Wong, Ana Luxton, Amy Jones, Melissa Anthony, Erin Craig, Michelle Renaud, Margaret Marbury, Susan Swinwood, Natashya Wilson, Emily Martin, Don Lucey, Lisa Wray, Aideen O'Leary-Chung, Larissa Walker, Arista Guptar, Reka Rubin, Jayne Hoogenberk, Kate Studer y Chris Makimoto (y Emili O, por supuesto, ¡tú te llevas doble!). ¡Formáis un equipo magnífico, y soy muy afortunada por teneros conmigo!

Para Deidre Knight y Jia Gayles. Creo que vuestros apellidos son Trabajo Duro y Dedicación. ¡Gracias!

Capítulo 1

Él vivía para el sexo. Respiraba sexo. Comía sexo. Él era sexo.

Tal vez aquel fuera su nombre.

No. Así no era como ella lo llamaba. Ella; su corazón. Su razón de ser.

Ella le rodeaba la cintura con las piernas, atrapaba su longitud dolorida en su cuerpo hambriento y decía:

–Mi esclavo me necesita más que el aire que respira, ¿verdad?

«Mi Esclavo». Sí. Ese era su nombre.

Mi Esclavo necesitaba a su mujer. La deseaba más que el agua para beber, y tenía que poseerla.

Solo ella podía saciarlo. No podía vivir sin su olor a humo y sueños... ummm. Ni sin su calor, parecido al del sol, ni sin sus feroces garras. Qué profundamente se le clavaban aquellas pequeñas dagas en el pecho. Y sus colmillos, que apenas asomaban por debajo de su labio... de qué manera tan deliciosa le mordían la vena del cuello.

Era perfecta, y solo cuando ella estaba con él y su cuerpo fuerte daba y recibía placer, conseguía satisfacer aquella hambre que lo corroía por dentro.

Tenía que poseerla...

Sin embargo, al mirar a su alrededor, se dio cuenta de que ella no estaba con él. Intentó levantarse de la cama, pero tenía las muñecas y los tobillos atados de nuevo. En aquella ocasión, las ataduras no eran una cuerda... el material era demasiado frío y demasiado duro. ¿Acero? No se molestó en mirar.

Problema. Solución. Mi Esclavo apretó los dientes y tiró con su considerable fuerza. La piel se le rasgó, los músculos se le desgarraron, los huesos se le partieron. Dolor. Libertad. Sonrió; su mujer estaba ahí fuera, y él iba a encontrarla muy pronto. Tenía que penetrar en su cuerpo, una y otra vez, y aplacar el hambre que sentía por ella.

Nadie ni nada podría detenerlo.

—Se ha soltado otra vez —gruñó alguien.

Elin Vale había estado en la laguna, lavando ropa y soñando con magdalenas de caramelo y brownies... y, oh, oh, con galletas de mantequilla de cacahuete. Salió del agua cálida, avanzando con dificultad, y notó que la hierba dura que cubría la orilla de aquel maravilloso oasis del Sahel le pinchaba en la palma de los pies. El sol abrasador bañaba las dunas doradas, y ella buscó refugio en la sombra de las palmeras. Allí corría una brisa suave, aunque polvorienta.

Por lo menos, había un aspecto positivo: podía darse un baño diario, y eso significaba que su piel pecosa siempre estaba brillante.

Ojalá pudiera conseguir el resto de sus metas con tanta facilidad. La primera, escapar de los guerreros fénix que la tenían cautiva. La segunda, ganar dinero. La tercera, abrir una pastelería. Allí vendería postres tan buenos como para causar orgasmos... Salvo las galletas de mantequilla de cacahuete, porque se las comería ella misma.

La vida sería maravillosa. Haría lo que quisiera y comería lo que quisiera. El único obstáculo era que aún no había conseguido su primera meta. Los fénix eran seres inmortales que tenían la capacidad de quedar reducidos a cenizas al morir, y resurgir de esas cenizas. Después de su resurrección, eran más fuertes que antes. Eran despiadados e, irónicamente, muy fríos. Disfrutaban saqueando y matando.

Elin había sufrido en persona su brutalidad, hacía un año, y los recuerdos todavía eran lo suficientemente vívidos como para que se desmoronara. Eran unos recuerdos que no podía contener: su padre, decapitado, y Bay, con el pecho atravesado por una espada, gimiendo de dolor en el suelo. Después, el silencio. Un silencio horrible.

Sintió náuseas.

—¡Atrapadlo!

Aquel grito frenético fue una distracción muy oportuna. Se agarró a aquella tabla de salvación y miró a su alrededor.

Vaya. Era magnífico.

Como, supuestamente, era una descarada irrespetuosa, se había pasado las dos últimas semanas metida en un agujero oscuro y húmedo, y no había podido ver al nuevo prisionero. Según todas las mujeres del pueblo, «merecía la pena perder un imperio entero con tal de poseerlo».

Y, por primera vez, estaba de acuerdo con sus carceleras. El esclavo inmortal de la princesa era un dios entre los hombres.

Caminaba por la arena apartando soldados como si fueran animales disecados, pese a que tenía los tobillos y las muñecas en carne viva.

Tenía una expresión oscura, terrorífica; Instintivamente, ella bajó la vista.

Oh, vaya. Tenía una enorme erección. No había manera de ocultarla bajo el taparrabos de cuero que llevaba.

Ella se quedó sin respiración al ver, a medida que se levantaba la tela, un brillo plateado. ¡Llevaba un *piercing*! En el extremo del miembro viril tenía una barra larga, de plata.

Le flaquearon las rodillas.

Sin embargo, tenía que contenerse. No podía seguir devorando al inmortal con los ojos, porque tener pensamientos lujuriosos con el esclavo de otra mujer era un crimen castigado con la muerte.

Por ese motivo iba a apartar la vista... dentro de un segundo. Solo necesitaba echarle un último vistazo. Medía unos dos metros y tenía una musculatura poderosa, como correspondía a un ángel guerrero de varios siglos de edad. Sin embargo, lo verdaderamente asombroso eran sus alas, cubiertas de plumas de color nácar, con reflejos dorados, luminosas, que se arqueaban detrás de sus hombros anchos y bronceados.

Sin embargo, según los susurros y las risitas que había oído sobre aquel esclavo, no era realmente un ángel, y llamarle así habría sido casi un insulto, puesto que los ángeles ocupaban un puesto inferior en el escalafón celestial. Él era un Enviado. Era un hijo adoptivo del Más Alto, el dirigente del reino más importante de los cielos.

Los Enviados eran exploradores expertos y asesinos implacables de demonios. Eran defensores de los débiles e indefensos. Eran sinceros hasta el extremo de la brutalidad. Y, sí, también eran impresionantes.

No obstante, aquel Enviado tenía otros rasgos diferentes: era un demente frío y calculador. Decían de él que se reía al matar a sus enemigos... y que se reía al matar a sus amigos.

Pero... eso no podía ser cierto. Era demasiado guapo como para ser tan cruel.

¿Un poco frívola?

¿Y qué? Las mentes se volvían muy benevolentes cuando los cuerpos estaban hambrientos.

Según los rumores, él formaba parte del Ejército de la Desgracia, una de las siete fuerzas de defensa del Más Alto. Seis de esos grupos eran admirados y respetados, pero el Ejército de la Desgracia, no. Estaba formado por unos veinte mercenarios salvajes e indomables, hombres y mujeres, que corrían el peligro de perder su hogar, sus alas y su inmortalidad si cometían otro crimen. En otras palabras, de ser expulsados de los cielos por su inaceptable comportamiento.

Y había más. El jefe directo de los Enviados, Germanus, que estaba directamente por debajo del Más Alto, había sido asesinado recientemente por los demonios. Sin embargo, antes de morir, controlaba a los Siete de la Elite, un grupo de siete hombres y mujeres que eran los más feroces de entre los feroces, y que a su vez comandaban a las siete fuerzas defensivas. Después de la muerte de Germanus, El Más Alto había nombrado en su lugar a Clerici, y aquel Clerici había reformulado algunas reglas.

Antes, estaba prohibido hacerle daño a nadie, salvo a los demonios. Sin embargo, Clerici había dictaminado que esa prohibición no debía observarse si algún Enviado estaba retenido en contra de su voluntad.

En ese caso, todos sus compañeros podían matar, y matar a cualquiera.

Así pues, en cuanto los compañeros del ejército de aquel Enviado averiguaran lo que le había sucedido, todos los habitantes del pueblo iban a darse un baño de sangre. Y, si de verdad los Enviados eran unos exploradores tan expertos, ese baño de sangre iba a ocurrir pronto.

«Tengo que largarme mucho antes».

—¡Mujer! —gritó el esclavo.

Su voz era más de humo que de sustancia y, sin embargo, aquella palabra tenía un tono de mandato, de expectación y de carnalidad animal.

Ella se estremeció de impaciencia.

«¿Se te ocurre reaccionar?», se preguntó con asombro. «Mejor sería que te cortaras la cabeza a ti misma; terminarías antes».

Aquel esclavo pertenecía a Kendra, la Viuda Alegre, princesa del clan Pájaro de Fuego. Lo había hecho adicto al veneno que producía su cuerpo, una sustancia que no resultaba mortal, pero que lo convertía en un ser desesperado por sus caricias. Y, después, había asegurado el trato engañándolo para que la matara.

Con Kendra, todo empezaba y terminaba en la muerte.

Poco después de exhalar su último aliento, ardió y se convirtió en ceniza, y volvió a resurgir. En aquel proceso, el vínculo entre señora y esclavo había terminado de forjarse.

Parecía que les había hecho lo mismo a sus seis maridos anteriores, y estaba haciéndoselo también al séptimo, que, afortunado de él, estaba fuera del campamento aquellos días. Porque, cuando ella se cansaba de un hombre, le cortaba el pecho, le sacaba el corazón y se lo comía, para asegurarse de que continuaba muerto.

Como castigo, el difunto rey Krull, el padre de Kendra, la había encadenado con las cadenas de los esclavos, para bloquear sus habilidades, y la había vendido en el mercado negro.

Elin no sabía cuándo se habían conocido Kendra y el Enviado. Solo sabía que él la había devuelto al campamento décadas más tarde, dejándola caer desde el cielo, y había desaparecido. Krull, pensando que, después de todo aquel tiempo, su hija se había reformado, le había quitado las cadenas y la había casado con uno de sus mejores comandantes, Ricker el Terminador de la Guerra.

Sin embargo, una vez que había recuperado todos sus poderes, Kendra había hecho que Ricker se volviera adicto a su veneno, y había obtenido permiso de su marido para salir del campamento y dar caza al Enviado.

La princesa era así de buena.

—¡Mujer! ¡Ahora!

Elin tuvo que contener un suspiro. Incluso con aquel tono de ira y frustración, la voz del Enviado le evocaba imágenes de fresas cubiertas de chocolate caliente. Ummm... Chocolate.

«Tal vez debiera ayudarlo».

Aquel pensamiento la sorprendió. No era demasiado valiente, y para ayudar al Enviado, tendría que arriesgar su propia vida. Sin embargo, si era capaz de liberarlo de las garras de la princesa, podría usarlo para escapar.

Elin repasó minuciosamente toda la información que había reunido durante su cautiverio, pero solo dio con unos cuantos métodos para liberarlo, y ninguno de ellos era especialmente útil. Podía matarlo, pero él no resucitaría. Podía matar a Kendra, pero la princesa sí resucitaría, y ella tendría una enemiga de por vida. Una vida que, seguramente, sería muy corta. Ella tampoco podía resucitar.

Era medio fénix, medio humana, pero no tenía habilidades sobrenaturales de ningún tipo. Y eso era un asco, porque allí, como en todas las colonias de inmortales, ser mestizo era una abominación. Un atentado contra la fuerza de la raza.

Ella sabía que era inmortal a medias, pero no sabía que la despreciaran tanto; siempre había vivido en una ignorancia feliz, hasta que un grupo de fénix le había tendido una emboscada a su madre, Renlay, hacía un año. Y todo porque su madre, que era una guerrera fénix, se había enamorado de su padre, un humano, y había abandonado a su clan para estar con él. Como castigo, sus perseguidores habían asesinado a su padre y al dulce e inocente Bay.

Tanta pérdida... Elin intentó no pensar en el nudo que se le había formado en la garganta.

A su madre y a ella las habían tomado prisioneras y, cuatro meses después, su madre había muerto definitivamente. La muerte les llegaba a todos los fénix, al final, aunque nadie se comiera su corazón. Ella se había quedado sola, sufriendo todo tipo de crueldades, luchando contra el dolor y la pena.

Oh, el dolor. Era un compañero constante, cruel, implacable, que oscurecía sus días y llenaba de llanto sus noches.

Las palizas y la degradación no eran tan terribles como

la tortura de sus emociones. Ni siquiera aunque la trataran como a un perro y la obligaran a comer a gatas, y a hacer sus necesidades delante de un público que se reía de ella.

A Elin se le empañaron los ojos.

De una forma retorcida y enfermiza, casi agradecía los malos tratos. Después de todo, se los merecía. Sus padres y Bay eran fuertes y valientes. Ella era una cobarde, una débil.

¿Por qué había sobrevivido, y ellos habían muerto?

¿Por qué seguía viviendo?

«Como si no lo supieras».

Las últimas palabras de su madre le resonaron por la mente: «Haz lo que haga falta para sobrevivir, hija. Hazlo. Sobrevive. No permitas que mi sacrificio haya sido inútil».

–¡Mujer! Necesito. Ahora –gritó el Enviado, y la sacó de su ensimismamiento. Se estaba acercando al río... a ella...

Pronto pasaría de largo, y ella perdería la oportunidad...

¿Debería echar mano del fragmento de cristal que le había dado otro prisionero? Se lo había escondido en un pliegue del traje de cuero que llevaba, por si acaso los fénix decidían dejar de mirarla y empezar a tomarla. Tendría que hacer algo drástico para sacar de su obsesión al Enviado y conseguir que le prestara atención. Tal vez lo consiguiera haciéndole un corte... o tal vez no. Tal vez lo enfureciera y él le partiera el cuello de un solo giro de muñeca....

¿Debería arriesgarse al castigo? ¿A la muerte?

Tenía que tomar una decisión.

Un punto a favor: nunca iba a verse en mejor momento para escapar. Faltaban muchos en el campamento, porque el rey Ardeo, que había subido al trono después de la muerte de Krull, se había llevado a sus hombres de confianza a dar caza a Petra, la tía de Kendra, que había asesinado a Malta; Malta era la viuda de Krull, madre de Kendra y, durante muy poco tiempo, la más amada concubina de Ardeo.

Ardeo había tenido que esperar varios siglos para estar con Malta, y la había perdido tan solo dos días después, cuando Petra la había apuñalado por celos mientras dormía y, siguiendo el ejemplo de Kendra, se había comido su corazón.

Un punto en contra: ella no tenía ni una sola muestra de Frost, una nueva medicación para inmortales, la única sustancia capaz de servir de antídoto para el veneno de Kendra.

Otro punto a favor: tal vez pudiera conseguir un poco. Krull había comprado un puñado de cubitos justo después de que Kendra se casara con Ricker. Kendra los tenía guardados en un medallón que siempre llevaba al cuello. Si ella pudiera robar aquel medallón...

Y otro más: no tendría que preocuparse nunca más de Orson. Orson se había marchado con Ardeo, pero cuando volviera...

Elin se estremeció al recordar las palabras con las que se había despedido de ella:

—Te voy a tomar, mestiza, y de tal modo que no corramos peligro de engendrar otro mestizo como tú...

¡Perro asqueroso!

Un punto en contra: podía morir de una manera horrible.

El Enviado estaba casi delante de ella. En cualquier segundo...

Si su madre estuviera viva, le diría que lo intentara, pese a todo.

Bien. Lo intentaría.

Elin se movió con toda la rapidez que le permitieron sus reflejos. Sacó el trozo de cristal y le hizo un corte en el brazo al Enviado.

De su piel brotaron gotas de sangre roja y, al verlas, a ella le dieron náuseas. Se mareó, y sintió un dolor ardiente en el pecho, que le impedía respirar.

Pánico... el pánico iba a consumirla...

¡No! En aquel momento, no. Se concentró en sus objetivos: conseguir la libertad, ganar dinero y abrir una pastelería. Respiró profundamente, y el ataque de pánico pasó.

El Enviado se detuvo en seco.

«Es un esclavo, como yo, y es mi única esperanza. Puedo hacerlo. Por mi familia».

Él volvió la cabeza y la miró por encima del arco de su ala. Tenía el pelo rubio y rizado, y los rizos enmarcaban con inocencia la cara de un seductor nato... Un rostro exquisito, perfecto. Por desgracia, tenía los ojos tan cegados por el veneno de Kendra que resultaba imposible distinguir su color. Sus labios eran carnosos y, prácticamente, estaban pidiendo besos a gritos.

Alrededor del cuello tenía unas cicatrices gruesas, y Elin frunció el ceño. Las marcas de las heridas, por muy graves que hubieran sido, no permanecían en la piel de los inmortales. ¿Acaso alguien había intentado matarlo antes de que fuera lo suficientemente mayor como para regenerarse?

Incluso con aquella imperfección, era un ser bellísimo. Una fiesta para la vista. Una delicia para ser saboreada.

«Y, ahora, me falta el aire otra vez, porque me estoy ahogando de verdad en su masculinidad... y, ahora, en la pena y la culpabilidad... No había vuelto a desear a un hombre desde Bay, mi querido Bay, mi marido durante solo tres meses, y debería avergonzarme...».

–Mujer...

Aquella voz cargada de humo la tomó por sorpresa. «¿Qué demonios estoy haciendo? Vamos, Elin, concéntrate».

–¿Cómo te llamas? –le preguntó.

Con el ceño fruncido, el guerrero se volvió completamente hacia ella.

Elin pensó que llamar la atención de aquel Enviado había sido un error.

Su expresión era terrorífica y denotaba la peor de las intenciones. Elin tragó saliva y pensó que iba a matarla.

Sin embargo, él tomó un mechón de su pelo moreno en-

tre los dedos. El color ofrecía un contraste delicioso contra el bronceado de la piel del Enviado. Su cara de furia se relajó un poco.
–Bonito.
A ella se le aceleró el corazón al notar que otro ser vivo la tocaba sin intención de hacerle daño. Era maravilloso...
Elin se dio cuenta de lo mucho que había anhelado cualquier muestra de cariño.
Alguien le gritó de lejos, y él bajó el brazo. Al instante, se dio la vuelta y siguió andando; ya la había olvidado. ¡No! Ella intentó agarrarlo del brazo, pero no pudo. Era demasiado grande, y tenía los músculos agarrotados a causa de la determinación. Pero... su piel era deliciosamente cálida y suave.
–Por favor... ¿cómo te llamas? –susurró–. Piensa.
Él se detuvo. Ladeó la cabeza, como si estuviera pensando en la respuesta, y dijo:
–Soy Mi Esclavo.
–No, no. ¿Cómo te llamas de verdad?
Cuanto antes diera con la respuesta, antes podría atravesar aquella niebla y salir de ella. Sin la ayuda de la medicación que, tal vez, ella no iba a poder robar.
–Mi Esclavo –repitió él, con enfado.
De acuerdo. Mensaje recibido. La conversación había terminado.
Se alejó, mientras un grupo de soldados fénix iba directamente hacia él, con intención de someterlo.
Él los apartó de un manotazo, con tanta facilidad como había apartado a los demás.
En la caza de su presa, echó abajo varias tiendas.
En la quinta, la infame Kendra estaba sentada ante un tocador, cepillándose la melena de color caoba. Puso los ojos en blanco, con exasperación, cuando el Enviado se le acercó.
–No tenías permiso para levantarte de la cama –dijo, mientras se ponía en pie, y lo fulminó con la mirada–. Por

lo tanto, debes recibir un castigo... –se dio unos golpecitos en la barbilla con los dedos, y añadió–: Ya sé. Vas a pasar una noche entera lejos de mí.

«Oh, no. Eso no. Cualquier cosa, menos eso», pensó Elin con ironía.

Él gruñó, agarró a Kendra por la cintura, la giró y la tiró al colchón.

–Mi Esclavo desea a su mujer.

–¡Thane! –exclamó Kendra, que se puso de rodillas y lo miró con un brillo de excitación en los ojos–. Tampoco tenías permiso para tocarme. Si vuelves a hacerlo, tendré que negarte mi cuerpo durante una semana.

Thane. Se llamaba Thane. Un nombre tan seductor como él mismo.

Se colocó frente a su señora, con la respiración honda y acelerada, y con los puños apretados. Elin entendía su dilema: Quería obedecer las órdenes de la princesa, pero también quería, necesitaba, lo que solo podía darle ella.

–¿No tienes nada más que decir? Oh, cómo ha caído el poderoso –dijo Kendra, ronroneando, mientras le pasaba la yema del dedo por el pecho. Debía de haberse olvidado de que tenía público, o no le importaba–. Ojalá el que eras antes pudiera ver lo que eres ahora. Te darías cuenta de cuánto deseas a la mujer a la que abandonaste –explicó. Se quedó pensativa un instante, y añadió–: Estás de suerte. Puedo organizar una reunión.

Se quitó el medallón del cuello y dejó caer algunos copos de Frost en la yema de un dedo.

–Abre –dijo, y él obedeció.

El Enviado gruñó de placer cuando ella le frotó los copos contra la lengua.

Con una cantidad tan pequeña, tomaría conciencia de la situación en la que se encontraba, pero no podría negar la necesidad de su cuerpo. Habría hecho falta una cantidad de medicina mucho más grande para romper el vínculo entre esclavo y señora.

Elin lo observó con tensión. ¿Qué ocurriría cuando entendiera su realidad?

Pasaron varios minutos. Entonces, él echó hacia atrás la cabeza y rugió de rabia.

La medicina había funcionado. El Enviado acababa de darse cuenta de que se había convertido en alguien muy distinto.

Elin se tapó la boca para contener un grito de consternación.

–Exacto. Adoras a la mujer a la que desprecias –dijo Kendra y, con una sonrisa, se estiró sobre la cama–. He cambiado de opinión. Vas a tomarme, esclavo. Me vas a tomar ahora mismo, mientras tu mente me maldice.

–No –gruñó él, al mismo tiempo que, sin poder evitarlo, se acariciaba el miembro erecto.

–Claro que sí. Hazlo –dijo ella, y su tono de voz se endureció–: Ahora.

Él apretó los dientes y, mientras luchaba consigo mismo, le tiró de la camiseta ajustada y de los pantalones cortos.

¿Cómo trataría a una mujer cuando no estuviera bajo aquel hechizo? ¿Con ternura? ¿Le importaría que los demás lo miraran mientras mantenía relaciones sexuales? ¿O que su amante, en realidad, fuera de otro hombre?

–¿No te parece divertido? –ronroneó Kendra.

Elin nunca había visto a nadie irradiar tanta maldad.

¿Cómo habría llegado a convertirse en... aquello?

Bueno, en aquel momento eso no tenía importancia. Kendra era lo que era, como todos los demás.

Debía preocuparse por su propia supervivencia, así que bajó la cabeza. «No veas nada», pensó. «No digas nada».

–Te odio –le ladró Thane.

Kendra se echó a reír.

–¿De verdad? ¿Amándome tanto como me amas?

Crack.

Al oír aquel crujido, Elin alzó la cabeza. El guerrero acababa de hacer un agujero en el cabecero de la cama.

—Vamos, vamos. No hagas eso —dijo Kendra—. Has recibido una orden. Obedece.

Thane le dio la vuelta y le apretó la cara contra la almohada. ¿No quería mirarla, aunque estuviera tan desesperado por ella? Le separó las piernas con la rodilla, y Kendra soltó otra carcajada.

—Como a mí me gusta —dijo, para provocarlo, y miró hacia atrás con una sonrisa de petulancia.

Él volvió la cara hacia un lado, y Elin vio que su expresión era de disgusto y humillación. Entonces, ella sintió una avalancha de emociones: lástima por él, ira por el trato que estaba recibiendo, y una férrea determinación de salvarlo.

Al cuerno el instinto de supervivencia.

Entró en la tienda.

—Alto. Por favor, Thane, para.

Él se tomó el miembro y se dispuso a penetrar en el cuerpo de Kendra.

—¡Thane! —gritó ella, de nuevo. «¡Lucha contra el poder de Kendra! ¡No le des lo que quiere!».

Él se detuvo justo antes de que el daño estuviera hecho. Aquella resistencia a sus impulsos hizo que le vibrara todo el cuerpo.

—Por favor —repitió ella, y le posó la palma de la mano sobre el hombro—. No tienes por qué hacer esto.

Él tomó aire, y se le ensancharon las ventanas de la nariz. Entonces, se relamió, como si acabara de olisquear una comida más apetitosa.

¿Ella?

—¿Cómo te atreves a hablar con mi esclavo, humana? —preguntó Kendra, y le lanzó un zarpazo a Elin, con la intención de rasgarle el muslo. Sin embargo, Thane le agarró la muñeca a la princesa y le ahorró a Elin el corte de una arteria—. ¡Ay! —gimió Kendra—. Suéltame.

—No le hagas daño —gruñó él.

Al darse cuenta de que su princesa necesitaba protección, los guardias fénix atacaron a Thane. Apartaron a Elin de su lado de un empujón.

Al ver el ataque, a ella se le revolvió el estómago. Con un intenso mareo, se escapó de la batalla y se metió temblorosamente en el agua de la laguna. Se sumergió por completo, y juró que iba a quedarse bajo la superficie hasta que los pulmones se lo permitieran.

¡Cobarde!

Sí, era una cobarde. Sin embargo, no podía evitarlo. La violencia era su *kriptonita*, y si no se escondía para no ver lo que estaba ocurriendo, iba a desmoronarse.

Al menos, a Thane no iban a ejecutarlo. Cuando había llegado al campamento, todavía no estaba completamente obnubilado, y había matado a Krull, que no iba a volver nunca más.

Kendra sabía que iba a recibir un castigo por lo que le había hecho a Ricker, así que, para evitarlo, se había comido el corazón del viejo rey. Ardeo, entonces, se había hecho con el trono, y para agradecerle a Thane sus servicios, le había concedido la vida eterna entre los fénix. Como esclavo, sí, pero vivir era vivir.

Le ardían los pulmones…

Elin tuvo que salir a la superficie para tomar aire y, entre jadeos, vio que Thane y los guerreros habían desaparecido. Se enjugó el agua de los ojos y caminó dificultosamente hacia la orilla.

—¡Humana! —gritó Kendra—. Tú y yo tenemos que aclarar un asunto.

Oh, oh. Era hora de recibir una nueva paliza.

Rápidamente, Elin se concentró en su nuevo plan. «Soporta lo que tengas que soportar, recupérate y roba los cubos de Frost de ese medallón. Kendra tiene que dormir en algún momento».

Thane recuperaría la conciencia y lucharía. Y, en agradecimiento por su ayuda, la sacaría de allí. Por fin, ella podría empezar su nueva vida.

Capítulo 2

Nuevas cadenas. El mismo problema.
La misma solución.
Mi Esclavo tiró para liberarse, ignorando el dolor que le causaban aquellos tirones. Después, caminó hacia la salida de la tienda. Deseaba a su mujer con una desesperación que...

Se tambaleó. Por un momento, se distrajo. Frunció el ceño. Acababan de meterle algo pequeño, cuadrado y frío en la boca. Era dulce. Le gustaba. Y tenía un peso extraño sobre los hombros. ¿Por qué?

Se dio cuenta de que había una fémina aferrada a él, y que su pequeño cuerpo estaba apretado contra el suyo, y sus piernas, colgando sobre el suelo.

Nuevo problema.

Nueva solución. La agarró de la cintura y se dispuso a lanzarla por encima de su hombro. Sin embargo, su mente registró la dulzura de sus curvas y, rápidamente, cambió de opinión. Era delicada, como una pieza de porcelana que necesitaba protección.

No creía que nunca hubiera tenido en las manos nada tan precioso.

Con cuidado, la abrazó y la estrechó contra sí, utilizando el cuerpo como escudo contra el mundo. La protegería.

Ella tomó aire bruscamente, como si aquel abrazo la hubiera sorprendido.

—Te llamas Thane. Por favor, recuérdalo.

Su voz... Reconocía su voz. Era muy ronca, y tenía una entonación que había invadido sus sueños durante aquellas últimas seis noches, y que había encendido algo dentro de él... algo parecido a la ternura, algo que lo estimulaba y lo excitaba.

Una excitación incomprensible. Ella no era su mujer.

—Thane —repitió ella, con la voz temblorosa—. Te llamas Thane. Kendra ha triplicado tu dosis de veneno, así que necesito que te concentres en el frío que se está extendiendo por tu cuerpo. ¿Lo sientes? ¿Sientes el frío?

El frío... sí. Tenía una fina capa de hielo por dentro.

—Sí.

—Bien. Pues, ahora, concéntrate en mí —dijo ella—. Escucha lo que voy a decirte. Eres un Enviado. No estás aquí por tu propia voluntad. Estás drogado. La mujer a la que deseas te ha convertido en un prisionero de los fénix. Del clan del Pájaro de Fuego.

En algún rincón olvidado de su mente, aquellas palabras despertaron un gran interés. Enviado. Drogado. Prisionero. Fénix.

Las palabras provocaron distintas emociones. Enviado, anhelo. Drogado, confusión. Prisionero, rabia. Fénix, odio.

—... escuchando? Puedes liberarte, Thane. Hay una forma de conseguirlo.

El frío aumentó, y fue como si se encontrara de repente en una furiosa tormenta de invierno. La fémina continuó hablando todo el tiempo, y su voz carnalmente perfecta hizo que comenzara a flotar, más y más alto, y que, por fin, su cabeza asomara por encima de una capa de nubes negras.

Se llamaba Thane. Era un Enviado.

Estaba allí por una mujer. No, pensó. Estaba allí a causa de una mujer.

Kendra. Sí. Ese era su nombre.

Él despreciaba a Kendra, ¿verdad?

No, la deseaba. Solo a ella.

Pero... si eso era cierto, ¿por qué estaba abrazado a aquella otra fémina?

Aquella otra fémina tan tentadora... Pasó la nariz por su cuello e inhaló con fuerza.

—¿Qu... qué estás haciendo? —preguntó ella—. ¿Oliéndome? Me he bañado. Lo juro.

No había ni rastro de humo ni flores, solo olía a jabón y a cerezas. No olía como Kendra, y él se alegraba mucho.

Frotó la mejilla contra su piel. Era suave y cálida, pero no abrasaba, como la piel de Kendra. ¿Era mejor?

Sí, oh, sí.

Pasó la lengua por el pulso que le latía en el cuello. Sabía a miel, a una fruta de verano. No sabía como Kendra. Mucho mejor.

—Ya basta —gimió ella, y a él también le gustó eso. Quería oírlo una y otra vez—. Esto no va a ocurrir entre nosotros, guerrero. Vamos a salvarnos el uno al otro pero nada más.

Él solo oyó «va a ocurrir entre nosotros».

Y estaba de acuerdo.

La llevó hacia la cama, y la dejó sobre el colchón.

—Voy a tomarte —dijo.

—No, Thane —respondió ella, cautelosamente, y casi sin aliento.

Él flotaba cada vez más alto...

Al mirarla, se sintió como si estuviera viéndola por primera vez. Y tal vez fuera cierto. O, tal vez, su percepción de la realidad fuera cada vez más aguda a medida que iban aclarándose nuevas partes de su mente.

Sus amigos habrían dicho que era feúcha, pero, para él, era deslumbrante.

Tenía el pelo largo y oscuro como la medianoche. Era humana. Menuda. Moldeada delicadamente, como un camafeo. Tenía la piel pálida, quemada por el sol del desierto, y llena de pecas. Él podría recorrer todas aquellas pecas con la lengua. Era joven, tal vez de unos veinte años, y tenía unos enormes ojos grises que le recordaban a espejos ahumados. Podía mirarse en aquellos ojos, podía ver hasta su alma.

Aquella fémina tenía algo que le atraía, y una parte de sí mismo que él no conocía, una parte que siempre había permanecido escondida en un rincón, respondió. Era algo fuerte, vivo, exigente. Y le estaba diciendo: «Esta. Es esta. Tómala».

Vio que ella miraba su erección... y apartaba rápidamente la vista. La fémina se ruborizó, y eso le excitó y encendió un fuego nuevo en sus venas.

–Eh... si quieres librarte de Kendra, no puedes hacer el amor con ella. No es que hayas estado haciendo eso, precisamente... Bueno, solo digo que tienes que matarla.

Él pensó que iba a tener que actuar con mucho cuidado. Podría hacerle daño fácilmente a una humana tan frágil.

Entonces, su cerebro asimiló las palabras que ella había pronunciado, y él se detuvo. Matar... ¿a Kendra?

–Este es el mejor momento. Ella está dormida. Así es como pude robarle el Frost.

Más, y más alto...

Kendra... Su amigo Bjorn la había encontrado en el mercado de esclavos. Ella tenía unas cadenas de telaraña, irrompibles, cuando su amigo se la regaló.

Más alto aún. Bjorn. Thane sintió una punzada de dolor agudo en el pecho. Bjorn y Xerxes. Sus chicos. Sus únicos amigos. Habían luchado juntos contra los demonios, habían sufrido juntos. Habían compartido amantes, y se habían protegido los unos a los otros. Aquellos chicos eran como hermanos para él, y les confiaría incluso su vida. Los adoraba, y los necesitaba.

Y ellos sentían lo mismo por él. Seguramente, Bjorn se estaba culpando por lo que había ocurrido con la princesa.

No debería culparse. Thane había aceptado a Kendra en su cama porque a ella no le había importado que tuviera unos gustos sexuales tan peculiares… que horrorizaban a muchas otras. De hecho, ella le había rogado que le hiciera aquellas cosas horrendas. Sin embargo, también se había vuelto cada vez más posesiva y absorbente, y él había decidido dejarla.

Para castigarlo por su abandono, Kendra había intentado quemar su club, el Downfall. Él había conseguido impedírselo, y la había llevado con su gente. Se sentía feliz de haberse librado de ella.

Sin embargo, el padre de Kendra había roto sus cadenas y la había liberado, y ella había vuelto en busca de Thane, con todos sus poderes. Algunos fénix podían cambiar de apariencia con solo pensarlo, y Kendra era uno de ellos. Había ido en busca de Thane una y otra vez, siempre con una forma de mujer diferente. Y él la había tomado en todas las ocasiones. De ese modo, había desarrollado una fuerte adicción al veneno que producía el cuerpo de Kendra.

Entonces, ella le había revelado su engaño.

Él se había enfurecido y la había matado. Sin saberlo, de ese modo había forjado una especie de vínculo entre ellos, y le había concedido a Kendra su mayor deseo: su devoción ciega.

Al recordar todo aquello, Thane sintió una rabia incontrolable.

Ella lo había esclavizado. Había apresado su mente y su cuerpo.

Ella era el enemigo.

Ella debía morir.

«Está funcionando. Está empezando a entenderlo todo».

La alegría de Elin fue más dulce que la tarta de crema de plátano que Bay le hacía de vez en cuando.

–Si mato a la princesa –dijo Thane, entre dientes–, se fortalecerá aún más.

Elin se preguntó si debía levantarse, o no. Permanecer tendida en la cama mientras un guerrero con una gran erección la observaba desde arriba le parecía estúpido. Estaba en una posición muy vulnerable. Sin embargo, si hacía un solo movimiento equivocado, aquel guerrero en particular podría convertirse de nuevo en un cavernícola enloquecido.

Así pues, siguió en su sitio.

—Es cierto; Kendra se fortalecerá, pero su vínculo contigo no. Ese vínculo se romperá con su segunda muerte, y no volverá a formarse con su siguiente regeneración. Quedarás en libertad y, entonces, si quieres, podrías llevarme de vuelta a la civilización, y yo te estaría agradecida para siempre.

Él se quedó pensativo durante un momento.

—¿Estás seguro de que mis ataduras se romperán?

—Sí. Pero si notas que vuelves a caer bajo su influjo, tómate uno de estos.

Abrió la mano y le mostró dos cubitos de Frost.

Robarle a Kendra la medicina de su medallón había sido mucho más fácil de lo que ella había pensado. La fénix se había emborrachado tanto que había perdido el conocimiento, y no se había dado cuenta de que ella se acercaba de puntillas a su cama y toqueteaba el medallón.

Thane tomó ambos cubitos, se los metió en la boca y se los tragó.

«O cómetelos directamente, como prefieras».

La solapa de la tienda se abrió. El guardia que estaba de patrulla entró.

¡No! ¡Thane todavía no estaba preparado para una rebelión a gran escala!

—Eh —ladró el guardia—. Tú no puedes estar aquí.

Ella tuvo tanto miedo que se movió al otro extremo de la cama. El guardia la siguió, sin prestarle atención a Thane. Seguramente, suponía que estaba buscando a Kendra una vez más.

–Parece que a alguien le hace falta que le recuerden otra vez dónde está su sitio –dijo el guardia, y la agarró del antebrazo, con tanta fuerza que, seguramente, le había hecho hematomas. A ella se le escapó un gemido cuando él la puso en pie–. Te lo recordaré yo, con mucho gusto...

Thane agarró al guardia del cuello y le rompió la espina dorsal. Después, lo soltó, y el guardia cayó al suelo.

No hubo ningún charco de sangre, así que Elin no tuvo pánico. Solo exhaló un suspiro de alivio.

Parecía que, después de todo, Thane sí estaba listo para rebelarse.

–Gracias –le dijo ella.

Él tenía la respiración demasiado entrecortada como para responder; además, estaba completamente concentrado en la cama. Elin se retiró, y justo a tiempo. Tal vez él estuviera recordando todas las cosas horribles que le había obligado a hacer Kendra en aquel mismo colchón, o tal vez no, pero el Enviado perdió el control. Con un rugido, destrozó los barrotes del cabecero e hizo pedazos el colchón. Después, rasgó la lona de la tienda y desmontó toda la estructura.

Sin aquella barrera, el sol lo iluminó por completo. Las motas de polvo danzaban a su alrededor, como si estuvieran celebrando el comienzo de la venganza.

«Me he asociado con un demente».

Oh... Debía de haberlo dicho en voz alta, porque él la miró fijamente. La niebla había desaparecido de sus ojos, y Elin descubrió que eran de un azul eléctrico, bellísimos, y tan turbulentos que ella notó su fuerza hasta lo más profundo de su alma.

–Quédate aquí. Estarás a salvo –le dijo el Enviado–. No huyas. Te atraparía, y no creo que te gustaran las consecuencias.

Oh, no. ¿En qué lío se había metido?

–No-no me amenaces.

—No huyas —repitió él.

Se oyeron gritos, y él volvió la cara hacia la parte central del campamento. Se encaminó hacia allí mientras Elin lo observaba, con los ojos abiertos como platos y el corazón en un puño. El Enviado fue rompiéndole el cuello a todo aquel que osaba interponerse en su camino.

¿Estaba ocurriendo aquello de verdad?

Cuando Thane llegó a la tienda de Kendra, retiró con brutalidad la solapa. La princesa se había despertado, y estaba frente a un espejo de cuerpo entero, sin saber que su medallón se había quedado vacío. Al ver a su esclavo, sonrió.

—Parece que alguien disfruta demasiado de sus castigos, ¿no?

Él le agarró el cuello con una mano y la levantó del suelo. Comenzó a apretar con tanta fuerza que a ella se le salieron los ojos de las órbitas, y su piel se tornó azulada. Kendra le tiró de la muñeca, pero él se mantuvo firme.

Ella le dio un zarpazo en la cara, pero él se mantuvo firme.

—Vas a morir, y después vas a resucitar y, entonces, nos vamos a divertir mucho —dijo Thane—. ¿Me oyes? No te atrevas a negarme mi venganza quedándote en el mundo de los muertos. Si lo haces, te perseguiré en el infierno y te traeré a rastras.

Ella comenzó a sangrar por los ojos y por la nariz... y su cabeza cayó hacia un lado. Sus movimientos cesaron, y Thane la dejó caer al suelo.

Elin tuvo que controlar su pánico. Sangre... sangre... no demasiada, pero sí suficiente como para alterarla por completo.

«Cálmate... Ve a buscar un lugar tranquilo. Cualquier sitio, menos este».

Thane echó hacia atrás la cabeza y emitió un grito de guerra.

Los guerreros habían visto los cuerpos de sus compañeros, y se lanzaron contra Thane. Él estaba de espaldas, y no sabía que iban a derribarlo.

Elin gritó para avisarlo. Entonces, Thane se cuadró de hombros y movió las alas, tan largas, tan gloriosas, y se giró hacia los fénix. En una de sus manos apareció una espada de fuego y, en la otra, una daga.

Los fénix iban demasiado deprisa como para frenar y evitar el impacto.

Él fue diezmando sus filas metódicamente. Cayeron miembros y cabezas al suelo. Cayeron cuerpos. La sangre lo manchó todo.

Mareo. Náuseas. Calor.

«No grites. Por favor, no grites».

Elin había presenciado aquel tipo de devastación el día en que habían muerto su padre y su marido. El único motivo por el que los fénix habían respetado su vida era su madre. La bella Renlay había accedido a volver al campamento para criar; tenía que acostarse con aquellos que el rey designara para alumbrar guerreros durante el resto de su vida.

Los fénix se habían valido de Elin para obligar a su madre a obedecer.

Renlay se había quedado embarazada enseguida. Sin embargo, su hijo y ella habían muerto hacía cuatro meses, y ninguno de los dos se había regenerado.

Elin todavía no se había recuperado de la pérdida de su madre. Aquella herida estaba en carne viva.

Y, tal vez, nunca se recuperara.

Por fin tenía la oportunidad de vengarse, y debería disfrutar de ella. Sin embargo, no podía hacer otra cosa que llorar.

Vio volar un brazo por el aire, y un pie también. No pudo soportarlo más, y tuvo que agacharse a vomitar.

En un intento desesperado de acabar con Thane, el último soldado le lanzó una bola de fuego. Fue una estupidez, porque tal esfuerzo acabó con todas sus fuerzas.

Thane esquivó con facilidad el misil y decapitó al culpable de un solo movimiento. La sangre brotó de las arterias y venas cercenadas.

Elin vomitó de nuevo.

Al menos, la batalla ya había terminado. Había sido violenta y brutal, pero había terminado.

Thane se giró y la miró. Tenía una expresión exultante, y ella sintió miedo. ¿Aquel era el hombre a quien le había pedido que la acompañara de vuelta a la civilización?

Comenzó a retroceder, pero él le ordenó:

–Fémina, ven aquí.

Antes de que ella pudiera obedecer, puesto que no podía hacer otra cosa, otros dos Enviados se materializaron en el campamento, y captaron toda la atención de Thane.

Exploradores expertos y asesinos a sangre fría. Aquellos hombres eran tan altos como Thane, y tenían la misma musculatura. Resultaban igual de intimidantes que él, o quizá más aún. Le recordaron a unos lobos hambrientos.

Tenía que decidirse entre luchar o huir.

¿De verdad necesitaba pensarlo? ¡Huir! Sería muy difícil sobrevivir sola en el desierto, pero era mucho mejor que enfrentarse a un loco.

Con tanto sigilo como pudo, fue moviéndose hacia un lado, alejándose de los Enviados. Si llamaba su atención...

Con cuidado...

Otro par de centímetros...

Se quedó paralizada cuando Thane le apretó el hombro al tipo que estaba a su izquierda. El que tenía la piel como de bronce, con venas de oro, y los ojos de múltiples colores y una mirada violenta.

El de la derecha asintió, como si estuviera respondiendo a una pregunta formulada en silencio. Tenía el pelo blanco y la piel pálida, casi nívea, cubierta con infinidad de cicatrices diminutas. Además, tenía los ojos rojos y brillantes como un neón, como si acabara de salir de una pesadilla.

Reunió el poco valor que le quedaba... y se alejó un par de centímetros más. Los tres guerreros se giraron uno hacia el otro, formando un círculo privado que irradiaba emociones; unas emociones tan dulces que la dejaron asombrada. Alegría. Alivio. Dolor. Amor. Muchísimo amor. Y, pese a todo lo que había ocurrido, sus peores miedos se calmaron.

Sin decir una palabra, los tres Enviados se apartaron unos de otros, y desaparecieron.

Elin se giró, buscándolos, pero no vio a ninguno. Perfecto. Miró a su alrededor y comenzó a recoger lo que necesitaba: una cantimplora de agua, una manta y una bolsa para transportar la comida.

Neón volvió, como si se hubiera materializado del aire, y ella dio un respingo. Comenzó a formársele un grito en la garganta, pero se quedó allí atrapado.

Él levantó dos cadáveres del suelo, sin prestarle atención, y los lanzó en dirección a ella. Los muertos aterrizaron a sus pies, ensangrentados, y ella se echó a temblar.

Arco Iris apareció después, seguido por Thane, y los tres continuaron apilando cuerpos. Los muertos... la destrucción...

«No vomites. No vomites».

Elin debió de emitir un ruido, porque Neón le lanzó una mirada llena de intensidad. Ella jadeó, soltó el hatillo y retrocedió. Él la siguió, rodeando el montón de cadáveres, y Elin gritó por fin, sin poder evitarlo.

Entonces, unas manos fuertes le cubrieron las mejillas.

—Fémina.

La voz de Thane atravesó la barrera de pánico.

Ella pestañeó y se dio cuenta de que estaba bajo la mirada penetrante de unos ojos azules, duros como un diamante. Él era todo lo que veía. Y lo único que quería ver.

—Estás a salvo de mi ira. Ya te lo he dicho.

A salvo.

Sí. Elin respiró profundamente un par de veces. Sí, estaba a salvo. Él se lo había dicho, y los Enviados no podían mentir.

–Gra... gracias.

Él le acarició los pómulos con los pulgares y, de repente, todas las células de su cuerpo se sintieron atraídas por su magnetismo, y quisieron alcanzarlo, con desesperación, con hambre...

Ella no podía resistirse a aquel atractivo oscuro... era embriagador, innegable, inexorable. Era tan poderoso que Elin estuvo a punto de caer de rodillas.

«Lo siento muchísimo, Bay. Te prometí que te sería siempre fiel, y ahora estoy reaccionando así ante otro hombre. Soy una alimaña. No, soy peor que una alimaña».

Aunque lo único que deseaba era acurrucarse contra él, se obligó a alejarse de su contacto.

–Tienes dos opciones, fémina –le dijo él, con el ceño fruncido–: O vuelves con los humanos, y corres el riesgo de que te capturen y torturen los fénix, o vienes conmigo al tercer nivel de los cielos y te pones a trabajar en mi club, donde estarás protegida.

¿Trabajar para él? ¿Estar con él?

De repente, la determinación venció al miedo.

–¿Me pagarías? –preguntó.

Primer objetivo: escapar. Segundo objetivo: ganar dinero. Tal vez él le estuviera ofreciendo ambas cosas.

–Sí.

–¿Cuánto?

Él frunció el ceño aún más.

–Ya lo pensaremos.

No era una respuesta, precisamente.

–Yo... yo...

Elin no sabía qué hacer.

Él entrecerró los ojos.

–No importa. He decidido por ti. Vas a venir conmigo.

¿Cómo?

–Espera un momento, angelito.

—No soy un ángel —respondió él.
La agarró por la cintura y se la pasó a Neón.
—Llévatela tú.
Después, desapareció, terminando así la conversación.
Vaya, vaya. Siguiente parada, los cielos.

Capítulo 3

Ríos interminables de emoción atravesaban a Thane, y todos iban a desembocar a su corazón, entremezclándose, de modo que ya no podía distinguir uno de otro.

La noche anterior, se habían regenerado treinta y ocho prisioneros fénix; el primero de ellos había sido el más anciano y el más fuerte. Todavía faltaban dos por resucitar; tal vez ya hubieran alcanzado la muerte definitiva.

Kendra había sido la cuarta en regenerarse.

Thane los había llevado a todos, uno por uno, al patio que había delante de su club, y los había claveteado al suelo: las manos, los hombros, la pelvis, las rodillas y los tobillos. Había apoyado las cabezas de todos ellos en rocas, para asegurarse de que vieran sufrir a sus amigos.

Kendra estaba la primera de la fila.

Los fénix no iban a morir rápidamente. Eran hijos de los Griegos y, por tanto, inmortales. Pasarían hambre durante semanas, tal vez durante meses, y el sol quemaría su carne, y los cuervos les picarían los ojos y los órganos. Y, cuando, por fin, sucumbieran a la muerte, se regenerarían, y Thane comenzaría el proceso de nuevo.

Despiadado, sí. No le importaba en absoluto. Así, sus enemigos se lo pensarían dos veces antes de desafiarlo.

El problema era que aquello iba a enfadar a Zacharel, el líder del Ejército de la Desgracia. Su líder. También enfadaría a Clerici, el nuevo rey de los Enviados, y jefe de Zacharel. Thane estaba violando la ley de «No matar, a no ser que alguien caiga en manos del enemigo», porque no estaba actuando de aquel modo para proteger a los demás de lo que él había sufrido, sino para vengarse. Aquello también iba a ser una decepción para el Más Alto, el comandante de todos ellos.

Y pondría en peligro su futuro.

Ya estaba muy cerca de perder su última oportunidad, y si cometía un error grave, podía perder lo único que amaba.

A sus chicos.

«No puedo permitir que me separen de ellos».

Sin embargo, tampoco podía dejar marchar a los fénix. Quería que su sufrimiento borrara los odiosos recuerdos que le habían grabado en la mente.

Thane estaba sentado en uno de los extremos de su bañera, bajo un chorro de agua hirviendo. Estaba agarrado a los bordes de porcelana, con tanta fuerza, que la había agrietado. Tenía las rodillas flexionadas contra el pecho, y la cabeza apoyada en las rodillas. Era una postura de vergüenza. Una postura que él conocía bien.

Debería haberse recuperado ya. Para él, no eran extraños los conceptos del sexo y el *bondage*. Durante aquel último siglo, había hallado una deliciosa forma de consuelo al ver la carne pálida y femenina enrojecer con sus atenciones. Adoraba ver las muñecas y los tobillos tirando con desesperación de unas ataduras. Se deleitaba con el primer brillo de temor de los ojos de su amante... y sabiendo que, pronto, le seguirían las lágrimas.

¿Perturbado? Sí. Aunque también le gustaba ser quien recibiera aquel trato.

Seguramente, era algo peor que un perturbado, y no hacía falta investigar mucho para saber por qué. Los meses que había pasado en una prisión de los demonios... No. Alto. Su mente luchó para no continuar en aquella horrible dirección, y todos los músculos de su cuerpo se tensaron por el esfuerzo. Sin embargo, él se obligó a seguir recordando. El hecho de recordar mantenía sus más oscuras emociones vivas, cortantes, lacerantes.

Y a él le gustaba sangrar.

Recordó cómo aquellas garras le habían arrastrado hasta una celda húmeda y oscura, lo habían desnudado y lo habían atado a un altar. Recordó cómo ataban a Bjorn, que entonces era un desconocido, por encima de su cabeza, y como lo desollaban vivo. Y recordó el olor metálico de la sangre que goteaba sobre su cara, su pecho y sus piernas. Recordó a Xerxes, que también era un extraño, encadenado frente a ellos, violado repetidas veces.

Gruñó sin poder evitarlo, y dio un puñetazo en un lateral de la bañera. Dejó un agujero en la porcelana. Había un límite en lo que podía soportar.

El dolor de sus amigos.

Durante los días que pasó en aquella espantosa celda, a él nunca lo tocaron. Insultó y amenazó a los demonios, pero las criaturas se reían de él, en vez de temerlo. Suplicó, para intentar desviar la atención de los otros hombres, pero los demonios lo ignoraron.

Su frustración...

Su odio...

Su rabia...

Aquellos sentimientos nunca lo abandonaban. Y, al final, después de su huida, su satisfacción sexual quedó vinculada para siempre a las cosas que se le habían negado.

–He dejado a tu humana con las camareras.

La voz suave de Xerxes llegó desde el interior del baño, y lo reconfortó.

–Gracias.

Thane tenía algunas preguntas que hacerle a su preciosa e inesperada salvadora. ¿Cómo era posible que ella, una humana, estuviera viviendo con los fénix? ¿Cómo se llamaba? ¿Cuántos años tenía? ¿Su olor era tan bueno, tan limpio y tan dulce como él recordaba?

¿Le pertenecía a alguno de los guerreros que estaban clavados al suelo, fuera de su club, o a alguno de los soldados que habían salido de caza con el nuevo rey?

¿Y cómo había podido ayudarlo a él? Sus recuerdos eran imprecisos. ¿Por qué lo había ayudado?

En cuanto desapareciera aquella urgencia que sentía por tocarla, se acercaría a ella y le formularía aquellas preguntas.

Por el momento, sentía demasiada atracción por ella. Ella hacía que se sintiera protector, que sintiera ternura, y eso no le gustaba. Más bien, despreciaba aquellas emociones. Y, sin embargo, nunca había tenido un deseo sexual tan intenso. Estaba casi cegado por la necesidad de poseerla.

¿Por qué?

Ella no era su tipo. Sus últimas cien conquistas siempre habían sido féminas altas, delgadas, musculosas y fuertes. Aquella chica era delicada.

No tenía sentido.

Gruñó en voz baja. El instinto le pedía que destruyera aquello que no comprendía. Lo que no comprendía, no podía controlarlo, y el control era lo más importante para él.

Sin embargo, no iba a destruir a la chica. No quería destruirla, después de todo lo que ella había hecho por él.

Podría mandarla con el resto de los humanos, pero, entonces, no tendría ningún tipo de protección.

No.

Podría asustarla, y...

No. Ella gritaría.

Antes, los gritos de una fémina lo habrían excitado, pero... ¿ahora? No. Al oírla gritar a ella, solo había experimentado rabia.

Al menos, entendía por qué la chica tenía una voz tan ronca. En algún momento de su vida, había gritado tanto que se había dañado para siempre las cuerdas vocales.

–He puesto guardias en el patio –dijo Bjorn, sacándolo

de su ensimismamiento. El guerrero había entrado en el baño y estaba detrás de Xerxes–. Ellos nos avisarán cuando muera alguien.

Aquellos hombres siempre lo apoyaban, siempre lo querían. Nunca lo juzgaban, ni le pedían detalles que él no quisiera dar. Nadie tenía unos amigos mejores.

No era de extrañar que estuviera dispuesto a morir por ellos.

–Gracias por venir a buscarme –les dijo.

–Siempre iremos a buscarte –dijo Xerxes. Se acercó a la bañera y cerró el grifo–. Oímos hablar de un Enviado que había hecho estragos en el campamento de los fénix, unas semanas antes, y estuvimos explorando la zona, buscándote. Sin embargo, ellos te escondieron muy bien. Si no nos hubieras dicho dónde estabas...

Todos los Enviados podían dirigir el pensamiento hacia la mente de sus compañeros. Así pues, en cuanto él había recuperado la conciencia y se había dado cuenta de dónde estaba, había usado aquella conexión mental para pedir ayuda.

–Bueno, sécate ya –dijo Bjorn–. Estás arrugado como una pasa.

Cuando Thane se puso en pie, Xerxes le dio una toalla.

Él se la puso alrededor de la cintura, y sintió una descarga de furia. Kendra le había obligado a vestirse con un taparrabos y a desfilar por delante de su gente, dejando que cualquiera pudiera tocarlo.

Y su gente lo había tocado.

–Que le quiten la túnica a Kendra –dijo–. Que la dejen en ropa interior.

Ojo por ojo. No iba a tener piedad.

Xerxes asintió.

–Enseguida voy a decírselo a los guardias.

Para distraerse de su mal humor, Thane observó la lujosa suite que había junto a su dormitorio. El aire estaba lleno de vapor de agua que ascendía hacia la cúpula. Del centro del techo colgaba una enorme araña de cristal, y todas las paredes eran de mármol blanco y dorado. Bajo unos enormes arcos había leones de alabastro. Aquellos arcos servían de puerta para un enorme armario en el que guardaba sus... juguetes. Había un espejo de marco dorado sobre el lavabo. En el marco había engastados rubíes, zafiros y esmeraldas.

Había diseñado aquella habitación para las mujeres con las que se acostaba. Y, sin embargo, nunca había permitido que ninguna mujer pasara allí. Ni siquiera Kendra.

¿Qué pensaría la humana de la decora...?

Atajó aquel pensamiento antes de que pudiera tentarlo. La opinión de la humana no tenía ninguna importancia.

Cuando entró al salón, se sentó en el sofá. Bjorn tomó una bandeja llena de galletas y panecillos, y se sentó a su izquierda. Xerxes le sirvió una copa de whiskey y *ambrosía*, y se la tendió. Después, se sentó a su derecha.

Thane aceptó el ofrecimiento de ambos con un asentimiento. Devoró la comida y apuró la copa de un solo trago.

—Seguro que tienes bastantes preguntas —dijo Xerxes.

—Muchas —dijo él. Sin embargo, quería empezar por la que más le torturaba—. ¿Cómo estás, Bjorn? Antes de que yo acabara en el campamento de los fénix, te vi desaparecer en un callejón.

Había ocurrido en una noche fatídica. Justo antes de que Kendra consiguiera esclavizar a Thane, sus amigos y él estaban luchando contra una nueva raza de demonios. Eran sombras que se deslizaban sigilosamente por el pavimento de cemento agrietado y sucio, impulsadas por su hambre de sufrimiento humano y de carne.

Bjorn había sufrido una herida, y de la herida había brotado una sustancia pegajosa y negra. Acto seguido, él se había desvanecido como por arte de magia.

Thane y Xerxes se habían puesto frenéticos, pero antes de que pudieran buscar a su amigo, Kendra había abierto los ojos y le había ordenado a Thane que se trasladara al campamento de los fénix.

Y él había obedecido sin poner objeciones.

«Oh, Kendra, las cosas que voy a hacerte...».

La princesa fénix tenía una nueva cadena de esclavitud alrededor de la cintura. Aquella atadura bloqueaba sus poderes, y Kendra estaba tan indefensa como él mismo había estado en su campamento.

–No puedo contaros lo que pasó, ni explicaros lo que me va a suceder en los próximos meses –dijo, finalmente, Bjorn, y Thane percibió un tono de sufrimiento en su voz–. Me han obligado a jurar que mantendría el secreto.

Thane se tragó una maldición. Los Enviados no podían romper sus promesas; era una imposibilidad física. Ni siquiera los degenerados como ellos podían hacerlo. Thane conocía a Bjorn, y sabía que su amigo nunca habría hecho un juramento a no ser porque sus seres queridos estuvieran en peligro.

Aquel era otro crimen que atribuirle a Kendra.

Si él hubiera estado presente, habría podido encontrar la forma de salvar a su amigo de aquel destino.

–Si puedo ayudarte en algo...

–Lo sé –dijo Bjorn, con tristeza–. Siempre lo sé.

«Tengo que hacer algo», pensó Thane. Cualquier cosa que afectara a la felicidad de su amigo le afectaba a él también.

–¿Y los demonios que mataron a Germanus? ¿Los han encontrado? –preguntó. Aquella era su segunda preocupación más importante. Antes de caer en las garras de Kendra, su deber y su mayor privilegio había sido dar caza a los demonios que habían decapitado al rey de los Enviados.

–No, por desgracia –respondió Xerxes.

Así pues, tenían mucho que hacer. Encontrar una solución para el problema de Bjorn. Encontrar a los demonios. Castigar a los fénix. Hablar con la humana.

Estaba deseando hacer aquello último, y eso le irritaba. No quería depender de nadie, nunca; pensó que, tal vez, lo mejor que podía hacer era evitarla y resignarse a que sus preguntas quedaran sin respuesta.

Aunque sintió una punzada de dolor, se obligó a asentir. La evitaría. Y sería fácil. En muy poco tiempo habría olvidado que ella estaba allí.

Con movimientos tensos, se inclinó sobre la bandeja y tomó otra galleta. Para que todos se animaran, dijo:

—No tengo que preguntar qué has estado haciendo tú durante mi ausencia, Xerxes. Claramente, has estado perdido sin mí.

—Claramente —respondió Xerxes, sonriendo—. Pero antes de que vuelvas a tu habitación, tengo que sacar mis cosas de allí. Aproveché la oportunidad... digo, la tragedia, de que estuvieras ausente, para utilizarla.

—Ah. Seguramente, la has convertido en la habitación de tus sueños para hacer punto.

Bjorn se limpió los labios con el dorso de la mano.

—Si ahora te ha dado por hacer punto, quiero un jersey para Navidad.

—Pues es una pena —replicó Xerxes—, porque ya te he empezado un bozal.

—¿Un jersey con bozal? Muy efectivo —dijo Thane—. Yo quiero unos calcetines.

—¿Para esconder tus pezuñas? —preguntó Bjorn. Qué gracioso.

—Te diré que tengo unos pies preciosos.

—Si te vas a poner poético con la gran belleza de tus dedos de los pies, vomito —dijo Xerxes, agarrándose el estómago.

—Oh, qué cerditos —dijo Thane—. Qué monadas sois. No me extraña que pongáis a tantas mujeres... en celo.

Bjorn se echó a reír.

Xerxes cabeceó, conteniendo la sonrisa.

—¿Y por qué hemos empezado a hablar de este tema, de

todos modos? El día que yo aprenda a hacer punto, por favor, clavadme un puñal en el corazón.

Aquello. Aquel era el motivo por el que él adoraba a aquellos chicos. La camaradería. Las bromas. La aceptación.

–De acuerdo –dijo, con una enorme sonrisa–. ¿Y qué hacemos si te da por hacer cestos de mimbre?

–¿No os parece increíble? Es tan... vaya... No había visto nunca algo tan maravilloso. Creo que me voy a echar a llorar de la emoción.

Elin observó a las cuatro mujeres que estaban mirando por la ventana de aquella espaciosa habitación. Era el dormitorio que iba a compartir con Octavia, la mujer vampiro, con Chanel, que pertenecía a la raza de los fae, o hadas, Bellorie, la arpía y Savanna Rose, Savy, la sirena.

De niña, su madre le había enseñado todo sobre las diferentes razas de inmortales.

Los fénix y los fae eran enemigos natos. El motivo era que las hadas descendían de los Titanes, los actuales dirigentes del nivel más bajo de los cielos, el nivel en el que se encontraban, y los fénix descendían de los Griegos, los antiguos dirigentes de aquel nivel.

Las arpías eran como una especie de vampiro pueblerino, con sangre de demonio, y vivían para el derramamiento de sangre, más que para bebérsela. Aunque, en realidad, necesitaban beber sangre para curarse de las heridas mortales.

Los vampiros eran una mezcla de Titán y Griego y, pese a lo que creyeran los humanos, no ardían espontáneamente cuando salían al sol. Y, al contrario que el resto de las razas inmortales, no se esforzaban por vivir en secreto. Eran los más famosos seres de Mitopía.

Mitopía era el nombre que Elin le había dado al mundo de los inmortales.

Las sirenas eran muy misteriosas, y solo emergían de sus cavernas del fondo del océano una vez al año, para seducir y matar a humanos desprevenidos.

Desde el momento en que Neón, que en realidad se llamaba Xerxes, la había dejado en aquella habitación, diciéndoles a las chicas que era una humana, que iba a ayudarlas en el bar y que no le hicieran daño, las cuatro bellezas habían sido agradables con ella, y le habían contado muchas cosas de su vida.

A Elin le había sorprendido mucho aquel recibimiento con tan pocas complicaciones, y todavía estaba anonadada.

–Elin, ven a echar un vistazo –le dijo Chanel–. Prepárate para alucinar.

Bjorn, el otro Enviado, había encontrado al hada cuando era niña, después de que sus padres la hubieran echado de su reino, Séduire, por motivos que Chanel no quería explicar. Era una muchacha de pelo casi blanco y ojos muy azules.

Elin se acercó a la ventana con algo de recelo, puesto que no sabía si sería algún truco; sin embargo, las chicas le hicieron sitio y, de repente, vio la puesta de sol más maravillosa de su vida. Sobre una inacabable expansión azul y dorada, había masas de nubes rosas y moradas que se perdían en el horizonte.

–Es increíble –dijo. Nunca había visto el cielo desde un lugar tan cercano.

–No creo que estemos mirando lo mismo –dijo Octavia. Thane había rescatado a aquella muchacha de unos humanos que querían clavarle una estaca en el corazón–. Sí, los colores son preciosos, mágicos. Sin embargo, lo que queremos que veas está más abajo, pétalo.

¿«Pétalo»? Bueno, era mejor que «esclava».

Miró hacia abajo y gritó. El patio que había frente al club estaba lleno de fénix clavados al suelo con estacas. Todas las víctimas estaban en un charco de sangre roja.

Elin tuvo que apretarse la boca con un puño para no

gritar más. Con el estómago encogido, se alejó de la ventana.

Su madre le había dicho que la mayoría de las razas inmortales eran malignas. «Son depredadores con un exacerbado instinto de supervivencia. No lo olvides. Y, si alguna vez yo no estoy aquí para protegerte, no confíes en nadie, y utiliza a todo el mundo. ¿Lo entiendes? Es tu única posibilidad de sobrevivir».

A Elin le tembló la barbilla. Al recordar a su madre, siempre recordaba su muerte; sin poder evitarlo, vio a Renlay en el suelo de una tienda, empapada en sudor y en sangre, con su bebé muerto entre los brazos, llorando en su agonía...

Aquello volvió a romperle el corazón...

–Hay una cosa que está clara, chicas –dijo Bellorie, apartando a Elin de aquel lugar oscuro al que había vuelto sin querer–. La próxima vez que salgamos del club vamos a tener que ponernos botas de agua.

¿Esa era su conclusión?

–Las manchas de sangre se quitan con soda y vinagre –continuó alegremente la arpía–, pero los baños de sangre, no.

Xerxes había comprado a aquella impresionante pelirroja en el mercado de esclavos y la había liberado. Su familia, como la de Elin, estaba muerta, así que la chica no tenía a nadie en el mundo. Así pues, había elegido quedarse allí.

–¿Crees que Thane recibirá a todas las fénix con una estaca a partir de ahora? –preguntó Savy. Era la más joven del grupo, y la belleza más exquisita de todas. Tenía el pelo negro, con reflejos azules, los ojos dorados y la piel morena. Una vez había ayudado a Thane, «ese amor de hombre», en una misión, y él le había concedido un hogar y un trabajo como recompensa.

¿«Ese amor de hombre»? A Elin le costaba identificar al Thane magnánimo que le habían descrito las muchachas con el Thane frío y reservado que la había echado en brazos de su amigo, había desaparecido y se había olvidado por completo de ella. Ah, y que había decorado la entrada a su edificio con seres vivos.

¿Quién era Thane de verdad?

Las acciones tenían más importancia que las palabras; por lo tanto, aquello que estaba viendo era su reflejo más real. Elin se estremeció de horror. Si, alguna vez, ella lo enfurecía, tal vez le hiciera lo mismo.

—Sí, seguramente —dijo Bellorie—. La sed de venganza les pintará a todas una diana en la espalda.

Bien, con eso, sus dudas quedaron resueltas: Thane no podía saber que ella era una mestiza.

No debía enterarse nunca.

«Vamos, sácales información a las chicas».

—Y… ¿había hecho algo así antes?

Ellas se volvieron a mirarla, una a una. Sus expresiones eran de pena y resignación.

—Siempre ha sido brutal con sus enemigos. Hemos oído hablar de sus sesiones de tortura con los demonios —respondió Savy—. Los Enviados saben usar muy bien los cuchillos.

—Y los martillos.

—Y las sierras.

—Y el arco y las flechas.

—Sin embargo, nunca había hecho nada tan violento con tantos a la vez —añadió Savy—. Por lo menos, que yo sepa.

—No te preocupes, pétalo —le dijo Octavia—. Es muy bueno con sus empleados. Si no le robas, todo irá bien.

—Ni le mientes.

—Ni lo traicionas.

—Ni insultas a ninguno de sus amigos.

—Ni intentas hacerle daño físico —terminó diciendo Octavia, y se encogió de hombros.

Elin tragó saliva. Ella le había cortado una vez, con un cristal. ¿Lo recordaría, y querría vengarse?

Decidió que iba a ser muy buena empleada, de modo que él nunca tuviera motivos para castigarla, ni para hablar con ella… ni para fijarse en ella.

–Ah, y un último consejo –dijo Bellorie, moviendo el dedo delante de su cara–. No intentes llevarte a la cama a Thane.

–Ni a un armario.

–Ni a la mesa de la cocina.

–Ni al suelo.

–Oh, no os preocupéis –dijo Elin.

Bay había perdido la vida por su culpa; porque ella se había dejado llevar por sus sentimientos hacia él, y lo había puesto en el camino de los fénix.

Si él no podía vivir la vida al máximo, ella tampoco lo haría. Era lo justo.

Y, sí, aquello era un castigo que se infligía a sí misma. Seguramente, un psicólogo encontraría una mina de enfermedades en su cabeza, pero había tomado aquella decisión, e iba a respetarla.

–Bueno, de todos modos, Thane no se acuesta con sus empleadas –continuó Bellorie–. No me malinterpretes; yo podría seducirlo si quisiera. Soy así de irresistible. Pero prefiero contener mi atractivo sexual mientras estoy aquí. Para tu información, ese es el motivo por el que no te has abalanzado sobre mí sin poder evitarlo, Elin. De nada.

Savy puso los ojos en blanco, con resignación.

–Te equivocas, Cohete.

Qué apodo tan interesante.

–¿Cómo te atreves? –inquirió Bellorie, mientras daba una patada en el suelo–. ¡Elin se abalanzaría sobre mí si yo diera rienda suelta a mi destreza sexual!

La sirena se pellizcó el puente de la nariz.

–¿Por qué me tomo la molestia? No estaba hablando de tu destreza sexual, boba.

Bellorie se calmó al instante, y movió una mano en el aire.

—Entonces, puedes continuar.

—Thane sí se acuesta con sus empleadas —dijo Chanel—, pero muy rara vez. Y, cuando todo termina, la chica se va. Nunca vuelve a trabajar aquí, ni vuelve a tomar una copa, porque se le prohíbe el paso al local para siempre.

Entendido. Thane era mujeriego.

Según sus amigas de la universidad, había que tener una personalidad muy dura para ser un criminal reincidente, porque todo el mundo sentía vergüenza al dejar tantos corazones rotos por el camino.

Con el tiempo, Elin le había tomado mucho miedo a que la usaran. No porque pensara que no podía soportar el bagaje emocional, sino porque su madre lo habría averiguado y habría ido a vengarse del individuo en cuestión.

Renlay no habría podido librarse de una segunda denuncia por agresión.

Había sido muy difícil tener una madre que estaba dispuesta a romperle la nariz a otra niña por haber hecho llorar a su hija.

Tal vez Renlay se hubiera acostumbrado a vivir entre los humanos, pero nunca había perdido su lado salvaje.

A Elin se le encogió el corazón, y se le llenaron los ojos de lágrimas.

Cuando se había dado cuenta de que las cosas con Baylor Vale iban en serio, le había sugerido que se casaran, pese a ser tan jóvenes. Él le había dicho que la quería más que a nadie en el mundo, así que se habían casado enseguida. Tres meses después, Bay estaba muerto y ella estaba esclavizada.

Si hubiera sabido lo que iba a ocurrir, no le habría dirigido la palabra.

«Oh, Bay. Nunca sabrás cuánto lo siento».

—Yo no deseo a Thane —dijo Elin—. Y no lo desearé nunca.

Savy y Bellorie sonrieron. Chanel cabeceó con una evidente incredulidad. Octavia dijo:

–Todas las presentes en esta habitación nos acostaríamos con él.

Vaya. Qué agradable.

–Noche tras noche –continuó la chica–, verás a Thane entrar en el bar, elegir a una fémina, ligársela y llevársela a su habitación especial. Tú también querrás entrar, pétalo, te lo garantizo. No te importará lo que a él le gusta hacer allí. Te doy una pista: hay cadenas de por medio. Empezarás a desear una invitación que no vas a recibir nunca.

Un momento.

–¿Qué hace con esas cadenas?

Chanel sonrió.

–Los cotilleos son otra cosa que a Thane le horroriza, así que tendrás que averiguarlo por ti misma. Y lo averiguarás. Alguna mañana te tocará entrar a limpiar la habitación, incluso a limpiar a la fémina en cuestión.

Ni hablar. Ni en sueños. Limpiar habitaciones después de una orgía no estaba entre las atribuciones que ella había firmado en su contrato. Además, ni siquiera quedaría bien en su currículum.

–Bueno, ya está bien de charla –dijo Bellorie–. Vamos a darle a esta chica un uniforme. El club abre dentro de unas horas, y me da la sensación de que no está bien preparada. No te ofendas –añadió, mirándola con una sonrisa–, pero tienes aspecto de ser tan fiera como un conejito recién nacido.

–No te preocupes –dijo Elin. No estaba preparada, y no podía negar que no sentía ninguna agresividad. Más bien, tenía ganas de que la abrazaran.

–¿Alguna pregunta? ¿Algún comentario? –preguntó Savy–. ¿No? Bien.

–¡Sí! –dijo ella, rápidamente–. Tengo preguntas. Muchísimas preguntas.

–No te preocupes –replicó Savy–. Esta noche, imítanos en todo. Aprende a tomar los pedidos y a tratar a los clientes conflictivos. Por supuesto, eso significa que nos quedaremos con todas tus propinas. Con el dinero, con el oro –dijo, y suspiró de manera soñadora–. Y con tus joyas.

¿Oro? ¿Joyas? Al cuerno con las preguntas.

–Contadme más cosas.

Bellorie se abrió un poco el cuello de la camisa y le mostró un colgante. Era una calavera con dos tibias cruzadas al estilo pirata, hecha de zafiros.

–Anoche, un mutante oso me regaló esta preciosidad solo por ponerle miel a su cerveza.

¡Vaya! ¿Cuánto podían valer unas cuantas joyas como aquella? ¿Lo suficiente para poder abrir su pastelería?

–Ah, antes de que se me olvide –dijo Bellorie, dando una palmada–. Al final de tu turno, puedes acostarte con quien quieras, pero no puedes traerlo a esta habitación. Los clientes no pueden entrar aquí y, si lo hacen, los matamos al instante. Puedes marcharte con él adonde tú quieras, pero asegúrate de que sabes volver al club. Y, como no eres inmortal, ten cuidado de no caerte por el borde de la nube.

«Nota: No salir jamás del edificio».

–No estoy buscando ninguna relación –les aseguró–, así que no me voy a marchar con nadie.

Octavia arqueó una ceja.

–No exageres, pétalo. Nadie está hablando de una relación.

Buena observación.

Chanel se puso en jarras y estudió con atención a Elin.

–Si conozco a los hombres, y los conozco bien, tú eres de las que les gustas a los tipos protectores. No eres una gran belleza, pero tienes algo que... Tal vez sea la vulnerabilidad. Querrán salvarte.

–No necesito que nadie me salve –dijo ella.

Las cuatro chicas se echaron a reír.

–¿Qué pasa? –preguntó Elin, un poco molesta–. Es verdad, no necesito que nadie me salve.

Era cierto; ya no lo necesitaba. Thane se había ocupado de eso.

Savy se encogió de hombros.

–Si tienes algún problema, ve a ver a Adrian, el jefe de seguridad. Y si no lo encuentras, ve a ver a Bjorn. Él es el encargado de los empleados del bar. Y, si tampoco lo encuentras a él, ve a buscar a Xerxes. Hagas lo que hagas, no vayas a buscar a Thane. Y menos ahora –dijo, y miró por la ventana con una sonrisa de orgullo–. Me da la sensación de que esta no es la última disputa que va a terminar con un buen derramamiento de sangre.

¡Estupendo! Elin no pudo evitar pensar, de nuevo, que a ella también iba a clavarla al suelo con estacas.

«¿Acaso he cometido un grave error al venir aquí? Debería haberme arriesgado a volver al mundo de los humanos y haberme convertido en presa de Ardeo y sus hombres?».

Octavia la miró con sus ojos verdes y brillantes, y se acercó a ella. Le dio un azote en el trasero y le dijo:

–Vamos, humana. Hay que conseguirte un uniforme. Y, mientras te arreglamos, te lo contaremos todo sobre la mejor parte de tu nueva vida. Porque, ahora, eres miembro de nuestro equipo de lucha, ¡los Multiple Scorgasms!

Capítulo 4

Se despertó al oír un grito desgarrador. Era suyo.

Thane recuperó la conciencia. Estaba en su habitación, en su propia cama, y estaba muy oscuro. Tenía todo el cuerpo empapado en sudor, y le faltaba el aire. Tenía los músculos doloridos y atenazados... de forcejear.

Bjorn y Xerxes estaban a su lado, sujetándolo contra el colchón.

Había tenido otra pesadilla que lo había transportado al calabozo de los demonios, a su cautividad. A la humillación, la frustración, el dolor, la rabia, la indefensión. A medida que sus ojos se acostumbraron a la oscuridad, vio que tenía el pecho lleno de sangre. Como de costumbre, había intentado arrancarse el corazón.

Cualquier cosa, con tal de acabar con aquel tormento que él disimulaba tan bien. Hasta que bajaba la guardia, y todo se descontrolaba...

Sin embargo, todo podía remediarse. Aquella noche volvería a tener una amante. No había vuelto a hacerlo desde que había vuelto del campamento de los fénix, y estaba padeciendo los efectos de la abstinencia sexual. Se agotaría por completo, y no tendría fuerzas para moverse cuando llegara la siguiente pesadilla.

Bjorn y Xerxes notaron su cambio de actitud, y lo soltaron. Él se desplomó sobre la cama.

–Gracias –murmuró.

–Casualmente, destruir pesadillas es una de mis especialidades –dijo Xerxes. Encendió la lámpara de la mesilla, y una suave luz dorada invadió la habitación.

–¿Y en las ocasiones en las que tú eres la pesadilla? –preguntó Bjorn.

–Yo nunca soy la pesadilla. Siempre soy la fantasía.

Bjorn soltó un resoplido.

Un segundo después, los dos estaban tirados sobre la cama, sin querer marcharse. Thane sabía por qué. Estaban dispuestos a renunciar a su descanso con tal de distraerlo.

No podía haber mejores amigos que ellos.

–¿Alguien más se siente como si esto fuera una fiesta de pijamas femenina?

El corazón de Thane se fue calmando. Sonrió, se incorporó y se apoyó en el cabecero de la cama.

–Si empezáis a hablar de chicos guapos y vestidos para el baile de graduación, os pego un tiro.

–Un momento, ¿va a haber un baile? –preguntó Bjorn, con entusiasmo–. ¡Por fin tengo la oportunidad de ser el rey!

–Si alguien va a ser el rey del baile, ese soy yo –replicó Thane–. Mirad esta cara. Soy una máquina de hacer dinero.

Bjorn se puso las manos detrás de la cabeza, a modo de almohada.

–Lamento decírtelo, angelito, pero hasta en las barracas de circo venden tazas para hacer dinero.

Thane le dio una patada y lo tiró por el borde de la cama. Se oyó un golpe contra el suelo, y Xerxes se echó a reír. Bjorn se levantó tartamudeando de indignación.

Se cruzó de brazos y miró a Thane con los ojos entrecerrados.

–Y, con respecto a ese baile de graduación... ¿quieres que adivinemos a quien coronarías tú como tu reina?

Thane se puso rígido.

—Bien jugado, amigo mío. Bien jugado.
Bjorn sonrió.
—Es mi única forma de jugar.

La vida de camarera era una peste.

La única ventaja eran las propinas, pero Elin no había ganado ninguna todavía. Durante aquellas primeras cuatro noches, había seguido e imitado a sus compañeras, y había observado el potencial del trabajo. Se le había hecho la boca agua.

La principal desventaja: el uniforme. Un sujetador que hacía las veces de camiseta, y un retal de tul que hacía las veces de falda. Estaba segura de que iría más tapada en una playa nudista.

En sus horas libres, y pese al miedo que tenía a caerse de la nube, se había convencido a sí misma a explorar el patio trasero del edificio. Había encontrado un jardín bastante abandonado, y había pasado mucho tiempo quitando malas hierbas, cosa que solía hacer con su madre cuando vivía en Harrogate, antes de que la familia se hubiera mudado a Arizona.

Había sido agradable, pero... ¿cuánto debía quedarse allí? ¿Meses? ¿Un año?

No. Como mucho, algunas semanas. Cuanto más se quedara, más se arriesgaba a que Thane averiguara cuáles eran sus ancestros.

Y ella prefería morir a tener que enfrentarse a su ira.

Por otro lado, era mejor que se quedara allí. Si estuviera sola, el rey de los fénix la capturaría y la torturaría para obtener información sobre lo que Thane había hecho con su gente.

Suspiró. Al menos, por el momento estaba segura. Nadie le pegaba por decir la verdad, ni la metían en una jaula, ni la enterraban en la arena para que las hormigas le mordieran la única parte expuesta del cuerpo, la cara. No la trataban como a un animal por el mero hecho de ser humana.

Comía regularmente, tenía televisión y ordenador, y estaba haciéndose amiga de cuatro mujeres adorables que le recordaban a su madre.

Elin sonrió al pensar en la conversación que habían mantenido las chicas la noche anterior.

–Ayer entró en el bar un hombre lobo guapísimo –dijo Bellorie–. Ya estaba borracho, y se paró a mirarme como si nunca hubiera visto nada más bello. Por supuesto, nunca lo había visto.

–Hasta que entré yo –replicó Savy.

–Yo debía de tener el día libre –intervino Octavia.

–Y yo estoy segura de que me había marchado con Octavia –apostilló Chanel.

–Vaya, ¿cómo podéis ser tan narcisistas? –inquirió Bellorie.

–Yo no soy narcisista –contestó Chanel–. Soy perfecta.

–Bueno, no importa –prosiguió Bellorie–. El tipo me besó, pero se apartó de mí y se disculpó. Me dijo que había creído que yo era su mujer, porque me parecía a ella. Le di un rodillazo en las pelotas, y le llamé mentiroso e hijo de troll. Entonces, me dijo que yo hablaba como su mujer.

–Y seguro que tú le pediste que la llevara al club la próxima vez, porque tenía que ser la persona más inteligente del mundo –dijo Octavia.

Bellorie pestañeó inocentemente, y preguntó:

–Ah, entonces, ¿estabas allí?

Las divas inmortales eran muy divertidas.

Sin embargo, las chicas eran algo más que guapas y divertidas. Eran buenas con ella, y tenían adicción al peligro. Eran muy competitivas. Se tomaban muy en serio el campeonato de esquive de rocas, que era exactamente lo que decía su nombre: un deporte que consistía en esquivar las rocas que lanzaba el equipo contrario.

Ojalá fueran miembros de un club de jazz.

Se entrenaban todos los días, y muy en serio. Corrían para aumentar su resistencia, y se chocaban contra bloques de hormigón para incrementar su umbral de dolor. Recorrían trayectos muy complicados, llenos de obstáculos, mientras soslayaban las armas que les lanzaban las otras chicas. Cosas como cuchillos, estrellas de metal y martillos.

Estaban decididas a ser campeonas nacionales.

Elin casi no sobrevivía a los entrenamientos, y eso que, por el momento, solo le permitían mirar.

Se oyó el tintineo de unos platos, y Elin volvió a la realidad.

Aquella noche, iba a tocar una banda en directo en el bar. El grupo estaba formado por cinco Enviados, y se llamaba Shame Spiral. Estaban colocándose en el escenario y, sin querer, Elin miraba una y otra vez al cantante.

La palabra «sexy» no era suficiente para describirlo. Tenía una sonrisa lenta y sensual, cargada de todo tipo de sugerencias provocativas.

«Vamos, Elin, ocúpate de tu trabajo», se dijo.

Muy pronto tendría que atender las mesas y, por primera vez, iba a hacerlo sola. Sabía que era capaz de hacerlo, porque había aprendido mucho. ¿Cuál había sido su lección más importante? Encontrar un nicho, y mantenerse en él. Todas las chicas tenían el suyo.

Bellorie flirteaba escandalosamente.

Savy era muy estricta.

Octavia actuaba con timidez.

Chanel fingía que era una cabeza de chorlito.

Elin pensaba que ella podía adoptar el papel de buena amiga.

Las chicas no se daban por ofendidas cuando alguien les pellizcaba el trasero, ni cuando algún tipo se las sentaba sobre el regazo, o cuando las manos masculinas viajaban a algún lugar donde no deberían viajar. Aunque Elin anhelaba el contacto con los demás, no quería que la manosearan y, seguramente, no podría fingir lo contrario. Seguramente, se asustaría y gritaría, y los clientes se ofenderían. Perdería las propinas, y haría que Thane se enfadara. Por lo tanto, sería mejor para todo el mundo que impidiera cualquier intento de manoseo.

Tamborileó con los dedos en el mostrador de caoba que separaba a los clientes de los empleados. Aquella parte había sido remodelada hacía poco tiempo, y resplandecía pese a lo tenue de la iluminación. Las paredes eran de alabastro, y tenían grabados signos intrincados. El suelo era de mármol y estaba pulido, y el mobiliario era nuevo.

Kendra había intentado quemar el edificio antes de que Thane la llevara a su campamento y la dejara allí, pero Adrian, el jefe de seguridad de Thane, había conseguido evitar el incendio.

Los clientes iban a empezar a llegar en cualquier momento. ¡Millones de clientes! Los fénix que estaban clavados al suelo en el patio delantero habían atraído a mucha gente todas las noches. Unos cuantos habían pedido, incluso, que les permitieran hacerse una fotografía en el patio de los horrores.

«Creo que nunca podré acostumbrarme a este mundo».

–¿Nerviosa?

Aquella voz grave la sobresaltó, y se giró para ver quién le había hablado.

Era Adrian. Un hombre enorme, y elegante también, aunque recordara vagamente a un neandertal. Tenía la frente muy ancha, y el arco de las cejas prominente, una nariz afilada, y los labios increíblemente carnosos. No tenía una belleza clásica, pero sí era guapo. Tal vez, porque era muy masculino.

Era inmortal. Irradiaba demasiado poder como para ser humano; Elin notaba las ondas de su fuerza en la piel cada vez que se le acercaba. Sin embargo, no sabía a qué raza pertenecía.

¿Debería tratar de conseguir su protección?

–Muy nerviosa, sí –respondió, por fin.

Tal vez él la despreciara por pedir ayuda. O, como hacían los fénix, se aprovechara de sus miedos y debilidades para someterla.

—No tienes por qué estarlo. Thane no permite que quienes están bajo su protección sufran ningún daño. Las consecuencias pueden ser muy graves para el atacante. Eso significa que yo tampoco lo permito. Solo a un idiota se le ocurriría golpearte.

—Ese es el problema. El alcohol crea idiotas. Y yo no soy como las otras chicas, que pueden defenderse perfectamente en una habitación llena de hombres libertinos y sádicos. Aunque, bueno... no es que todo el mundo sea un libertino —añadió, rápidamente. ¡Demonios! Su turno ni siquiera había empezado, ¿y ya estaba escupiendo vómitos verbales?—. Ni un sádico. No, de veras.

Además, ¿cómo iba a saber Thane lo que le hicieran a ella los clientes? No había vuelto a verlo desde el primer día, ni a él ni a sus dos amigos.

Aunque ella no lo había buscado con la mirada por todo el bar.

Ni tampoco lo había esperado. Ni se había acostado todas las noches profundamente decepcionada, sintiéndose como si él la hubiera abandonado. ¡Eso era una tontería! Apenas lo conocía.

—La gente nunca se olvida de mis consecuencias, por mucho alcohol que beban —dijo él—. Me han ordenado que cuide bien de ti, y eso es lo que voy a hacer.

—Gracias. Pero ¿quién te ha pedido que cuides bien de mí?

¿Acaso Thane había estado pensando en ella?

—Xerxes.

Ah.

«No, no voy a permitirme sentir más desilusión».

Sobre todo, porque no tenía sentido. Xerxes, y también Adrian, estaban cuidando de ella. Para ser una antigua esclava, aquello era un sueño hecho realidad.

–Tengo que advertirte una cosa –le dijo a Adrian–. Esta noche voy a decir cosas que no debería. Los tíos se van a creer que mi trasero es parte de su pedido, y yo no voy a poder evitarlo. Seguramente, habrá peleas, y en cuanto empiecen, me iré a un rincón a acurrucarme y chuparme el pulgar.

Él sonrió.

–Yo me ocuparé de eso.

¿Le divertía? ¿De veras?

–¿Y mi comportamiento no va a ahuyentar a los clientes?

Adrian estiró un brazo, como si fuera a darle una palmadita en la cabeza, pero se detuvo antes de tocarla.

–Qué humana más boba. Te recomiendo que pienses antes de hablar.

¡Eh! Sus preguntas eran muy meditadas.

–Bruto insultante... –murmuró.

Él soltó una carcajada.

–O, mejor, no, no pienses. Me gusta tu carácter.

En aquel momento, tres hombres de un clan de las hadas entraron en el bar. Todos tenían el pelo rubio, casi blanco, y los ojos azules de su raza. Iban vestidos de una manera excéntrica, con camisetas de plumas y pantalones muy ajustados.

Mientras ocupaban una mesa apartada, Adrian se alejó, y ella volvió a ponerse muy nerviosa.

Por lo menos, el grupo comenzó a tocar. Una canción de amor. O, más bien, una canción de sexo. El cantante tenía una voz muy seductora.

–Vaya –murmuró Bellorie, que se había detenido al lado de Elin–. Acaba de llegar el trío más desagradable de todo el bar.

Savy apareció al otro lado.

–No seas así –dijo–. Al fin y al cabo, son desagradables con todo el mundo, porque no saben ser de otra manera. Pero hoy no tenemos ninguna necesidad de aguantarlos. Elin tiene que estrenarse y, ¿qué mejor forma de empezar?

—preguntó, y miró a Elin—. Esos tipos de las hadas son clientes habituales. Son pretenciosos y estúpidos, y muy tacaños con las propinas. Lo máximo que hemos conseguido de ellos han sido diez dólares. Si tú consigues un solo céntimo más, te daré todas las joyas que gane esta noche.

—Yo también —dijo Bellorie, dando palmaditas—. Oh, va a ser muy divertido. Me encanta ganar, y esta es una victoria segura.

Elin pensó rápidamente. ¿Quedarse con todas las joyas de las propinas? Sí, por favor. Sus ahorros empezarían con muy buen pie.

—¿Y qué queréis vosotras, si pierdo? —preguntó—. Acordaos de que no tengo nada, solo la ropa que traía puesta.

Savy sonrió de una manera perversa.

—Si pierdes, tendrás que servir a esos tres idiotas durante todo el tiempo que pases aquí. Sin excepciones.

—¿De veras son tan malos?

—Sí —dijeron las chicas, al unísono.

—El más alto de todos me llamó fea —dijo Bellorie, alzando la nariz.

¡Vaya imbécil!

—Tú no eres fea. Eres impresionante. Y acepto la apuesta —anunció Elin. Se armó de valor y se encaminó hacia la mesa—. Hola —dijo, con una gran sonrisa de amiga—. Soy Elin, y voy a ser vuestra camarera esta noche.

Ninguno de los tres tipos la miró. Siguieron con su conversación.

—¿Que los nuevos reyes quieren hacer qué? No, hay que impedírselo.

—¿Y quién puede impedírselo? Kane es uno de los Señores del Inframundo, y Josephina es una succionadora.

—Alguien que tenga un rifle de larga distancia.

«Por favor, seguid comportándoos como si yo no existiera. Es muy divertido», pensó Elin, irónicamente.

—Me encantaría traeros algo de beber —dijo.

Y fue nuevamente ignorada.

Con exasperación, miró hacia la barra, y vio que Bellorie estaba sonriendo como una loca. Elin le sacó la lengua. Bellorie le hizo una señal con el dedo corazón estirado.

Elin tosió para disimular una carcajada y pensó en su siguiente intento. Decidió ponerle una mano en el hombro al cliente que estaba a su derecha.

Él se puso muy rígido, le agarró la mano y se la apartó con tanta fuerza que ella se tambaleó hacia atrás.

—No me toques, o te mato, *camarerucha*.

—Tomo nota —dijo ella, con un nudo en la garganta.

Tenía ganas de salir corriendo, pero pensó en la victoria, en las joyas, en la pastelería.

Y se quedó allí. Notó una caricia de poder en la nuca, y se giró. Allí estaba Adrian. Ella tragó saliva, esperándose lo peor. Sin embargo, al ver que él no la reprendía por tocar a un cliente sin permiso, se giró de nuevo hacia el trío y suspiró de alivio.

Ellos estaban mirando a Adrian con los ojos cristalinos llenos de terror.

—Bueno... eh... ¿Qué os apetece tomar? —les preguntó.

El hada que estaba más cerca de ella pestañeó varias veces, y dijo:

—Ambrosía con whiskey.

Ella hizo ademán de anotarlo, pero recordó que no le habían permitido tomar papel y lápiz, porque era algo demasiado típico de los humanos. Tenía que memorizar todo lo que le pidieran, y rellenar los vasos de las bebidas sin volver a preguntar.

—¿Y tú?

—Vodka con ambrosía.

Elin pensó en la severa advertencia que le había hecho Bellorie aquella misma mañana: «No se te ocurra probar la ambrosía. Es una bebida para inmortales, y te mataría».

—¿Y tú?

—Sorpréndeme. Y que sea una buena sorpresa.

Maravilloso.

—Por supuesto que sí –dijo ella.

Después, retrocedió, pensando que iba a toparse con Adrian. Sin embargo, él ya no estaba a su espalda. Volvió a la barra. Las chicas ya no estaban allí.

Le dijo al barman lo que necesitaba.

—Hagas lo que hagas para la tercera bebida, pon una sombrilla de papel de adorno en el vaso –le pidió. Aquella era una buena sorpresa, ¿no?

El guapísimo barman, que tenía el pelo teñido de rosa e iba completamente tatuado, le lanzó una mirada fulminante y se dio la vuelta. Después, preparó las tres bebidas, pero no puso ninguna sombrilla de papel en el tercer vaso.

Bien. Así que a aquel barman no le gustaba charlar, ni tampoco que le hicieran sugerencias.

Chanel le había mencionado que se llamaba McCadden, y que era un Enviado que había sido expulsado de los cielos por asesino. Ah, y que estaba perdidamente enamorado de una deidad menor, la Muerte, fuera quien fuera. Además, era prisionero de Xerxes, y también su amigo. Y, por último, Chanel le había dicho que no era recomendable tener ningún encontronazo con él.

Ella cargó la bandeja.

—¿Cómo se supone que voy a saber qué hay en cada copa? –preguntó. Todas las bebidas eran negras.

McCadden se alejó hacia el otro extremo de la barra, sin responder.

¡Magnífico! Se dio la vuelta y miró hacia el escenario. Había llegado mucha gente y había varias mujeres arremolinadas junto al grupo, rogándole a Merrick que pasara la noche con ellas.

—Entiendo que Merrick es el cantante –le dijo a Bellorie, que acababa de llegar en busca de un pedido.

—Pues sí. Colecciona corazones femeninos para romperlos.

—Eso es muy triste.

—Pero así es la vida.

—Bueno, mi vida no tiene por qué ser así —respondió Elin.

Después, volvió a la mesa de los tres hombres hada, abriéndose paso entre la gente sin derramar una sola gota de las copas.

—¿Por qué has tardado tanto? —preguntó Whiskey. Parecía que había superado el miedo hacia Adrian.

¿Unos cuantos minutos le habían parecido tanto tiempo?

—Las mejores sorpresas necesitan su tiempo —dijo ella, y sonrió de nuevo. Puso las copas en el centro de la mesa; que ellos eligieran la suya—. ¿Queréis que os traiga algo más? ¿Un cuenco de frutos secos? —preguntó.

Entonces, notó que le agarraban la muñeca. Vodka comenzó a olisquearle la piel.

—Tienes un olor muy dulce. ¿De qué raza eres?

«¡Cállate, bocazas!», pensó ella, y estuvo a punto de gritárselo. Miró a su alrededor, en busca de Adrian. ¿Lo habría oído? Al ver que el jefe de seguridad estaba al otro lado del bar, se zafó de un tirón de la mano del hada. Él era más fuerte que ella, pero no la retuvo.

—Soy... completamente humana.

Ellos se echaron a reír, y ella estuvo a punto de desmayarse. Aquellos tres idiotas podían destruirla.

—Thane nunca obligaría a su apreciada parroquia a tratar con un humano —dijo Whiskey.

Elin decidió mostrarse calmada y segura, en vez de asustada. Arqueó una ceja, y preguntó:

—Entonces, ¿lo conoces bien? ¿Hablas con él a menudo?

El hada se estremeció. Claramente, lo había puesto en evidencia delante de sus amigos.

Al menos, había zanjado el peligroso tema de su origen, pero... las joyas... y la pastelería...

Sin duda, había perdido la apuesta, pero no lo lamentaba. No quería morir.

–Bueno, entonces, ¿no os apetecen unos frutos secos? –preguntó.

–No creo que Thane quiera acostarse contigo –dijo el hada que le había pedido una sorpresa, mientras se acariciaba la barbilla con sus dedos largos y esbeltos–. Pero esa sería la única razón por la que alguien como tú podría atreverse a hablarnos de ese modo.

Aquel comentario tan condescendiente molestó a Elin, pero no perdió la sonrisa. En el campamento de los fénix había aprendido a comportarse como si fuera demasiado tonta como para acusar un insulto, aunque se estuviera muriendo de rabia.

–No, de verdad, ¿conocéis bien a Thane? Porque yo llevo aquí menos de una semana, y me gustaría saber más cosas de él.

Lamentablemente, todo aquello era cierto.

Vodka puso los ojos en blanco.

–Si sobrevives la semana entera, les juraré lealtad eterna a mis nuevos reyes sin dudarlo un instante.

Los tres volvieron a su conversación.

Crisis superada.

Se dio la vuelta, con un suspiro de alivio, y con la intención de pedirles a las chicas que le cambiaran la mesa. ¿Tirar la toalla? ¿Izar la bandera blanca? ¡Patético!

De repente, todo el bar quedó en silencio. Incluso la música pasó a un segundo plano.

Thane acababa de llegar.

Era la primera vez que lo veía desde la masacre de los fénix en el campamento, y se quedó sin aliento. Él llevaba una túnica blanca y brillante, que acentuaba la fuerza de su cuerpo, y sus rizos rubios e inocentes enmarcaban toda la belleza de su rostro.

«No, no me afecta en absoluto», se dijo ella.

Él observó con sus ojos azul eléctrico el mar de caras de la sala, y se detuvo repentinamente en ella. Y su expresión se volvió abrasadora.

Por un momento, Elin se preguntó si, finalmente, habría averiguado que era una mestiza de fénix, e iba a llevarla al patio de los horrores. Se echó a temblar. Sin embargo, él comenzó a pasar la mirada por todas sus curvas, como si hubiera encontrado algo digno de estudio, y ella se estremeció.

¿Era excitación lo que veía en sus ojos?

El mundo se desvaneció a su alrededor. Solo quedaron Thane y aquella atracción animal que había entre los dos. El aire estaba cargado de electricidad, y su cuerpo hambriento le pedía a gritos una caricia.

—Thane —susurró, y se humedeció los labios.

Él emitió un gruñido en voz baja, y dio un paso hacia ella. Sin embargo, se detuvo en seco y, con una expresión dura, apretó los puños.

Se dio la vuelta, despreciándola.

Ella exhaló un suspiro. Acababa de rechazarla con una facilidad asombrosa.

El dolor de aquel rechazo la devolvió a la realidad. Estaba en un club lleno de inmortales. En su club. La gente la estaba observando con una curiosidad evidente. Gente que había visto a Thane seducir a cientos de mujeres.

Elin alzó la barbilla.

«De todos modos, no lo deseo».

—Increíble —dijo un mutante dragón, y pasó los dedos con delicadeza por la curva de una de las alas de Thane.

Él reaccionó inmediatamente; agarró la muñeca del mutante y se la partió. El dragón aulló de dolor, y ella se estremeció. Adrian apareció junto al hombre herido, y lo sacó del club.

Todo aquello sucedió en tres segundos, como máximo.

Bien, debía tomar nota: las alas de Thane eran intocables. Y, de todos modos, ella había decidido que no iba a tocarlo, ni a permitir que él la tocara a ella. Nunca.

Thane se dirigió hacia una mesa llena de arpías. Elin no oyó lo que decía, pero todas las mujeres se quedaron boquiabiertas. ¿Acaso las había amenazado de muerte? Tenía una expresión decidida, implacable.

Entonces, le tendió la mano a la más alta y la más fuerte de la mesa. Una rubia muy llamativa.

La rubia le dio la mano y, como un caballero, él esperó a que se levantara.

Así pues, no era una amenaza de muerte, sino una seducción. Elin notó algo caliente en el pecho. ¿Ira? ¿Celos? Ambas cosas.

Thane se llevó a la mujer.

¿A su habitación especial?

¿Así, tan rápidamente? ¿Tan fácilmente?

Elin agarró la bandeja con tanta fuerza que la tabla se agrietó por el centro.

Ella se sobresaltó y miró los bordes dentados de las mitades de madera. ¿Estaba tan celosa como para haberla roto? No, imposible. No conocía a aquel hombre, y no lo deseaba.

No le importaba.

Él no era más que un medio para conseguir sus objetivos. Aquel estúpido de Thane podía irse con su estúpida arpía y tener su estúpida vida amorosa, en su estúpida habitación especial.

Ella iba a olvidarlo tan rápidamente como él había elegido a la rubia.

Además, tenía que caerles simpática a aquellos tres esnobs y ganarse una buena propina.

Caerles simpática, sí... Salvo que eso no lo había conseguido.

Así que... ¿qué otra cosa podía hacer?

¿Qué haría su madre?

Fácil. Renlay mataría a todo el mundo.

Eso no funcionaba para ella. Tenía que haber otra forma.

Entonces, se le ocurrió: sí había otra forma. Tal vez le acarreara graves problemas con Thane, pero, en aquel momento, no le importaba.

«Victoria, allá voy».

Capítulo 5

Thane se puso la túnica con movimientos calmados, pese a la angustia que sentía. La arpía estaba dormida. Era una suerte que no estuviera al tanto de su estado de ánimo; habría sentido pánico, o le habría pedido una segunda vuelta.

Él no estaba de humor para ninguna de las dos cosas.

¿Cómo se llamaba? En realidad, no le importaba demasiado, puesto que no iba a volver a hablar con ella.

Se habían usado el uno al otro, habían obtenido placer. El problema era que él no estaba satisfecho.

¿Lo había estado alguna vez?

Sí, por supuesto que sí. Al menos, un poco. Durante muchos años, había llevado allí a sus mujeres, a la habitación que estaba frente a su dormitorio. Allí era donde había tenido a Kendra.

Ella era la única mujer que había pasado allí algo más que unas cuantas horas, y él se lo había permitido porque ella no tenía remordimientos después de que sus deseos depravados se hubieran calmado. Por mucho que él la hubiera asustado y la hubiera marcado. Por muy horribles que fueran las cosas que él le había pedido a ella.

Una unión perfecta, al menos en apariencia. Y, sin embargo, nunca habían encajado, nunca se habían proporcionado equilibrio el uno al otro.

Lo mismo le había ocurrido con la arpía. Aunque ella tenía ciertos deseos oscuros, y se lo había demostrado cada vez que le había pasado la hoja del cuchillo por la piel, tal y como él le pedía, y sonreía al ver que él sangraba, aquella fémina no lo había saciado. Ni siquiera cuando la había encadenado y a ella se le habían llenado los ojos de lágrimas de terror, ni cuando le había mostrado todas sus armas y le había explicado lo que iba a hacer con cada una de ellas, y la arpía le había pedido piedad... y le había pedido más.

Sus gemidos no habían sido música celestial, tal y como él esperaba. Su miedo no había apagado las llamas de su pasión, y su dolor no había aplacado a la bestia que él tenía dentro.

Ella no le había dado nada de lo que necesitaba.

¿Y qué necesitaba?

Siempre había pensado que lo sabía.

Podría tomarla de nuevo, con más dureza, con más intensidad, y podría conseguir agotarse a sí mismo. Sin embargo, no quería acostarse dos veces con la misma mujer, para evitar el riesgo de que lo esclavizaran como había hecho Kendra.

Además, ¿para qué iba a tomarla otra vez, cuando deseaba a otra?

A la...

«No, no lo digas. Ignora ese deseo, y se desvanecerá».

A la humana.

Tuvo que contenerse para no gruñir. No podía ignorar el deseo, y no podía olvidarla. Ella se le había quedado grabada en la mente. Estaba desesperado por saber cómo se llamaba. ¿Qué tenía aquella fémina?

En el campamento, lo había mirado con pánico, con terror, y él lo había detestado. Debería haber disfrutado de ello, como disfrutaba cuando lo hacían otras mujeres, pero no. No había disfrutado. Por lo tanto, no debería desearla. Sin embargo, aquella noche, en el club, solo había tenido que mirarla para sentir el apetito más grande de su vida.

Era más bella de lo que recordaba, y había percibido su olor desde el otro lado de la sala. Y había tenido que contenerse para no ir a buscarla, tomarla en brazos y llevársela.

Iba vestida provocativamente, sí, pero eso no tenía ninguna importancia; desde que había abierto el club, sus empleadas llevaban un uniforme muy escueto. Para él era como la música de ambiente; estaba allí, pero no la notaba.

Pese a su fragilidad, tenía un pecho exuberante, y unas curvas hechas para las manos de un hombre. Sus piernas se adaptarían perfectamente a sus caderas y lo sujetarían mientras él se hundía una y otra vez en ella...

¡No!

Al día siguiente iba a obligarla a llevar túnica.

Él ya no se acostaba con las empleadas. Siempre podía encontrar una amante, pero no siempre podía encontrar buenas trabajadoras. Y, si tomaba a aquella delicada humana tal y como quería hacerlo, le provocaría pánico. Le haría un daño irrevocable, en el cuerpo y en la mente.

No le gustaba pensar en que su piel de alabastro sufriera el más mínimo arañazo... ni en que el miedo se reflejara en sus ojos grises.

Qué extraño.

«Podrías ser tierno con ella. Podrías...».

No. No podía. Lo había intentado más veces, pero nunca había funcionado. Ni siquiera había podido terminar. El dolor no era solo un deseo para él; era una necesidad.

Sin embargo, pensó que, tal vez, sí le gustara ver a la humana perdida en la pasión, retorciéndose bajo él, suave, cálida y húmeda. Ella separaría las piernas y no se resistiría, porque lo desearía a él tanto como él la deseaba a ella. Él se deleitaría con la visión de su cuerpo dócil y ansioso. Le besaría todas y cada una de las pecas, y se tendería sobre ella, se hundiría en su cuerpo, y al principio haría las cosas despacio, saborearía cada sensación, antes de aumentar el ritmo.

Su miembro viril latió.

«¿Y qué ocurrirá si pierdes el control y vuelves a las viejas costumbres?».

Se quitó aquel molesto pensamiento de la cabeza, y se concentró en las cosas que había a su alrededor. Aunque aquella habitación era más pequeña que la suya, era mucho más lujosa. Del techo colgaba una araña de cristal, y las paredes estaban revestidas con tela de oro, un oro tan claro que tenía destellos nacarados. La cama era de una delicada forja, digna de una reina... de una reina de la noche. En el cabecero, y en los pies de la cama, había anillos para diferentes tipos de esposas. Para lo que él prefiriera usar durante cualquier aventura.

La arpía suspiró, y el sonido hizo que él se dirigiera a la puerta. Prefería una despedida fría y limpia.

—¿No quieres... dormir conmigo? —le preguntó ella, arrastrando las palabras a causa de la fatiga.

Demasiado tarde.

Miró hacia atrás. Ella estaba desnuda, y atada a la cama.

De repente, Thane se preguntó por qué habría accedido a acompañarlo. Él no se había puesto encantador, como otras veces. Simplemente, había dicho:

—Durante algunas horas, voy a hacerte cosas que te van a hacer llorar, y te voy a pedir que me hagas lo mismo a mí. Pero yo no voy a llorar. Te voy a maldecir, y te voy a tomar con más fuerza de la que crees que puedes soportar. ¿Estás dispuesta?

Y ella había asentido rápidamente.

Con un poco más de insistencia, sus amigas también habrían accedido. Al verla levantarse, habían murmurado:

—Qué suerte.

Tal vez no debería intentar analizar el motivo. Seguramente, se pondría más triste aún.

—Dormir juntos no entraba en nuestro acuerdo.

Nunca había pasado la noche entera con una mujer, y nunca lo haría. En el sueño, uno quedaba vulnerable ante los demás, por un lado. Por el otro, él no podía estar cerca de nadie, porque sus sueños eran demasiado violentos, y podía reaccionar de cualquier forma. Podía matar a su compañera sin darse cuenta.

–Umm... ¿Cadenas?

Volvió junto a la cama, y le desató las cadenas de los tobillos y de las muñecas, tratando de no tocarla. Ella alargó el brazo, temblando, pero él se retiró antes de que pudiera establecer contacto. ¿Cómo iba a darle consuelo a alguien, si ni siquiera podía ofrecérselo a sí mismo?

Con un suspiro, ella se desplomó sobre el colchón.

Él sacó un collar de diamantes de un bolsillo de aire que siempre llevaba consigo. Era una especie de repisa invisible, que flotaba entre el mundo espiritual y el reino natural, y que él sostenía con su energía. Dejó la joya en la mesilla de noche.

–Te doy las gracias por concederme tu tiempo.

–¿Unos pendientes a juego? –preguntó ella, antes de quedarse dormida otra vez.

Él dejó un par de pendientes junto al collar, y salió de la habitación sin decir una palabra más. Bjorn y Xerxes lo estaban esperando en el salón de la suite que compartían. Sus dos amigos estaban en el sofá, tomando una copa de whiskey escocés.

–Thane, amigo mío, no parece que estés muy satisfecho –dijo Bjorn–. De hecho, parece que estás como yo.

Bjorn no disfrutaba del sexo. Solo lo toleraba, y lo usaba para intentar olvidar el pasado. Nunca lo conseguía.

–Lo que quiere decir es que pareces un salvaje –aclaró Xerxes.

Para Xerxes, el sexo era una búsqueda de consuelo que no encontraba nunca. Vomitaba después de sus relaciones sexuales, porque le repugnaba el efecto de la intimidad.

–Por una vez, las apariencias no engañan –dijo él.

Debería tener la cabeza clara y el cuerpo relajado. Debería haberse borrado de la mente a cierta camarera de pelo oscuro y ojos grises.

—Bueno, ¿y alguien se ha fijado en cómo miraba a Merrick nuestra nueva camarera? —preguntó Xerxes, en un tono de astucia.

Thane se puso muy rígido. El cantante de Shame Spiral era un conocido rompecorazones.

—¿Se marchó con él?

—No —respondió Bjorn, en un tono igual de astuto que el de Xerxes—. ¿Por qué? ¿Eso te habría molestado?

Thane se cruzó de brazos y permaneció en silencio.

Entonces, Xerxes se apiadó de él.

—¿Cuál es el plan?

—La reunión con Zacharel —dijo Thane.

El líder había enviado un aviso telepático aquella misma mañana: «En mi nube, a las diez. No lleguéis tarde».

Había llegado el momento de que Thane recibiera el castigo por sus más recientes pecados... o de que lo echaran del cielo. Un sudor frío le cubrió la piel, y tuvo que controlar la respiración.

«No puedo permitir que me echen».

—Tengo que hablar con Adrian antes de que nos vayamos.

Iba a decirle a su jefe de seguridad que no volviera a contratar a Shame Spiral. Su música ya no le gustaba.

Notó un gusto amargo en la boca, y frunció el ceño.

—¿Vas a hablar con Adrian sobre la humana? —le preguntó Bjorn, y se echó a reír por primera vez en mucho tiempo—. He visto cómo la mirabas tú a ella.

Xerxes también se rio.

—Todo el mundo lo ha visto.

—¿Es que vamos a tener que resolver esto a la vieja usanza, chicos? —les preguntó Thane, mostrándoles un puño cerrado.

—¿Quieres decir bailando *break-dance* y dando puñetazos? —preguntó Bjorn.

Thane asintió.

—Exactamente.

Sus dos amigos se echaron a reír, y su mal humor se desvaneció.

Entonces, salió al pasillo de la zona privada, que protegían tres vampiros a quienes había salvado, hacía siglos, de los asesinos humanos. Los tres seres asintieron a modo de saludo, y él entró en el ascensor. A los pocos segundos, estaba torciendo una esquina en el piso bajo del club, y entrando al bar.

Todos los clientes se habían marchado ya; las luces no estaban a baja intensidad, sino encendidas por completo, e iluminaban los espejos que había en todas las paredes, las sillas de cuero y las mesas de laca brillante.

Adrian el Frenético, un guerrero vikingo a quien los suyos habían expulsado de su clan por ser demasiado feroz, estaba en una esquina, observando algo con fascinación...

Thane siguió su línea de visión, y tuvo que apretar los dientes.

Su jefe de seguridad estaba observando con fascinación a la nueva camarera, que, a su vez, estaba poniéndose un collar de rubíes y mirándose con dulce coquetería en un espejo. Tenía muchos brazaletes de oro y plata en las muñecas, y anillos de diamantes en los dedos. Y, claramente, le gustaba su brillo.

«Es como una niña que se viste de mayor por primera vez».

Era demasiado adorable como para poder describirla con palabras. Sintió un dolor desconocido en el pecho. ¿Acaso Adrian estaba sintiendo lo mismo?

Frunció el ceño; de repente, había sentido la necesidad de romperle la cara.

¿Quién le había dado unas joyas tan caras a la humana? ¿Algún admirador? ¿Merrick?

Se puso delante de Adrian y le bloqueó la vista.

–Llévate a Savy y a Chanel a mi suite para ayudar a la arpía a que se vista y se vaya –le ladró. «Vamos, cálmate.

No ha hecho nada malo»–. Pero, primero, dime de dónde han salido las joyas de la humana.

En una fracción de segundo, la expresión de Adrian pasó de ser divertida y tierna a dura y fría. El modo de vida de Thane le parecía deplorable, y nunca lo había disimulado. Claramente, no le gustaba que aquella chica humana estuviera en su radar.

Pues bien, él tampoco quería que Adrian la tuviera en su radar. El vikingo tenía una fuerza sobrenatural, y debía tener mucho cuidado con todo el mundo. Incluso a los inmortales les costaba sobrevivir a una de sus palmaditas en la espalda.

–Las joyas –dijo Thane. Y, si su jefe de seguridad mencionaba a Merrick...

–Bellorie y Savy hicieron una apuesta con la humana –dijo Adrian–. Si ella conseguía más de diez dólares de propina de los fae, ellas le darían todas sus propinas de esta noche. Y, en menos de una hora, la humana consiguió mucho más.

¿Había ganado una apuesta contra dos competidoras tan fuertes? Sintió un orgullo que lo dejó atónito.

¿Orgullo? ¿Por qué orgullo?

–Lleva encima las propinas de tres meses –dijo.

Adrian se encogió de hombros.

–Los clientes han sido muy generosos esta noche.

¿Por qué? ¿Acaso querían ganarse los favores de la humana?

El dolor aumentó.

Adrian echó a andar.

–Las chicas están en la otra dirección –le dijo Thane.

Adrian se detuvo y suspiró.

–Ya lo sé, pero antes tengo que ir a hablar con Xerxes.

–¿Por qué?

–Me pidió que le informara si alguien tocaba a la humana.

A Thane se le convirtió en hielo la sangre de las venas, en menos de un segundo.

—¿Y la han tocado?
—Bueno, la han agarrado.
—¿Dónde? ¿Cómo?

Adrian le explicó quiénes eran los clientes fae que la habían agarrado del brazo y la habían olisqueado.

Aquello era una muestra de lo que las otras camareras tenían que aguantar todos los días, y que él había pasado por alto, y que las chicas habían aprendido a gestionar. Sin embargo, en aquel momento quería cometer un asesinato.

—La próxima vez que esos tres aparezcan por aquí, tíralos por el borde de la nube.

Adrian se quedó sorprendido.

—Te arriesgas a entrar en guerra con sus familias.
—Tengo más estacas.
—Pero... no creo que...
—Esto no es una negociación, Adrian. Tienes tus órdenes.

El vikingo asintió con rigidez.

Ningún otro empleado se habría atrevido a responder, ni a cuestionar una orden suya, pero Adrian tenía más libertades que los demás, y los dos lo sabían.

Después de que Thane y sus chicos se hubieran recuperado físicamente de los horrores de su cautividad, habían vuelto a la mazmorra de los demonios y habían liberado al resto de los prisioneros. Adrian estaba entre ellos; lo habían capturado poco después de que su familia lo repudiara.

Thane rodeó una esquina y se acercó a la humana. Sus miradas se encontraron en el cristal del espejo. Al verlo, ella jadeó y se giró hacia él. Era más guapa de lo que él recordaba. Más guapa, incluso, que hacía unas horas. ¿Cómo era posible?

Su melena de pelo negro y sedoso era perfecta para sujetarla en un puño, y sus ojos grises eran enormes, y estaban llenos de maravilla y miedo a la vez. Tenía los labios carnosos y arqueados, y la piel llena de pecas.

¿Por qué lo atraía de un modo en que ninguna otra podía atraerlo?

Sus mejillas se tiñeron de rojo.

¿Tendría aquel aspecto después de un orgasmo?

Él tuvo que morderse el interior de la mejilla. «Cálmate. Contrólate».

—¿Cómo te llamas? —le preguntó, con más brusquedad de la que hubiera querido.

El pánico apareció en su semblante, antes de que ella mirara hacia abajo. Sin embargo, aquel pánico no sirvió para excitarlo más; por el contrario, apagó su deseo.

—Me llamo Elin.

Elin. Precioso. Delicado. Adecuado para ella.

—¿Y cómo te apellidas?

Ella dio un paso atrás.

—Yo... eh... Bueno, me apellido Vale.

¿Y por qué había vacilado? ¿Porque no quería que él hiciera averiguaciones sobre su familia y la enviara con ellos?

Una idea excelente. De ese modo, terminaría con aquella locura.

Salvo que la idea le provocó furia y miedo. ¿Dejarla a merced del peligro? No. Allí, podía protegerla, tal y como ella había hecho con él en el campamento de los fénix.

Estaba en deuda con ella. Sí, ese era el motivo por el que quería protegerla, cuando nunca lo había hecho con otra mujer.

—¿Por qué me ayudaste? —le preguntó—. ¿Y cómo lo conseguiste?

Ella pestañeó. Parecía que se había sorprendido por aquellas cuestiones.

—Estabas atrapado, como yo, y no me gustaba. Pensé que podíamos salvarnos el uno al otro. Le robé el Frost a Kendra.

—¿El Frost? ¿Qué es eso?

—Una nueva medicina que combate el efecto de los venenos como el suyo.

Iba a pedir un cargamento de Frost para que se lo enviaran aquel mismo día.

—¿Y cómo conseguiste robarlo?
—Me metí a hurtadillas en la tienda de Kendra cuando ella estaba dormida. Y, para que lo sepas, fue algo excepcional. ¡A ti no te voy a robar nada, te lo prometo!
—No me preocupa.
—Ah. Bueno —dijo ella, con alivio.
—No tienes nada que temer de mí. Te estoy muy agradecido, Elin. Lo que hiciste por mí...
Ella se quedó boquiabierta.
—Eh... no te preocupes. De verdad, estamos en paz.
Ojalá le hubiera pedido una recompensa. Él hubiera querido darle algo, cualquier cosa.
—¿Cómo has conseguido que los fae te dieran una propina tan buena? —le preguntó, cambiando de tema, y pasó la yema de un dedo por algunos rubíes de su collar.
Ella volvió a ruborizarse, y eso fascinó a Thane.
«Mi humana es muy sensible a las caricias».
«No. No es mi humana».
—No porque les haya hecho lo mismo que tú, supuestamente, le has hecho a la arpía —murmuró ella, malhumoradamente.
Aquella valentía le gustó. La actitud, no tanto. Thane se pasó la lengua por el filo de los dientes. Alguien le había hablado de sus preferencias sexuales.
Y ese alguien iba a morir.
¿A quién quería engañar? Seguramente, todo el mundo hablaba de ello.
«El hecho de que lo sepa no tiene importancia. Tú no ibas a seducirla. Su repugnancia no tiene importancia».
Cierto, sí, pero le molestaba de todos modos.
—Nadie tiene permiso para cuestionar a las parejas que elijo, ni tampoco mis acciones.
Ella lo miró a los ojos, y entrecerró los párpados.
—Entendido. No volverá a suceder, señor —respondió, y le hizo un saludo marcial.
¿Acaso se estaba burlando de él?

—Además, ¿cómo sabes tú esas cosas, ummm?

—Sé mucho de esas cosas, gracias —dijo ella, remilgadamente—. Pero tienes razón. No es asunto mío con quién te acuestes.

«Con quién», había dicho. No «lo que hagas». Así pues, ella desconocía los detalles. Thane sintió un gran alivio.

Aunque, si vivía allí, iba a enterarse muy pronto.

Y, además, ¿qué significaba que sabía mucho de esas cosas?

—¿Cómo conseguiste que los fae te dieran una propina tan buena? —repitió él.

Ella, con inseguridad, cambió el peso del cuerpo de un pie al otro.

—Bueno... verás... Les dije que tú... bueno, que tenías más estacas, y que la gente más desagradable del bar iba a recibir una invitación para unirse a los fénix que hay en el patio delantero.

De repente, él tuvo ganas de sonreír.

—¿Mentiste?

—¡No! —exclamó ella, y se cruzó de brazos con una actitud desafiante—. Después de todo lo que he visto, hay muchas probabilidades de que tenga razón.

«Además, no se retracta. Fascinante».

—Las chicas han hecho más dinero que nunca —dijo Adrian, desde lejos—. Pero no estoy seguro de que tengamos clientes mañana.

¿Acaso Adrian había tomado a Elin bajo su protección? ¿Quería ahorrarle una reprimenda? ¿O la deseaba, como los hombres normales deseaban a las mujeres?

Aquella idea enfureció a Thane, aunque también lo tranquilizó. Si tenía otro defensor, estaría a salvo. Sin embargo, otro admirador que quisiera llevársela a la cama... eso no iba a permitirlo. Ella tenía que concentrarse en su trabajo.

Sí. Ese era el motivo.

Se ocuparía de Adrian en un minuto.

–Aparte de los fae, ¿alguien más te ha dado problemas? –le preguntó.

Se hizo un silencio, y ella se mordió el labio.

«Yo mismo quiero hacer eso. Quiero morderle también otras partes del cuerpo». ¡No! Se cuadró de hombros y las plumas de sus alas se movieron.

–¿Elin?

Entonces, él se dio cuenta de que ella estaba mirando las alas. ¿Acaso sentía curiosidad por ellas? ¿Quería saber si eran suaves? Todo el mundo quería saberlo. Tuvo que controlar el impulso de abrirlas orgullosamente, para mostrarle lo largas y fuertes que eran. De pavonearse ante ella y tratar de impresionarla. En vez de eso, estiró una de ellas, un poco, hacia Elin.

–Eh... creo que me has hecho una pregunta –dijo ella, mientras seguía el movimiento con los ojos muy abiertos–. Sí. Sí, me has hecho una pregunta. Eh... la mayoría de la gente ha sido amable conmigo.

Mientras hablaba, estiró la mano para tocar una parte dorada del ala. Justo antes de hacerlo, retiró el brazo y lo guardó detrás de la espalda.

Él frunció el ceño. No le había gustado aquella reacción. Era como si, de repente, hubiera pensado que tocarlo era repugnante.

–Toca el ala.

Ella se negó con vehemencia.

–Ni hablar.

–Esto no es un debate.

Él nunca debatía; daba órdenes. Y esperaba. Con los músculos de la espalda, acercó la punta del ala aún más a Elin.

–Vamos, tócala.

Una orden.

Una orden que ella no obedeció.

–¿Es algún truco?

¿Y por qué iba a ser un truco? Ah, sí. Había visto el incidente con el mutante dragón, y pensaba que a ella iba a ocurrirle lo mismo.

—No, nada de eso. Te doy permiso. El mutante no lo tenía. Pero no puedes tocar nunca, a ningún otro Enviado de esta manera. Ni de ninguna otra manera. Ni siquiera a Bjorn ni a Xerxes. ¿Entendido?

—Sí. Perfectamente.

Sin embargo, no lo tocó.

—Vamos, fémina. No voy a hacerte daño. Tócala. Ahora.

—¿Por qué?

Así que continuaba desobedeciendo. Qué extraña mezcla de valentía y temor.

—¿Y bien? —dijo Elin.

Thane quería descubrir cuál era su propia reacción cuando ella le tocara el ala; quería saber si reaccionaría igual que con la arpía. A la arpía, por supuesto, no le había permitido que le tocara las alas; sin embargo, mientras su piel se rozaba contra la de él, él había permanecido distante, aburrido.

—Hazlo —repitió él.

Y, por fin, ella obedeció.

Y su reacción no fue la misma.

Cuando aquellos dedos temblorosos le acariciaron las plumas, brevemente, con inocencia, él se sintió inundado por unas emociones desconocidas. Un calor abrasador se creó en sus alas, y se le extendió por todo el cuerpo. Una satisfacción increíble. Su miembro se llenó, y estuvo a punto de explotar.

Thane se dio cuenta, con asombro, de que aquello era el placer. El placer, sin un solo matiz de dolor.

La primera vez que lo probaba.

No, no podía ser. Tenía que estar equivocado. Ninguna mujer podía afectarlo tanto con tan poco.

—Elin, eres humana, ¿verdad?

Ella se quedó pálida, y se metió varios mechones de pelo detrás de una oreja, con la mano temblorosa.

—Sí. Por supuesto.

Él no saboreó el amargor de la mentira.
—¿Por qué?
—No importa —gruñó él.
Entonces, era ella. Ella era lo que le afectaba tanto.

Se fijó en sus manos. Tenía seis cicatrices cruzadas en los dorsos. Las cicatrices todavía estaban enrojecidas, y la carne levantada, así que eran de heridas recientes. Debían de haber sido cortesía de alguno de los fénix.

Sin darse cuenta, le tomó las manos y las llevó a la luz. No eran seis cicatrices, sino once. Cada una de ellas, larga y gruesa.

Las manos eran muy sensibles, estaban llenas de nervios.

Cuánto debía de haber sufrido.
—¿Quién te ha hecho esto? —preguntó Thane, en voz baja.

Ella tiró de las manos y las guardó nuevamente detrás de la espalda. ¿Acaso se avergonzaba?

Él... acusó de inmediato la pérdida de su calor y su suavidad.

Era irritante. Desconcertante.

Y no podía tolerarlo.
—¿Quién?
Ella se encogió de hombros.
—No es que le deba lealtad, precisamente. Fue Kendra, cuando tú la llevaste al campamento y la dejaste allí

Kendra. Aquella misma noche, él iba a administrarle a la princesa un ojo por ojo, diente por diente.
—¿Y por qué lo hizo?
—Porque respondí mal.

Bien, entonces, después de cortarle las manos, también iba a cortarle las orejas a Kendra.

Tal vez, cuando volvieran a crecerle, tendría el don de saber escuchar a los demás.

«Ya casi es la hora de marcharse», le dijo Xerxes, por medio de la telepatía.

—Tengo que irme —dijo—, pero, cuando vuelva, hablaremos.

Ella lo miró con espanto.

—¿Hablar? ¿De qué?

—De ti.

Ella retrocedió, hasta que la parte trasera de sus muslos tocó una de las mesas.

—¿Vas a clavarme con estacas?

Thane frunció el ceño.

—No. Tengo que hacerte algunas preguntas más.

—¿Qué preguntas?

—Preguntas que me permitirán conocerte mejor. Después de todo, trabajas para mí.

—Ah —dijo ella, y exhaló un suspiro—. Bien.

¿Acaso esperaba que la atacara?

—Ya te lo he dicho, *kulta*, no voy a hacerte daño. Voy a cuidar de ti.

Aquella admisión les causó asombro a los dos.

¿Él, cuidando de una fémina? Algo que iba más allá de la mera protección.

Sin embargo, aunque le sorprendiera, también le parecía algo tan natural como respirar.

—¿Qué significa «*kulta*»?

Cariño. Nena. Querida. Preciosa. Cualquiera de esas cosas, y todas a la vez. «Puedes elegir».

No era de extrañar que nunca hubiera usado aquella expresión de cariño. No estaba seguro de por qué la había usado en aquella ocasión.

Se dio la vuelta, sin responder, y, mientras salía del bar, dijo:

—Adrian, no recuerdo haberte dicho que esperaras para cumplir mis órdenes. Vamos, ve ahora mismo.

Capítulo 6

Por fin, Elin pudo respirar.

La presencia de Thane le succionaba el oxígeno de los pulmones. Él era tan... masculino... tan enorme, tan duro y tan peligroso... Impregnaba el ambiente de testosterona, y hacía que todas las mujeres de su alrededor tuvieran una subida hormonal.

Ella, por su parte, quería comérselo de cena. Sin dejar una sola miga.

¡No! No, eso no podía ser.

Sin embargo, él la había mirado con una intención oscura, pero la había acariciado con ternura. Y le había roto la muñeca a un hombre por rozarle el ala, pero a ella le había pedido que la tocara.

Era un manojo de contradicciones, pero ella también: lo temía y, al mismo tiempo, sentía una enorme atracción hacia él. Y aquella atracción solo podía causarle problemas. Él tenía su futuro en las manos.

Y, aunque Elin fuera consciente de ello, no podía dominar la reacción de su cuerpo cuando él estaba cerca. En su presencia, un calor incontrolable le licuaba los huesos. ¡Y el cerebro! Se olvidaba de quiénes eran, y olvidaba el peligro que él representaba para ella, y recordaba solo las cosas que podían hacerse el uno al otro. Besarse, saborearse, lamerse, acariciarse, tocarse.

Devorarse.

Al pensarlo, se estremeció. Después, soltó una maldición.

Aquellos deseos temerarios no significaban nada, y no cambiaban nada. Thane era su jefe y, por lo tanto, estaba fuera de los límites. Además, era un sociópata que tenía muchas estacas, y que iba a usarlas con ella en cuanto supiera su verdadero origen. Y, para rematar, era un mujeriego empedernido.

La rubia y él se habían puesto como locos entre las sábanas, eso estaba claro. Él tenía el pelo revuelto, y marcas de garras y mordiscos en las mejillas y el cuello.

Elin ignoró la punzada de dolor que sintió en el pecho.

Thane no merecía tanto la pena como para soportar la angustia que, seguramente, iba a causarle. Así pues, no iba a perseguirlo, ni a romper la promesa que le había hecho a Bay, ni a convertirse en una de sus miles de conquistas. No iba a perder aquel lucrativo trabajo, ni iba a perder su incipiente amistad con las otras chicas del bar. No, gracias.

Tenía que seguir adelante.

Se puso el resto de las joyas que había ganado y se fue a su habitación. Necesitaba dormir.

Bellorie estaba tendida en la cama, con un adorable pijama de franela, leyendo un libro titulado *Decapitación para torpes*, con un aspecto tan normal que Elin volvió, por un momento, a la universidad.

Había ido a la Universidad de Arizona hacía mucho tiempo, tanto que le parecía una vida, y se había casado cuando solo le quedaban seis asignaturas para terminar la diplomatura de Gestión Empresarial, después de decidir que iba a tomarse una temporada de descanso y que terminaría los estudios más tarde. Después de todo, tenía por delante los mejores años de la vida. O eso pensaba.

Al casarse, había dejado la residencia de estudiantes y se había ido a un apartamento con Bay, pero... ¡Cuánto había echado de menos la forma en que su compañera de habitación apilaba las cajas de pizza vacías en un rincón! Le encantaba hacer objetos artísticos con latas de cerveza vacías. Había un tablón de corcho para los mensajes en la puerta, y ropa prestada de seis amigas diferentes por el suelo. El caos de gustos y estilos diferentes debería haber sido abrumador, pero resultaba reconfortante. No tenían ninguna preocupación, salvo los exámenes y elegir la fiesta a la que ir.

Aquel nuevo dormitorio compartido ofrecía la misma variedad. Una de las camas estaba hecha con piezas parecidas a las de Lego. Otra tenía un enorme oso panda de peluche a modo de cabecero. La única consola de la habitación tenía patas de madera con forma de piernas humanas. La butaca de lectura era normal, pero la otomana de enfrente tenía la forma de una tortuga, bajo cuyo caparazón asomaban las patas, la cabeza y la cola.

–Hola –le dijo a Bellorie. El resto de las chicas no había llegado aún.

Su compañera volvió la cabeza y la miró.

–Hola, pequeña zorrita –respondió, con una carcajada–. Mira cómo luces tus premios, ¡con qué descaro! Estoy impresionada.

–Lo sé, lo sé –dijo ella, y dio una vuelta sobre sí misma, sabiendo que las piedras preciosas brillarían a la luz de las lámparas–. ¿Te da envidia?

–Muchísima –respondió Bellorie.

Entonces, le lanzó el libro que estaba leyendo. Pese a lo rápida y lo fuerte que era la arpía, Elin consiguió apartarse de un salto, justo a tiempo. Y fue una suerte que lo consiguiera, porque la esquina de las tapas duras del lomo hizo un desconchón en la pared. Si hubiera sido su cabeza...

–Ooooh –exclamó Bellorie, con cara de arrepentimiento–. Se me había olvidado que solo eres una humana. Pero cada vez se te da mejor esquivar. Después de todo, puede que termines siendo un miembro decente del equipo de Multiple Scorgasms.

Elin lo dudaba mucho. No tenía la fuerza suficiente como para levantar las rocas y, si alguien la golpeaba de verdad con uno de aquellos misiles, la mataría en el acto. Además, aquel deporte era demasiado violento, y sacaba a la superficie sus peores emociones.

–Ah, y para tu información –continuó la arpía–, este fin de semana jugamos contra las Spinal Tappers, y después contra las Rockzillas.

–Vaya –dijo Elin, haciendo un gesto de entusiasmo–. Pero, ¿estás segura de que yo puedo jugar? Yo creo que debería seguir aprendiendo con la observación.

–No. Tienes que experimentar un partido de verdad.

–Bueno, supongo que sí.

Renlay habría querido que jugara. Y su padre, que era un adicto a la adrenalina, la habría animado como un loco. Bay habría tenido que beberse una docena de cervezas para calmar los nervios. Pero los tres habrían estado muy orgullosos de ella.

Y... algo no iba bien, pensó Elin con el ceño fruncido.

¿El qué?

Había pensado en su familia y...

No había recordado instantáneamente sus muertes. No había llorado.

No, no había nada que fuera mal. Solo era distinto. ¿Por qué?

Antes de que pudiera buscar una respuesta, alguien llamó a la puerta.

–Adelante, bajo tu propia responsabilidad –dijo Bellorie.

Adrian dio dos pasos hacia el interior del dormitorio.

–¿Dónde están Chanel y Savy?

–Chanel tenía una cita a ciegas. Al chico le sacó los ojos su hermano, o algo así. Y Savy se ha marchado justo después de terminar el turno, pero no sé adónde. Octavia se ha ido a comprar helado, aunque no lo hayas preguntado.

Adrian suspiró.

–Muy bien. Necesito que Elin y tú me ayudéis a sacar a la última conquista de Thane de su habitación.

Lo primero que sintió Elin fue una gran curiosidad. Sin embargo, era una curiosidad que no tenía por qué satisfacer.

Lo segundo, instinto de supervivencia.

No iba a obtener ningún beneficio, ni mental ni emocional, al ver a la chica a la que había elegido Thane, después de que él hubiera posado su boca pecaminosa y sus enormes manos por todo su cuerpo. ¡No iba a ponerse celosa, demonios! Lo mejor era evitar todo lo relativo a Thane hasta que se le hubiera pasado aquella lujuria.

–Estoy demasiado cansada –dijo, aunque sabía que se estaba arriesgando a un castigo. Sin poder evitarlo, bostezó–. Mejor, id vosotros dos, y que os divirtáis. Enviadme una postal.

Bellorie puso los ojos en blanco.

–Claro que vas a ir, bruja. Es un trabajo para dos, y Adrian no puede tocar al sexo opuesto.

¿No? ¿Por qué?

Elin lo miró con la esperanza de que él le diera una respuesta, pero Adrian se dio la vuelta y echó a andar. Bellorie y ella no tuvieron más remedio que seguirlo. ¿Preguntarle a Bellorie en voz baja? No. Esperaría. Seguramente, oiría a alguien hablar de ello.

El trayecto duró más de lo que ella pensaba, y cada pasillo que encontraban era más lujoso que el anterior, hasta que llegaron a un corredor muy protegido que llevaba a un par de puertas correderas. Los vampiros que estaban custodiándolas abrieron para dejarle paso a Adrian.

Cuando Elin pasó entre los vampiros, intentó no preocuparse por que la miraran como si fuera un refresco líquido. Y, al entrar en la habitación, se quedó boquiabierta. ¿Aquella era la suite privada de Thane? Porque, vaya, sabía cómo cuidarse. Había sofás enormes y butacas en colores vivos, con cojines de plumas, y una mesa de centro con las patas de garra de león. En el suelo oscuro descansaba una alfombra blanca, y todos los rincones estaban decorados con plantas y flores.

–¿A que dan ganas de frotarse contra todo y ronronear como una gata? –preguntó Bellorie, con una sonrisa–. Pero no te aconsejo que lo hagas. Thane se enteraría, y se enfadaría.

–Hazle caso –dijo Adrian–. Ella lo sabe por experiencia.

Bellorie asintió.

–Sí, es verdad.

De todos modos, Elin no pudo evitar pasar los dedos por uno de los cojines. ¡Error! Sintió un cosquilleo en la piel, y calor, y deseó más. Se ruborizó. No era buena señal que su atracción también abarcara las cosas de Thane.

–¿Qué te hizo Thane? –le preguntó a Bellorie. Su infracción había sido leve–. ¿Y cómo lo averiguó?

«Así puedo ser doblemente cuidadosa con mis propios secretos».

–¿Por el aura, tal vez? Él se guarda el cómo, para que no podamos aprovecharnos del conocimiento de sus métodos. Y yo tuve suerte. Solo me echó un discurso de una hora –respondió Bellorie, y comenzó a imitar a Thane–: «En algunas culturas, arpía, les cortan las manos a quienes cometen un delito como el tuyo, bla, bla, esto no es un debate, bla, bla, bla…».

Elin se echó a reír, pero, al mismo tiempo, se estremeció.

–Desde entonces –continuó Bellorie–, siempre culpo a los hombres de mis delitos. Y me ha dado buen resultado.

Llegaron ante la primera puerta que había al final de un largo pasillo. Bellorie entró en la habitación, y Elin la siguió de mala gana. Adrian esperó fuera. ¿Para evitar la tentación?

El aire olía a sexo, y Elin arrugó la nariz. Sintió una

punzada de dolor en el pecho. No estaba preparada para eso; cuando había visto a Thane, olía tan bien como siempre.

«Olvídalo», se dijo. Encontró más lujo, un lujo que nunca hubiera creído posible. Había piedras preciosas incrustadas en las paredes, y la cama estaba cubierta de seda y terciopelo.

Una cama que, en aquel momento, estaba destrozada, como si hubiera habido un terremoto. La rubia estaba en el centro, magullada y golpeada, hecha un ovillo. A Elin se le cortó la respiración, y apretó los puños de rabia.

–Vamos –le dijo Bellorie, y tiró de ella hacia el interior de la habitación.

¿Qué era, exactamente, lo que le había hecho Thane a la chica?

–¿Le ha pegado? ¿Por qué? ¿Cómo es posible que él...?

–A ellas les encanta –le aseguró Bellorie, mientras tomaba un tubo de pomada del primer cajón de la mesilla y se la aplicaba a la chica en las muñecas y los tobillos–. Él nunca les hace nada que ellas no le hayan pedido, te lo prometo.

¿Cómo podía saberlo con tanta seguridad? ¿Acaso Bellorie había...?

No, pensó Elin, y sus celos se aplacaron al instante. Él le habría prohibido que volviera a entrar en el club, ¿no?

Bellorie le dio un empujoncito hacia un armario.

–Sé buena y saca un albornoz para nuestra querida invitada.

Elin obedeció, y se encontró que el armario estaba completamente lleno de albornoces de todas las tallas, aunque ninguno lo suficientemente grande como para que Thane pudiera ponérselo. Así pues, eran albornoces para sus conquistas.

Un recuerdo que ellas podían llevarse a casa.

La atracción que sentía por él sufrió otro duro golpe.

Pero... No podía ser el mismo hombre que le había tomado las manos y las había mirado como si fueran algo bellísimo, a pesar de las cicatrices. Como si quisiera matar al culpable.

Tal vez ella solo hubiera visto lo que quería ver... Se sentía muy disgustada con él, y consigo misma también.

Le entregó el albornoz a Bellorie, y la chica vistió a la arpía y la ayudó a levantarse. Elin se acercó para servirle de segunda muleta.

—Espera. Mis joyas —dijo la arpía, con la voz ronca.

Bellorie tomó un collar de diamantes y un par de pendientes a juego de la mesilla de noche, y se lo metió todo en el bolsillo del albornoz.

—Muy bien, ya está todo.

¿Thane pagaba a sus amantes? ¿Para que lo que hacía no resultara tan reprobable?

Elin apenas sentía ya atracción por él.

Entre las dos, pudieron sacar a la arpía de la habitación y llevarla hasta el ascensor. Después, la acompañaron a la salida del club.

Allí, la chica se tambaleó, y se volvió hacia ellas.

—Decidle a Thane que... quiero... más... Tengo que volver...

—Claro, claro —respondió Bellorie—. Quieres estar más con él, te morirás si no puedes estar con él. Ya lo entiendo. El problema es que él ya te ha olvidado, y te lo estoy diciendo para ahorrarte disgustos.

Las puertas se cerraron, y la desconcertada arpía quedó fuera. Bellorie miró a Elin con lástima.

—Te lo dije. A ellas les encanta. Todas las veces pasa lo mismo. Es solo más tarde, cuando empiezan a odiarlo y a despotricar, pero sospecho que es porque todavía lo desean.

«Yo no. Yo, nunca».

Y, sin embargo, una parte de su alma echaba de menos al Thane que ella había imaginado, al hombre que debía de haberse inventado. Al príncipe azul. Al héroe.

Siempre había que mirar más allá de las apariencias.

El problema era que su cuerpo seguía deseándolo. Su cuerpo no entendía la diferencia entre bueno para Elin, malo para Elin. Solo se guiaba por las sensaciones.

Pues bien, tendría que controlarlo.

Y había otras formas de satisfacer aquellos deseos... con otro hombre.

En cuanto se le pasó aquella idea por la mente, cabeceó. No. Por supuesto que no.

«Por supuesto que sí», le dijo una vocecita, la voz de una tentación que llevaba días creciendo, esperando el mejor momento para apoderarse de ella. «Todo tu cuerpo está despertando y recordando lo que es recibir besos y caricias. Recordándolo... y anhelándolo. Necesitas un hombre».

Elin se odió a sí misma por pensar aquello. Era como perdonarse el papel que había representado en la muerte de Bay. Peor aún, era como decirse que ya había sufrido suficiente.

No era cierto.

«Tener un amante no tiene por qué significar nada, solo satisfacer un deseo».

No.

«Tal vez el sexo pueda ser otro tipo de castigo. Claramente, Thane lo considera así».

Vaya, la tentación estaba tocando un punto débil.

«Me merezco el castigo».

Tragó saliva mientras se imaginaba lo que iba a ocurrir si no hacía nada. La tensión de su cuerpo iría en aumento, se intensificaría cada vez más, y ella terminaría por arrojarse en brazos de alguien... en brazos de Thane.

Pasara lo que pasara, iba a caer en la tentación, ¿no?

Lo mejor sería tener un amante en aquel momento, cuando todavía tenía algo de control... Y podía obligarse a odiarlo.

Sí.

Respiró profundamente; el sentimiento de culpabilidad

la envolvió como una capa de hielo. ¿A quién debería elegir?

¿A alguien como Bay?

Alguien tierno, feliz, divertido. Sin embargo, de ese modo le estaría dando a un tipo sin nombre y sin cara algo que no podía darle a su difunto marido. Afecto y atención.

No. Eso no podía ser así.

Tendría que elegir a alguien duro y difícil.

¿Alguien como Thane?

¡No! Eso no era una opción. Él era el motivo por el que se encontraba en aquella situación, sí, pero no era una opción. Tendría que elegir a alguien como Thane. Tal vez, a un cliente del bar.

Como Merrick, el rompecorazones.

Sí. Él podía servirle.

En realidad, Merrick sería perfecto. Así pues, la próxima vez que la banda fuera a tocar al bar...

Cerró los ojos para contener el remordimiento que sentía. Realmente, iba a hacerlo. Iba a acostarse con otro hombre.

«Lo siento, Bay. Te quiero, y te echo de menos. Cuando lo haya hecho, cuando todo haya terminado, nunca más volveré a hacerlo. Las cosas volverán a ser como antes».

Thane miró a Zacharel con incredulidad.

–Vamos a ver si te he entendido bien. ¿No vas a echarme de los cielos, y no vas a obligarme a que deje en libertad a los fénix que tengo... a mi cuidado?

–Exacto.

Thane se quedó asombrado.

Su líder estaba al borde de la enorme nube sobre la que descansaba su hogar, observando con sus brillantes ojos verdes el mundo humano, las vidas humanas que discurrían bajo él. El viento sacudía su pelo negro y le azotaba las mejillas. A su espalda se arqueaban unas gloriosas alas de oro, muestra de su alto estatus en el mundo celestial.

En los cielos había una jerarquía muy clara. El Más Alto. Clerici. Los Siete de la Elite, entre los que estaba Zacharel. Y, después, todos los demás.

Desobedecer el mandato de Zacharel era exponerse a la expulsión de los cielos, y Thane lo sabía. Sin embargo, lo había hecho. ¿E iba a ser perdonado?

Miró a Bjorn y a Xerxes. Ellos estaban tan desconcertados como él.

—Sé que Clerici permite la venganza —dijo Zacharel—. También sé que eso viola el código ético del Más Alto, y que tendrá consecuencias espirituales para todos nosotros.

Sí. Pero el Más Alto no iba a impedirle a Clerici que hiciera lo que quería hacer; todos ellos tenían libre albedrío. Y, sin embargo, cada acto que iba en contra de sus reglas alejaba más y más a los Enviados de su protección.

—La fénix te esclavizó —prosiguió Zacharel—, y tú estás autorizado a vengarte.

—Sí —dijo Thane. Y se vengaría. Una y otra vez.

Su líder no había terminado.

—Y yo estoy autorizado a castigarte.

—¿Y qué vas a hacer?

Zacharel suspiró.

—Koldo recibió latigazos por encerrar a su madre. ¿Qué clase de líder sería yo si perdonara a otro de mis guerreros, aunque sea mi segundo al mando, un crimen semejante? Por lo tanto, recibirás un latigazo por cada guerrero que estés torturando en tu patio.

¿Eso iba a ser su castigo?

—Muy bien.

No permitiría que Zacharel se diera cuenta de lo mucho que iba a disfrutar. Controlaría la reacción de su cuerpo. De algún modo.

—¿No vas a liberarlos voluntariamente?

—No.

—¿Aunque sepas que vas directamente hacia el desastre?

Aunque lo supiera. Un día, el rey del clan Pájaro de Fuego regresaría a su campamento y lo encontraría desierto. Oiría hablar del macabro patio de Thane, e iría en su busca. Habría una batalla espantosa, pero él no iba a soltar a sus cautivos ni siquiera entonces.

«Y pondrás en peligro a todos los que están a tu alrededor».

No quería que eso le importara. Quería seguir sintiendo la misma indiferencia que antes.

Pero... ¿y si Bjorn o Xerxes resultaban heridos?

«Son fuertes. Pueden cuidarse a sí mismos».

¿Y Elin? Aquella humana tan frágil se había convertido en su responsabilidad. Al contrario que sus amigos, ella no iba a recuperarse si los fénix la quemaban viva, y ese era su método preferido para terminar con alguien de otra raza.

«Pero ella no es nada. No significa nada para mí».

Notó un sabor amargo y repugnante en la boca. Aquel sabor era la indicación de una mentira. Apretó los dientes; se sentía confuso e irritado.

«Ella no significa nada».

El sabor repugnante aumentó.

—Acepto los latigazos —dijo.

Zacharel asintió con gravedad.

—Muy bien.

«Dejadnos», les dijo a Xerxes y a Bjorn por telepatía. No quería que sus amigos lo vieran. Ya habían presenciado suficientes torturas.

Sin embargo, los dos negaron con la cabeza. Iban a quedarse. Iban a verlo. Iban a apoyarlo.

—Yo también estoy tomando parte en esto —dijo Xerxes—. Así que también acepto los latigazos.

—Y yo —dijo Bjorn.

—No.

—Sí —dijeron ellos, al unísono.

Thane se sintió muy culpable. Ellos no eran como él.

Ellos no hallaban consuelo en el dolor, y ya habían sufrido demasiado cuando Thane no podía ayudarlos. No podía permitir que sufrieran un castigo que él merecía y ellos no.

«No hagáis esto», les rogó.

«Ya está hecho», respondió Xerxes, agitando las alas con determinación.

«Juntos hasta el final», dijo Bjorn.

Sus dos amigos se quitaron la parte superior de la túnica a la vez, le dieron la espalda a Zacharel, y se pusieron de rodillas.

Thane cerró los ojos. Debería permitir que los fénix se marcharan. Debería...

Pero no podía hacerlo.

Muy bien.

Hizo lo mismo que Bjorn y Xerxes, y extendió las alas. Él fue el primero en recibir el castigo; el cuero le arrancó la piel de la espalda y le dañó las alas y, después, lo despellejó.

Cualquier placer que pudiera haber sentido se desvaneció durante el turno de Bjorn y el de Xerxes. Ninguno de los dos reaccionó de ninguna manera, pero Thane se estremeció con cada uno de los golpes.

–Bien. Ahora, al grano –dijo Zacharel, después de que se hubieran vestido, como si no hubiera ocurrido nada. Entonces, señaló hacia los coches que circulaban por las carreteras que había debajo de ellos–. Hace unos días, la misma fénix que mató a la amada concubina del rey Ardeo mató también a Blanco, la hija de William, el Libidinoso o el Cachondo.

Thane se concentró. William era un inmortal de orígenes dudosos. Un hombre que no tenía lealtad hacia nadie, ni conciencia, pero sí tenía un gran poder. Thane sentía admiración por él, puesto que William vivía la vida tal y como él hubiera querido vivirla: sin lamentarse, sin arrepentirse de nada.

–La asesina se llamaba Petra –continuó Zacharel–. Digo

«se llamaba», porque William y sus tres hijos se aseguraron de que no se regenerase.

–¿Cómo?

–Todavía no estoy seguro –dijo Zacharel, y suspiró.

El resto de la información la transmitió telepáticamente, quizá porque no quería que una brisa se llevara las palabras y se creara el pánico general.

«La hija de William, Blanco, era la encarnación de la obediencia y, cuando murió, su espíritu se rompió en mil pedazos. Los pedazos llovieron por todo Nueva York e infectaron a todos los humanos sobre los que cayeron. Los demonios usaron esa obediencia en su provecho, y poseyeron con más facilidad los cuerpos humanos. Ahora, la tasa de crímenes ha aumentado mucho, y el Más Alto me ha hecho saber que uno de los demonios que mató a Germanus está utilizando esa violencia como tapadera, intentando ocultar su ubicación».

«¿Y qué quieres que hagamos?», preguntó Bjorn.

Todos los miembros de un ejército podían comunicarse de aquella forma; todos estaban unidos por aquellas autopistas mentales. A Thane nunca le había gustado, porque solo quería tener aquella unión con Bjorn y con Xerxes. Porque, si su voz podía viajar por aquellas carreteras, también podían hacerlo sus pensamientos. Sus recuerdos. Y nadie tenía derecho a conocer sus secretos.

«Quiero que vayáis a Nueva York y cacéis al demonio», dijo Zacharel.

«¿Y cómo vamos a hacerlo?», inquirió Xerxes. «¿Tenemos que entrar al azar en casas y negocios, con la esperanza de tener suerte?».

Thane se pasó una mano por la cara.

«¿El Más Alto no dio más detalles?», preguntó.

Zacharel hizo un gesto negativo.

«Puedo deciros que el mal siempre deja rastro. Encontrad el inicio, seguidlo, y así encontraréis el final».

Parecía muy fácil, pero Thane sabía que no iba a serlo.

Nunca era fácil. Sin embargo, sus amigos y él perseverarían.

–Koldo, Axel, Malcolm, Magnus y Jamilla ya están allí, esperándoos.

Thane arqueó una ceja.

–¿Esperando, y no cazando?

–Me di cuenta de que había cometido un error al enviar a mi gente a diferentes lugares. Eso debilitaba nuestros esfuerzos. Así pues, a partir de este momento vamos a trabajar juntos. Nos concentraremos en cazar, uno tras otro, a los seis demonios que mataron a Germanus. Cuando hayamos terminado con el primero, iremos por el segundo, y así sucesivamente.

El efecto bola de nieve. Una victoria prepararía a todo el mundo para la siguiente.

Sabio.

Zacharel frunció el ceño, y ladeó la cabeza.

–Vamos, marchaos. Los otros han caído en una emboscada, y están en medio de un combate.

Capítulo 7

Se oían los silbidos del metal en medio de la noche. Pasos de uno... dos... de cinco individuos diferentes resonaron por el aire húmedo. Eran pasos de guerreros, no el repiqueteo de las pezuñas de los demonios. Alguien emitió un gemido de dolor, y otro, un gruñido de satisfacción.

Thane se lanzó hacia el final del oscuro callejón, y aterrizó en medio de la batalla. Mientras la espada de fuego surgía en su mano, plegó las alas para hacerles sitio a Xerxes y a Bjorn.

Rápidamente, distinguió unas sombras que se retorcían y esquivaban las espadas de fuego de los Enviados. Sin embargo, en cuanto los Enviados se volvían hacia otro enemigo, aquellas sombras atacaban con sus garras negras.

Koldo luchaba como un robot, de una manera fría y calculada.

Axel luchaba como si no le preocupara su propia vida, dejando paso franco para un contraataque, con tal de poder matar al oponente.

Los gemelos Magnus y Malcolm luchaban espalda con espalda. Malcolm hería a su presa, y Magnus la remataba.

Jamilla era impredecible en sus ataques, y acababa con todo lo que se cruzaba en su camino.

Thane sintió una rabia inmensa. Se había encontrado antes con aquellas sombras. Eran criaturas distintas a los demonios con los que luchaban normalmente. Había sucedido la misma noche que él había matado a Kendra de una puñalada, la noche que Bjorn había desaparecido. Un solo arañazo de las sombras tenía consecuencias devastadoras.

Thane avanzó con intención de ayudar. Le quemaba la espalda; las heridas no habían tenido tiempo de cerrarse.

«No os lancéis a la lucha, y no os mováis de este sitio», les proyectó Bjorn a la mente.

Aunque era una indicación extraña, Thane obedeció sin cuestión. Confiaba absolutamente en su amigo, incluso con la vida.

Bjorn se metió en el corazón de la batalla. Sin embargo, no blandió la espada de fuego; se limitó a extender los brazos. Era como si estuviera diciendo: «Miradme. Ya sabéis quién soy, y lo que puedo hacer. ¡Obedeced!».

—¡Basta!

Las sombras reaccionaron al instante, violentamente; entre gritos estridentes, salieron corriendo despavoridas, alejándose de Bjorn, y desaparecieron por completo.

En la última ocasión, aquellos demonios no temían al guerrero. ¿Qué había sucedido? ¿Por qué había cambiado la situación?

«Volveré», dijo Bjorn, en un tono lleno de tensión. «No os preocupéis».

Entonces, él también desapareció.

Thane miró a Xerxes con frustración y preocupación. Querían hacer algo, lo que fuera; su mejor amigo tenía graves problemas. Sin embargo, no sabían cómo actuar. Thane no había podido obtener ninguna información sobre lo que le había ocurrido a Bjorn. Tampoco sabía nada sobre aquellas criaturas. ¿Qué eran, exactamente?

Aunque detestara aquella situación, dejó que las llamas de la espada se extinguieran.

—¿Hay alguien herido? —preguntó.

Todos respondieron negativamente.

—¡Tío! Llevamos una eternidad luchando contra esas sombras.

—Más bien, cinco minutos —dijo Thane.

—Algunos de nosotros, con más habilidad que otros —continuó Axel, sin inmutarse, con los ojos muy brillantes—. Entonces, aparece el sargento Buzzkill, y todo termina. ¿Cómo es posible?

Thane frunció los labios con ferocidad y se acercó al otro guerrero con una actitud amenazante.

—Vamos, dilo otra vez, si te atreves.

—Entonces, aparece el sargento Buzzkill y...

—No —dijo Koldo, interrumpiéndolo, mientras Thane se lanzaba contra él. Koldo se situó delante de Axel, como si fuera un escudo humano—. No.

Thane se detuvo en seco y se controló. Sabía que aquellos dos Enviados habían participado juntos en varias misiones, y que Axel le había salvado la vida a Koldo, pero eso no significaba que se hubieran convertido en hermanos. ¿Por qué lo defendía Koldo así?

Axel sonrió y alargó el brazo por encima del hombro de Koldo, para intentar darle un golpecito a Thane.

Koldo suspiró.

Tal vez estuvieran tan unidos como hermanos, sí, aunque pareciera imposible que dos personas tan distintas pudieran forjar un vínculo así. Koldo era silencioso y reservado, y Axel era irreverente e irritante.

—Yo soy el capitán de esta misión —anunció Thane; él era el lugarteniente de Zacharel, y aquello era lo lógico—. Contadme todo lo que ha ocurrido.

Aquel anuncio fue acogido con diferentes grados de ira, diversión e indiferencia. De cualquier forma, obedecieron sin cuestión. Estaban decididos a permanecer en el cielo, con las alas intactas, y ese deseo era más fuerte que sus emociones.

«Ojalá fuera tan fácil para mí».

Los demás Enviados le contaron que habían registrado

los *nightclubs* que tenían la actividad demoníaca más alta, y habían capturado a algunos demonios, a quienes habían torturado para obtener información. Sin embargo, no la habían conseguido.

Los Enviados no se habían acercado a las respuestas.

Para conseguir un resultado diferente, había que hacer algo diferente.

«Si yo fuera la encarnación del mal, y acabara de matar a Germanus, el rey de mi mayor enemigo, esperaría que mi enemigo me persiguiera para atraparme y castigarme. Así pues, ¿dónde me escondería?».

En primer lugar, él no se escondería. No era un cobarde. Sin embargo, los demonios sí lo eran.

Por otra parte, los demonios también eran fanfarrones...

¿Qué impulso prevalecería en ellos? ¿La cobardía o el orgullo?

El orgullo. Casi siempre era así. Y ¿qué les pediría el orgullo?

Reconocimiento para su ego. Sí. Y, si el demonio no podía alardear de lo que había hecho en el cielo, lo haría allí, en la tierra. Los halagos humanos eran mejor que nada.

–El demonio a quien estamos buscando seguramente ha poseído a un humano que ocupa una posición de poder. Quiero una lista de las cincuenta personas más influyentes de esta zona. Seguro que alguno de ellos ha experimentado una oscura metamorfosis de un tiempo a esta parte.

La ira, la diversión y la indiferencia se transformaron en intriga.

–Yo la hago –dijo Jamilla. Ella había sufrido la tortura de los demonios hacía muy pocos meses, y estaba ansiosa por vengarse–. Pero necesito unas veinticuatro horas para revisar nuestros anales y confeccionar la lista.

Aquellos anales contenían todos los movimientos que habían hecho los humanos, y las palabras que habían pronunciado. Pero, como el libre albedrío siempre entraba en juego, la influencia demoníaca no se mencionaba con respecto a las decisiones que se tomaban.

Thane asintió.

–Koldo, habla con el resto de ejército de Zacharel. Que los soldados bajen a proteger a los ciudadanos de Nueva York. Axel, habla con Clerici. Tal vez él pueda hablar con el Más alto y enviarnos algunos ángeles.

Ambos guerreros asintieron.

–Que todo el mundo vaya al Downfall mañana por la noche. Allí haremos planes para nuestro siguiente movimiento.

Los Enviados asintieron. Entonces, Thane agitó las alas y voló hacia el cielo.

Unos segundos más tarde, Xerxes estaba a su lado.

«Sé que estás preocupado por Bjorn, como yo, pero esto ya le ha ocurrido más veces. Va a volver al club antes del anochecer».

Thane exhaló una bocanada de aire. Como de costumbre, Xerxes había adivinado cuál era su mayor angustia.

«¿Sufre?», le preguntó.

«Creo que sí. Cuando regresa, reacciona igual que cuando ha tenido relaciones sexuales».

Bjorn odiaba que lo tocaran. Eso no le impedía tener amantes, como si quisiera demostrarse algo, pero, después de estar con una fémina, siempre terminaba encerrándose en sí mismo durante días.

Thane se tragó una maldición mientras aterrizaba en el tejado del club. Hubiera deseado poder ocupar el lugar de Bjorn. Su amigo ya había sufrido demasiado, y estaba cada vez más cerca de desmoronarse. Thane sintió una impotencia y una culpabilidad muy familiares.

–Cario –rugió Xerxes, de repente. Saltó por el borde del tejado y se lanzó en picado.

Thane miró hacia abajo, y vio a la chica escalando por un lateral del edificio, para intentar entrar por una de las ventanas.

Hacía unas semanas, aquella fémina llamada Cario había aparecido en el club. Era una inmortal de orígenes cuestionables, como William, y tenía el poder de leer la mente de los demás. Thane se le había insinuado; ella le había dicho que no, pero se había ofrecido a Xerxes. Antes de que pudieran retirarse a una habitación, ella había cometido el error de revelar lo que había leído en sus mentes.

Todos se habían puesto furiosos.

Thane la había echado del club y le había prohibido que volviera. Cuando salía, ella había mirado a Xerxes y le había dicho:

–Recuérdame.

En aquel momento, ella vio a Xerxes aproximarse y gritó. Se soltó del ladrillo y cayó al vacío, hacia la tierra.

Xerxes la siguió para impedir su caída.

Pobre muchacha. Cuando le pusiera las manos encima, Xerxes iba a interrogarla, hasta la muerte si era necesario. Ella seguía intentando acercarse, y él quería saber por qué.

Tal vez sus preguntas obtuvieran respuesta, por fin.

Preguntas. Respuestas.

Thane sintió una punzada de impaciencia. Él también tenía que llevar a cabo un interrogatorio, ¿no?

Vaya. El gran jefe la había llamado para mantener su conversación sobre el tema «Conocer mejor a Elin».

Acababa de terminar un entrenamiento de tres horas, en el gimnasio de Thane, con las Multiple Scorgasms. Le habían enseñado el arte de arrojar rocas demasiado pesadas como para que ella pudiera levantarlas a contrincantes que se movían demasiado deprisa como para que pudiera verlos, y le habían puesto un apodo: Bonka Donk.

Todas ellas tenían uno: Savy era Black Cawk. Chanel era Alcoballic. Bellorie era Rocket, y Octavia era Kobra Kai.

Adrian abrió las puertas dobles de la suite con una expresión grave y sombría, y Elin entró con desgana en el salón.

—Estaré esperándote en el pasillo cuando salgas —le dijo Adrian, y cerró las puertas.

Thane estaba sentado, relajadamente, en un sofá negro. Tenía los rizos rubios bien peinados, sorprendentemente. «No quiero pasar los dedos entre esos rizos», se dijo Elin. Él llevaba una túnica blanca y brillante, absolutamente impecable. «Y no quiero quitarle esa túnica y darme un festín con sus músculos».

Ya no se sentía atraída por él.

Thane irradiaba tensión, y parecía más grande y más fuerte. Más agresivo que antes.

—Siéntate —dijo.

Aunque quería salir corriendo, porque lo temía, Elin se obligó a tomar asiento en una butaca, frente a él.

En la habitación olía a champán del más caro, con matices de canela, y para ella era un aroma embriagador. Tan cerca de Thane, aquellos aromas eran más intensos. ¿Acaso procedían de él?

Elin se cruzó de piernas, tratando de contener la calidez que sentía en el cuerpo.

¿Acaso siempre iba a reaccionar así cuando estuviera con él?

«No, por favor. No».

Por lo menos, no llevaba el escaso uniforme de camarera, sino el pijama de franela más caro del mundo. Bellorie se lo había vendido por un broche de zafiros, un collar de rubíes y una pulsera de esmeraldas. Le había dolido tener que dar aquellas joyas, pero no podía ir a aquella reunión tan poco vestida, y no tenía más ropa.

Al día siguiente, las chicas y ella iban a ir de compras, y Elin estaba impaciente.

Thane le lanzó una mirada sensual, y arqueó una de sus cejas doradas.

—¿No sientes curiosidad por lo que te rodea?

—No, la verdad es que no —dijo ella, aunque sí le gustaba verlo en su hábitat natural—. Ya he estado aquí, y lo he visto todo.

De repente, él se quedó inmóvil.

—Has estado aquí —dijo.

A Elin se le dispararon todas las alarmas.

—Bueno, sí... Yo... tuve que pasar por aquí para ir a recoger a tu... —hizo un gesto hacia su dormitorio con la mano— distracción nocturna. ¡Pero no toqué nada! ¡Casi nada!

A él se le reflejó una furia incontenible en el semblante.

—Adrian —dijo, en voz baja.

El jefe de seguridad entró en el salón.

—¿Se te olvidaron mis órdenes? —preguntó Thane.

¿Cuáles eran sus órdenes? ¿Qué ocurría allí?

Adrian respondió con la cabeza alta.

—No, no se me olvidaron. Savy y Chanel no estaban. Solo podían hacerlo Bellorie y Elin.

Oh, oh... Por algún motivo, ella había metido en un lío a Adrian.

—A mí no me importó nada ayudar, de veras —dijo—. Lo prometo. Y no toqué ninguna de tus cosas. Bueno, solo una. Y no rompí nada. De verdad.

Thane la ignoró, y le dijo a Adrian:

—Que no vuelva a repetirse, ¿entendido?

Adrian asintió y salió de nuevo. Cerró la puerta.

—¿Qué es lo que no puede volver a repetirse? —preguntó Elin—. ¿El desobedecerte?

—Eso también.

—Pero... si no te desobedeció.

—Sí, lo hizo. Y, ahora, este tema de conversación está zanjado.

Pasaron unos segundos, y Thane se calmó. La rabia desapareció de su expresión. Sin embargo, parecía que estaba inquieto... ¿Por qué? ¿Porque ella había visto sus sobras postcoitales?

Él se puso en pie y se le acercó. Elin abrió unos ojos como platos.

Las alarmas se dispararon de nuevo. Se puso muy tensa. ¿Qué iba a hacerle?

—¡Soy inocente! —gritó.

—Pero... ¿cuántas veces voy a tener que tranquilizarte?

Él se limitó a sentarse en la mesa de centro, frente a ella, y la encajonó entre sus piernas. Entonces, Elin exhaló un suspiro de alivio. Aquello no estaba tan mal.

Él le posó las palmas de las manos sobre los muslos. Las tenía llenas de arañazos y costras. El contacto con él fue como una descarga eléctrica, y Elin tuvo que disimular un jadeo tosiendo. Y... su olor a champán se intensificó, y el dolor que ella sentía en el cuerpo también.

—¿Qué te ha pasado en las manos? —le preguntó, tratando de distraerse a sí misma.

—Lo que me merecía.

Bien, bien. Pero ¿por qué se había merecido que le cortaran? Además, aquellas heridas, ¿no le dolían? Sin darse cuenta, se besó la yema del dedo índice y se la pasó por la peor de las heridas, como le hacía su madre a ella cuando era niña.

—Así. Ahora te dolerá menos.

Él se quedó paralizado, con una expresión helada.

Entonces, Elin se dio cuenta de lo que había hecho, y de a quién se lo había hecho. Estuvo a punto de morirse de vergüenza.

—Yo... eh... Vaya, qué tarde se ha hecho. ¿No debería irme ya?

Él entrecerró los ojos.

—Quédate.

Y, mientras la miraba, se pasó la lengua por los labios y gimió, como si acabara de probar algo dulce. Aquella visión, y el sonido, fueron embriagadores, lo suficientemente eróticos como para acabar con la determinación de cualquier mujer, incluso con la suya.

—Y gracias —dijo él en un susurro.

No la había reprendido. Asombroso.

–De nada –dijo ella.

Hubo un momento de silencio. Entonces, sin dejar de observarla atentamente, él dijo:

–¿Cómo es posible que tú, una humana, acabaras viviendo con los fénix?

Una humana.

Así pues, estaba en lo cierto: Thane no sabía que era una mestiza. Y ella quería que las cosas continuaran así.

–Los fénix mataron a...

Se le formó un nudo en la garganta, y comenzó a sudar. Un grito se le quedó atascado en la garganta.

Él le posó las manos en las mejillas, con ternura, y le acarició los pómulos con los dedos pulgares.

–Otra vez esto.

Aquel contacto ayudó a que Elin pudiera recuperarse, y la deleitó.

–¿Esto? ¿A qué te refieres?

–Al pánico. ¿Por qué? –le preguntó él–. De veras, no estás en peligro.

Ella cerró los ojos para armarse de valor, y dijo:

–Estaba recordando un momento en el que sí estuve en peligro. Los fénix mataron a mi marido y a mi padre, y nos esclavizaron a mi madre y a mí.

–¿Estabas casada? –preguntó él, y la soltó de repente–. ¿Cuánto tiempo?

–Sí, estuve casada durante tres meses. Los mejores tres meses de mi vida.

–¿Por qué?

–¿Que por qué?

–¿Por qué fueron los mejores meses de tu vida?

–Porque nos queríamos –dijo ella. ¿Por qué otra cosa podía ser?–. Mi marido era bueno, dulce, tierno. Fue lo mejor que me ha pasado nunca.

Thane se disgustó al oír su respuesta. ¿Por qué?

–¿Cuántos años tienes? –le preguntó.

– Veintiuno.

–Qué joven –murmuró él, y tocó uno de los mechones de su pelo. Elin notó un cosquilleo en el cuero cabelludo–. ¿Cuánto tiempo estuviste con los fénix?

–Un año –respondió ella.

–Un año. Doce meses. Cincuenta y dos semanas. Tres cientos sesenta y cinco días. Demasiado tiempo para alguien de tu especie –dijo él, en un tono mucho más suave, casi bondadoso–. ¿Y cuántos horrores tuviste que soportar durante ese tiempo?

A ella se le secó la humedad de la boca. Quería decírselo; tal vez él pudiera consolarla.

Sin embargo, no podía permitirse ese lujo con él.

–No quiero hablar de eso –respondió, con la voz entrecortada.

Thane suspiró y asintió.

–Lo entiendo.

¿No iba a presionarla para que respondiera? Otra sorpresa. Eso hizo que quisiera abrirse un poco más, que quisiera contarle algo, al menos.

–Tuvimos una aliada en el campamento. Había una chica, una arpía. Se llamaba Neeka, la No Deseada. ¿Te acuerdas de ella? Estuvo allí muy poco tiempo, antes de que llegara otro clan y se la llevara, pero fue muy amable conmigo, y oí decir que también fue buena contigo. Incluso se atrevió a pegar a Kendra cuando la princesa te hizo desfilar desnudo por el campamento…

–¿Cuáles eran tus deberes? –preguntó él, en un tono duro.

Oh, oh… ¿Había cometido un grave error, al recordarle uno de sus momentos más humillantes?

–Yo no lo vi –dijo, rápidamente–. Solo lo oí…

–Tus deberes –dijo él.

Ella tragó saliva.

–Tenía que limpiar. Y era el entretenimiento –añadió con amargura.

—Explícate.

No, de ninguna manera. El hecho de haber mencionado algún detalle de su cautividad ya había sido una equivocación.

«Ponte a cuatro patas, perra. Ladra».

«Los perros no usan el retrete. Vete ahí».

«Esta semana no vas a bañarte. Los perros se lamen para limpiarse».

—Al principio —dijo, tratando de apartarse todo aquello de la cabeza—, yo era la encargada de todas las comidas. Cuando se dieron cuenta de lo mucho que me gustaba cocinar, me lo prohibieron.

Él se pasó la lengua por el borde de los dientes.

—Vas a cocinar para mí.

Seguramente, se refería a que cocinara para todo el bar.

—No, no. De veras, me encantaría, pero creo que las cocineras no ganan tanto dinero como las camareras.

—Otra vez mencionas el dinero. ¿Por qué estás tan obsesionada con eso?

¿Debía contárselo?

«¿Confías en que no trate de sabotearte?».

Sí, confiaba en él. Thane era frío y duro, pero no era cruel. Por lo menos, con ella no.

—Algún día voy a abrir mi propia pastelería. Todavía no he decidido cómo se va a llamar, pero va a ser gloriosa. La gente vendrá de todas partes del mundo para probar mis increíbles creaciones.

A él le brillaron los ojos, pero ella no supo descifrar cuál era aquella emoción.

—Mañana, antes de empezar tu turno, me vas a hacer uno de esos increíbles postres.

«Gracias por pedírmelo».

—Claro. Eso sí puedo hacerlo. Pero tiene un precio, claro.

Elin tuvo la sensación de que él estaba a punto de sonreír.

—¿Cuánto?
—Bueno, más o menos... ¿cien dólares?
—¿Me estás pidiendo consejo, o me lo estás diciendo?
—¿Diciéndotelo?
Él se tapó la boca con la mano, con los ojos más brillantes aún. ¡Había sonreído!
—Muy bien, cien dólares –dijo. Entonces, recuperó la seriedad, y preguntó–: ¿Qué es lo que más echaste de menos mientras estabas prisionera?
—Aparte de mi familia... la comida.
Él frunció el ceño.
—¿A tu familia? Pero... creía que tu madre también estaba cautiva.
Ella sintió una descarga de dolor en el pecho.
—Sí. Pero murió hace cuatro meses.
Él le acarició una mejilla con ternura.
—Lo siento mucho, Elin.
A ella comenzó a temblarle la barbilla.
«Va a conseguir que me eche a llorar», pensó.
Entonces, Thane se apiadó de ella, y cambió de tema.
—¿Cuál es la comida que más echaste de menos?
—Toda. Los fénix solo me daban sobras.
Sin decir nada, Thane se levantó y se alejó hacia un teléfono que había sobre el mueble bar. Hizo una llamada, pero en voz tan baja que ella no oyó la conversación. Cuando colgó, permaneció junto al bar, de espaldas a Elin, durante varios minutos. Ella se quedó muy confusa, sin saber qué estaba ocurriendo.
Alguien llamó a la puerta.
—Adelante –dijo Thane.
Un vampiro entró, empujando un carrito lleno de comida. Al percibir los deliciosos olores, a ella se le hizo la boca agua. Se puso en pie de un salto, sin darse cuenta, y se acercó rápidamente a la bandeja. Allí había pan de varias clases, quesos diferentes, fruta.
—Todo tuyo –dijo Thane, observándola con atención.

—¿De verdad? ¿Lo dices en serio? Porque vas a tener que apartar la vista. Esto va a ser un poco raro.

No quiso esperar a que él respondiera, y se abalanzó sobre la comida. Comió con apetito hasta que no quedó ni una miga.

Después, gimió de satisfacción mientras se frotaba el estómago.

—Mi nuevo bebé de comida y yo te damos las gracias desde el fondo del corazón, ahora lleno de colesterol.

—Créeme, el placer ha sido enteramente mío —dijo él.

Al oír su voz enronquecida, Elin se ruborizó.

—Ahora, lo único que necesitaría sería una docena de cacahuetes recubiertos de chocolate.

Él le señaló la butaca de la que ella se había levantado.

—¿Te gusta el chocolate?

—Casi más que respirar —respondió Elin. Cuando se hubo sentado de nuevo, él ocupó su sitio en la mesa de centro, y se inclinó un poco hacia ella.

Elin tragó saliva. Estaba muy insegura... ¿insegura de sí misma?

—¿Tuviste un amante? —preguntó él, retomando su conversación sobre el campamento.

Ella entendió lo que le estaba preguntando. ¿Había algún hombre, entre los que estaban en el patio, que ella quisiera liberar?

—No. Te prometo que no.

—¿Y quisiste tener alguno?

—No-no —respondió Elin. «No, hasta que te conocí a ti».

Él se había quedado mirándola con fijeza, casi como si estuviera en trance. Le pasó un dedo por una de las cicatrices de la mano, y a ella estuvo a punto de parársele el pulso. Ardió por dentro. Se echó a temblar.

«Es delicioso».

—Tienes una estructura ósea muy esbelta... —murmuró él.

Ella tenía la respiración tan entrecortada que pensó que

iba a ahogarse. Aquello no era parte de su plan; de hecho, ponía en peligro su plan. «Tengo que alejarme de él».

–¿Puedo marcharme ya? –preguntó, con un hilo de voz.

Él pestañeó y agitó la cabeza. Entonces se puso tenso, y el momento de ternura se rompió. Thane se irguió y dejó de tocarla.

–Sí –ladró, y le señaló la puerta–. Vete.

Elin no esperó a que cambiara de opinión; se puso en pie de un salto y salió corriendo del salón, sin mirar atrás.

Capítulo 8

Xerxes entró en la suite, se acercó al bar y se sirvió una copa de whiskey. La apuró de un trago, y se sirvió otra. Después, otra. Y otra. Estaba de un humor de perros, y se le notaba bajo la piel pálida y llena de cicatrices.

–Veo que se ha escapado –dijo Thane.

–Sí.

Era bastante curioso; él se había pasado la última hora pensando lo mismo, pero no de Cario, sino de Elin. No se había movido de la mesa de centro; se había quedado allí sentado, echándola de menos.

Echando de menos su cercanía, su suavidad y su calor. Lo único que había permanecido con él era su olor a jabón y cerezas.

Había estado a punto de ir a buscarla muchas veces, pero se había resistido. No entendía las cosas que le hacía sentir aquella humana pequeña y guapa, y demasiado frágil para su bien. Lo tenía obsesionado y celoso...

Por su lealtad hacia su difunto marido...

Thane le dio un puñetazo a la mesa y dejó un agujero en el centro.

–Te agradezco esa muestra de ira en mi nombre –comentó Xerxes, con ironía.

–De nada –respondió él.

¿Qué sentía Elin por él?

Sabía que le temía. Sin embargo, sospechaba que también lo deseaba, en parte. Tenía la esperanza de que lo deseara. Cuando la había tocado, a ella se le había acelerado la respiración, y se le habían enrojecido las mejillas. Sin embargo, al final, había ganado el miedo, y ella se había escabullido.

Mejor así.

Thane se miró las manos. Aquel mismo día había estado torturando a Kendra para castigarla por el daño que le había hecho a Elin. La princesa se había defendido, sobre todo cuando él le había cortado las orejas. Si Elin lo hubiera visto en ese momento...

Elin, que se había besado un dedo para posárselo sobre un arañazo y hacer que se sintiera mejor.

Si lo hubiera visto, ella nunca habría podido superar su miedo.

Y ese temor debía desaparecer. Solo entonces se permitiría tomarla.

¿Acaso había decidido que iba a acostarse con ella? Sí. No. Si se acostaba con ella, acabaría con su dulzura al maltratarla, y esa idea le causaba una angustia insoportable.

Las cosas no tenían por qué ser así... Cuando estaba en su presencia, su deseo de dolor se separaba de su deseo de placer.

¿Por qué?

«Tú sabes por qué. Ella ha sufrido mucho en manos de los fénix. Ha sufrido terriblemente, y más que suficiente».

—¿Qué ha pasado? —le preguntó a Xerxes. Tenía que quitarse a la muchacha de la cabeza.

—Vaya, y ahora me habla —dijo su amigo, sentándose en el sofá—. No lo sé. Los dos íbamos directamente hacia el suelo. A medio camino, conseguí agarrarla. Ella me acarició la cara, me dijo que recordara y desapareció.

Así pues, la chica podía teletransportarse, moverse de un sitio a otro con solo un pensamiento. Eso explicaba muchas cosas.

—¿Que recuerdes el qué?

Xerxes lo miró y arqueó una ceja.
Por supuesto. Si lo supiera, no se sentiría tan frustrado.

–Cuando la veo, tengo que obligarme a mí mismo a apartar la vista –dijo el guerrero, mientras se frotaba el centro del pecho–. Me obligo a no mirarla porque mirarla me causa dolor. En la cabeza, y en el corazón.

«No puedo soportar verlo sufrir».

–¿Puedo sugerirte que te aficiones a hacer punto para distraerte de tus…?

Xerxes le tiró el vaso a la cabeza.

Thane lo esquivó fácilmente, riéndose.

–¿No? Entonces, ¿qué te parecería ir a dar un paseo por el patio?

Se llevó a Xerxes al patio delantero del edificio, y caminaron por el paseo que atravesaba el césped. Olía a sangre, vieja y nueva, y se oían gemidos de dolor por todas partes. Era horrible, y Thane no pudo sonreír, a pesar de que los fénix se merecieran todo aquello, y más.

«Los odio».

«Sí, pero ¿estás dispuesto a caer de los cielos por ellos?».

Thane se puso muy rígido y miró a Xerxes.

–¿No te preguntas, a veces, qué te habría ocurrido si los demonios no te hubieran capturado?

–Todo el tiempo –respondió su amigo–. Sería el mismo hombre que era, feliz y realizado, pero estaría sin Bjorn y sin ti, y eso no va conmigo.

Un perfecto ejemplo de cómo encontrar la belleza entre las cenizas. El mundo podía ser un lugar lleno de maldad, pero el amor siempre vencía. El amor no fracasaba nunca.

Llegaron hasta Kendra. Por primera vez, Thane no se sintió satisfecho de verla tan destruida. Él estaba tratando a la fénix exactamente igual que como los demonios habían tratado a sus amigos.

Qué idea tan estúpida.

Thane frunció el ceño. Después, extendió las alas y, lentamente, se agachó junto a Kendra. Estaba muy delgada, y tenía las mejillas hundidas. Tenía el pelo muy enredado y sucio, y le sangraban los agujeros donde deberían estar sus orejas. Tenía los labios agrietados, y el cuerpo lleno de ampollas y de sangre reseca. En algunos lugares, las quemaduras eran tan graves que le habían ennegrecido la piel.

Estaba despierta y lúcida.

–¿Te arrepientes de haberme tratado como lo hiciste? –le preguntó él, aunque sabía que ella no podía oírlo.

Kendra tenía los ojos muy abiertos, y lo estaba mirando de una manera suplicante. No podía hablar, porque tenía la garganta demasiado seca, pero él se imaginó lo que estaba intentando transmitirle:

«Thane, por favor. No quería esclavizarte, no me di cuenta de lo que te estaba haciendo. Fue una equivocación. Un malentendido».

No. No se había arrepentido. ¡Le estaba dando excusas!

–¿Crees que el nuevo rey vendrá a buscarte? –le preguntó–. ¿Crees que luchará por ti, la hija de su amada Malta? ¿Crees que querrá salvarte? –inquirió, e hizo una pausa. Después, asestó su golpe–: Pues estás confundida. Ardeo luchará por los demás, pero no por ti. Tú eres la sobrina de la asesina de Malta.

Ella trató de hablar, pero solo pudo emitir sonidos incoherentes. Empezó a forcejear, a tirar de las estacas, pero lo único que consiguió fue agravar sus heridas.

Él sintió un poco de satisfacción al verlo.

–¿Tú qué dices, Xerxes? ¿Debería acabar con su desgracia?

–Si quieres que te lo agradezca con una puñalada, sí –dijo su amigo.

Thane sonrió con frialdad y se puso en pie.

–Algún día –le dijo a Kendra–, me cansaré de verte así, y tal vez te deje libre. Pero hoy no es ese día.

Al torcer una esquina, Elin se topó con Thane. Se chocó contra él, y la tarta que había estado haciendo durante la última hora y media estuvo a punto de caérsele de las manos. Después de salir de la suite de Thane, necesitaba distraerse, así que había optado por cocinar.

Al principio, los empleados de la cocina habían protestado. Sin embargo, Adrian la había seguido hasta allí y, aunque no había dicho ni una palabra, su mera presencia había silenciado a todo el mundo.

El hecho de mezclar los ingredientes, como había visto hacer a Bay, le había resultado tan triste como gratificante.

Thane la agarró por los brazos para impedir que perdiera el equilibrio.

–Cuidado –dijo.

Entonces, le quitó de las manos la bandeja de la tarta.

A Elin le ardieron las mejillas.

–Eh… Disculpa –le dijo.

Su cuerpo, tan traidor como siempre, reaccionó inmediatamente ante su cercanía, y comenzó a acalorarse y a sentir un terrible cosquilleo.

–Tenía una misión, y he avanzado sin prestar atención –añadió, y miró a Xerxes, que estaba al lado de Thane–. ¿Te gustaría probar mi tarta? La he llamado Perfección perfecta. Estoy a la espera del copyright.

Xerxes miró la tarta y, después, la miró a ella.

–Creo que voy a dejar que Thane se trague este marr… Quiero decir, que se la coma toda él solito.

Claramente, estaba conteniendo la sonrisa. Pasó a su lado y siguió caminando por el pasillo.

Thane permaneció frente a ella, inmóvil como una estatua.

–¿Ya has estado cocinando?

Él tenía unas manchas negras en las manos y en la cara. ¿Carbón? ¿Y por qué tenía aquella mirada tan sombría, tan tensa?

–Sí. Y sé que no tiene muy buen aspecto –dijo. A decir verdad, el centro del bizcocho se había hundido en cuanto lo había sacado del horno, y la parte superior se había agrietado al ponerle el azúcar por encima–. Pero estoy segura de que el sabor es buenísimo.

–¿Tú no la has probado?

–No –dijo Elin. La última vez que Bay había hecho una tarta, le había dado de comer dulcemente. Su corazón no podía soportar más recuerdos como aquel–. Tú vas a ser el primero. Por favor.

–Por supuesto –respondió Thane.

Sujetó la bandeja con una sola mano y tomó un pedazo de uno de los bordes. Al masticarlo, abrió mucho los ojos.

Aquello era buena señal, ¿no?

–¿Qué tal?

–Es... Ummmm –murmuró Thane, y tragó con esfuerzo–. ¿Esto es lo que vas a vender en tu pastelería?

–Sí.

–¿En la mejor pastelería del mundo?

–Sí –dijo ella, y dio una patada en el suelo–. ¿Por qué?

Él hizo caso omiso de su pregunta, y formuló otra:

–¿Y te gusta hacer pasteles?

–Bueno... sí. Era el pasatiempo favorito de mi marido.

–Ya entiendo –dijo él, y frunció los labios–. ¿Cuál era el tuyo?

–A mí me gustaba mucho ayudarlo.

–Ya. Pues lo siento, Elin, pero esto es... –Thane se interrumpió, reflexionó durante un segundo y dijo–: Los he tomado peores.

Una manera muy cortés de decir que estaba horriblemente malo.

–Lo odias, ¿verdad?

–Pues... sí. Lo siento.

A ella se le cayeron los hombros.

–Por lo menos, eres sincero –dijo. Y, rápidamente, se recuperó–. Lo que pasa es que no tengo práctica –explicó, y chasqueó los dedos–. ¡Ya sé! Voy a hacer unas cuantas tartas al día, y les venderé porciones a tus clientes. Muy pronto seré una experta.

—No estoy seguro de que...

—Te daré el cincuenta por ciento de las ganancias —dijo ella—. Y no digas que no va a haber ganancias. No soy tan mala.

—Muy bien —dijo él, con un brillo calculador en la mirada—. Trato hecho.

¿Y por qué aquel brillo calculador?

—Bueno... eh... Bellorie me ha comentado que tienes una biblioteca. ¿Podrías indicarme dónde está? Quiero consultar algunos libros.

—¿Te gusta leer?

—Sí, mucho.

Él arqueó una ceja.

—¿Qué tipo de libros?

—Novela romántica.

—De esos no tengo.

—Ah —dijo ella, tratando de disimular su decepción.

—Pero puedo conseguir algunos —añadió él.

Elin se animó.

—Eso sería maravilloso. Gracias. Bueno, pues... supongo que será mejor que me marche.

Hizo ademán de rodearlo, pero se dio cuenta de que él volvía a quedarse sombrío. Y el anhelo de alegrarlo... de aligerar su carga, pudo más que sus ganas de escapar.

—Señor Downfall, creo que tenemos que hacer algo para que se relaje —dijo.

—¿Ah, sí? ¿Y cómo sugieres que lo hagamos? —preguntó él, en voz baja.

En voz baja, y en un tono de... ¿excitación? ¿Atracción?

Por favor, no. Entonces, nunca podría resistirse a él.

Y, si no podía resistirse a él... Adiós, trabajo. Adiós, dinero. Adiós, nuevas amigas.

Adiós, Thane.

—Te lo voy a enseñar —le dijo, y se acercó al guardia que había al final del pasillo—. Hazme un favor, y tira esto a la basura. Y hazte un favor a ti mismo, no se te ocurra probarlo.

Después, volvió ante Thane y le tendió la mano. Él vaciló, y ella insistió:

—Vamos, dame la mano. Esta pequeña humana no te va a llevar a una emboscada, te lo prometo.

Él frunció el ceño, pero le rodeó la mano con los dedos. Elin experimentó algo parecido a una descarga eléctrica, aunque ya se la esperaba; le había ocurrido antes. Y, sin embargo, seguía temblando mientras lo llevaba, a través del edificio, hacia el jardín de la parte de atrás.

Nunca se hubiera imaginado que en una nube pudiera haber un jardín, pero... así era.

—Siéntate —le ordenó, señalando el único banco.

Era un asiento de piedra; parecía que había crecido directamente del suelo, y tenía las patas cubiertas de hiedra, y había un rosal florido en uno de los extremos.

Él se sentó, y las puntas de las alas tocaron el suelo. El sol lo iluminó con sus rayos dorados, y su belleza masculina brilló como un diamante.

—No quería decir que te sentaras sobre el banco —le dijo ella, con una sonrisa—, sino delante del banco.

Él volvió a fruncir el ceño, y se agachó en el suelo.

Ella se arrodilló a su lado.

—Bueno, ¿ves esto? —le preguntó, y arrancó una mala hierba de la tierra—. Esto, y todo lo que sea como esto, son malas hierbas. Pero estas —dijo, señalando las flores— estas son buenas. En este momento, lo malo está asfixiando a lo bueno, así que tenemos que ayudar.

Él se quedó horrorizado.

—¿Es una forma suave de decir que tengo que cuidar del jardín? —preguntó, estremeciéndose.

—Vas a hacer algo más que eso. Vas a salvar algo bello.

Él la observó.

—¿Quitar malas hierbas es algo tan importante para ti?

—Es importantísimo. Y no solo para mí.

«¿Estás sacando un paralelismo, Thane? Porque deberías. Mis insinuaciones no son nada sutiles».

Una pregunta aún mejor: «¿Estás sacando un paralelismo para ti misma, Vale? La culpabilidad del superviviente es una mala hierba muy gruesa, con muchas espinas.

En fin.

Mientras trabajaban, ella intentó no fijarse en cómo se le estiraban los músculos a Thane bajo la túnica. No lo consiguió y, para cuando terminaron, dos horas después, la zona cercana al banco estaba limpia, y el cuerpo de Elin necesitaba desesperadamente recibir atención.

«Lo deseo», gritaba.

«Bueno, pues es una lástima. No puedes tenerlo».

Y, sin embargo, él estaba tan cerca... y era tan guapo... tan habilidoso con las manos... Sería muy fácil inclinarse hacia él y ofrecerle los labios. Seguramente, se quedaría muy sorprendido, pero el deseo lo invadiría, y aceptaría el ofrecimiento. La saborearía, la acariciaría y la tendería en el suelo. Y después... «¡Eh! ¡Ya basta!».

Elin carraspeó.

–Mientras trabajas, es difícil darse cuenta de que vas consiguiendo algo, ¿verdad? Solo ves las cosas que te quedan por hacer. Pero, de repente... ¡tachán! Sucede. Se ve el resultado.

Y era mucho mejor de lo que ella podía esperar. Por fin, las enredaderas empezaban a crecer.

Él asintió, pero no dijo nada.

Ella se puso en jarras.

–La próxima vez, ¿preferirías que te enseñara a relajarte haciendo una tarta?

–¿Para que seamos dos los que hagamos vomitar a los clientes? No.

Elin soltó un resoplido al oír la ironía de su tono de voz. Sin embargo, sintió regocijo. ¡Su plan había funcionado! Él ya no estaba tan sombrío. De hecho, tenía cara de satisfacción por el trabajo bien hecho.

—Voy a mejorar —le dijo—. Ya lo verás.

—*Kulta*, es imposible que empeores.

Ella se echó a reír con deleite, sin poder evitarlo.

—No me has explicado qué significa «*kulta*».

A él le brillaron los ojos, con un triunfo que ella no entendía.

—Probablemente no te lo explique nunca.

—¿Es «bruja»?

—No.

— ¿«Traviesa»?

—Ni de cerca.

—¿«Cielo, preciosa, reina de mi vida»?

La sonrisa de Thane fue floreciendo lentamente y, en las mejillas, se le formaron unos hoyuelos que la dejaron asombrada.

Elin tartamudeó.

—Tú... tú... ¡Thane, tienes hoyuelos!

¡Como si él no lo supiera! Eran más adorables que un osito panda con un gatito en brazos.

—¿De verdad?

Un momento, ¿acaso él no lo sabía?

—Sí, ¡de verdad!

Los hoyuelos volvieron a aparecer. Ella se estremeció, y sintió un cosquilleo por toda la piel del cuerpo.

—¿Te gustan los hoyuelos? —le preguntó él.

«Demasiado».

—Claro —respondió Elin. Entonces, se levantó. Tenía que poner distancia entre ellos—. Bueno, será mejor que me marche. Ya sabes lo importante que es dormir ocho horas.

Él abrió la boca, y la cerró. Pasó la mirada por su cuerpo, y puso cara de pocos amigos.

—Entonces, vete.

Vaya. Otro cambio de humor brusco. ¡Y sin ningún motivo!

Elin se apartó el pelo de los hombros.

—Por si se te ha pasado, este ejercicio era para que te

dieras cuenta de que todo el mundo tiene malas hierbas en su vida. Tú tienes que arrancar las tuyas, antes de que sea demasiado tarde.

La noche siguiente, Thane envió varias cajas de bombones a la habitación de Elin.
Rápidamente, comenzó a hacerse preguntas: ¿Qué estaba haciendo? ¿Estaba cortejándola?
¡Ni hablar!
Y, sin embargo, no podía olvidarse de ella, ni de las palabras con las que se había despedido el día anterior. ¿Qué malas hierbas tenía Elin? Quería saberlo.
Se metió en la ducha y abrió el grifo del agua caliente.
Su raza no necesitaba bañarse. Poseían unas túnicas que los mantenían limpios de pies a cabeza, que les quitaban todas las manchas, salvo las del alma. O, como diría Elin, las malas hierbas. Sin embargo, en algunas ocasiones, él necesitaba sentir el agua deslizándosele por la piel.
Todo su mundo estaba boca abajo.
Aunque sus provocaciones a Kendra del día anterior le hubieran proporcionado algo de satisfacción, lo único que le había quedado había sido una gran culpabilidad. Y ese sentimiento había resultado ser, más tarde, combustible para la rabia que ardía constantemente en su interior. ¿Por qué tenía que sentirse culpable de seguir la ley del ojo por ojo?
¿Porque Kendra también tenía sus malas hierbas?
No quería pensar en eso.
Así pues, pensó en Elin, en su sonrisa dulce y en su horrible tarta.
Ella no lo sabía, pero hacía pasteles para mantener vivo el recuerdo de su marido, no porque le gustara hacerlo, ni porque tuviera el menor talento para ella. Thane sonrió al recordar la impresión de tener en la boca fresas saladas, cáscara de huevo y una sobrecarga de vainilla. Había inten-

tado disimular su reacción, porque no quería herir sus sentimientos, pero ella se lo había tomado todo con tan buen humor, que no había podido evitar tomarle el pelo.

Él, tomándole el pelo a una fémina. ¡Era inconcebible!

Solo esperaba que olvidara su intención de hacer pasteles para los clientes del bar.

Cuando desistiera, si verdaderamente desistía, él podía ponerla a cargo de los jardines. Incluso podría ayudarla. Era asombroso, pero se había dado cuenta de que le gustaba tener las manos en la tierra, notar el sol en la piel. Y, no tan asombroso, también le gustaba tener al lado a una mujer bella mientras notaba que sus músculos se estiraban y su mente se concentraba en un solo objetivo.

Lo que no le había gustado era la despreocupación que había mostrado Elin al final. Cuando se había puesto en pie y había dicho que tenía que marcharse, él había sentido ganas de soltar una imprecación. Cada vez le costaba más separarse de ella. Y, sin embargo, parecía que ella siempre podía hacerlo con facilidad.

Cerró el grifo con más fuerza de la necesaria, salió de la ducha y se puso una túnica. De repente, oyó un portazo y se encaminó al salón de la suite.

Bjorn, que llevaba fuera más tiempo que nunca, según Xerxes, avanzó unos cuantos metros antes de caer de rodillas al suelo. Xerxes apareció un segundo más tarde y, entre los dos, ayudaron a Bjorn a levantarse.

—El baño —murmuró su amigo.

Lo llevaron al baño y, allí, Bjorn vomitó todo lo que tenía en el estómago. Aquella era la misma reacción que tenía Xerxes después de mantener relaciones sexuales.

Mientras le sujetaba el pelo a Bjorn, angustiado por no poder hacer nada para aliviarlo, miró a Xerxes. El otro guerrero tenía una expresión grave y sombría.

—¿Qué te ocurre cuando te vas? —le preguntó a Bjorn en voz baja.

Silencio. Era de esperar.

Xerxes le limpió la cara a Bjorn con una toalla húmeda.
–Pase lo que pase, estamos a tu lado –le dijo.
De nuevo, silencio.
Thane llevó a su amigo a la cama, y lo ayudó a tumbarse boca abajo para que sus alas no se aplastaran.
Le apartó los rizos oscuros de la frente, e inspeccionó sus alas blancas y doradas. No había señales de...
Maltrato. Sí, allí estaba. Bjorn tenía una herida junto a cada uno de los arcos. Sangraba ligeramente. Parecía como si lo hubieran sujetado con unos cepos, o unas pinzas enormes.
Sintió rabia una vez más. Fuera adonde fuera Bjorn, estaba sufriendo. Tenían que hacer algo, y pronto.
Thane y Xerxes lavaron y vendaron las heridas de su amigo. Se sentaron a ambos lados de él, hablando de todo, de cualquier cosa, y de nada, hasta que el guerrero se relajó y, poco a poco, fue quedándose dormido.
–Yo me quedo con él –susurró Xerxes–. Lo cuidaré.
–Y yo.
–No –dijo su amigo–. Los demás Enviados van a llegar muy pronto. Tienes que bajar.
Thane apretó los puños. Quería protestar, pero no podía. Xerxes estaba en lo cierto.
Asintió con rigidez.
–Avísame si surge algún problema.
–Por supuesto.
Pese a la amenaza que Elin les había hecho a los que dejaban poca propina, el bar estaba abarrotado aquella noche. Rápidamente, la cacofonía de voces le alteró aún más los nervios. Sobre todo, las voces de las mujeres que trataban de captar su atención.
–¡Thane! Había oído decir que estabas bueno, pero... ¡Oh, cariño, eres impresionante!
–Mira, es Thane. Eh, Thane, aquí estoy. Mira lo que puedo hacer. Soy muy flexible.
–¡Thane! ¡Thane! ¡Te dejo hacer lo que quieras!

Si conseguía salir de allí aquella noche sin cometer un asesinato, lo consideraría todo un logro.

Se detuvo al lado de Adrian. El vikingo estaba alerta, vigilando el local desde su punto de observación habitual.

—Necesito la habitación de la esquina —dijo Thane; mientras hablaba, buscó a Elin con la mirada.

Ella estaba junto a una mesa llena de hechiceros, de perfil. Preciosa y seductora humana... Llevaba un moño, y tenía harina en las mejillas. Su uniforme le pareció más pequeño que antes, y eso no le gustó.

Seguro que tenía frío.

—Dale una túnica —le dijo a Adrian.

—Muy bien, me ocuparé de que la tenga.

Ella tenía en las manos una tarta tan desastrosa como la primera, y estaba intentando que los hombres la probaran.

Uno de los magos estaba más interesado en su cuerpo. Le pasó una mano por el trasero.

Thane ya estaba atravesando el local para hacer trizas al tipo, cuando se dio cuenta de lo que iba a hacer y se contuvo. De mala gana, retrocedió. Si Elin quería las atenciones de aquel mago, que las disfrutara.

«Será mejor que no quiera sus atenciones».

Entonces, ella le dio una palmada al mago para apartarle la mano, y le advirtió algo moviendo el dedo índice delante de su cara. El mago hizo un mohín, pero no intentó nada más.

Thane intentó calmarse.

—¿Ha comprado alguien alguno de sus pasteles?

—Sí —respondió Adrian—, y todos han pedido que les devolvieran el dinero, además de una compensación por los daños.

No era de extrañar.

—Compra todo lo que quede, y ponlo en mi mesa —dijo Thane. Si, con eso, conseguía hacer que ella sonriera, estaba dispuesto a comerse hasta la última miga—. Y, durante el resto de la noche, solo me va a servir a mí.

El vikingo se quedó asombrado, pero no dijo nada más.
—Ah —añadió Thane, como si acabara de pensarlo—, y córtale la mano a ese hechicero.
—Pero...
—Esto no es un debate. ¿Es que te estás ablandando, Adrian? Los dos sabemos que le saldrá otra.
Adrian asintió.
—¿Y de qué crimen lo acuso?
Thane pensó.
—Ha tocado lo que es mío.

Elin entró en un reservado que había en uno de los extremos de la sala, tratando de dominar su nerviosismo. Ocultarle su origen a Thane, Bjorn y Xerxes, y a todos los clientes del bar, era una cosa. Ocultárselo a una habitación llena de asesinos bien adiestrados era otra muy distinta.

«Más tarde o más temprano, me van a descubrir».

Quería pensar que a Thane no iba a importarle que fuera mestiza, que iba a protegerla pasara lo que pasara. Al fin y al cabo, le había enviado muchos bombones, por lo que debía de ser un hombre dulce y romántico.

Claro que, desde entonces, se había comportado como si ella no existiera, así que...

Al entrar en la habitación, Elin se concentró en sus amigos. Y... vaya. Era normal que Bellorie se hubiese muerto de envidia.

Por un momento, ella se quedó anonadada.

Había un vikingo... enorme, más grande que Adrian, que tenía el pelo largo y negro, y una barba negra y espesa, unida en la parte central con tres abalorios.

Había un par de gemelos de ascendencia asiática. Uno de ellos tenía un peinado al estilo mohawk, teñido de verde, y llevaba tatuajes y *piercings*; su hermano, por el contrario, iba vestido de manera más conservadora, con el pelo peinado hacia atrás y la cara perfectamente afeitada.

Y, además, estaba el hombre más guapo que ella hubiera visto en su vida, de no ser por Thane. Su amigo tenía el pelo negro y unos ojos azules penetrantes.

¿Acababa de encontrar a un candidato mejor que Merrick?

—Qué bonitos son los chupafuegos que tienes en el jardín delantero —le comentó Más Guapo a Thane.

«Chupafuegos». Un nombre insultante para los fénix. Ella no le tenía demasiado amor a su propia raza, así que no se ofendió.

Thane asintió con rigidez. Después, sirvió porciones de su más reciente creación en varios platos. ¿Le gustaría, o le repugnaría?

Ella había estado oyendo las críticas durante toda la noche.

«He comido tierra que sabía mejor».

«Mi enhorabuena al chef. Pensaba que no había nada peor que el estofado de escarabajos de mi suegra».

Thane lo iba a odiar.

Se sintió frustrada, pero intentó animarse. Muy pronto empezaría a dominar el oficio, y todo el mundo se comería sus palabras, aparte de sus postres. Solo tenía que seguir practicando.

La mujer que estaba sentada junto a Thane sonrió con una fría satisfacción al entregarle un taco de papeles. Tenía el pelo negro y rizado, la piel oscura e inmaculada y los ojos de un asombroso color ocre.

—La lista ya está terminada.

¿La lista? ¿Qué lista? ¿La de todas las maneras en las que quería hacer el amor con él?

Elin tuvo un ataque de celos. Quiso morder y arañar a aquella otra chica.

«Muy maduro por tu parte, Vale».

—En cuanto lleguen las bebidas, organizaremos el plan de ataque —dijo Thane.

«Es mi turno».

–Eh... Hola a todo el mundo. He venido a atenderos, así que podéis decirme lo que os apetece tomar.

Entonces, por fin, él la miró, y ella se estremeció. Por un momento, el resto del mundo desapareció por completo. «Detesto que suceda esto... porque me encanta». Toda la atención de Elin se concentró en su jefe, y se dio cuenta de que a él se le había acelerado la respiración. Notó el calor que irradiaba.

Su cuerpo respondió instintivamente. Comenzaron a dolerle los pechos, y notó un temblor en el vientre. Se le constriñeron los pulmones, y, oleada tras oleada, una calidez embriagadora se le extendió por el cuerpo y se le concentró entre las piernas. El ambiente se llenó de excitación e impaciencia.

Thane se puso en pie, en una postura agresiva, con la mandíbula apretada. Era pura testosterona y... ¿deseo? Parecía que estaba conteniendo el impulso de agarrarla y llevársela.

¿Acaso la deseaba? ¿La deseaba como él la deseaba a ella?

«Por favor, por favor, por favor».

No. ¡Por favor, no!

Alguien se echó a reír.

–Esto es bastante embarazoso.

Thane frunció el ceño, apartó la mirada de ella y volvió a sentarse.

Bien. Ella pudo respirar de nuevo. Sin embargo, nadie continuó hablando; todos estaban mirándola.

–¿Dónde está tu túnica? –le preguntó Thane.

Vaya. Así que sabía que Adrian había intentado que se pusiera una túnica.

–La he metido en un tiesto, donde me gustaría que se quedara –dijo ella. Con la túnica sacaría muchas menos propinas–. Bueno, entonces, ¿qué os apetece tomar?

–¿Qué te parecería un vaso alto y lleno de ti, preciosa? –le preguntó Más Guapo.

—Como si eso no me lo hubieran dicho ya —murmuró ella.

—Ay. Bueno, voy a subir el nivel. Sé que te has fijado en mí —continuó él, suavemente—. Todo el mundo se fija —añadió, con una sonrisa seductora y provocativa—. Ahora, la única pregunta es a qué hora te gustaría hacer algo al respecto.

Sí. Había encontrado un candidato. Ella le contestó en broma:

—Vale, una de arsénico, marchando.

Él se echó a reír con ganas.

—Voy a volver por ti, fémina —dijo—. Sin duda.

Thane dio un puñetazo en la mesa e hizo una enorme grieta en el centro. Elin se sobresaltó y gritó. ¡Qué tonta era! Acababa de amenazar a uno de sus amigos.

—No iba a darle arsénico —dijo, apresuradamente.

Sin embargo, Thane no la estaba mirando a ella, sino a Más Guapo.

—Elin, manda a Savy para acá y dile a Adrian que te acompañe a mi suite. Espérame allí.

Un momento, ¿cómo?

—Yo... eh...

—No quiero discusiones —le soltó él, sin mirarla.

—¿Quién ha dicho que yo iba a discutir? —preguntó ella, aunque era exactamente lo que iba a hacer.

¿Por qué quería que fuera a su suite? ¿Para castigarla en privado? Miró a los seis ocupantes de la mesa, con la esperanza de dar con la respuesta. Sin embargo, ya no le estaban prestando ninguna atención a ella; todos miraban a Thane sin disimulo.

—Está bien, me voy —dijo—. Pero, ¿te importaría que le dijera a Bellorie que viniera, en vez de a Savy?

Bellorie era su preferida, y la chica quería estar allí. Además, ella ya se había metido en un lío. ¿Podían empeorar mucho más las cosas por hacer aquella petición?

Thane se volvió hacia ella y le clavó sus ojos azules.

Tenía una mirada dura y cálida, carnal y peligrosa. En vez de enfadarse más aún con ella, tal y como esperaba, asintió.

–Envía a Bellorie.

Más Guapo se quedó boquiabierto.

–¿Acabas de cambiar tus órdenes? ¿Por una empleada?

Elin no se quedó a escuchar la respuesta. Salió rápidamente, y se fue en busca de Bellorie. La arpía estaba en la barra, cargando bebidas en una bandeja.

–Rocket, te toca –le dijo Elin–. Thane quiere que sirvas a su mesa esta noche.

La pelirroja se quedó perpleja.

–¿Yo? ¿De verdad? ¿Aunque intentara hacerle un bailecito a Koldo la última vez?

¿Cuál de ellos era Koldo? ¿Más Guapo?

–Si. Pese a todo.

Bellorie dio un saltito de emoción.

–Esta va a ser la mejor noche de mi vida.

–Ten cuidado. Thane está de muy mal humor. No se te ocurra amenazar a sus amigos.

–Oh, por favor –dijo Bellorie–. Ya no tengo cincuenta años. Nunca haría nada tan infantil como amenazar a un Enviado.

–Pero… ¿qué edad tienes?

–Ciento tres exquisitos años –dijo la arpía, como si fuera algo totalmente normal. Y, allí, en los cielos, lo era.

¿Cuántos años tendría Thane? ¿Había vivido ya una vida entera, como Bellorie? ¿O varias?

De todos modos, iba a vivir unas cuantas más. Tal vez ella envejeciera más lentamente que un humano normal, o tal vez no. No tenía ningún signo externo de su parte fénix. No tenía colmillos ni garras, ni podía producir llamas. No tenía marcas de nacimiento. Así pues, ¿por qué iba a tener señales internas, como la inmortalidad?

Aquella era otra razón más para permanecer alejada de Thane.

–¿Y qué vas a hacer tú, mientras yo estoy consiguiendo que los tipos más atractivos de los cielos sientan lujuria por mí? –le preguntó Bellorie, mientras se atusaba el pelo mirándose a uno de los espejos.

–Yo... tengo que ocuparme de algo para el señor Thane –le dijo Elin.

No se atrevía a decirle que tenía que recibir un castigo, porque no quería ver una expresión de pena ni de horror en el rostro de su amiga, así que omitió los detalles, intentando no mentir. Será mejor que te marches, no sea que te ponga en su lista negra.

–No sería la primera vez, Bonka Donk –dijo Bellorie y, sonriendo, se alejó.

Elin se acercó de mala gana a Adrian. Él no la miró, pero se irguió un poco más.

–Se supone que tienes que acompañarme a la estúpida suite de Thane, a esperar los estúpidos caprichos de su estúpida majestad.

Pasó un momento. Después, otro. Adrian no respondió. Al principio, ella pensaba que no la había oído, pero al cabo de unos segundos, él se marchó y entró en la habitación privada. Cuando salió, unos minutos más tarde, su expresión era pétrea, y áspera también. Pasó por delante de ella sin decir una palabra, y Elin lo siguió.

–Qué educado –ironizó ella–. ¿Qué le has dicho? ¿Acaso has ido a preguntarle si soy una mentirosa?

–Le he preguntado si estaba seguro de lo que quería.

–¿Y?

–Y ha amenazado con clavarme al suelo del patio con unas estacas.

Ay.

–Siento lo que va a pasar, humana –prosiguió el vikingo, cuando, por fin, llegaron a la suite–. Te llevaría a escondidas a la tierra si sirviera de algo. Pero él te seguiría, y a ninguno de los dos nos gustaría lo que iba a pasar cuando te encontrara.

–Eso no es muy reconfortante.
–En este momento, no puede haber nada reconfortante.

Ella pasó a la suite, y Adrian cerró las puertas, antes de que ella pudiera pedir más detalles.

Capítulo 9

Thane estaba al borde del sofá, mirando a Elin. Ella estaba dormida, y él nunca se cansaría de mirarla. Tenía el pelo oscuro alrededor de los delicados hombros, y las pestañas, tan largas, le tocaban los pómulos con dulzura. Sus pecas lo atraían... Sus labios suaves se separaron y dejaron escapar un suspiro. ¿Con qué estaba soñando?

¿Y por qué continuaba afectándole tanto, con más fuerza a cada día que pasaba? Al verla en el bar, se le había acelerado salvajemente el corazón, y había sido una tortura tener que enviarla allí arriba.

Había pasado aquellas últimas horas deseando ir a su lado, pero, al salir de la reunión con los Enviados, había tenido que hablar con otro grupo de hombres que... utilizaba de vez en cuando.

Los Señores del Inframundo eran guerreros inmortales poseídos por los demonios que, una vez, habitaron la caja de Pandora. Sorprendentemente, en aquel momento estaban del lado de los Enviados, los que deberían ser sus asesinos. Los Señores luchaban contra los demonios a quienes acogían en su cuerpo, en vez de seguir sus mandatos, y eso les convertía en aliados dignos, a ojos de los Enviados.

Thane había ido a preguntarles sobre las criaturas de sombra que tenían sometido a Bjorn.

William estaba allí, con ellos, pálido y callado, bebiendo e intentando olvidar la muerte de su hija.

—Los conozco —dijo—. Esas criaturas nacieron en un reino distinto a todos los demás. Allí existe la oscuridad total; no hay ni el más mínimo rayo de luz. Viven al modo de una colmena, y tienen una reina a la que obedecen ciegamente. Ella es... —William se estremeció, y siguió hablando—: Si las criaturas temen a tu soldado, es porque ella lo protege, o porque se ha unido a él. De cualquier forma, estaría mejor muerto. Y castrado.

Thane había hecho el camino de vuelta a casa con furia, con la esperanza de encontrar a una fémina en el bar y calmarse de la única manera que conocía. Sin embargo, había empezado a despreciar aquel plan.

Entonces, había recordado la orden que le había dado a Elin, y había subido rápidamente a su suite.

Allí estaba ella, sana y salva. Lista para tomarla.

El aire estaba perfumado con su olor a jabón y a cerezas. Ella estaba sentada en el sofá, con la cabeza apoyada en el respaldo. ¿Se había quedado dormida sin querer?

Tenía un pequeño fragmento puntiagudo de cristal en el puño cerrado. ¿Acaso seguía temiéndolo?

Con cuidado de no despertarla ni cortarla, le quitó el cristal de la mano. Se dio cuenta de que ella tenía la piel muy fría, y fue a su dormitorio en busca de la manta más suave que tenía. Al volver, oyó voces y risas masculinas detrás de la puerta de Bjorn.

Gracias al Más Alto, su amigo había encontrado algo de alegría.

En el sofá, le ordenó a su túnica que tomara forma de camisa y pantalón, y se quitó la camisa, porque no quería que hubiera barreras entre el calor de su piel y Elin. La tomó en brazos. Era ligera y suave. Y ella, tan confiada como un niño, giró la cabeza y la metió en el hueco de su cuello, buscando mayor contacto. Él tuvo que morderse la lengua para contener un gemido de placer.

Placer, por algo tan nimio. ¿Qué le ocurría?

Con deleite, se giró y se tendió sobre el sofá, e hizo que Elin se tendiera sobre él. La envolvió en la manta para crear un refugio cálido. Fue un error; su olor a cerezas se intensificó, y su respiración le acarició el pecho. Fue tan erótico, que él se excitó al momento.

Tenía que resistirse a ella, aunque se hubiera echado a temblar de deseo. Le daría calor, la despertaría y la acompañaría a su habitación. Después, iría en busca de una mujer adecuada para satisfacer sus deseos.

Elin se frotó la mejilla contra su pectoral y ronroneó, con los labios peligrosamente cerca de su pezón.

«Lámeme. Pruébame».

La estrechó entre sus brazos. No, no quería a ninguna otra mujer. Deseaba a aquella. Pero...

Se la imaginó encadenada, forcejeando, y se estremeció. Aquella era una imagen horrible.

Se la imaginó llorando y suplicándole mientras él le hacía daño, le causaba unas cicatrices como las que le había hecho Kendra.

Thane sintió repulsión.

Se imaginó a Elin delante de él, utilizando una de sus muchas herramientas para hacerle daño, con una chispa de deleite en los ojos.

Thane comenzó a sudar.

Ya había sentido culpabilidad por causa de Elin, pero empezó a pensar también en las demás féminas con las que había estado. ¿De veras había seguido hiriendo a mujeres que ya estaban heridas? ¿De veras había contribuido con nuevas malas hierbas, que iban a extenderse hasta que las asfixiaran?

La culpa...

No podía hacerle lo mismo a Elin. No podía aumentar su angustia. Sin embargo, tenía que poseerla.

«Entonces, tómala. Tómala con ternura. Tal vez te guste, o tal vez no, pero...».

Pero sería suya. Y él iba a asegurarse de que ella sintiera placer. Podía satisfacerla tanto, o más, que su marido.

Aquel era un pensamiento peligroso, porque, tal vez, ella empezara a querer más de él.

Y, al mismo tiempo, por aquella misma razón, era un pensamiento tentador.

Si volvía a sus viejos hábitos, sin poder evitarlo, pararía al instante y se alejaría de ella. La dejaría satisfecha, pero la dejaría.

Lo único que le quedaba era convencer a Elin.

Elin se despertó poco a poco, y fue asimilando varios acontecimientos a medida que recuperaba la consciencia.

Estaba acurrucada sobre un cuerpo masculino y cálido. No era el cuerpo de Bay, que tenía veinte años y era muy delgado, como un corredor de larga distancia. Aquel cuerpo era demasiado ancho, demasiado duro, demasiado... todo. Aquel cuerpo era el de Thane. Ella podía reconocer su peligroso olor a champán en cualquier parte.

¿Cómo había podido terminar entre sus brazos? Recordó que Adrian la había dejado en su suite, y que ella se había preguntado qué tendría planeado hacerle Thane. Pese a su agitación había bostezado varias veces mientras lamentaba perderse el entrenamiento de las Multiple Scorgasms; tal vez el equipo no se lo perdonara nunca. Recordó que se había sentado en el sofá para conservar las energías. Y, después, nada...

En aquel momento... Thane le estaba acariciando la espina dorsal, de arriba abajo y de abajo arriba, deteniéndose de vez en cuando para juguetear con algunos mechones de su pelo. Delicioso. Todo el deseo que había estado negando la inundó como una marea incontenible.

Aquello era lo que había estado anhelando. No tenía que buscar a ningún otro candidato para satisfacer sus deseos. Thane era el único que podía hacerlo.

Sin embargo, estar con él tendría un precio terrible...

Se tragó un gemido y trató de incorporarse, pero Thane la sujetó entre sus brazos. «Ignora las sensaciones que te están produciendo el contacto con su piel». Miró a su alrededor por la habitación. Las luces estaban a una intensidad baja, y todo estaba iluminado tenuemente. El ambiente era romántico. Él no la había movido del sofá, pero se había tendido bajo ella. ¿Por qué?

–Mírame, Elin –le pidió él, tomándola por sorpresa.

Entonces, ella obedeció, de mala gana, y se arrepintió al instante.

Desde tan cerca, vio que sus ojos despedían una intensidad casi eléctrica, y que tenía los labios apretados. Tenía una expresión salvaje, como si fuera capaz de cualquier cosa... y ella solo deseó acariciarlo.

–¿Vas a castigarme? –le preguntó.

–¿Castigarte? No. ¿Por qué?

–Amenacé a tu amigo con darle una copa de arsénico.

–Es verdad. Lo hiciste. Gracias por recordármelo.

Ella se dio un golpe en la frente con la palma de la mano.

–¿Cómo puedo ser tan tonta? La regla de oro es no recordarle nunca a tu jefe los errores que has cometido. Si él no se acuerda, tú tampoco deberías hacerlo.

–Me gustó que lo amenazaras. Se lo merecía. Pero no era de eso de lo que quería hablar.

Ah.

–Entonces, ¿de qué? –le preguntó ella, con alivio. Y con desconcierto.

Él le clavó una mirada tan intensa, tan cálida, que se quedó para siempre grabada en su mente.

–Creía que podía parar esto, pero no puedo.

Esto. La atracción.

La necesidad.

Ella sabía lo que quería decir, y notó una descarga de calor en el vientre.

Oh, no. No, no, no. Uno de los dos tenía que mantener la cordura.

–Estás renunciando a una parte muy importante de la vida por el recuerdo de un hombre, *kulta* –continuó Thane, suavemente–, y yo no voy a consentirlo más.

«Me estás matando...».

–No tienes que preocuparte. He decidido estar con alguien –susurró ella.

Una de las comisuras de los labios de Thane se elevó.

–Yo –dijo.

Ella titubeó, y admitió:

–No, en realidad no.

Tal vez la verdad pudiera acabar con aquella locura.

Él se puso muy tenso, y en sus ojos empezó a arder un fuego tan feroz, que Elin se asustó.

–¿Con quién?

«Debería haberme callado la boca. Pero... esto era lo que quería, ¿no?».

–Eh... bueno... Me estoy decidiendo por un tipo... Tú seguramente no lo conoces. Quiero decir que... Lo conoces, porque lo has contratado, pero...

–No puede ser Adrian. Te he visto con él, y no hay nada sexual entre vosotros. McCadden... no. Está enamorado de otra –dijo Thane. Entonces, entrecerró los ojos y le clavó las yemas de los dedos en la carne–. Merrick.

Ella abrió unos ojos como platos. ¿Cómo había...? ¡Arg!

–Eso no va a ocurrir, Elin. Tú vas a estar conmigo –dijo él, y la sentó a horcajadas sobre su cuerpo–. Y con ningún otro.

Elin se resistió durante un momento, y se dio cuenta de que se estaba moviendo contra su erección. Se quedó inmóvil, deleitándose con aquella nueva situación, mientras el corazón se le aceleraba incontrolablemente.

Él inhaló bruscamente una bocanada de aire.

–Es mejor de lo que me había imaginado.

–¿El qué? –preguntó ella, en un susurro. Sin embargo, ya lo sabía, porque ella también lo había imaginado.
–Tenerte así.
–¿Te habías imaginado esto?
–Muchas veces.
–Yo también –admitió ella, suavemente.
Él la agarró con más fuerza.
–Di que sí. Aquí. Ahora.
Sí, sí, mil veces sí. «Acaríciame, por favor». Sin embargo, el instinto de conservación tuvo más fuerza que el deseo.
–¿Sí a qué, exactamente?
–A mí. A nosotros. Quiero estar contigo, Elin. Quiero hacerte cosas. Cosas que nunca hubieras creído posibles.
Ella gimió. «Yo también quiero que me hagas esas cosas...».
–Yo... no puedo –respondió. «Aunque estoy deseándolo con todas mis fuerzas»–. Lo siento.
Él entrecerró los ojos.
–No lo sientas –dijo.
Le besó el cuello y, al inclinarse hacia arriba, su miembro erecto se estrechó aún más contra el centro del cuerpo de Elin. Pese a lo que ella acababa de decir, movió las caderas hacia él, incrementando el contacto.
–Respóndeme a una pregunta –dijo él.
–Sí.
–Te vas a entregar a otro, ¿pero no a mí? –inquirió Thane, mientras le rozaba las puntas de los senos con las palmas de las manos–. ¿Por qué? ¿Para castigarme por lo de la arpía?
A ella se le puso la carne de gallina.
–No –respondió. Tal vez–. Yo... –«tómate un tiempo para sopesar las ventajas y desventajas»–. Yo... Sí. Quiero estar contigo –dijo, finalmente. Al cuerno las ventajas y desventajas. No tuvieron tiempo de tomar forma. El deseo los estaba abrasando a los dos. La estaba abrasando a ella.

Él se quedó inmóvil.

—¿Qué es lo que te ha hecho cambiar de opinión?

—Es lo que siempre he querido —admitió Elin, jugueteando con su pelo—. No voy a seguir luchando contra ello.

El triunfo se reflejó en sus ojos. Él le mordisqueó el lóbulo de la oreja y bajó lentamente la mano, hasta que la deslizó entre sus piernas. A ella se le escapó un jadeo al sentir una descarga de placer.

—¿Me deseas a mí, y a nadie más?

—A nadie más —gimió Elin. Sin embargo, el deseo de supervivencia volvió a intervenir, y la empujó a decir—: Quiero estar contigo, pero no puedo llegar hasta el final. Eso es todo.

«Así, me sentiré tan culpable que no tendré que acostarme con nadie. Nunca más».

Por fin. Había dado con la solución.

Thane sonrió ligeramente. O tal vez no. De todos modos, había terminado con la charla.

La tomó por la nuca y la atrajo hacia sí, y la besó con fuerza, hundiéndole la lengua en la boca. La saboreó y le exigió una respuesta.

Dominó.

Poseyó.

Se adueñó de sus labios.

Cuando la oyó gemir de gozo, suavizó su abrazo y sus acometidas, y permitió que ella lo saboreara a él. Elin se derritió contra su cuerpo, y correspondió a su beso.

—Sí —dijo él, con la voz ronca—. Así.

Parecía que estaba asombrado.

Ella también se sentía asombrada. La danza de su lengua encendió su pasión como los troncos secos una hoguera, y el beso se escapó de su control al instante. Comenzaron a morderse y a lamerse, embriagándose uno con el otro. Elin se hizo adicta a aquella tierna agresión.

«No quiero separarme de él. Tengo que acariciarlo».

Por todas partes a la vez. Los dedos, en su pelo y en sus

alas. Las uñas, arañándole suavemente el pecho. Las manos, alrededor de su miembro endurecido.

«Qué ansiosa. Ve paso a paso».

Comenzó por su pelo, pasándole los dedos por entre los rizos sedosos. Él gruñó con aprobación, y ella le tiró un poco del cabello, apasionadamente. Después, le acarició las orejas, los músculos tensos del cuello, y pasó a las plumas blancas y doradas de sus alas. Sentía muchas cosas diferentes, y todas intensificaban su enorme deseo.

—Tus pecas son deliciosas —le dijo él, besándole la mejilla, la garganta, usando los dientes y la lengua, y una fiebre abrasadora sonrosó la piel de Elin, hizo que le dolieran los huesos.

Le encantaba. Le encantaban el calor y el erotismo. ¿Cómo había podido pasar todo un año sin aquello? Un año sin placer ni consuelo. Un año soñando y deseando, negando y reprimiendo. Y, en aquel momento, todas las necesidades que había ignorado salieron a la superficie, como una riada. Quería acariciar, y ser acariciada. Dar y tomar. Vivir y sentir. Oh, sentir.

—Thane —murmuró, pidiéndole más.

Se frotó contra la erección de Thane, de arriba abajo, lentamente al principio, lenta y lánguidamente, disfrutando de la sensación, aunque su mente le pedía que se apresurara. Su cuerpo desatendido apenas podía procesar todas sus reacciones a Thane. Sin embargo, una pasión pura y animal la estaba adentrando más y más en el mundo de la carnalidad, y sentía desesperación por conseguir algo de alivio. Incrementó el ritmo de sus movimientos.

—Increíble —dijo él, con la voz entrecortada.

Más rápido...

—Sí.

Un poco más rápido... El contacto le arrancó un jadeo frenético. Más rápido aún...

—Más.

—¿Quieres ir un poco más allá? —le preguntó él, tomándole el pelo.

—¡Ahora!

—Será un placer, *kulta* —respondió él.

Entonces, la apartó unos cuantos centímetros de sí, acabando con sus dulces ondulaciones.

—Pero... —gimoteó ella—. Necesito...

—Y lo tendrás —respondió Thane.

Como si fuera un cavernícola, le rasgó la falda y el sujetador, y arrojó los pedazos de tela al suelo.

¡Sí!

Tragó saliva con fuerza al verla desnuda. Le acarició los pezones con los dedos pulgares, para que se le endurecieran aún más, y le cubrió los senos con las palmas de las manos.

—Son tan preciosos, que nunca podría marcarlos.

Aquella reverencia conmovió a Elin, aunque las palabras reverberaron en su mente embriagada de deseo.

El castigo que se merecía por traicionar a Bay. La experiencia que necesitaba para no volver a repetir aquello.

—Hazlo —le ordenó.

Thane se quedó inmóvil.

—¿Que haga qué? —preguntó, en voz baja, con un tono vagamente amenazante.

¿Cómo podía explicárselo?

—¿Qué es lo que quieres, Elin? ¿Que te tienda en el sofá, debajo de mí? ¿Que me hunda en ti?

¡Sí! No. Tal vez... Sí. Definitivamente, sí.

—Porque no creo que quieras de verdad lo que pienso que estás intentando pedirme.

La idea de sufrir dolor para aliviar su culpabilidad desapareció. No podía culparse por desear tanto a Thane. En vez de eso, pronunció una súplica.

—Por favor... Estoy tan cerca... Necesito... Lo necesito. Hace mucho tiempo.

La expresión de Thane se suavizó.

—Voy cuidar muy bien de ti, *kulta* —dijo.

La agarró por el trasero y empujó de ella hacia su erección con una mano y, con la otra, le presionó el estómago para empujarla hacia atrás, hasta que ella estuvo inclinada sobre sus muslos. Entonces, él se incorporó hacia delante y atrapó uno de sus pezones con la boca, y succionó con fuerza y, después, le lamió la carne para aliviar el ligero escozor.

Elin sintió tanto placer que gritó. «Más, por favor. Más».

Entonces, él concentró su atención en el otro pezón, y lo trató de igual forma.

Ella estaba frenética de desesperación, e intentó moverse contra su miembro, frotarse de nuevo, pero no podía moverse, porque él la estaba sujetando.

–Thane –gimió.

Nunca había deseado tanto a un hombre. Nunca había necesitado tanto un clímax.

Él alzó la cabeza. Tenía los labios rojos e hinchados de sus besos. Le clavó una mirada de necesidad. Era tan inmensa como la suya.

Con un solo movimiento, él se puso en pie, agarrándola contra su pecho, con sus piernas rodeándole las caderas, y la llevó hacia el dormitorio. Hacia la habitación de los dulces horrores.

Y, de repente, ella regresó a la realidad.

No había pasado mucho tiempo desde que aquel hombre había golpeado a otra mujer y la había dejado desplomada sobre su cama, como si no tuviera huesos, llena de hematomas. Las cosas que debía de haberle hecho... Todo lo que Elin había pensado que quería. Y, sin embargo, en aquel momento sintió tanto pánico que la desesperación estropeó su placer, y los recuerdos de su cautividad le inundaron la mente. Se sintió como si le hubieran echado un cubo de agua helada por la cabeza.

–No...

Elin forcejeó contra él. Thane frunció el ceño, y la dejó en el suelo. Entonces, ella se alejó de él.

–No. No podemos.

–¿No? –preguntó él, apretando los puños.
–No podemos –repitió ella–. Por favor, compréndelo.
–No deberíamos –corrigió él, con frialdad–, pero, obviamente, sí podemos.
–Thane...
–Yo quería mantenerme apartado de ti, *kulta*. De veras, lo intenté. Pero no lo conseguí. Ahora... ahora me gustaría tener una oportunidad contigo.

¿Una oportunidad de tener una relación? «Me va a matar».

–Te gustaba lo que estábamos haciendo juntos –prosiguió él–. Notaba tu excitación. Todavía la noto. Si te acariciara entre las piernas, sé que te encontraría húmeda. Preparada para recibirme.

Ella se ruborizó.
–Sí, es cierto.
–¿Y me dices que no podemos seguir?
–Sí. Exacto.
Él entrecerró los ojos. Sin embargo, le dijo:
–Vamos a hablar de tus preocupaciones, entonces. De tus... malas hierbas.
–No. ¡Sí! ¡Vaya! –exclamó ella, sin saber qué decir. Entonces, respiró profundamente para tratar de calmarse, y decidió empezar por el más sencillo de los problemas–. Yo no te conozco. No te conozco de verdad. Y lo que sé...

Él asintió con rigidez.
–No te gusta.
Al ver el dolor que se reflejó en los ojos de Thane, a ella le temblaron las rodillas.
–No quería decir eso... Thane, cuando te acuestas con una mujer, acabas para siempre con ella. No vuelves a verla. Me despedirías para librarte de mí. Ya me lo han advertido.

¿Y si se acostaba con ella, y descubría más tarde que era una mestiza? Se sentiría traicionado, y la castigaría de peor forma que a los fénix del patio.

Él apretó la mandíbula con irritación.

–Tienes mi palabra de que no vas a ser despedida.

Sí, pero ¿cómo la trataría? ¿Como si no existiera? ¿Como si deseara que se fuera? Tal vez eso fuera lo mejor para que ella pudiera cumplir la promesa que le había hecho a Bay, pero estaba cansada de que la rechazaran, de que la trataran como a una apestada. Y ¿qué ocurriría si Thane decidía acostarse con otras mujeres? Ella tendría que verlo y no podría hacer nada al respecto.

Incluso en aquel momento, cuando se lo imaginaba con otra, se le encogía el estómago, y ellos dos ni siquiera se habían acostado.

–¿Y qué más? –inquirió él.

–Yo nunca he tenido aventuras de una noche y, aunque creo que eso es lo que debería tener contigo, y lo que tú quieres, seguramente, no sé cómo voy a reaccionar después. ¿Y si...? ¿Y si me vuelvo dependiente de ti?

Él giró los hombros, y las plumas de sus alas se ondularon suavemente con los movimientos, hipnotizándola.

–No vas a oír ninguna queja por mi parte.

A ella se le aceleró el corazón al oír aquella respuesta.

–¿Es que quieres tener algún tipo de compromiso conmigo? –le preguntó Thane.

¡No! ¡Nunca!

–Sí –dijo, sin poder contenerse–. Quiero decir, no. Oh, no lo sé. Me prometí a mí misma que nunca volvería a tener un compromiso con nadie.

–Nada de aventuras de una noche. Nada de compromisos –dijo él, mirándola con dureza–. No me estás dando muchas opciones.

Así debían ser las cosas. Nada de opciones. Nada de sexo.

–Tal vez eso sea lo mejor.

–Tal vez tengas que matizar tu promesa.

–¿Y cómo? ¿Quieres que prometa que mi corazón y mi mente siempre le serán fieles a Bay, pero que mi cuerpo puede hacer lo que quiera?

Él arqueó una ceja.

Y ella suspiró.

—¿Has tenido alguna vez una relación seria?

—No —admitió Thane.

—¿Y lo has deseado alguna vez?

—No.

Por lo menos, era sincero.

Y, de todos modos, ¿por qué le importaba eso? Aquel ni siquiera era el camino que ella quisiera seguir, ¿verdad?

Thane le pellizcó suavemente la barbilla, y la obligó a alzar la cabeza para mirarlo.

—Contigo, todo es diferente para mí. Nada se parece a lo que estoy acostumbrado —le dijo, e hizo una pausa, mientras ella asimilaba aquellas maravillosas palabras—. Pero no hay nada que pueda compararse a la fuerza con la que te deseo, Elin. ¿Me deseas tú a mí? Porque esa respuesta es la única que importa en este momento.

Su inseguridad, su mirada de esperanza, estuvo a punto de vencerla. ¿Él estaba ansioso por escuchar su respuesta?

—Yo… sí —admitió Elin—. Sí, Thane, te deseo. Creo que ya te lo he demostrado.

—Entonces, dime, ¿qué es, exactamente, lo que esperas de mí?

—¿A qué te refieres?

—Viste a la arpía —dijo él, con una voz fría—. Estaba esposada a la cama.

—Sí.

—Viste cuál era su estado.

—Sí-sí.

—Eso es lo que siempre he necesitado. El control absoluto… el dolor absoluto.

—¿Siempre?

Él exhaló un suspiro.

—Hasta que te conocí.

¿Cómo? ¿Qué era lo que la hacía tan especial a ella?

—Sin embargo, cuando estabas entre mis brazos, has hecho que pareciera que tú también deseas un poco de dolor, unas cuantas ataduras.

Ella se miró a los pies avergonzada. ¿Tenía que ser tan franco?

–Estás diciendo que no me vas a esposar aunque yo diga que es eso lo que quiero.

–Exacto. No lo voy a hacer.

Eso era maravilloso.

No. Eso era malo.

En realidad, Elin no sabía lo que era.

–¿Por qué? –preguntó–. ¿Y qué pasa con lo otro?

–Simplemente, ese deseo no existe. Y tampoco te voy a golpear –dijo él, y le acarició la mejilla con las yemas de los dedos–. Ya has sufrido bastante.

Sí. Había sufrido mucho. Y, sin embargo...

No estaba segura de lo que pensaba de todo aquello.

–¿Y habías perdido el deseo de hacer esas cosas con alguna otra mujer?

–No.

–¿Por qué? ¿Porque ellas no tenían un pasado como el mío?

Hubo un reflejo de culpabilidad en sus ojos, que desapareció enseguida.

–No estoy seguro. Antes no me preocupaba de averiguarlo, porque no me importaba. Contigo, sin embargo, sí me importa. Deseo conocer todos los detalles.

«Le importa». ¿Por qué no contárselo todo?

–Estás en lo cierto con respecto a mis deseos, en parte.

Él frunció el ceño.

–Explícate.

–En el campamento, me pegaban, me empujaban y me daban latigazos; era la misma gente que había matado a mi padre y a mi marido. Me insultaban, y me trataban como un animal. Pero eso no fue lo peor de su maltrato. Me repetían los detalles de la muerte de mi familia. No me permitían hablar con mi madre, ni a ella conmigo. Yo debería haberme arriesgado al castigo y haber hablado con ella. Ella me necesitaba, y yo tenía demasiado miedo como para ayudarla.

Le emoción se reflejó en el semblante de Thane.

—Y, ahora, ¿crees que tú te mereces más dolor?

—Sí. Pero también pensé... que... si el sexo se convertía en una experiencia que yo odiara, no volvería a desear traicionar a Bay.

Entonces, él se alejó de ella, y la privó de su contacto y de su maravilloso calor.

—¿Thane? —le dijo, mientras una lágrima se le deslizaba por la mejilla. «Se ha puesto enfermo al ver cómo acepté mi destino. Me considera una cobarde, y es lo que soy»—. Lo siento mucho.

—Márchate, Elin. Ahora.

—Pero...

—¡Ahora! —rugió él.

Y ella salió corriendo de la habitación.

Capítulo 10

Aquella lágrima solitaria...
«Estoy perdido». Thane cayó de rodillas.
En aquel momento, mientras Elin salía de la suite, supo que el llanto de una mujer no volvería a excitarlo nunca más. Siempre asociaría las lágrimas con la angustia de su pequeña humana.
«Elin es como yo. Cree que merece el castigo, no el placer».
¿Habían sentido lo mismo sus otras amantes? Se lo había preguntado otras veces, pero siempre había intentado evadir aquella cuestión. En aquel momento, sin embargo, vio la respuesta con claridad. Él no había elegido a las mujeres por su aspecto, por su alta estatura, su fuerza y su resistencia. Había elegido a las mujeres que tenían una sombra en los ojos, porque, en el fondo, él sabía que tenían la esperanza de exorcizar sus demonios, como él.
Y todos habían fracasado.
Thane dio un puñetazo en la pared. En aquel momento, tenía que concentrarse en Elin. Su dulce mortal necesitaba un consuelo que él no podía darle. Cuando le había hablado de su calvario en el campamento de los fénix, él había sentido una rabia tan grande que había estado a punto de salir a matar a todos los hombres que había en su patio.
Entonces, Elin le había desvelado su segunda razón

para desear el dolor: quería odiar el hecho de estar con él, para no sentir nunca más la tentación de traicionar a su marido.

Su difunto marido.

Thane apretó los puños. Si él le hiciera daño a Elin, aunque ella se lo pidiera, la cambiaría. Apagaría su sonrisa resplandeciente. Nunca volvería a sentirse relajada con él, nunca volvería a bromear. No volvería a hacerle tartas, ni lo llevaría al jardín a quitar malas hierbas. Nunca volvería a hablar con tanta libertad. Se estremecería cuando él intentara tocarla.

Y, si otro hombre le hiciera daño... Ese hombre tendría que soportar toda su ira.

«Tengo que demostrarle que merece cosas buenas. Tengo que hacer que desee tener cosas buenas».

Fue a la ciudad y compró novelas románticas y bombones. Cuando terminó, fue a buscar a Merrick.

Shame Spiral estaba tocando en otro bar aquella noche. La gente bailaba bajo los focos, y las luces de colores brillaban en todas las direcciones.

Thane ni siquiera se molestó en atravesar la multitud. Voló, y se posó directamente sobre el escenario.

En cuanto lo vieron, los músicos dejaron de tocar.

Thane miró a Merrick, que se había quedado desconcertado.

—No te acerques a la chica.

El otro hombre frunció el ceño, apartó el micrófono y se acercó a él.

—Tienes que concretar. ¿A qué chica te refieres?

—A la humana. A mi humana.

La confusión aumentó.

—No sé de quién estás hablando.

Como si no se hubiera fijado en Elin.

—Si te acercas a ella, te daré más de estos —dijo Thane, y le pegó un puñetazo al Enviado en la mandíbula.

Merrick se tambaleó. Después, se irguió y miró a Thane. Los demás músicos dejaron los instrumentos y se acercaron a su amigo para apoyarlo.

—Voy a dejar que te la quedes —dijo Merrick, frotándose la cara—, porque hay muchas posibilidades de que me haya acostado con ella y se me haya olvidado.

—No, con esta no.

—¿Estás seguro? Porque me ocurre a menudo.

—¿Es que quieres que te mate?

Merrick se encogió de hombros.

—Hay peores formas de morir.

¿Cómo se asustaba a un hombre como aquel?

Thane se marchó, lleno de frustración.

En el Downfall, cortó las rosas más grandes y brillantes de los rosales y las puso en un jarrón. Aquello le proporcionó calma.

A la mañana siguiente, envió todos los regalos a la cocina, donde Elin estaba haciendo pasteles y bizcochos.

En aquella ocasión, envió también una nota.

Nunca he creído que las cosas que ocurren tuvieran que ocurrir obligatoriamente. Los padres y los maridos no tienen por qué morir asesinados, y las madres no han de morir delante de sus hijos. Sin embargo, sí creo que, del horror, de lo malo, pueden salir cosas buenas. Tú, Elin. Tú eres mi bien. Dame una oportunidad, y te lo demostraré.

Aquella noche, Thane y sus chicos volaron hacia Rathbone Industries, en Nueva York. Estaban comprobando e investigando sistemáticamente todos los nombres que figuraban en la lista de Jamilla. Hasta aquel momento, no habían averiguado nada.

El séptimo nombre era Ty Rathbone. Siempre había sido conocido por su temperamento tranquilo, por conservar la calma incluso en las situaciones con más presión, no por su carácter violento. El cambio se había producido de un momento para otro, según sus propios amigos.

Claramente, los demonios estaban involucrados en aquella transformación. Sin embargo, ¿se trataba de uno de los asesinos de Germanus, o de un simple sirviente?

Las alas de Thane se deslizaron silenciosamente por el cielo nocturno. El viento le revolvía el pelo. Una bandada de pájaros atravesó su cuerpo fantasmal. Todavía seguía en el reino de los espíritus, y los pájaros estaban en el reino natural. El espíritu y la carne no eran sólidos el uno para el otro.

«Entiendo que no te ha ido bien con la humana», le comentó mentalmente Bjorn. «A juzgar por los sonidos que percibí, y no porque yo escuchara intencionadamente, sino porque tú deberías ser más silencioso, pensaba que ibas a estar de mucho mejor humor».

Al menos, su amigo se había recuperado del tiempo que había tenido que pasar con los demonios.

«No acabamos bien».

Y Elin todavía no le había respondido a la nota, ni a los regalos.

«¿Te rechazó?», le preguntó Xerxes, con incredulidad.

«No».

«Pues no lo entiendo. ¿Cuál es el problema?».

«Quiere lo mismo que les doy a todas las demás».

Xerxes frunció el ceño.

«Tengo que volver a preguntártelo: ¿Cuál es el problema?».

«Yo quiero darle más», admitió él.

Sus amigos se quedaron asombrados.

«¿Y puedes?».

Él apretó los puños. Tal vez. Por ella, seguramente sí.

Por primera vez en su vida, se había perdido en la belleza de un beso, en el sabor decadente y las caricias carnales de la fémina que estaba entre sus brazos. En los sonidos susurrantes que ella emitía, y en los latidos acelerados de su corazón. No había necesitado el dolor para excitarse.

¿Se habría perdido también Elin en él?

¿La había excitado tan espectacularmente como su marido?

Tuvo un arrebato de celos, tan violento como un demonio.

«Puedo recolocarla», dijo Bjorn. «Tu tormento acabaría, y ella...».

«No. Se queda en el club», respondió Thane tajantemente. Quería que estuviera a su alcance. Quería que estuviera protegida.

«Deja que te busque a otra», le sugirió Xerxes.

«Ojalá fuera tan fácil», respondió él.

Bjorn le rozó la punta del ala con la suya.

«Una mujer es solo una mujer, Thane. Si cierras los ojos, todas son iguales».

Aquella afirmación era fría e insensible, y él habría estado de acuerdo en el pasado. Pero ¿ahora? Ahora sabía que no era cierto.

«Elin tiene algo que las demás mujeres no tienen».

Sus dos amigos se quedaron intrigados.

«¿Y qué es?», preguntó Xerxes.

Thane sonrió con tristeza.

«Mi confianza».

Su destino apareció ante ellos, y la conversación terminó.

Thane estudió el edificio. Constaba de una base de cinco pisos, y una torre de acero de cuarenta y dos. Descendió, pasó a través de las paredes y entró al atrio. Había dos guardias en el mostrador de recepción; un hombre con un maletín salió por las puertas. Una mujer, cuyos tacones repiqueteaban en el suelo, entró en el ascensor de cristal. Mientras ascendía, la cabina atravesó una cascada de agua.

Era muy bonito, pero no fue lo que captó su atención. En el reino de los espíritus, que era invisible para los humanos, había una horda de viha, envexa y pica, pululando por todo el vestíbulo. Eran los demonios de la ira, de la envidia y del rencor. Aquellas criaturas podían pertenecerle a alguno de los seis demonios que habían asesinado a Germanus.

Había doce en total, de diferentes tamaños y formas. Un par de ellos medían más de dos metros, pero la mayoría iban encorvados, como los gorilas, y utilizaban las manos y los pies para caminar. Algunos tenían cuernos de marfil, y otros, alas negras y retorcidas que les nacían de la espalda. Algunos estaban cubiertos de escamas y de pelo. Algunos tenían astas en los hombros y la espina dorsal.

Poseían la fealdad más absoluta. Y, dentro de muy poco, iban a morir.

Lo que Thane necesitaba para animarse era, precisamente, una batalla sangrienta. Sonrió con frialdad, extendió la mano e hizo surgir la espada de fuego. Bjorn y Xerxes hicieron lo propio.

Uno de los demonios notó la presencia de los Enviados, y se echó a reír. No era una reacción típica; los demás dejaron lo que estaban haciendo y miraron por el vestíbulo en busca del motivo de la diversión de su compañero. Se oyeron más risotadas, y las criaturas salieron corriendo.

—Risa —dijo Xerxes, que se había quedado tan confuso como Thane.

—No tenemos tiempo para cazarlos e interrogarlos. Ya los atraparemos al salir —dijo Thane.

Después, agitó las alas y ascendió por el interior del edificio, tomando nota de los demonios que habían invadido cada piso. Había para y grzech, los demonios del miedo y la enfermedad. Slecht, los demonios de la malicia. Más viha, envexa y pica.

Cuanto más ascendía, más poderosos eran los demonios, hasta que Thane supo que estaba observando a los señores de los demonios, que estaban por debajo, tan solo de los príncipes, los más poderosos de todos.

Un príncipe era el equivalente a lo que era un miembro de los Siete de la Elite para un Enviado. Como Zacharel.

Thane nunca había luchado contra un príncipe. Sus chicos y él eran el equivalente a uno de aquellos señores de los demonios, y sí habían tenido que enfrentarse a muchos de ellos.

Se detuvo frente a los ascensores, e inspeccionó todo el vestíbulo del señor Rathbone. Era muy grande y lujoso. Había cuadros de Monet en las paredes, y jarrones de cristal sobre mesitas de metal; en un rincón, un sofá de cuero blanco sobre una alfombra roja. El suelo era de parquet. Allí no había demonios. ¿Por qué?

Le ordenó a su túnica que se convirtiera en un traje, y salió al reino natural. Bjorn y Xerxes se quedaron a su lado, en el reino espiritual. De ese modo, resultaban invisibles para los humanos.

Una recepcionista joven y guapa alzó la vista de su monitor y lo miró con los ojos enrojecidos. Había llorado. Al verlo, se quedó boquiabierta.

—Eh... Hola. Hola, bienvenido a Rathbone Industries.

—Voy a entrar a ver al señor Rathbone.

Ella tragó saliva.

—¿Tiene cita, señor...?

Thane no quería perder el tiempo, así que siguió caminando sin responder.

Ella lo llamó en un tono frenético:

—Por favor, deténgase.

Torció la primera esquina y llegó a un pasillo con varias salas de reunión. Podía dirigirse a la derecha, o a la izquierda; sin embargo, al final del tramo derecho había un despacho de paredes acristaladas. Aquel. Al mirarlo había notado el mal y se le había puesto de punta el vello de la nuca.

Abrió la puerta.

Se encontró con un hombre de unos veinticinco años, sentado en un enorme escritorio de madera de cerezo. Tenía el pelo oscuro y los ojos grises, y estaba muy bronceado. Tenía los codos apoyados sobre la mesa, y estaba tamborileando con los dedos mientras esperaba. Sabía que los Enviados habían llegado.

–Le estaba esperando –dijo, y señaló una de las butacas–. Por favor, siéntese.

Aquel humano estaba influenciado, pero no poseído.

Los demonios poseían a los humanos entrando en su cuerpo y controlando su mente desde el interior. Sin embargo, para influirlo, se situaban a su lado y le susurraban al oído lo que debía hacer. En aquel momento, había un demonio junto a la silla del señor Rathbone. Thane nunca había visto a una criatura así. Medía más de dos metros, y tenía el pelo blanco, largo hasta la cintura. Su piel tenía el brillo del diamante más perfecto del mundo.

Aunque Thane nunca hubiera visto algo así, sabía lo que era.

«Zacharel», le transmitió mentalmente a su líder. «Creo que hemos encontrado a uno de los asesinos de nuestro rey. Pero hay un problema: es un príncipe».

«Marchaos de ahí», respondió al instante Zacharel, con urgencia. «Voy a reunir a los Siete de la Elite».

Thane había contado unos doscientos demonios en el edificio.

Los números no estaban a su favor.

«No podemos marcharnos. Necesitamos conseguir respuestas», dijo Thane.

«Necesitamos que sigáis vivos», replicó Zacharel.

Bien. Se marcharía. Muy pronto.

No tenía miedo. Estaba ansioso.

El demonio le acarició el pelo al humano con unos dedos largos y delgados, y el humano sonrió lentamente, con frialdad.

–Ha tardado mucho en encontrarme. Me daba la impresión de que, por muchas pistas que dejara, nunca iba a conseguirlo.

La boca del demonio no se movió, pero aquellas palabras habían sido suyas. Así pues, el humano no solo estaba influenciado, sino controlado. ¿Cómo, si el demonio estaba fuera de su cuerpo?

¿Acaso todos los príncipes tenían aquella capacidad?

–No nos digas que querías que te encontráramos –dijo Bjorn, que no necesitaba salir del reino espiritual para que lo viera el demonio–. Eso no es coherente con el hecho de que te escondieras, ¿no crees?

El príncipe no reaccionó.

Sin embargo, el humano dijo:

–Dejé pistas porque quería conocer a los guerreros que iban a venir a buscarme. Pero ahora ya lo sé. Os he visto, y vosotros me habéis visto. Puede empezar una nueva batalla. Pero, Enviados... estáis confundidos. Creéis que he estado escondido pero, en realidad, he estado reuniendo un ejército.

–Los demonios mienten –dijo Xerxes.

–Sí –prosiguió el humano–, mentimos, pero, de vez en cuando somos capaces de decir la verdad.

–Verdad que usáis para engañar.

–Podéis creerme o no. A mí no me importa.

–Entonces, ¿por qué no nos dices por qué estás aquí? –preguntó Bjorn.

El demonio asintió.

–Lleváis demasiado tiempo dominando los cielos y la tierra, como si os pertenecieran. Eso debe acabar. Mi raza va a recuperar su mundo y a su gente.

Si los demonios conseguían el poder, reinarían el caos y la muerte.

–¿Por eso matasteis a Germanus? Para recuperar lo que pensáis que es vuestro?

El demonio sonrió.

–No. Matamos a Germanus para divertirnos.

Aquella voz contenía muchas clases de maldad. Era oscura y retorcida, y estaba compuesta de miles de gritos escondidos en las palabras, en la mentira. Los demonios siempre tenían un propósito.

Entonces, el príncipe y el humano se desvanecieron.

Thane se dio cuenta de que el príncipe se había teletransportado y se había llevado al humano. Aquella era una habilidad que sus chicos y él no tenían.

Un segundo después, todo el edificio comenzó a temblar.

Aquel fue el único aviso, antes de que toda la estructura se desplomara a su alrededor.

Capítulo 11

Elin estaba maravillada.

–Es... es...

Casi tan increíble como encontrarse los libros, los bombones y las rosas aquella mañana, en su habitación. Y, la nota de Thane... Oh, su nota...

La noche anterior, él la había echado de su habitación. Y, al día siguiente, le enviaba una nota en la que decía que ella era su bien. ¿Qué pasaba con aquel hombre? ¿Se sentía atraído por ella, o no?

Elin prefería que todo aquello terminara, pero... Cada vez que él le demostraba amabilidad, ella caía un poco más bajo su hechizo... y tenía más miedo a que él la descubriera.

–Eh, colega –le dijo Bellorie–, te has quedado con la boca abierta, y eso está arrebatándome la atención de la gente. Por si no te habías dado cuenta, la atención es lo mío.

–Noticia fresca. Ya lo sabía. Pero estamos en el cielo, y esto es como el Rodeo Drive de la Edad Media. Estoy alucinada.

El sol brillaba con fuerza, pero no hacía demasiado calor. El cielo estaba muy azul, pero en calma. Por todas partes volaban hombres, mujeres y otras criaturas, de un lado a otro. Y, por las calles empedradas, había inmortales de todas las razas atendiendo sus casetas, mostrando su género, mientras una plétora de compradores potenciales pasaba por delante de ellos.

–Voy a darte una clasecita, guapa –le dijo Bellorie–. Hay tres niveles diferentes en los cielos. El club de Thane está al borde del tercer nivel, el más bajo, que es conocido por su hedonismo. Ahora estamos a un kilómetro y medio del Downfall, en un centro comercial al aire libre donde se vende de todo. Lo que quieras, elige. La ropa es opcional. Puedes obtener cualquier cosa si pagas su precio.

Las otras chicas habían ido de compras el día anterior, tal y como tenían planeado, pero la arpía había esperado a que ella volviera de hacer su recadito para Thane.

Le ardieron los labios al recordar sus besos. Le dolieron los pechos. Tuvo un cosquilleo en la piel. Sintió un calor carnal entre las piernas.

Aunque hubieran puesto punto y final a las cosas... Aquella nota... Ella lo deseaba más que nunca.

¿Por qué no había ido a buscarla Thane para hablar sobre lo que había ocurrido?

–Bueno, ¿por dónde quieres empezar? –le preguntó Bellorie.

Elin salió de su ensimismamiento.

–Por la ropa. Ahí es donde quiero empezar y terminar.

–Muy bien –dijo Bellorie–. Estoy deseando que cambies de estilo. No me gusta esa ropa que traías cuando llegaste.

Se llevó a Elin a recorrer la calle, avanzando entre la gente a codazos, sin miramientos.

El aire comenzó a llenarse de aroma a perfumes, pasteles y... ¿empanadillas de carne? A Elin se le hizo la boca agua.

–He cambiado de opinión –dijo, agarrándose el estómago–. Vamos a empezar y a terminar con la comida. La ropa puede quedar en el medio.

–Muy bien. Pero antes tienes que conseguir dinero.

Después de vender uno de sus collares, Elin se tomó tres empanadillas, que eran las mejores que había probado en su vida, dos magdalenas de chocolate y cuatro panecillos con mantequilla de cacahuete.

–¿Dónde lo metes? –le preguntó Bellorie, mirándole las escasas curvas del cuerpo.

–Bueno, supongo que ya lo averiguaremos –dijo ella. Nunca había comido tanto.

–A propósito... ¿Te has dado cuenta de que eso es comida de verdad? Lo que tú estás haciendo en el club... no lo es.

–¡Eh! Estoy mejorando.

–Bonka Donk, estás empeorando. Los brownies de esta mañana pueden servirnos para el entrenamiento de lanzamiento de rocas.

Elin suspiró. La pastelería no era tan divertida como ella recordaba. Tal vez tuviera que reconsiderar los objetivos de su vida.

¿Qué locura era aquella? Bay tenía el sueño de abrir una pastelería, y, ahora, ella iba a matar ese sueño, tal y como los fénix lo habían matado a él. ¡No! Tenía que hacerlo, en memoria suya, en su honor.

Sobre todo, porque ya lo había traicionado con Thane.

Pese a la tristeza, le hizo un gesto a Bellorie con el dedo corazón. ¡No iba a permitir que se le estropeara el día!

Las chicas continuaron juntas su camino, charlando y riéndose, y Elin se gastó el resto del dinero en un nuevo guardarropa. Compró un par de pantalones vaqueros, otros dos pantalones de cuero, una docena de camisetas bonitas, unos cuantos vestidos de verano, ropa deportiva, ropa interior, pijamas, botas, zapatillas, zapatos de tacón y una bata.

–Te lo llevarán todo al club hoy por la tarde –le había dicho Bellorie.

Ella había intentado protestar.

–No, yo...

–No puedes llevar tantas cosas. No tienes los bíceps necesarios –replicó Bellorie–. Y yo no voy a ayudarte, porque necesito tener las manos libres.

Sin embargo, a Elin no le gustó nada tener que separarse de sus preciadas compras durante unas horas. «Mío... Todo mío...».

–Vamos –dijo Bellorie, en aquel momento, y tiró de ella para sacarla de la tienda–. Xerxes me ha dicho que iba a estar en un puesto hoy, y no quiero perdérmelo.

–¿Quién es Axel?

–Uno de los que estaba en la mesa de Thane ayer. El moreno de ojos azules.

Más Guapo, el hombre a quien ella había ofrecido una copa de arsénico. Maravilloso.

Su puesto estaba al final de la calle. Tenía las paredes de tela blanca, y el viento las agitaba suavemente. No vendía ropa, ni comida, ni joyas, ni muebles. Estaba sentado en el centro del espacio, apoyado en el respaldo de la silla, con las manos sobre el estómago, las piernas y las alas estiradas.

Al verlas, sonrió, y todo su semblante se iluminó. Resultaba aún más guapo.

–Vaya, vaya, mi arpía favorita y la humana favorita de Thane. No nos han presentado, preciosa. Tú eres Elin. Yo soy Axel. Y no te preocupes, sé cómo funciona esto. Yo te digo mi nombre, y tú no dices nada porque te has desmayado –dijo él.

Elin se contuvo para no poner los ojos en blanco.

Él sonrió aún más.

–Bueno, ¿y cómo te fueron ayer las cosas con Thane?

«Soy una mujer fuerte y segura de sí misma, y no voy a ruborizarme»

–¿Qué vendes? –le preguntó ella.

–Felaciones –dijo él, sin vacilar, y Elin pestañeó de la sorpresa.

Bellorie sí puso los ojos en blanco.

–Quiere decir que está dispuesto a dejar que las mujeres

le hagan una felación si le pagan con armas nuevas y excitantes.

—Vaya, ¿y no hay cola? —preguntó Elin con sarcasmo.

Él no se ofendió. Se dio unas palmaditas en el regazo.

—Siéntate, y te demostraré por qué mi oferta es tan excepcional.

El brillo perverso de sus ojos... Sí, había acertado al considerarlo un buen candidato. Claramente, conocía los secretos del cuerpo femenino. Sin embargo, solo había un hombre que la tentara lo suficiente como para llegar al final, y no era Axel.

—No, gracias.

Él se encogió de hombros, sin aparentar la más mínima decepción.

—Tú te lo pierdes.

—Bueno, el motivo por el que hemos venido —intervino Bellorie— es que tú querías información sobre William, y yo me enteré de un par de cosas ayer. Un fae que vino al bar dijo que la hija de William, una chica llamada Blanco, fue asesinada en su reino por una fénix llamada Petra.

Petra, la tía de Kendra. En el bar se comentaba que había muerto definitivamente, que no iba a regenerarse. Alguien debía de haberse comido su corazón, lo que significaba que debía de tenerlo. Sorpresa, sorpresa.

Axel se irguió, y la expresión burlona se le borró del semblante.

—Eso ya lo sabía. Pero ¿qué más has oído?

—William y sus hijos, Rojo, Verde y Negro, desaparecieron al instante. A William se le ha visto después con los Señores del Inframundo, pero no se sabe absolutamente nada más de los chicos.

Elin no sabía de qué estaban hablando, así que se alejó hacia el puesto que había a la izquierda. Miró las joyas que se vendían y, de repente, se fijó en un Enviado alto y fuerte. Era Merrick, el cantante de Shame Spiral. Tenía el pelo oscuro alrededor de la cara, una cara que tenía que ser un canon de belleza. Sus ojos eran de un color plateado, muy luminosos, y tenía unas pestañas muy largas.

Su única imperfección era el hematoma que tenía en la mandíbula. Debía de haberse metido en una pelea.

Perfecto. Era un pendenciero. Podía ser otro candidato, ya que parecía que Thane había pasado del calor-frío al frío absoluto.

«¿Es que se te ha olvidado la nota?».

No. Lo que ocurría era que se sentía muy confusa.

Merrick sonrió al verla. Y aquella sonrisa fue, para Elin, increíblemente sexy.

—Me acuerdo de ti —dijo él, desconcertándola, y se le acercó—. Eres la humana, y no me he acostado contigo.

—Eh... correcto.

Olía muy bien. Tenía un perfume oscuro, romántico, especiado, como si hubiera salido de *Las mil y una noches*. Pero, extrañamente, sus hormonas no reaccionaron.

—No sabía que Thane era tan posesivo.

—No lo entiendo —dijo ella.

La sonrisa de Merrick aumentó.

—Me advirtió que no me acercara.

—¿Que no te acercaras a quién?

—A ti.

—¿A mí?

—Sí. No sé por qué, pero él tenía la impresión de que yo pensaba insinuarme...

Elin gimió sin querer, y Merrick se interrumpió. Ella sí lo sabía; le había mencionado el nombre del Enviado a Thane.

A Merrick le brillaron los ojos.

—Pero me doy cuenta de que tú sí...

—Sí, y lo siento. Lo siento muchísimo. ¿Qué te hizo?

«¿Y por qué me excita la idea de que Thane se haya pegado con otro tipo?».

—Merrick —dijo una voz femenina, antes de que Elin pudiera continuar—. Ya te echo de menos.

Merrick le tomó la mano a Elin y, con los ojos brillantes de diversión, le besó los nudillos.

–Oblígale a Thane que te suplique. Las batallas más duras son las que tienen las victorias más dulces.

El Enviado se alejó.

Elin siguió dándole vueltas a aquellas palabras mucho tiempo después. ¿Obligar a Thane a que le suplicara? Sí, por favor. No, no. No podía hacerlo. Y, sin embargo... quería ser una recompensa que mereciera la pena.

«¡Decídete ya! Lo deseas, ¿no? Lo deseas otra vez».

Para distraerse, pasó al siguiente puesto. Allí vendían mantas de piel. Algunas eran de animales que reconocía, y otras, no.

¿Thane la quería solo para él?

«No, no pienses en eso», se dijo.

Tomó la piel más bonita de todas. Era blanca y negra, y tenía un forro brillante. Era suave y cálida y, según la etiqueta, era de unicornio e híbrido de grifo.

Pero, en serio, ¿Thane la quería solo para él?

La propietaria del puesto la vio. Era una guerrera amazona de un metro noventa de altura.

Elin no tenía intención de comprar nada, y apartó la mirada con intención de evitar que intentaran venderle algo. Sin embargo, vio algo que no hubiera querido ver, y se le escapó un grito.

Allí, en medio de la calle, estaba Ardeo, el rey de los fénix. Había cambiado mucho desde la última vez que lo había visto. Tenía el pelo en punta, los ojos inyectados en sangre y las mejillas demacradas. Junto a él iba Orson, el segundo al mando del ejército del clan Pájaro de Fuego.

Los dos hombres caminaban entre las filas de puestos con determinación, con una actitud amenazante. Era obvio que estaban buscando a alguien.

¿A Thane?

¿A ella?

¿Y si le contaban a Thane su secreto?

Sintió pánico, y también tuvo ganas de saltar sobre Orson y destrozarle la cara con su trozo de cristal para castigarlo por la muerte de su padre y de Bay. Sin embargo, sabía que solo conseguiría crear más problemas.

«Haz lo que sea necesario para sobrevivir, cariño. Sobrevive. No permitas que mi sacrificio sea inútil».

Al recordar las palabras de su madre, tomó una decisión. Le lanzó a la amazona el dinero que le quedaba y dijo:

–Me llevo esta manta. Si eso no es suficiente, llama a Thane al Downfall, y él te pagará el resto.

«Al menos, eso espero».

Corrió hacia el puesto de Axel, envuelta en la manta de piel, cubriéndose el pelo y el cuerpo.

–... invitar a los Señores del Inframundo, no hay problema –estaba diciendo Bellorie–. Eh... ¿qué haces, Bonka Donk?

–Escóndeme –le pidió Elin–. No hables con los guerreros, por favor. No les hables, y no les escuches. Que se vayan, ¿de acuerdo? ¿Sí?

Bellorie frunció el ceño.

Axel mantuvo su postura relajada.

Ninguno de los dos entendía el peligro que corrían.

Elin se agachó junto al Enviado, como si fuera su esclava, y agachó la cabeza. Justo a tiempo; vio que aparecían dos pares de botas de cuero. El corazón le golpeaba las costillas aceleradamente, como si fuera una cerilla que iba a entrar en contacto con el calor del pánico, una cerilla que estaba a punto de encenderla.

Tal vez fuera más fénix que humana, después de todo.

–Eres un Enviado –dijo Orson. Tenía una voz grave, áspera y dura.

Ella se estremeció de miedo, y de rabia también.

–¿Acaso es el Día Internacional de lo Evidente? –preguntó Axel–. Pues yo también quiero contribuir: Eres feo y ridículo.

El fénix inhaló una bocanada de aire.

–Ten cuidado con lo que dices, o perderás la lengua.

Todo el mundo sabía que los Enviados podían matar a los demonios, pero a nadie más. A menos, claro, que estuvieran retenidos en contra de su voluntad. En aquel momento, nadie retenía a Axel, y eso lo ponía en desventaja.

–Hemos venido a buscar a Thane. ¿Lo conoces? –preguntó Orson.

¿Por qué no hablaba Ardeo? Él era el rey.

¿Y por qué buscaban a Thane? Seguramente, por los fénix que tenía clavados al suelo en su patio. Así que, tal vez, si ella se mantenía oculta, no la mencionarían, y su secreto estaría a salvo.

–Bellorie, cariño –dijo Axel, mirándose las uñas–: Me están aburriendo.

–¿Y mi recompensa?

–Doble.

–Trato hecho.

Un segundo más tarde, antes de que Elin tuviera tiempo de seguir los movimientos de la chica, Bellorie abrió el pecho de Orson con una garra y le sacó el corazón. El órgano latió dos veces antes de quedar inmóvil.

El guerrero cayó al suelo, muerto.

La sangre goteaba de los dedos de Bellorie.

Sangre… sangre… sangre… que había salpicado la cabeza de su padre al rodar por el suelo. Que goteaba del cuerpo destrozado de Bay, desde la mesa. Que se resbalaba por los muslos de su madre, mientras agonizaba agarrada a su bebé.

Elin se quedó helada por dentro. Se le escapó un grito, y luego otro. Tal vez Ardeo le viera la cara, pero ella ya no podía preocuparse de eso. No dejó de gritar mientras el rey de los fénix recogía el cuerpo de su comandante y huía, seguramente, con la esperanza de llevarlo a algún lugar seguro en el que Orson pudiera regenerarse.

–Calla –le ordenó Axel.

Ella trató de obedecer, pero no podía dejar de gritar. Olía a sangre.

Unos brazos fuertes la rodearon y la levantaron del suelo. Ella forcejeó, mordió y arañó. Aquellos brazos la soltaron, y cayó al suelo. Los gritos no dejaron de salir de su garganta, aunque cada vez eran más débiles, casi jadeos entrecortados.

—¿Qué le pasa? —preguntó Bellorie.

—No lo sé, pero he llamado a Thane —respondió Axel, en un tono circunspecto.

—No va a venir por una insignificante empleada. Él...

—Ya está aquí.

De repente, la línea de visión de Elin se llenó con unos rizos rubios y unos ojos azules y penetrantes. Thane estaba cubierto de hollín, y tenía cortes en la frente y las mejillas, pero, al menos, la pureza de su olor reemplazó al olor metálico de la sangre, y el calor de su cuerpo acabó con el frío glacial del pánico.

—Elin, mírame.

Ella trató de respirar, se concentró en su belleza, en vez de en sus heridas.

—Ahora estás a salvo. Necesito que te calmes.

—Ayúdame a quitármela. Por favor, Thane. Ayúdame a quitármela.

Se dio cuenta de que estaba tendida boca arriba, en mitad de la calle, y de que Thane estaba agachado a su lado, protegiéndola de la curiosidad de la gente con las alas desplegadas.

—¿Qué es lo que quieres quitarte, *kulta*?

—La... la sangre. Quítamela.

—No veo ninguna sangre.

—Sí, está ahí, yo lo sé. Por favor...

La sangre estaba en todas partes. Se había extendido, incluso, a sus alas. Sus alas... también estaban rojas. ¡Todo estaba rojo!

—*Kulta*.

—Por favor...
—¿Alguien te ha hecho daño?
—Por favor.
Él frunció el ceño y, con ternura, le acarició la cara con los pulgares.
—De acuerdo. Te voy a llevar a casa y te voy a lavar.
—Siento interrumpir —dijo Axel—, pero han venido a buscarte dos guerreros fénix, Thane. Estaban muy enfadados.

Elin volvió a sentir pánico. Si Thane perseguía a Ardeo y a Orson... Si hablaba con ellos...

Su secreto saldría a la luz.

Elin comenzó a forcejear.

Thane siguió hablándole con suavidad, asegurándole que estaba allí y que no iba a marcharse. Cuando, finalmente, ella pudo calmarse, él le dijo a Axel:

—Lleva a Bellorie con Xerxes, y dile lo que ha ocurrido con los fénix.

Tomó a Elin en brazos, la estrechó contra su pecho y echó a volar.

Capítulo 12

Thane no podía creer todo lo que había ocurrido aquel día. Xerxes, Bjorn y él habían estado a punto de morir en el derrumbe de un rascacielos. De no haber sido porque tenían el Agua de la Vida, habrían muerto. A los pocos segundos de haber tomado aquel líquido curativo, sus huesos rotos se habían soldado, los músculos desagarrados se habían entrelazado de nuevo y las venas secas se habían llenado de sangre fresca.

Una vez curados, habían sacado a los humanos de los escombros y les habían dado una gota del Agua de la Vida a cada uno, para asegurarse de que no hubiera muertes. Por desgracia, los medios de comunicación habían empezado a contar a los cuatro vientos la historia de tres hombres extraños que habían hecho uno de los mayores milagros de la historia.

En aquel momento, él sentía muchas cosas dispares. Alivio por el hecho de que los humanos hubieran sobrevivido. Culpabilidad, por no haber obedecido las órdenes de Zacharel y haber provocado aquel desastre, y preocupación por lo que iba a suceder en el futuro.

¿Qué diría Zacharel? ¿Tomaría medidas disciplinarias, o lo echaría de los cielos por fin?

A Thane había empezado a importarle mucho, porque, sin sus alas, sin su fuerza, ¿cómo iba a proteger a Elin?

De vuelta al club, había ido directamente a buscarla, pensando que podría tenerla a su lado durante el resto del día, por si acaso el príncipe decidía atacarlos en su terreno.

«¿Mintiéndote a ti mismo?», se preguntó. No. Pero ¿maquillando la verdad? Sí, por supuesto.

La verdad sin artificios: quería a Elin en su cama, desnuda. Quería poner sus manos y su boca en su cuerpo, y quería entrar en ella y oírla gritar su nombre.

Cuando el edificio Rathbone se había derrumbado con ellos dentro, él solo había podido pensar en una cosa: en que no podía morir sin haber tenido a Elin, sin haberla poseído en todos los sentidos.

Elin, que odiaba la sangre, y que no se había dado cuenta de que él tenía el alma ensangrentada.

En aquellos momentos, la llevó a su suite, al baño, y le transmitió una orden a Xerxes.

«Coloca a Bellorie en otro sitio. No la quiero en el bar».

Ella era la causante de todo aquello.

«¿Te has acostado con ella?», le preguntó Xerxes, con un asombro evidente.

«No. Su presencia me ofende».

No hubo más preguntas.

«Muy bien».

Elin estaba silenciosa. Su mente debía de estar en otro lugar. En el pasado, seguramente.

Con urgencia, él cerró las puertas y preparó un baño caliente. Ella no protestó cuando él le quitó la ropa e inspeccionó su cuerpo en busca de heridas. Tenía la piel muy pálida en algunos lugares y sonrojada en otros, y las pecas muy marcadas. Pero sus preciosos senos, coronados con unos pequeños pezones rosados, y su estómago, plano y suave, y sus piernas, largas y esbeltas, estaban intactos.

–Elin –le dijo él, suavemente.

Por fin, un movimiento. Elin se abrazó a sí misma, a la altura del estómago, para protegerse del frío, y él se dio cuenta de que tenía el principio de un hematoma en un costado.

Él silbó en voz baja. Elin... herida...

Apretó los puños mientras notaba como se rompía algo dentro de él. Finalmente, había arrancado algunas de sus malas hierbas. Recordó los gritos y el pánico de Elin. Aquellos sonidos no le habían excitado, sino que le habían atormentado. Hubiera hecho cualquier cosa por acabar con ellos.

Recordó cómo le habían mirado algunas de sus amantes a lo largo de los años; igual que él había mirado a sus captores, los demonios. ¿Qué haría si Elin lo miraba así alguna vez?

Se moriría. Una parte de él moriría. Tal vez, su última reserva de decencia. No sería mejor que los monstruos contra los que luchaba.

«¿Estás mejor ahora?».

Aquel pensamiento le causó un sobresalto. Sí; por fin, estaba mejor. Estaba vivo. Antes, estaba muerto, asfixiado por las malas hierbas. Ahora, por fin, podía respirar. Vivía.

Se inclinó hacia Elin y le pasó los nudillos por la mancha de las costillas.

—¿Por qué tienes esto, *kulta*?

Ella no alzó la vista; la mantuvo fija en el suelo.

—No lo sé. Sé que luché contra Axel cuando intentó agarrarme y me hice daño. ¿Tal vez entonces?

Axel no había protegido bien su tesoro. Iba a tener una charla con él.

Thane tomó a Elin en brazos y la metió en el agua caliente. Él se sentó en el borde de la bañera, preguntándose si debía bañarla, o solo dejar que se relajara.

—Ven conmigo —le pidió ella.

Habló en voz muy baja, casi inaudible. Sin embargo, aquellas palabras volvieron su mundo del revés.

—No, *kulta*. En este momento eres muy vulnerable. Tus decisiones no son...

–Por favor. No quiero estar sola.

«Mi mujer no debería tener que rogar nada».

–De acuerdo –dijo.

Qué fácilmente le había hecho cambiar de opinión. Después de un momento de vacilación, se quitó la túnica y se metió en el agua, detrás de ella, intentando reunir fuerzas para soportar lo que iba a suceder. El calor líquido le acarició la piel mientras la metía entre sus piernas y se apoyaba su espalda en el pecho.

Con cuidado, ajustó su posición, pero, fuera cual fuera el ángulo, su erección le rozaba alguna parte del cuerpo. Thane se estremeció, intentando contenerse para no frotarse contra ella.

«No puedo resistirlo».

Tenía una vista exquisita de su cuerpo. Un largo mechón de su pelo negro se le había pegado a la piel mojada, y el extremo se le enroscaba en el pezón, que parecía una perla rosada. Tenía gotas de agua en la planicie del estómago.

–Voy a lavarte –le dijo él.

Intentó mantenerse distante mientras le enjabonaba desde el cuello a la cintura. Al principio, consiguió pensar en otras cosas; por ejemplo, en la reunión que tenía al día siguiente con Zacharel, para hablar de lo que había sucedido en Rathbone Industries.

¿Recibiría otra tanda de latigazos?

Aquello le recordó al príncipe de los demonios, y a las ganas que sentía de darle latigazos a aquella criatura.

Durante todo el tiempo, Elin estuvo en silencio, quieta. Era dulce y suave, y su olor consiguió apartarle de la mente todas las distracciones. Su resistencia se debilitó y, sin querer, pero queriendo, le rozó un pezón con los nudillos.

Ella no reaccionó.

«Termina con esto de una vez».

Le vertió agua caliente en el estómago para aclararle el jabón.

–Ya está –dijo, con la voz ronca.
–Gracias –respondió ella, como si fuera un autómata.
Claramente, seguía angustiada por los recuerdos. No podía dejarla así.
Le masajeó los hombros, y le preguntó con delicadeza:
–¿Por qué odias tanto la sangre, *kulta*?
Ella respondió:
–Los fénix entraron en casa de mis padres el día de mi vigésimo cumpleaños. Mi marido y yo habíamos ido allí para celebrarlo con una cena. Estábamos los cuatro solos. Mi madre me agarró y me metió debajo de la mesa, y yo fui tan cobarde que me quedé allí mientras los fénix mataban a mi padre y a Bay... Ellos se pusieron de pie para proteger a sus mujeres. Los guerreros decapitaron a mi padre y apuñalaron a Bay. Su cuerpo cayó sobre la mesa, y su sangre me empapó. Grité tanto que me dañé permanentemente las cuerdas vocales.

Aquellas palabras describieron una imagen horrible. Thane cerró los ojos con fuerza para quitársela de la cabeza. Se le encogió el corazón, y sintió dolor por ella. Tan joven, tan vulnerable.

–Tú no eres una cobarde, *kulta*.
–Sí lo soy –dijo ella–. Hoy, cuando he visto a Ardeo y a Orson, me he escondido detrás de Axel, en vez de atacar.
–Y fue lo más inteligente que pudiste hacer. Eres una humana sin entrenamiento, y...
–Sí estoy entrenada –dijo ella–. Pero nunca he tenido el coraje de luchar.

Una humana que hubiera aprendido a defenderse de otros humanos no tenía el adiestramiento necesario para defenderse de los seres que poblaban los cielos.

–¿Te esconderías si Ardeo y Orson irrumpieran en este baño?
–¡No! ¡Atacaría!
–Entonces, ya has cambiado. Has aprendido de tus errores.

—Sí... es cierto...

Elin fue relajándose poco a poco, y se apoyó en él, mientras él se ponía más tenso a cada segundo que pasaba.

Thane tuvo ganas de gritar de júbilo. La había ayudado.

Y, tal vez, pese a lo terrible de su conversación, aquel fuera el motivo por el que estaba tan excitado, por el que su erección le empujaba a arquearse contra ella y frotarse contra su cuerpo.

—Gracias, Thane —dijo ella.

—De nada.

¿Notaba ella en qué dirección iban dirigidos sus pensamientos? ¿O, por fin, se había dado cuenta de que tenía a un hombre completamente excitado a la espalda?

—¿Y... cómo me encontraste?

No iba a mencionarle su búsqueda. Thane había registrado todo el club en su desesperación por verla, hasta que Chanel le había dicho que Bellorie se la había llevado de compras, y él había echado a volar un segundo después.

Por el camino, Axel se había puesto en contacto con él.

«Tu humana no deja de gritar. ¿Qué quieres que haga con ella?».

«Protégela. Yo estoy muy cerca de allí».

—Me avisó Axel —dijo, finalmente—. Los Enviados podemos comunicarnos telepáticamente.

—Ah. Eso es muy útil —dijo ella, moviéndose en el agua, como si le estuviera pidiendo... algo más.

«No. Estás malinterpretándolo», se dijo él. Tuvo que apretar los dientes.

Entonces, ella se movió de nuevo... y de nuevo, como si quisiera avivar su deseo. Y, al cabo de unos segundos, se estaba frotando contra él.

Thane le posó la palma de la mano en el estómago, para detenerla. En vez de eso, extendió los dedos todo lo posible y la animó para que se moviera más rápidamente. Había intentado mantener el control, pero había fracasado.

Ella se arqueó contra él.

–Thane...

Su tono de voz era de necesidad...

Él le acarició con el dedo meñique el ángulo que formaban sus muslos, y se acercó aún más a su punto más dulce, para que su deseo la empapara a ella también. Elin gimió.

–En este momento, ninguno de los dos puede pensar con claridad –le dijo Thane–. Deberíamos parar.

Ella dejó que su cabeza rodara por su hombro, mientras gemía de nuevo.

–Yo no quiero parar –dijo, e hizo una pausa–. ¿Y tú?

–Yo estoy hambriento por ti, *kulta* –respondió Thane, y se estrechó contra ella, para que no tuviera ninguna duda–. Preferiría morir antes que parar.

Ella se estremeció, y en el agua se formaron suaves ondas.

–¿Vas a utilizar cadenas y látigos conmigo? –le preguntó, mientras estiraba un brazo y metía los dedos entre su pelo.

–No –dijo Thane. Nunca–. Solo te necesito a ti.

–Pero...

–Nada de «peros».

Le tomó la barbilla y la obligó a girar la cara para que lo mirara. Ella tenía los párpados a medio cerrar y los labios ya entreabiertos para que él pudiera poseerla. Thane se sintió exultante.

–Cuando estemos juntos –añadió–, estaremos solo tú y yo. Nada más, ni nadie más. En esto, tienes que estar de acuerdo conmigo.

–Thane...

–Di que estás de acuerdo, *kulta*.

Hubo una pausa. Después, Elin dijo:

–Estoy de acuerdo. Por ahora.

«Por ahora» bastaba.

Thane se inclinó hacia delante y la besó. Ella abrió los labios al instante, como si no pudiera contenerse, y él aprovechó la oportunidad para poseer su boca, para exigir, consumir y devorar. Nunca lo había embriagado tanto ninguna mujer.

Iba a dárselo todo. Iba a hacerlo todo con ella, cosas que no había hecho con ninguna otra. Iba a acariciar y a saborear hasta el último centímetro de su cuerpo, y permitir que ella acariciara y saboreara hasta el último centímetro del suyo.

Nunca volverían a ser los mismos.

Deslizó las manos mojadas hasta sus pechos, y se los acarició. El agua caliente le había sonrojado la piel; o, tal vez, fuera el intenso calor que él mismo desprendía.

Tenía las palmas de las manos tan ardientes que temía quemarla; sin embargo, cuando le pasó los dedos por los pezones, ella se arqueó y gimió, con una excitación incontrolable.

—Estoy loco por ti, *kulta*, y pienso que, tal vez, tú también estés loca por mí —dijo, besándole y lamiéndole el cuello—. ¿Tengo razón?

—Sí —susurró ella, ladeando la cabeza, y él succionó el lugar donde le latía el pulso. Elin clavó las yemas de los dedos en su cabeza—. Las cosas que me haces sentir... son como la poesía.

Qué precioso halago.

Thane sintió una tensión cada vez más intensa, y se rozó más fuertemente contra ella. Al notar aquella sensación tan perfecta, silbó suavemente.

—Dime lo que necesitas —le pidió—. Lo haré. Haré cualquier cosa.

—Tú. Tus dedos.

Él siguió con la mirada un camino descendente por su estómago, y sus manos lo siguieron al instante. Había estado con cientos de mujeres. Había mordido, había arañado y azotado, pero nunca había acariciado como estaba a punto de acariciar a Elin. Siempre había utilizado mecanismos externos.

–Ábrete.

Ella obedeció, y abrió las rodillas todo lo que pudo.

–Buena chica –dijo él; adaptó los dedos a la forma de su monte de Venus, y gimió sin poder evitarlo. Ella estaba tan caliente que lo quemaba.

–Thane –jadeó–. Sí… así… pero dentro.

Él le separó los pliegues del cuerpo y metió un dedo en su calor ceñido y sedoso, y notó que ella se encogía a su alrededor. Era algo tan perfecto, que estuvo a punto de alcanzar el clímax. Ella emitió un grito ronco cuando él salió de su cuerpo, y volvió a entrar… una y otra vez.

–Muévete contra mí –le pidió, e hizo que moviera el cuerpo con un vaivén suave contra su miembro, creando una fricción peligrosa… tan increíblemente buena… que lo llevó cada vez más cerca del placer–. Así, *kulta*…

El agua chocaba contra el borde de la bañera y volvía hacia su cuerpo, y le acariciaba la piel sensibilizada. Agua que no se había enfriado ni un ápice. Agua que había aumentado de temperatura.

–Sí –susurró ella, y se tocó los senos; comenzó a acariciárselos igual que había hecho él.

Era demasiado… y no era suficiente. Thane supo que debería cerrar los ojos y calmarse, limitarse a disfrutar de la sensación que le producían sus músculos internos al contraerse alrededor de sus dedos. Sin embargo, aquella visión de Elin era tan erótica… que no podía apartar la vista, y su deseo siguió aumentando.

Tuvo que contener el deseo de agarrarla por las caderas, elevar su cuerpo y penetrar en ella. Era exactamente lo que necesitaba; sentir su cuerpo rodeándolo, empapándolo. Pero se sentía inseguro, como si no tuviera experiencia. Todo aquello era nuevo para él. Placer sin dolor… incluso deseo sin dolor. El hecho de perderse en una mujer, en su olor, en sus gemidos, en su forma de moverse contra él. No solo quería satisfacerla; tenía que satisfacerla. Era una necesidad tan apremiante como la de respirar.

—Dime cuánto te gusta esto —le pidió.

—Mucho... Tanto...

Él se regocijó al oírla. Introdujo un segundo dedo en su cuerpo, y comenzó a entrar y salir de ella, cada vez más rápidamente, cada vez con más fuerza.

Ella se arqueó, entre jadeos, para poder acogerlo más profundamente. Él apretó la palma de la mano contra el punto más sensible de su cuerpo, el centro de su necesidad, y ella gimió, mientras sus paredes internas y húmedas lo estrechaban con tanta fuerza como un puño.

—Más, por favor. Más.

Su imagen, sus sonidos, todo le estaba empujando más allá de la razón. No podía esperar un minuto más. Tenía que llevarla al orgasmo, en aquel momento. Sin sacar los dedos de su cuerpo, sin dejar de acariciarla, empujó con las caderas hacia delante, frotando su miembro contra ella, una y otra vez.

—Esto es delicioso, cariño. Estoy tan cerca... —gimió ella.

Cariño. Una expresión de cariño en labios de una mujer. Aquello fue tan nuevo como todo aquel placer, y tan embriagador también.

—Vamos, córrete —le ordenó—. Deja que te sienta. Que te vea —añadió, y siguió empujando la mano hacia el interior de su cuerpo, presionándola con la palma.

—¡Thane! —gritó ella, y su cuerpo se contrajo fuertemente alrededor de sus dedos, al tiempo que ella se arqueaba. Thane notó un líquido caliente en la mano.

Saber que le había provocado un orgasmo, y las sensaciones que ella le había producido a él, le produjeron una satisfacción tan grande que él también llegó al éxtasis, con más fuerza de lo que nunca hubiera creído posible.

Cuando terminaron los escalofríos, se desplomó contra la bañera, y se dio cuenta de que estaba agarrando a Elin con una fuerza desmedida. Aflojó su fuerza y sacó los dedos de su cuerpo.

Cerró los ojos con deleite. ¿Cómo había podido vivir sin aquello? ¿Cómo había podido vivir sin ella?

–Tal vez deba lavarme el cerebro, ya que estamos aquí –dijo ella, con la voz entrecortada–. Mis pensamientos siguen siendo muy, muy sucios.

–¿Quieres más, *kulta*? –le preguntó él–. Te daré más –dijo, y le besó el cuello mientras sonreía–. Tienes la piel muy caliente. Tus pecas son como pequeños infiernos.

–¿Caliente? –preguntó ella, y se puso muy rígida. Se echó hacia delante y acabó con el contacto entre los dos–. Eh... creo que he tenido suficiente para un día. Me voy... bueno, tengo que pedirte prestado el albornoz –dijo. Antes de que él pudiera responder, Elin se levantó, salió de la bañera y se puso la prenda–. Todo el mundo me va a ver, y lo van a saber, ¿verdad? Será mi primer paseo de la vergüenza.

Vergüenza.

Elin se avergonzaba de él, de lo que habían hecho. Aunque él no le hubiera hecho daño.

Fue como si le cayera una lluvia de agua helada. Él había disfrutado intensamente de todo lo que habían hecho, y ella también. Sin embargo, en cuanto Elin había saciado su deseo, se había arrepentido.

–Lo siento –dijo ella, mientras corría hacia la puerta. Se detuvo con la mano en el pomo, y dijo–: Yo... lo he pasado bien. Gracias.

¿Gracias?

¿Por qué no le dejaba un fajo de billetes en el lavabo? La sensación era la misma. Thane puso cara de pocos amigos.

Cuando ella abrió la puerta, él la detuvo, diciéndole:

–No quiero que vuelvas a salir de la verja del club, Elin.

Ella se volvió a mirarlo con asombro.

–Entonces, ¿soy una prisionera?

–Necesitas protección.

—¿Y a todo el mundo lo proteges igual?

A él le vibró un músculo debajo del ojo. No podía mentir. Sin embargo, había tenido siglos para aprender a dar un rodeo a las mentiras.

—Todos los humanos —dijo. Pero Elin no sabía que ella era la primera humana que había entrado en su club—. Mis enemigos están por ahí fuera, cazando, y pueden usarte contra mí.

Ella desvió la mirada, y preguntó:

—¿Qué vas a hacer con Ardeo?

—Eso depende del rey.

—Tal vez debieras evitarlo...

—Ya es suficiente —dijo él. No iba a hablar de estrategias de guerra con ella. Solo serviría para asustarla—: Ya te has divertido. Ahora, vete.

«Antes de que vaya por ti, te lleve a mi habitación y lleguemos al fondo de este asunto».

Y ella se escabulló.

Capítulo 13

Elin salió al pasillo con la cabeza agachada. No estaba avergonzada por su relación con Thane, y no quería actuar como si lo estuviera, pero tenía miedo de que Thane llamara a gritos a sus hombres y les ordenara que la matasen.

Había hecho un comentario sobre la temperatura de su piel y, para alguien tan inteligente como Thane, solo era cuestión de tiempo que atara cabos y se diera cuenta de que era una fénix.

Los vampiros de la puerta se dieron cuenta de que se marchaba, pero no hicieron ningún comentario, ni intentaron detenerla.

Cuando torció la primera esquina, Adrian salió de entre las sombras y la siguió.

Ella tuvo ganas de hacerle preguntas sobre Thane. ¿Qué sabía Adrian sobre sus anteriores amantes? ¿Cuánto tiempo llevaban trabajando juntos? Sin embargo, se mantuvo en silencio. No se merecía conocer aquellas respuestas. Había visto la mirada de dolor de Thane mientras se vestía… Parecía que le había dado una puñalada.

«Le he hecho daño, y no estoy segura de cómo».

Era su mejor amigo. Sí, lo era. Siempre iba a rescatarla, siempre escuchaba sus historias del pasado y siempre quería saber más. Siempre se preocupaba por su bienestar. Igual que ella se preocupaba por el de él. Confiaba en él.

Pero no con respecto a su origen.

Qué desastre.

Por lo menos, habían entregado sus compras. Su cama estaba llena de cajas y bolsas. Con un suspiro, se puso una camiseta y unos pantalones cortos, y metió el albornoz de Thane debajo de la almohada. No estaba de humor para responderse a preguntas sobre lo que acababa de suceder.

Primero tenía que aclararse la cabeza.

Lo que sí tenía claro era que había desechado su plan de mantener unas relaciones sexuales dolorosas para dejar de sentir deseo, y acabar con su sentimiento de culpabilidad. Ni siquiera lo había pensado: había aceptado a Thane sin reservas. Él la había correspondido, y aunque realmente no habían llegado a mantener relaciones sexuales, todo lo que habían hecho había sido increíble.

Sin embargo, en aquel momento ya no estaba ciega por el placer, y la culpabilidad era peor aún.

Ella no esperaba amor; no había hecho que Thane esperara hasta el matrimonio, como le había pedido a Bay, y eso, teniendo en cuenta que Bay la adoraba. Para Thane, ella no era más que un pasatiempo. Y, para empeorar las cosas, Bay ni siquiera había sido lo primero en lo que había pensado después de aquel orgasmo tan alucinante. Había sido lo tercero.

El primero había sido ir por la segunda vuelta.

En segundo lugar, había sentido miedo. Cuando más la había excitado Thane, más temperatura había adquirido su cuerpo. Nunca le había ocurrido nada parecido, pero sabía cuál era el motivo: su parte fénix.

¿Qué pasaría cuando Thane averiguara la verdad sobre ella? ¿La odiaría? Sí. ¿La clavaría con estacas en el patio? Tal vez. ¿La echaría de allí? Sí, definitivamente, sí.

Y, hasta ese momento, ¿qué iba a hacer con respecto a sus necesidades físicas?

Él mismo había dicho que las necesidades cambiaban y, tal vez, las suyas ya hubieran cambiado. Sin embargo,

¿qué pasaría más adelante? ¿Querría él hacerle daño por placer?

Se estremeció. Después del milagro de la bañera, ella ya no quería ni oír hablar de cadenas y látigos. No quería comparar el tiempo que pasaba con Thane con el tiempo que había pasado en el campamento de los fénix.

«Lo mire por donde lo mire, Thane no es bueno para mí. Debería mantenerme apartada de él».

Bien, eso no iba a ser ningún problema. En aquel momento, él no quería tener nada que ver con ella. Después de que se hubiera despedido de él, dándole la gracias por todo, el dolor había desaparecido de sus ojos, y su mirada se había hecho fría y vacía. Thane había apretado la mandíbula, y sus labios se habían convertido en una línea estrecha.

Era una expresión que le había mostrado a Kendra justo antes de matarla. ¿Acaso ella también había hecho que se sintiera como un juguete de usar y tirar?

Con desánimo, se fue al gimnasio, donde iban a entrenar para el esquive de rocas. No podía permitirse perder otra sesión de entrenamiento.

La última vez, las chicas habían intentado convencerla de que tenía que apuntar bajo siempre que tirara una piedra, si acaso conseguía tirar alguna. No tan bajo como para que la víctima pudiera saltar y evitar el impacto, sino lo suficientemente bajo como para que fuera imposible atrapar el misil.

–... de verdad lo hizo –estaba diciendo Savy, mientras hacía estiramientos.

–¡No puede ser! Estás mintiendo –respondió Chanel, mientras se flexionaba hacia delante para tocarse las puntas de los pies.

–Te doy mi manta de piel favorita si miento, y tú me das la tuya si es que no miento. ¿Trato hecho? –dijo Savy y, al ver a Elin, sonrió lentamente.

Chanel se frotó las manos.

—De acuerdo.

Entonces, se dio cuenta de que Elin había llegado, y añadió:

—Ayúdanos a resolver una apuesta, Bonka Donk. Thane fue a la ciudad mientras a ti te estaba dando un ataque y te trajo al club en brazos. Sí o no.

Ella notó que le ardían las mejillas.

—Sí –dijo–. Pero...

Savy soltó un grito de alegría y Chanel una maldición.

La apuesta era sobre ella. Magnífico.

—Fue a buscarme solo porque apareció el rey fénix –explicó–. Ya sabéis lo mucho que odia a los fénix.

Las chicas se miraron con picardía.

—¿Ah, sí? –dijo Chanel–. Entonces, cuando llegó al mercado, ¿se puso a pelear con el rey fénix y le atravesó el corazón con una estaca? ¿No fue directamente hacia ti?

—Bueno, es que yo estaba gritando y atrayendo demasiada atención, y él...

—Te dejó inconsciente de una torta para que pararas de gritar, como yo he visto que ha hecho con otras.

—No –respondió Elin. «Me cuidó con ternura, y me llevó a un orgasmo increíble–. ¿Qué es lo que estáis intentando decir?

¿Estaban intentando decirle que Thane pensaba que ella era especial? Por mucha esperanza que le estuvieran haciendo sentir sus amigas, tenía que recordar que él acababa de echarla del baño.

«Sí, y yo acababa de provocarlo para que se metiera en la bañera conmigo y, en cuanto me divertí lo suficiente, le mandé al cuerno».

Claramente, había hecho que Thane se sintiera como un juguete.

Sintió vergüenza y arrepentimiento, y aquellas emociones no tuvieron nada que ver con Bay. Le debía una enorme disculpa a Thane.

—Eres completamente adorable, Bonka Donk –le dijo

Chanel, dándole unas palmaditas en la mejilla–. No me extraña que Thane quiera un pedacito de ti.

Bueno, pues ya había conseguido aquel pedacito. De su cuerpo, y parecía que, también, de su alma.

Thane, Bjorn y Xerxes salieron al tejado del club y, a la vez, echaron a volar hacia el cielo brillante de la tarde.

Las alas de Thane se deslizaron por el aire con una calma que él no sentía. Cuanto más se alejaban del club, y de Elin, más tenso se sentía. Pronto tendría que dejarla, y lo sabía. Cuanto más tiempo pasara con ella, más la desearía, más la necesitaría. Aunque Elin se desnudara y se le sentara en el regazo, él nunca podría olvidar su vergüenza. Y ¿por qué se había avergonzado? ¿Por unos cuantos besos? ¿Por unas caricias atrevidas? ¿Por el clímax que le había proporcionado deleite hasta en la última célula de su cuerpo? ¿Por haber traicionado a su marido?

Sí, era aquello, pensó Thane, y se le agarrotaron los músculos de la espalda. Ella había querido tanto a aquel hombre, que había prometido que le sería siempre fiel. Y había cumplido su promesa... hasta él. ¿Y si, en realidad, sentía vergüenza de sí misma?

La esperanza fue más fuerte que el dolor, y derritió el hielo en el que había intentado envolver su atracción. Tuvo ganas de volver al club y hablar con ella. Quería consolarla, y obtener consuelo de ella. Los dos tenían muchas dudas con respecto a su relación, pero, si lo intentaban, podrían superar los problemas.

«Thane», le dijo Xerxes, de repente.

Él pestañeó. Se dio cuenta de que no había hecho un giro, y retrocedió.

«¿Estás distraído?», le preguntó Bjorn, conteniendo la risa.

«Sí», dijo él, con aspereza.

«¿Puedo sugerirte que hagas punto?», le preguntó Xerxes, en un tono burlón. «Es muy relajante».

«No te molestes en sugerírmelo. Ya estoy tejiendo una bata de lana para tu madre».

«¿Bromas de madres?», preguntó Bjorn, chasqueando la lengua como si estuviera decepcionado. «Qué bajo ha caído el sofisticado Thane».

«A mí me parece que todavía tiene que caer más», añadió Xerxes.

Entonces, voló por encima de Thane, le agarró las alas y lo empujó hacia abajo, varios metros, hasta que él consiguió recuperarse.

Thane ascendió sonriendo. Si no hubiera visto el punto de destino un poco más allá, se habría puesto a jugar por el aire con sus amigos, algo que llevaban años sin hacer.

Se lanzó como una flecha hacia la nube de humo que subía desde el centro del bosque que había a las afueras de la Ciudad de Amartia, donde Elin había estado de compras y Bellorie había matado al fénix. Solo habían pasado dos horas y, claramente, el guerrero estaba en el proceso de regeneración.

Thane llegó a la enorme voluta de humo, y descendió. Mientras observaba a los fénix, flotó en el cielo junto a sus amigos, permaneciendo en el reino espiritual, de manera que resultara invisible para todos los seres salvo los Enviados, los ángeles, los demonios y los demás inmortales. El guerrero asesinado estaba ardiendo sobre un altar de piedra, y había otros dos fénix junto a él, entonando cánticos. Uno de ellos era Ricker, el marido de Kendra.

«Seguro que querrá hablar conmigo».

Muy bien.

Ardeo, el rey, estaba arrodillado frente a la hoguera, con la cabeza agachada, tirándose del cabello y gritando «Malta» con todas sus fuerzas, una y otra vez. Su dolor era tan crudo como el día de la muerte de la fénix, hacía varias semanas.

Estaba rodeado por ocho de sus mejores guerreros, que vigilaban atentamente para proteger a su rey de cualquier amenaza.

Thane bajó, flotando, al suelo.

–¿Vivo o muerto? –le preguntó Bjorn, aterrizando a su lado.

–Vivo, si es posible.

Por dos motivos. No quería correr el riesgo de que Zacharel los castigara de nuevo, y no quería que ninguno de aquellos fénix se regenerara y se fortaleciera.

Xerxes, Bjorn y él salieron al reino natural. Los fénix que estaban rodeando a Ardeo reaccionaron al instante; desenvainaron las espadas y se dirigieron hacia ellos.

Thane plegó las alas y sacó un par de espadas cortas del bolsillo de aire. Cuando los guerreros llegaron ante él, saltó hacia el aire, dio un giro y golpeó a los fénix por la espalda, puesto que ellos habían pasado de largo el lugar que él ocupaba hasta entonces. Los dos guerreros cayeron de bruces al suelo, cada uno de ellos con un brazo menos. Prorrumpieron en gritos de dolor.

Xerxes se mantuvo inmóvil; permitió que sus contrincantes se acercaran y, entonces, se inclinó. Se agachó. Se giró. Dio muchos más golpes de los que recibió.

Bjorn hizo zigzag por el aire, atacando y retirándose.

Dos de los guerreros de mayor tamaño atacaron a Thane por la espalda, intentando cortarle las alas. Thane soltó un silbido de rabia y movió las armas dibujando un gran arco. Las puntas de las hojas cortaron músculos, pero no huesos. Los guerreros retrocedieron de un salto para evitar heridas más graves.

Cuando Thane giró una segunda vez, ya estaban dispuestos, y se produjo un enfrentamiento con espadas. El metal chocó contra el metal.

Ricker apartó de un empellón a los dos guerreros.

–¡Quiero a mi esposa! –gritó, y alzó la espada.

–¿Aunque ella me prefiriera a mí? –le preguntó Thane, con verdadera curiosidad.

Ricker se abalanzó hacia él. Thane saltó por el aire y aterrizó detrás de su oponente. Hizo girar la espada, pero

Ricker ya sabía lo que estaba a punto de intentar, y giró también. La hoja de su espada detuvo a la de Thane.

Thane volvió a golpear y, después de unos segundos de lucha, consiguió clavar una de sus espadas en el lado izquierdo del estómago de Ricker. Sin embargo, el guerrero no reaccionó como era de esperar, sino que se apretó contra la espada, y la punta le atravesó el cuerpo desde el estómago hasta la espalda. Esto le acercó completamente a Thane y, cuando sus torsos se tocaron, Ricker alzó la espada. Con la mano libre, Thane le agarró la muñeca y detuvo el golpe. Sin embargo, Ricker alzó su otra espada y, en aquella ocasión, Thane no pudo detenerlo. La hoja de la espada le cortó el hombro.

Thane sintió un tremendo dolor; un dolor que no agradeció.

Tenía que ser fuerte, por Elin.

–¿Crees que me has vencido? –le preguntó a Ricker. Le soltó la muñeca, sacó otra daga del bolsillo de aire y apretó la punta de la hoja contra la garganta del fénix. La presión hizo que brotara una gota de sangre–. Pues estás equivocado. Puedo seguir así todo el día.

–Como yo –respondió Ricker, y se sacó otra daga de una funda que llevaba en el cinto. Thane notó el metal frío contra la garganta.

–¡Basta! –gritó Ardeo–. ¡Basta!

Ricker gruñó de rabia.

–Pero, mi rey...

–¡He dicho que basta! Él podría haber matado a mi pueblo, pero no lo hizo. No permitiré que lo matéis ahora.

El odio se reflejó en los ojos de Ricker mientras sacaba la espada del hombro de Thane. Se retiró, y el arma ensangrentada de Thane salió de su estómago. Finalmente, Ricker se inclinó ante Ardeo, y dijo:

–Disculpadme, mi rey.

Bjorn y Xerxes pasaron por encima de los hombros con quienes habían luchado, que estaban retorciéndose de dolor en el suelo, y se colocaron cada uno a un lado de Thane. Estaban unidos, como siempre.

–Me buscabas –le dijo al rey–. Aquí me tienes.

Ardeo se levantó, tambaleándose. Había bebido, y olía a alcohol. Tenía los ojos enrojecidos, y su traje de cuero tenía rasgaduras y manchas de sangre.

–Mis hombres quieren a sus preciosas mujeres –dijo el rey, con desdén.

Thane pensó un instante. Por mucho que deseara la venganza eterna contra el clan del Pájaro de Fuego, tenía un nuevo enemigo con el que combatir, y el príncipe de los demonios iba a requerir toda su atención.

Tal vez hubiera llegado el momento de arrancar unas cuantas malas hierbas.

–Liberaré a los tuyos, Ardeo –dijo–. A todos, menos a Kendra.

Se dio cuenta de que ya no quería torturarla eternamente; sin embargo, tampoco quería liberarla todavía.

–A cambio, tú dejarás los cielos y no volverás nunca a ellos.

–Mi rey –dijo Ricker–, Kendra es algo más que mi esposa. Es la sobrina de vuestra consorte. Eso debe significar algo...

–Mi concubina ha muerto asesinada por su propia familia. Por lo que a mí respecta, el resto puede pudrirse –dijo Ardeo–. Además, tu esposa te estaba envenenando. Si no te hubiera obligado a dejar el campamento conmigo, te habría convertido en su esclavo. Deberías enviarle a Thane una cesta de frutas con una tarjeta de agradecimiento por haberte liberado.

Ricker asintió con rigidez, pero le lanzó una mirada de odio a Thane.

Mensaje recibido. Aquello no había terminado.

Ardeo miró a Thane.

–Tus condiciones son aceptables.

Thane no notó el sabor amargo de la mentira.

—Pero debes entregar también a la mestiza —dijo Orson, el guerrero al que había matado Bellorie, que se había regenerado y estaba acercándose al grupo. Tenía una mirada oscura y retorcida mientras hizo aquella petición. Thane conocía bien aquella mirada; él mismo la había visto reflejada en los espejos del Downfall cuando iba a buscar una amante.

—¿Qué mestiza? —preguntó.

—Una fémina llamada Elin.

Elin. Su Elin. Sintió un arrebato de furia. «El guerrero la desea. Desea lo que es mío. Debe morir».

Alzó la mano para hacer surgir la espada de fuego.

Entonces, asimiló todas las palabras del guerrero fénix, y bajó la mano.

¿Elin era una mestiza? Era medio humana y medio... ¿qué? ¿Medio fénix? Tal vez la hubieran capturado porque la consideraban una abominación y no iban a permitir que procreara. Aquello era común entre los fénix.

No. ¡No! Elin no era una fénix embustera y taimada, capaz de esclavizar a todos aquellos con los que se acostara. Capaz de esclavizarlo a él.

Pero ¿y si lo era?

Sintió más rabia, más disgusto, dolor y, lo peor de todo, un miedo abrumador. Si ella era una fénix, no podría volver a tocarla. No podía volver a verla. Ella no podría continuar en el club.

Él perdería la parte más dulce de su vida.

De repente, la tristeza lo invadió todo, incluso su miedo. Sin poder contenerse, entró en el reino espiritual de nuevo, donde los fénix no podían oírlo ni verlo, echó hacia atrás la cabeza y gritó con fuerza.

Cuando se calmó, varios rayos luminosos entraron en la oscuridad de sus sentimientos. Elin gritaba al ver la sangre. Elin hacía unos pasteles horribles, y disfrutaba mucho escarbando en la tierra. Se reía. Bromeaba. No tenía nada que ver con Kendra.

Thane comenzó a calmarse.

Tal vez Elin fuera una mestiza, pero no era fénix. Seguramente, su gente estaba en guerra con los fénix. Sí, eso debía de ser. A él le parecía que, más bien, era parte banshee, por los gritos que era capaz de dar...

Una vez que hubo recapacitado, volvió al reino natural.

Los fénix estaban pidiéndoles a Xerxes y a Bjorn que fueran a buscarlo, pero sus amigos no se habían movido.

—La chica —ladró Orson, al verlo.

—Hazme caso, no sigas por ese camino —le dijo Bjorn.

—Por ese camino, solo vas a llegar al dolor y a la destrucción —añadió Xerxes.

Orson los ignoró a ambos.

—¿La tienes, o no?

De nuevo, Thane extendió el brazo y, en aquella ocasión, la espada de fuego sí se materializó. Las llamas crepitaron de un modo amenazante.

—Con tus palabras, acabas de invalidar nuestro trato. Por lo tanto, te ofrezco uno nuevo. Después de que descubra lo que cada uno de los tuyos le hizo a mi humana, les administraré castigos en consonancia. Después, te los devolveré. Si se regeneran, claro.

—¡Sucio pajarraco! —le escupió Orson.

—Debéis saber que, si alguien daña lo que es mío, o desea lo que es mío, sufrirá.

—Está bien —dijo Ardeo—. Tu humana fue amable conmigo. Y con mi preciosa Malta. Es tuya, haz con ella lo que quieras —añadió, mientras se le hundían los hombros—. Como Malta fue mía una vez.

Thane se dio cuenta de que el alcohol no estaba destrozando a Ardeo por completo; solo era un síntoma de lo que le ocurría. El verdadero culpable de su estado era el dolor. Aquel hombre había conseguido estar con Malta, por fin, y la habían matado pocos días después. Había probado el cielo, y lo había perdido.

—Hasta que volvamos a vernos —dijo Thane, mirando a Orson por última vez, como advertencia.

Después, agitó las alas y subió hacia el cielo.

«Quitad las estacas a los prisioneros y metedlos al calabozo», les transmitió a Xerxes y a Bjorn.

Habría querido hacerlo él mismo, pero tenía que ir a ver a Zacharel; debía enfrentarse a lo que había hecho en Rathbone Industries.

«Tengo que hacer un recado. Iré al club enseguida».

Bjorn y Xerxes no sabían nada de aquella reunión, ni de lo que le iba a ocurrir, y él prefería que las cosas fueran así.

«Hecho», dijo Xerxes.

«No te preocupes por nada», añadió Bjorn. Sin embargo, el guerrero se detuvo y se quedó flotando en mitad de una nube. Thane y Xerxes retrocedieron hasta él. «Tengo que irme». Miró hacia atrás, por encima de su hombro. «Ella...».

Bjorn no terminó la frase. Apretó los labios.

¿Ella? Thane miró en la misma dirección, pero no vio nada. ¿Acaso su amigo había recibido la llamada de la reina de los demonios?

«Lo siento, pero no puedo decir nada más sin romper mis votos».

Bjorn, con cara de angustia, se desvaneció.

Thane se mordió la lengua hasta que notó el sabor de la sangre.

«El Señor del Inframundo, Lucien, tiene la capacidad de seguir el rastro espiritual de una persona», le dijo a Xerxes. «Después de hacer mi recado, voy a pedirle que siga a Bjorn».

«Buena idea».

Lucien era el guardián del demonio de la Muerte, y tenía que acompañar a ciertas almas al otro mundo. Era un buen hombre. Honesto y honorable. Respetaba las normas.

–Nos vemos dentro de un rato –dijo Thane, dirigiéndose hacia la derecha.

–¿Y qué pasa con la chica? –le preguntó Xerxes, y él se detuvo.

–Hay que protegerla a toda costa –respondió.

Cuando volviera, hablaría con ella, y ella le explicaría que sus ancestros no eran los fénix.

Todo se resolvería.

Capítulo 14

Thane se esperaba otra tanda de latigazos. O, por fin, la pérdida de su inmortalidad. Y hubiera estado dispuesto a rogar que se le concediera otra oportunidad.

Sin embargo, cuando llegó al borde de la nube de Zacharel, el líder del Ejército de la Desgracia lo estaba esperando. Tomó a Thane por la nuca y apretó su frente con la de él. El viento azotaba sus túnicas.

–Podrías haber matado a cientos de humanos –le dijo.

–Sí, lo sé. El príncipe…

–Pudo actuar porque tú no cumpliste mis órdenes.

Thane asintió.

–También lo sé. Y me arrepiento de mis actos.

Zacharel se sorprendió.

–¿De veras?

–Sí.

La arrogancia le había costado una victoria que deseaba mucho. Y, quizá, le había costado más.

–Eso espero –dijo Zacharel–. Porque tus actos afectan a muchas personas. Afectan a la vida de aquellos a quienes amas, y que dependen de ti.

Aquellas palabras dieron en el punto débil de Thane. Sabía que sus actos afectaban a sus seres queridos. Había decidido quedarse en el edificio, y Bjorn y Xerxes habían estado a punto de morir. Él también habría podido morir, y su club habría quedado en manos de otro. Seguramente, inmortales de todas partes de los cielos habrían intentado hacerse con el Downfall.

–Tengo una nueva misión para ti –dijo Zacharel.

Entonces, Thane se dio cuenta de que no iba a ser castigado.

–¿No vas a decirme nada más sobre Rathbone?

–No. Pusiste en peligro muchas vidas, pero también las salvaste. Ahora, escúchame.

Thane asintió, aunque se había quedado asombrado. En ese momento, se sintió... amado por su líder. Aceptado.

Fue como un bálsamo para su alma.

–Es esencial que disminuyamos el ejército del príncipe –dijo Zacharel con determinación–. Una de sus muchas hordas está en Nueva York. Te enviaré las coordenadas cuando llegues a la tierra.

–¿Y quién encontró a la horda?

–Maleah.

Maleah. Claro. Una Enviada que había caído de los cielos.

Ella monitorizaba el mundo y sus alrededores, sin descansar. En el pasado, había sido una de las integrantes más amadas de los ejércitos de los cielos. Ahora estaba decidida a ayudar a la gente a la que había fallado al perder las alas, fuera cual fuera el motivo. Los rumores corrían como la pólvora, como de costumbre, pero los hechos reales nadie los conocía bien.

Thane la había deseado. En aquel momento, al recordar la exótica belleza de Maleah, se dio cuenta de que no podía compararla con Elin.

–Llévate a los soldados que necesites y mata a los demonios –le dijo Zacharel–. Mátalos a todos. No dejes ni un solo sirviente en pie.

Bien. Sin piedad. Aquella era una de sus políticas preferidas, una en la que destacaba.

Asintió.

—¿Y si nos cruzamos con el príncipe?

—Llamadme.

—Todo se hará tal y como has ordenado —le dijo Thane.

Por desgracia, tendría que posponer su reunión con Lucien.

Mientras descendía de la nube, llamó mentalmente a Magnus, Malcolm, Jamilla y Axel, y les ordenó que se presentaran en el tejado de otro de los edificios de Rathbone Industries.

Mientras aterrizaba, Zacharel le dio las coordenadas que iba a necesitar. Thane plegó las alas a su espalda y miró el mundo humano. Las calles estaban llenas de luces de neón, abarrotadas, y el ambiente estaba lleno de olor a comida, perfume y humo de coche. Se oían voces y bocinas. El ruido de unos tacones.

Los guerreros aterrizaron a su espalda. Él se volvió, les refirió lo que le había ordenado Zacharel y vio en sus rostros una expresión de impaciencia.

—Quiero que dejéis a uno de los demonios con vida —dijo—. No importa a cuál.

Los interrogatorios tras la batalla siempre eran entretenidos.

Todos asintieron.

—¡Vamos allá! —gritó Axel.

Todos saltaron desde el edificio y se lanzaron en picado hacia el suelo. Los guerreros estaban en el reino espiritual, así que sus cuerpos eran como neblina que traspasó el pavimento y la red de metro, y que entró en un laberinto de túneles oscuros y húmedos.

Thane hizo que su cuerpo se solidificara y sacó la espada de fuego. Los demás hicieron lo mismo. Las llamas les sirvieron de antorchas y lo bañaron todo con una luz dorada. El olor a azufre les invadió las ventanas de la nariz. Se oyeron risotadas, pero era imposible saber de dónde procedían. Y las paredes de los túneles estaban salpicadas de sangre. Tampoco ofrecían información sobre el camino que debían tomar.

Thane alzó su mano libre y señaló a cada guerrero su dirección. El grupo se separó y todo el mundo giró por la esquina que se le había asignado.

Sin bajar la guardia, él avanzó con ayuda de las alas, pese a lo reducido del espacio. Las voces comenzaron a oírse con más intensidad, y pudo distinguir las de algunos humanos. Gemían, y suplicaban piedad. Dejó de seguir los túneles excavados por el hombre y atravesó las paredes guiándose por los sonidos. Sin embargo, dio un giro equivocado y terminó en una sala vacía.

Volvió a intentarlo, una y otra vez.

Y, al final, después de atravesar barro y cemento, entró en un infierno. Era una escena sacada de sus peores pesadillas.

En una habitación enorme, cuyas paredes se estaban deshaciendo, había una congregación de más de treinta demonios. Desde los pilares de madera, hasta el suelo y las paredes, todo estaba manchado de sangre.

Era la sangre de sus víctimas, seis humanos encadenados: dos mujeres, tres hombres y un niño. A Thane se le encogió el estómago. Rápidamente, envió a sus guerreros las indicaciones para llegar a aquel lugar.

No lo entendía. Los demonios del príncipe debían hacer cualquier cosa con tal de poseer a ciertos humanos, pero aquello... aquello iba más allá de la posesión, y de cualquier depravación. Algunos de los monstruos estaban lamiendo los charcos de sangre, y otros seguían atormentando a los humanos, mordiéndoles y arañándoles la carne desgarrada.

Thane iluminó con la espada cada uno de aquellos actos de maldad y, uno por uno, los demonios se percataron de su presencia y se volvieron hacia él. La alegría maniaca que se reflejaba en sus rostros se convirtió en terror cuando vieron al resto de los Enviados entrando en la cámara de tortura.

Aquello era lo que él había estado esperando.

–¡Ahora! –gritó.

Y se desencadenó el caos.

Los Enviados entraron en acción, blandiendo las espadas con una intención letal. Los demonios que tenían alas intentaron escapar volando, pero Thane y Axel no se lo permitieron; les cortaron las apéndices antes de que uno solo de ellos pudiera salir de allí.

Las cabezas empezaron a rodar por el suelo, y los brazos, a saltar por el aire. Se oyeron aullidos de dolor. Thane permaneció en constante movimiento, cortando a todos sus enemigos. Nadie podía escapársele.

Magnus, Malcolm estaban acabando con un demonio sierpe, y Jamilla, clavando a un envexa al suelo con la espada, para poder cortarle el cuello. Thane atravesó el pecho de un viha y siguió hacia su siguiente contrincante. Sin embargo, ya solo quedaba uno, y Axel estaba a punto de decapitarlo.

–Alto –dijo Thane. Y, sorprendentemente, todos los Enviados obedecieron.

Thane avanzó a grandes zancadas, y acorraló al demonio en un rincón. Era uno de los más grandes, con una cornamenta retorcida que brotaba de su cabeza deforme. Tenía la piel roja, como sus ojos. Carecía de nariz; solo tenía agujeros para respirar. Sus labios eran muy finos, y entre ellos aparecían dos colmillos afilados.

Emitió un gruñido amenazante.

Thane sonrió con frialdad.

–Llevad a los humanos a un sitio seguro, y que les proporcionen atención médica. Asignadles a cada uno un Portador de Alegría –les ordenó a los Enviados. Los humanos necesitaban un ángel protector que les ayudara a sanarse mentalmente. De lo contrario, se desmoronarían–. Yo me ocupo de este bicho.

De nuevo, sus órdenes fueron obedecidas.

–Ahora es tu turno –le dijo al demonio–. Permíteme que te libere de unos cuantos kilos.

Entonces, le cortó los brazos y las piernas, para impedir que escapara. Lo recogió y se lo llevó a los calabozos del Downfall.

—¿Dónde está Adrian? —les preguntó a los guardias de la puerta.

—Xerxes le ha pedido que siguiera a la chica humana —respondieron ellos.

Bien.

Thane recorrió los pasillos de los calabozos. Los fénix que estaban en las celdas no tenían fuerzas, tan solo podían mirarlo y gemir. Al llegar a la celda central, clavó al demonio a la pared, justo frente a Kendra. De nuevo, ella tenía un lugar de honor.

Había recuperado más energías que los demás, y siseó como un gato furioso.

—Suéltame, Thane. Ahora.

Qué orgullosa y altiva. Pese a la claridad mental que había ganado Thane, y pese a su arrepentimiento, sintió ira. Se giró hacia ella y le lanzó una sonrisa tan fría como la que le había dedicado al demonio.

Ella se echó a temblar y apretó los labios.

—Presta atención, Kendra, porque puede que tú seas la próxima.

Sacó una daga del bolsillo de aire y se encaró con el demonio.

—No sé si lo has oído por ahí, pero se me dan muy bien los trabajos a cuchillo... y mis interrogatorios no cesan nunca hasta que obtengo lo que quiero.

Elin oyó otro grito de agonía más, y se estremeció. ¿Cuántas horas llevaban así? Había perdido la noción del tiempo.

Después del entrenamiento, durante el cual sus amigas la habían declarado un gran fracaso en el elevado arte del lanzamiento de rocas, Savy, Chanel y Octavia habían intentado distraerla de aquel ruido con una partida de póquer de favores. Se apostaban eso, favores, y Elin había perdido todas las manos. Sin embargo, el único favor que le pedían las chicas era que no volviera a pedirles que probaran sus pasteles.

Cuando terminaron el póquer de favores, comenzaron a jugar al *strip* póquer y, aunque ella terminó en ropa interior, y bastante azorada, no consiguió distraerse.

Le habían dicho que Thane estaba en los calabozos, rebanándole el cuello a un demonio.

—Ya no puedo más —anunció, dejando las cartas sobre la mesa.

Aquello provocó las protestas de las otras chicas. Y se oyeron más gritos.

—¿Cómo? No puedes dejar la partida así.
—¡Si acabamos de empezar!
—¿Te vas a rendir ya, como una gallina?

Elin ignoró sus preguntas, y formuló una:
—¿Dónde está Bellorie?

Chanel frunció el ceño.
—¿No lo sabes?

A ella se le encogió el corazón.
—¿Qué es lo que tengo que saber?
—Thane la ha echado.
—¿Qué?

Octavia asintió.
—Es cierto, pétalo. Axel la trajo al club, Xerxes le dijo que se lavara toda la sangre de las manos y que tenía que irse. Bellorie hizo las maletas y Xerxes la acompañó fuera del edificio.

—Pero... ¿por qué?
—Por haber usado sus manos para la muerte y la destrucción —le explicó Octavia.

Eso era lo que hacía Thane todos los días. ¿Por qué había culpado a Bellorie, entonces, por una sola indiscreción?

Elin no estaba precisamente a favor de la violencia, y tenía dificultades para identificar a la Bellorie a la que adoraba con la Bellorie que le había sacado el corazón del pecho a un hombre, pero eso no significaba que fuera a aceptar aquel exilio sin luchar contra él.

Hacía años, su padre le había dado un consejo muy sabio: «Algunas veces, el terreno emocional es demasiado montañoso como para correr por él, Linnie, cariño. Algunas veces tienes que ir paso a paso, caminando».

Muy bien. Primer paso: dejaría de evitar a Thane. Segundo paso: empezaría otra ronda de interacción con él. Tercer paso: lo acosaría hasta que dejara volver a Bellorie al club.

—Voy a hablar con él —dijo.

Se puso una camiseta rosa y unos pantalones vaqueros, aunque no se molestó en calzarse.

—Eh... Yo no haría eso si fuera tú —le dijo Savy—. Tú terminarás expulsada del club. O peor aún. Nadie cuestiona a Thane cuando da una orden. Ni siquiera su... Lo que seas tú.

—Su mascota humana —dijo Octavia, siempre tan servicial.

Chanel soltó un resoplido.

—No sé cómo ha sucedido lo del lobo y el cordero, pero me parece que ella es algo más que eso —dijo, y ladeó la cabeza para mirarla—. Y creo que Thane hará una excepción por cualquier cosa que ella le pida. Salió corriendo para estar a su lado, cuando, en realidad, no le ocurría nada.

—Disculpa —respondió Elin, ofendida—, pero estaba gritando, casi catatónica.

—Puede que fuera corriendo a su lado porque la necesita para cobrar algún rescate —dijo Savy, tamborileando con los dedos sobre la mesa—. O para vengarse de los fénix. O tal vez pasara por un momento de locura. ¿No lo has pensado nunca? No te ofendas —le dijo a Elin—. Él no es de los que va detrás de una mujer, por muy asombrosa y deliciosa que sea.

¿Cómo iba a ofenderse, si ella había tenido la misma sospecha?

—Puede que sea mejor de lo que todos hemos creído —murmuró ella.

Por supuesto, en aquel momento el demonio gritó de forma desgarradora una vez más.

Chanel y Octavia se echaron a reír como colegialas.

—¿Quieres que hagamos otra apuesta? —le preguntó Chanel a Savy—. Doble o nada.

Entonces, Elin salió de la habitación. En cuanto puso un pie en el pasillo, Adrian, que estaba haciendo guardia junto a la puerta, se le acercó.

—¿Adónde vas, humana? —le preguntó.

—Iba a los calabozos. Vamos, sé bueno y enséñame por dónde se va —le pidió, pestañeando, intentando engatusarlo de una manera inocente.

Él se puso tenso, frunció el ceño y cabeceó.

—No. Vuelve a la habitación.

Ella se puso en jarras.

—He oído a Xerxes decirte que me llevaras adonde yo quisiera. Y acabo de pedirte que me lleves a los calabozos.

—Los dos sabemos que no se refería a todos los sitios a los que tú quisieras.

—No, no lo sabemos. No parece una persona que diga lo que no quiere decir.

Adrian le lanzó una mirada fulminante.

—¿A qué estamos esperando? —insistió ella.

A él se le oscureció la mirada.

—Puede que lo mejor sea que conozcas la verdadera naturaleza del hombre al que provocas.

Entonces, la llevó hacia el ascensor y presionó un botón. La cabina comenzó a bajar, y a bajar, hasta que, por fin, se abrió en una caverna de paredes grises y suelo de piedra agrietada.

Había dos vampiros custodiando una entrada abierta.

Elin se inquietó. Los gritos se oían mucho más allí, y reverberaban por las paredes de la cueva. Y, peor todavía, el olor era metálico, a centavos viejos; se le metió por la nariz y le revolvió el estómago.

—Espera aquí —le dijo Adrian, y pasó entre los guardias.

Los vampiros la observaron fijamente, como si estuvieran afilando con la mente los cuchillos y los tenedores. Ella miró hacia delante y vio barrotes que flanqueaban un pasillo lleno de celdas. Incluso veía dedos agarrados a los barrotes. ¿Los fénix estaban allí? Xerxes los había liberado de las estacas y los había llevado al interior del club, pero ella pensaba que era para darles atención médica.

Había sido una idiota al no darse cuenta de que era para seguir torturándolos.

—Thane —dijo Adrian—, la humana desea hablar contigo.

—La humana tiene un nombre —murmuró ella.

—Dile que la llamaré cuando termine aquí abajo.

Percibió un tono de placer en la voz de Thane. ¿Por ella, o por el trabajo que estaba llevando a cabo? De cualquiera de las dos formas, la cadencia de su voz hizo que se estremeciera.

—Muy bien —dijo Adrian. Se oyeron sus pasos de vuelta.

No, no. La última vez que había tenido que esperar a Thane, no habían resuelto nada.

—Thane Downfall —dijo ella.

El ambiente se volvió tenso al instante. Los pasos retrocedieron.

—¿Está aquí? ¿La has traído aquí? —preguntó Thane.

—Ayúdame, chica. Tienes que ayudarme —gritó Kendra.

—Claro, claro —dijo Elin—. Mira, para la próxima vez, aprende a ser más amable con la gente, por muy bajo que sea su estatus. Nunca sabes cuándo van a ponerse por encima de ti.

Aunque, en realidad, ella no estaba por encima de nadie.

—Deberías haberlo pensado mejor —gruñó Thane, y Elin se imaginó que iba a descargar su furia contra Adrian.

¿Acaso iba a castigarlo a él también? Dio un paso hacia delante, para entrar en el pasillo de celdas, pero los vampiros se interpusieron en su camino.

—Él no ha hecho nada malo —dijo, hablando por encima de los hombros de los guardias, que empezaron a mirarla con asombro y respeto—. Tu querido amigo Xerxes le dijo que me llevara adonde yo quisiera ir. Así que aquí estamos. Y, ahora, escúchame: quiero que Bellorie vuelva inmediatamente. La necesitamos para los Múltiple Scoregasms. Y, ya que estamos, quiero que cesen esos gritos. Me están destrozando los nervios.

«Como si tuvieras derecho a hacer exigencias».

—Por favor —dijo, en tono de súplica—. Con un extra de cerezas dulces por encima.

Hubo una pausa.

—Bellorie volverá antes del próximo turno —dijo Thane, con tirantez—, y no volverás a oír un grito.

—Gracias, gracias, gracias... ¡Mil gracias, Thane!

—¡Ayuda! —gritó Kendra.

Se oyó el crujido de una prenda de ropa. Un gruñido. Un gorgoteo. Y, después, voces amortiguadas.

Elin notó un sudor frío en la piel. Se echó a temblar. ¿Qué era lo que acababa de suceder?

Adrian pasó entre los guardias. Su expresión era fría. No la miró, y les ladró una sola palabra a los vampiros. Una palabra que ella no entendió.

Elin intentó seguirlo, pero uno de los guardias la agarró por la muñeca.

Elin dio un tirón, pero él la sujetó.

—Suéltala, o perderás la mano —dijo alguien a su espalda. Al instante, el vampiro la liberó.

Elin se volvió hacia las celdas, y se encontró con Thane.

Capítulo 15

Thane tuvo que contener su furia. En cualquier momento, Elin podría torcer la esquina y presenciar, en cualquier momento, sus horrorosos actos. Si veía aquella faceta suya... Si gritaba...

Quemó al demonio y todas las partes que le había cortado para destruir las pruebas. De todos modos, ya había conseguido toda la información que necesitaba. Sabía que el príncipe era un ángel caído llamado Malice, que antes formaba parte del ejército del Más Alto. Al contrario que los demonios, que eran espíritus que habían habitado la tierra mucho antes que los humanos, el príncipe tenía un cuerpo carnal, y no podía poseer el de ningún otro.

Cuando los Enviados caían, perdían todo su poder. Y lo mismo les ocurría a los ángeles; sin embargo, ellos podían adquirir poder por medio de los actos malvados y los robos espirituales.

Como todos los seres vivos, el príncipe tenía sus debilidades. Sin embargo, Thane todavía no sabía cuáles eran.

¿El orgullo?

¿El odio?

Y ¿cuál era el objetivo final de Malice? La destrucción de la humanidad. Quería castigar al Más Alto por expulsar a los ángeles caídos del nivel superior del cielo, e intentar robar el poder que pensaba que le habían negado.

Para empezar, Malice y sus cinco cohortes habían acabado con Germanus, pero habría otros.

¿Cuál sería el siguiente movimiento de Malice? No podía saberlo.

Cuando Kendra continuó rogando que la ayudaran, Thane siguió el ejemplo de Jamilla y le cortó la lengua a la fénix. No iba a permitir que recibiera ayuda de la chica a la que había apaleado y cortado; Elin tenía el corazón demasiado blando, y tal vez le pidiera a él que la liberara.

Y, tal vez, él dijera que sí.

Después, se había sentido muy culpable.

–Estoy dispuesto a ignorar los motivos, y aceptar mi parte de responsabilidad en el horror de nuestra relación, pero no voy a tolerar el mal comportamiento.

Kendra lo fulminó con la mirada, aunque la sangre le caía por ambas comisuras de los labios.

–No vuelvas a hablar con mi humana –le dijo él.

Después de enviar a Adrian a buscar a Bellorie, Thane salió a ver a Elin. Y se encontró con que uno de los guardias la había agarrado de la muñeca.

Nadie la tocaba, salvo él. Si alguien más lo intentaba... moriría.

Parecía que, desde que había conocido a Elin, se había vuelto completamente posesivo.

Al mirarla a los ojos, recordó que Orson había utilizado la palabra «mestiza» para referirse a ella. «Por favor, espero que no seas una fénix».

Se acercó a ella. Quizá debiera enviarla a su habitación durante unas cuantas horas: siempre, después de una batalla o una sesión de tortura, estaba demasiado tenso, sentía una fuerza demasiado intensa, y acababa de pasar por ambas cosas. Si intentaba tener otro encuentro con ella y lo enfocaba de una manera errónea, tal vez la asustara.

Sin embargo, Elin alzó la barbilla con determinación y valor. Eso sorprendió a Thane, y sintió tal atracción sexual por ella que su miedo y su furia pasaron a un segundo plano.

No podía separarse de ella.

Por un momento, la vio como la había visto en la bañera: desnuda. Sonrojada por el calor y la excitación, con los pezones endurecidos, el estómago tembloroso y las piernas separadas a la espera de sus dedos. Y sintió una erección por ella.

«No, todavía no».

Elin se estremeció, como si su cuerpo hubiera reaccionado a aquella llamada. ¿Anhelaba sus caricias? ¿Y su sabor? Hubiera dado cualquier cosa por saberlo...

–Yo... he... siento haber interrumpido tu sesión de asesinato –dijo Elin, y bajó la mirada hasta su entrepierna. Enseguida, la apartó, y añadió–: Parece que te lo estabas pasando muy bien...

Él apretó la mandíbula.

–No he disfrutado de la forma que tú estás pensando.

–Eh, nada de juzgar a los demás –dijo ella, alzando las manos en señal de rendición.

–Elin, estoy excitado, sí, pero es por ti.

Ella abrió unos ojos como platos.

–Ah.

¿Eso era todo lo que iba a obtener?

–Eh... bueno –dijo ella, y carraspeó–. ¿Tienes que torturar a los fénix obligatoriamente? ¿No puedes soltarlos?

–Yo estaba torturando a ningún fénix –dijo él–, pero voy a hacerlo. Ojo por ojo...

–Sí, esa política te va a meter en un círculo de violencia eterno –lo interrumpió ella, y dijo–: Ellos se vengarán, entonces te vengarás tú, y después ellos... hasta el final de los tiempos –añadió, y suspiró–: Mira, sé que no tengo ningún derecho, pero...

–Tienes todo el derecho –dijo él.

Sabía que acababa de dejar atónitos a los vampiros, pero era cierto. ¿Para qué iba a negarlo?

Las cosas eran muy diferentes con Elin. Le gustaba que hubiera acudido a él con la esperanza de que resolviera sus problemas. Incluso le gustaba que le hubiera reprendido; tal vez, porque tenía razón.

Ella se mordió el labio, como si se sintiera insegura. ¿Acaso de su posible reacción? ¿Temía que él le hiciera daño?

—¿De verdad?

Él asintió y, sin apartar la mirada de ella, les ordenó a los vampiros que se marcharan. Ellos se dirigieron rápidamente hacia el ascensor y desaparecieron. No quería llevar a Elin a su habitación hasta que se sintiera completamente cómoda con él, porque, en cuanto estuvieran a solas, no podría evitar saltar sobre ella. Estaba seguro.

—No sé si alguna vez voy a poder acostumbrarme a este mundo.

—Lo harás —dijo él.

Ella se encogió de hombros.

—¿No te afecta emocionalmente torturar a otros seres?

Nadie le había hecho jamás aquella pregunta, y no estaba muy seguro de cuál era la respuesta. Era un niño muy pequeño, de tres años, cuando habían empezado a aparecer las vetas doradas en sus alas, vetas que habían informado a todo el mundo de su estatus de guerrero; cuando tenía cinco años, había tenido que dejar el único hogar que había conocido para comenzar su formación y adiestramiento.

A los diez, había matado por primera vez a un demonio.

Elin le dio la mano, y entrelazó sus dedos con los de él. Thane notó su piel cálida y suave. Aquella caricia, ofrecida libremente, y el consuelo que le proporcionó, lo dejaron asombrado.

—No importa —dijo Elin—. No tienes que contestar.

De todos modos, él lo hizo, porque estaba desesperado por prolongar aquel contacto.

—Los demonios son solo maldad. No tienen nada bueno. Yo no me arrepiento de nada de lo que les he hecho a lo largo de varios siglos de batallas.

Elin ladeó la cabeza y lo observó.
-¿Eres muy viejo?
-Mucho.
-¿Tienes más de doscientos años?
-Sí.
Un jadeo.
-¿Más de trescientos?
-Sí. Deja que te ahorre tiempo. Tengo algo más de mil años.
-Vaya. Eso es ser realmente viejo.
-Te lo dije.
-No, abuelito. Tú no dijiste las palabras «realmente viejo».

Thane sonrió sin poder evitarlo. Elin le estaba tomando el pelo, sin ningún temor.
-Ven conmigo. Tenemos que hablar de muchas cosas.

Entonces, la llevó al ascensor. Cuando se cerraron las puertas, la cabina se llenó de su olor, y él casi pudo saborear aquel aroma a cerezas que se le había metido bajo la piel. Le dolió el cuerpo.

No quería tener que esperar para abalanzarse sobre ella.

Apretó un botón y detuvo la cabina del ascensor antes de que llegara al piso superior.

Se giró, y se apoyó contra la barandilla. Al ver la expresión de su cara, Elin tragó saliva y retrocedió, intentando alejarse de él. Sin embargo, Thane la agarró de la muñeca, tiró de ella hacia su cuerpo y la atrapó entre sus piernas.

-No sé qué ideas tienes, pero olvídalas.
-Pero si a mí me gustan mucho -dijo él.

Se inclinó hacia delante y le pasó las manos por los muslos. Agarró su trasero y se lo apretó, y a ella se le escapó un jadeo. Entonces, la aprisionó contra la pared y posó las manos junto a sus sienes.

-Dime, ¿te arrepientes de lo que hicimos en la bañera? -le preguntó.

—¿Arrepentirme? No —dijo ella—. Pero...
—¿Pero qué? ¿Por qué huiste?
—Por muchos motivos.
—Empieza con el primero, e iremos resolviendo los problemas.
—Está bien. El primero es el sentimiento de culpabilidad. Acababa de traicionar a mi marido.

Lo que él había sospechado. La confirmación fue dulce.
—¿Y ese hombre...?
—Bay.
—¿Era cruel? ¿Habría querido que tú estuvieras sola?
—¡Nooo! Claro que no. Pero eso no cambia nada.

La ternura con la que ella respondió despertó todos sus celos. Una faceta que él no sabía que poseía, hasta que había conocido a Elin.

—Entonces, ¿quieres honrar su memoria, pero no sus deseos?

Ella entrecerró los ojos y lo fulminó con la mirada.

Él no quería que se enfadara, sino que se rindiera por completo, así que decidió intentarlo de otro modo.

—¿Fuisteis a fiestas en pareja?
—Sí.
—Os divertisteis. Os reísteis juntos.
—Sí —repitió ella, ladeando la cabeza con cierta confusión.
—Estoy seguro de que él adoraba tu risa —dijo Thane. «Yo la adoro».
—Ah, sí. Ya veo adónde quieres llegar. Debería vivir la vida como a él le hubiera gustado. Despreocupadamente.
—Sin malas hierbas.

Elin frunció los labios.
—¿Y tú? Sé que eres un millonario que vives en el cielo, pero ¿qué haces tú para divertirte?

Él pensó un instante.
—Yo no me divierto. Soy uno de los luchadores más fuertes de mi raza, y lucho. Siempre he luchado.

Entonces, Elin apartó los dedos de su túnica y comenzó a juguetear con los rizos de su nuca. Mejor todavía.

–Pobre Thane. ¿Nunca has tenido tiempo para jugar?

A él se le pusieron tensos todos los músculos del cuerpo.

–Me parece recordar que he jugado un poco antes, hoy mismo.

Ella tomó aire bruscamente. La aprensión, y también el deseo, se le reflejaron en los ojos.

–Eso fue muy divertido –susurró él–. Me gustaría hacerlo de nuevo.

Ella tragó saliva.

–Está bien –dijo, por fin–. Vamos a jugar.

Thane tuvo una sensación de triunfo.

–Sí, Elin. Vamos a jugar –dijo Thane.

Entonces, arqueó las piernas hacia ella y su erección se apretó contra su cuerpo. Elin gimió.

–Elin, ¿puedo besarte?

Ella volvió a asentir, con los ojos muy abiertos, y Thane bajó la cabeza. Sin embargo, no la besó. Aún no. Se mantuvo inmóvil sobre ella, sintiendo cómo aumentaba su excitación, y dejando que ella sintiera cómo aumentaba la de él.

Elin apoyó las manos en sus hombros y esperó.

–Thane, estoy lista. Ni siquiera voy a hacer que me lo pidas.

–¿Acaso quieres que te lo pida? Porque voy a hacerlo –dijo él. Sabía cómo funcionaba la tentación. Sabía que era mejor vencer la resistencia de alguien poco a poco.

Ella se estremeció, y él preguntó:

–¿Puedo acariciarte el pecho? Por favor...

–Sí-sí –respondió ella, suavemente.

–¿Puedo separarte las piernas y frotarme contra ti? ¿Puedo llevarte al éxtasis?

Elin suspiró.

–Sí, por favor...

Qué capitulación tan dulce. Sin embargo, él siguió sin apresurarse. Le acarició la punta de la nariz con la suya, y le dio un beso muy leve.

Ella se puso tensa. Deseaba más.

–¿Te estás divirtiendo? –le preguntó, entre dientes.

Entonces, Thane le pasó la lengua por la unión de los labios.

–¿Te gusta este juego?

Entonces, ella le tiró del pelo.

–No. Has pedido permiso, lo has obtenido, pero no has tomado nada.

Él le acarició la mejilla con la nariz.

–¿Y quieres que tome algo?

–¡Sí!

–¿Yo? ¿Solo yo?

–¡Sí!

–¿Cuándo?

–¡Ahora!

Thane no pudo resistirse a tanta vehemencia.

Le separó las piernas y, mientras la besaba, le acarició los pechos. Elin ya tenía los pezones endurecidos. Él le acarició con su erección entre las piernas, dándole todo lo que había prometido con un solo movimiento.

Todo, menos el clímax.

Pronto...

Su lengua adoptó el mismo ritmo que su cuerpo, moviéndose cada vez con más rapidez. Ella gimió y gruñó, cada vez más ansiosa.

Él le separó aún más las piernas y, cuando su cuerpo cayó, él la sujetó con otra acometida, golpeándole el punto más dulce del cuerpo con más fervor.

Ella se agarró a él; cuando llegó al clímax, fue rápido y brutal, como él había querido que fuera, y Elin gritó. Aunque Thane estaba jadeando y casi ardiendo, se apartó. A ella le temblaron las rodillas, y él tuvo que contenerse para no sujetarla. Cuanto más lo anhelara, más lo buscaría.

—Mi resistencia es tan débil —gruñó Elin, mientras se apartaba el pelo húmedo de la frente.
—O mi persuasión, tan fuerte.
Ella sonrió lentamente.
—Sí, vamos a echarte la culpa a ti. Pero ¿y qué pasa contigo? ¿Tú no necesitas nada? —le preguntó, y bajó la mirada—. ¿Qué hacemos con eso?
Él estaba muy excitado; todas las células del cuerpo le pedían satisfacción. Pero, aunque estaba casi cegado por la necesidad, no iba a rendirse. Todavía no.
—Ya te ocuparás de mí, *kulta*. No te preocupes. Pero aquí, y ahora, no.
Ella le pasó un dedo por el miembro erecto y, al notar aquella caricia tan leve, él vibró.
—¿Y cómo me voy a ocupar de ti? ¿Cuándo?
Él la miró a los ojos.
—La primera vez, lo harás con la boca, y estaremos en mi habitación.
Ella se echó a temblar de impaciencia.
—¿Y la segunda?
—Con tu cuerpo, en mi sofá.
Ella volvió a temblar.
—¿Cuándo? —susurró—. ¿Cuándo voy a poder hacer esas cosas?
Estaba tan cálida... tan dispuesta... Era muy difícil resistirse a ella.
—Después de que hablemos.
—Pero... si ya hemos estado hablando —respondió ella.
Sí, pero él tenía que hacerle una pregunta muy importante.
Apretó el botón del panel del ascensor, y la cabina continuó subiendo, hasta que se detuvo y se abrieron las puertas. Él la hizo entrar en su suite.
Bjorn estaba tendido en el sofá.
Al ver a su amigo, Thane sintió que la tensión que tenía por dentro se relajó. Sin embargo, empeoró de nuevo al fi-

jarse en su estado: tenía la piel muy blanca, los ojos hundidos, el pelo mate y los labios llenos de cortes.

—Estoy bien —dijo Bjorn, al darse cuenta de su reacción—. No te preocupes.

—Veo que nos has traído entretenimiento para esta noche —añadió Xerxes, desde el bar. Se estaba sirviendo una copa de whiskey con ambrosía.

Thane se sintió muy posesivo. Habían compartido mujeres en alguna ocasión, pero aquella no iban a compartirla.

—Es mía, y solo mía.

—En realidad, soy solo mía —dijo ella, alzando la barbilla—. Y estoy bien así.

Xerxes ocultó la sonrisa detrás de la copa.

Había una bandeja de fruta, queso y chocolate sobre la mesa. Thane se sentó en una butaca, cerca de la comida, e hizo que Elin se sentara en su regazo.

—Come —le ordenó.

Ella forcejeó para liberarse.

Él la agarró con fuerza, y dijo:

—Ya está bien, *kulta*. Quédate aquí.

—No, no está bien. No voy a tomarme un tentempié sentada encima de tu erección —le dijo ella, entre dientes—. ¿Te parece bien?

—No, no me parece bien. Tú la has provocado —replicó él y, en vez de soltarla, tiró de sus caderas y la ciñó contra su cuerpo.

Ella jadeó y, entonces, él la atrapó entre sus brazos para que no pudiera moverse.

—Cuanto más te muevas, más grande va a ser el problema.

Ella se quedó paralizada al instante. A él le entraron ganas de echarse a reír.

Deliciosa humana. ¿Qué le estaba haciendo a su mundo estancado?

Bjorn y Xerxes estaban escuchando la conversación sin disimular su interés.

—Thane Downfall —dijo Elin—, ¿acabas de hacer una broma de penes?
—Nada de bromas. He dicho la verdad.
Ella agitó la cabeza con exasperación.
—Habrá que ir paso a paso —murmuró. Y, antes de que él pudiera preguntarle a qué se refería, preguntó, señalando con un gesto de la mano a los tres guerreros—: Bueno, ¿y cómo empezó vuestro romance? ¡Ah, bombones! —exclamó, y empezó a comerse todas las piezas.
—Con una tragedia —dijo Xerxes.
—Oh. Lo siento —dijo ella—. Estaba esperando algo más romántico.
—Bueno, del mal nació algo bello. Fue épico —dijo Thane.
Elin se relajó, y se dio cuenta de que los bombones estaban a punto de terminarse.
—Belleza de las cenizas. Qué bonito —comentó.
—Ojalá siempre fuera así —musitó Bjorn, y le rompió el corazón a Thane.
—Hoy va a suceder —dijo Thane—. Elin va a contarnos todo lo que le hicieron en el campamento de los fénix, y nosotros vamos a castigar a los culpables.
Ella se puso muy tensa.
—Ya te he dado muchos detalles.
—Pero no los suficientes.
—Bueno, pues no quiero contarte más.
—En ese caso, tus deseos no importan. Vas a ser vengada, te guste o no.
—De veras, ya he sido vengada. Con esas estacas ha sido suficiente.
—Para ti, pero no para mí.
Ella suspiró.
—Creo que es verdaderamente romántico que quieras torturar a la gente por mí, pero esta vez voy a pasar, y no hay más que hablar.
—Mira, esto es lo que va a ocurrir —respondió Thane—.

He visto tu cuerpo y conozco tus cicatrices. Sé qué tipo de palizas y latigazos has tenido que soportar. Y eso es lo que van a recibir todos los fénix que están en los calabozos, incluso los que fueron buenos contigo. Si alguno lo fue, claro. Puedes decirme lo que sabes, y yo liberaré a los inocentes, o pueden sufrir todos lo mismo.

–Tú no harías tal cosa.

–No me conoces bien.

–¡Oh! –exclamó ella, y le agarró por el cuello de la túnica–. Algunas veces, me enfadas tanto que... Pero ¿sabes una cosa? No me voy a dejar intimidar. Rechazo ambas opciones, y te ofrezco otra: vete a la mierda.

Él le agarró la nuca, acercó la boca a su oreja y le respondió:

–Yo rechazo esa, y te ofrezco una más: dime que eres medio humana, medio fénix, y te dejaré marchar ahora con todos los guerreros.

Capítulo 16

Elin se quedó petrificada. «Alerta roja. Alerta roja. Ha sucedido lo peor que podía suceder».

El tono de Thane no había sido de enfado. No había sido de desesperación. Tampoco había sido el tono del hombre que la había besado apasionadamente en el ascensor. Elin se dio cuenta de que aquello era mucho peor: él era un guerrero muy fuerte, y no sería feliz con una persona que lo hacía vulnerable.

–Vamos a dejar esta conversación para otro día.

–Elin –dijo él–, responde.

Ella sintió pánico. Si reconocía la verdad, Thane iba a enviarla de nuevo con los fénix, con Orson. Tendría que servir otra vez a los responsables de la muerte de su familia. Tendría que renunciar de nuevo a las metas de su vida, y a las caricias y la dulzura de aquel nuevo romance. Sin embargo, no podía mentir. Él iba a enterarse. Además, no quería seguir siendo una cobarde.

–Yo nunca te he hecho daño –dijo, suavemente.

Él se puso muy rígido, y le respondió, con ira:

–Dime que eres cualquier cosa: banshee, o quimera. Una mutante, o un vampiro, o dragón… Gorgona, o un minotauro. Hidra. Sirena, esfinge. Lo que sea, cualquier otra raza. ¡Dímelo!

A Elin se le llenaron los ojos de lágrimas.

—Quisiera poder decírtelo, Thane, pero... no puedo. Lo siento.

Él la empujó para quitársela del regazo, y ella cayó de rodillas al suelo. Thane se puso en pie.

—¿Eres una fénix? —le preguntó.

«No te acobardes. Esta vez no».

Elin se levantó.

—Sí.

«Acéptame. Acéptame. No me conviertas otra vez en una paria».

No quería perder a Thane. Había intentado resistirse a él, pero no lo había conseguido. Había roto su promesa de fidelidad eterna a Bay, y no había vuelta atrás. Quería tener la oportunidad de disfrutar del resultado.

Él entrecerró la mirada y, de repente, ella se alegró de no poder oír todos los pensamientos que debían de estar pasándosele por la cabeza.

—Me has engañado. Me hablaste de arrancar malas hierbas y, en realidad, tú eres una mala hierba.

Elin se quedó muy decepcionada, y traicionada también. Se puso a la defensiva.

—Yo guardé mi secreto, y fue lo más inteligente que pude hacer. No te lo dije porque no quería que me clavaras con estacas. ¿De verdad vas a culparme por ello?

Él avanzó hacia ella con una expresión implacable.

—¿Puedes esclavizar, como Kendra?

—¡No! Y, si pudiera, no lo haría. Sus actos me asqueaban.

—¿Y esperas que te crea? —preguntó él, rugiendo de furia—. A ti, la mentirosa.

—Sí, claro que espero que me creas. Los Enviados podéis notar el sabor amargo de las mentiras, ¿no? Así que deberías saber que estoy diciendo la verdad.

Su expresión se oscureció aún más.

—Puede que no supieras que me estabas envenenando.

—Kendra siempre lo supo. Ella alardeaba de poder controlar la dosis de veneno que les daba a sus víctimas. Y, si eso no te resulta convincente, piensa en esto: mi marido nunca perdió la cabeza, e hicimos el amor a base de bien, muchas, muchas veces.

Aquella pulla enfureció aún más a Thane.

—¡Me has utilizado! —bramó—. Me ayudaste en el campamento, para que yo te ayudara después.

—Pues sí. Pero eso ya te lo he explicado varias veces.

—Nunca me deseaste. Todo este tiempo me has estado seduciendo para conseguir lo único que querías: ¡dinero!

¿Seducirlo, y por dinero?

—Primero, ¿qué tiene eso que ver con los fénix? Y, segundo, eres idiota. Yo sí te deseaba. Te deseaba, en tiempo pasado. Tu dinero solo era un beneficio extra. Un dinero que, por cierto, me he ganado trabajando. Además, yo salí corriendo después de que estuviéramos juntos por primera vez. Fuiste tú el que volvió a pedir más.

Thane alzó una mano, como si fuera a golpearla, o a zarandearla. Sin embargo, bajó el brazo y se apartó de ella.

Cuando estaba en la puerta, se giró hacia sus amigos, y les dijo:

—Vuelvo dentro de una hora. No quiero verla más por aquí.

—Thane... —dijo Xerxes.

Ella se había olvidado de que tenían público.

—Esto no es un debate. Liberad a los fénix. A todos, menos a Kendra. Cuando salgan de mi nube, que Elin se vaya con ellos.

Entonces, cerró dando un terrible portazo.

Elin se quedó inmóvil, en silencio. Pese a que él no la había pegado, ni había ordenado que la clavaran al suelo con estacas, sentía un gran dolor. Tenía ganas de acurrucarse y echarse a llorar.

Thane la había abandonado. Ella le producía repugnancia, e iba a entregarla de nuevo a su enemigo.

—Voy a... a recoger mis cosas —dijo.

«Y, entonces, saldré corriendo antes de que me entreguen a los fénix». Seguramente, podría encontrar a alguien en aquella nube que la llevara volando a su casa.

Su casa. ¿Dónde estaba su casa? No tenía ningún hogar.

–He comprado todas mis cosas con el dinero de las propinas –añadió, por si ellos pensaban negarle que se las llevara–. Un dinero que me he ganado limpiamente. No voy a recoger nada que no sea mío.

El Enviado que tenía los ojos rojos se colocó entre ella y la puerta. Era igual de alto y de musculoso que Thane. Sin embargo, Thane la había mirado con ternura una vez, y aquel Enviado no lo hizo.

«Estoy metida en un buen lío», pensó Elin.

–Voy a crear un vínculo mental contigo, fémina.

Eh, ¿cómo?

–No, gracias.

–Xerxes –dijo Bjorn, mientras se acercaba a su amigo–. A él no le va a hacer gracia.

–Al principio, no.

–Puede que nunca.

–Pero, algún día, me lo agradecerá.

–Que alguien me lo explique –dijo ella–. ¿Qué tipo de vínculo mental? ¿Y por qué quieres hacer eso? ¿Qué me va a hacer a mí? Aunque, en realidad, no importa. Mi respuesta es «no».

–Por desgracia, tú no puedes elegir –replicó Xerxes, y le puso las manos en las sienes–. Yo podré enviar mis pensamientos a tu mente, y tú podrás enviarme los tuyos. Podremos comunicarnos sin decir una sola palabra, por mucha distancia que haya entre nosotros.

–No.

–Sí. Solo Thane, Bjorn y yo poseemos la capacidad de crear vínculos mentales con los que no son Enviados. Es un regalo que nos hizo el Más Alto después del tiempo que pasamos en… Bueno, después. Así, podrás llamarme siempre que tengas algún problema.

–No –repitió ella.
–Considéralo un honor. Nunca hemos hecho esto por ningún otro ser.
–No quiero estar en contacto contigo.
Cuando saliera del club, se iría de allí para siempre. No volvería a mirar atrás. No anhelaría las cosas que habían podido ocurrir.
–Es por tu bien –respondió él, ignorando sus protestas.
Ella intentó zafarse de él, pero él no la soltó.
–Suéltame, polilla gigante, antes de que haga algo…
El resto de la frase murió antes de salir de sus labios.
Notó un dolor muy fuerte, y gruñó. Era como si le hubieran dado un martillazo en la cabeza.
Un rayo de luz muy intensa le atravesó la mente, y comenzó a ver escenas de su vida pasada en Technicolor. Vio a su madre moribunda, jadeando un nombre para su bebé. Lo había llamado Amil, «esperanza», aunque el niño no había llegado a respirar ni una sola vez…
La cabeza de su padre, rodando por el suelo hasta ella, que temblaba bajo la mesa.
Bay, cayendo a su lado, atravesado por una espada…
–Eres muy vulnerable… muy abierta… –le dijo el guerrero, entre dientes–. Por lo menos, intenta proteger tus pensamientos para que no pueda leerlos todos…
Pero ¿cómo?
Los fénix insultándola, haciéndole daño y degradándola. Matando su orgullo día a día.
Apretó los dientes, mientras el dolor la consumía. Oyó un ruido insoportable que le llenó los oídos, y un velo negro la cegó por completo.
Se estaba muriendo.
«Elin. Elin, querida, no te estás muriendo. Necesito que abras los ojos».
«No. Me duele…».
«No, ya no te va a doler más. He dejado tu mente».
Al darse cuenta de que él tenía razón, Elin abrió los

ojos. Xerxes y Bjorn la estaban mirando con preocupación y curiosidad. Xerxes, además, con suavidad...

–No vuelvas a hacerme eso –le dijo ella, que tuvo que contenerse para no abofetearlo.

Él suspiró.

«Te doy mi palabra. Nunca volveré a invadir tu pensamiento sin invitación».

–Bien, porque nunca vas a recibirla.

No le gustaba tener su voz en la mente. Las palabras vibraron por todo su ser, por todas sus células. Era una invasión extraña y desagradable.

–Muy bien –dijo él–. Pero, si alguna vez me necesitas, solo tienes que pensar en mí y proyectar tus palabras hacia la imagen. Yo te oiré, y te encontraré –añadió, y le ofreció la mano–. Y, ahora, ¿quieres volver a Arizona?

–¿Sin los fénix?

–Sin los fénix.

–¿Yo sola?

Él asintió.

Entonces, Elin pasó la mirada por la suite, observando por última vez todos los lujos de los que disfrutaba Thane. Lujos que ella habría podido compartir con él, si su odio no se hubiera interpuesto. Notó que se le endurecía el corazón.

–Sí, quiero marcharme.

Thane atravesaba el cielo nocturno a una velocidad furiosa. El viento le golpeaba la cara. Le ardían los músculos, pero agradecía sentir aquel dolor.

Elin era una fénix. Medio humana, medio chupa-fuegos. Al haber mantenido relaciones sexuales con ella, ella podía haberlo hechizado. Podía haberlo destruido. Podía haberlo esclavizado de nuevo.

«Hay muy pocas criaturas que posean esa capacidad, y ninguna que lleve sangre humana. Lo sabes».

No importaba. No merecía la pena correr aquel riesgo. Ella le afectaba más que nadie en el mundo, y cabía la posibilidad de que fuera una excepción.

«Entonces, ¿por qué no has notado el sabor de la mentira cuando hablaba de su marido?».

¡No quería oír a la parte racional de su cerebro! No le gustaba que Elin le hiciera sentirse como si estuviera fuera de control. No quería recordar los celos que había sentido al oírla hablar de otro hombre.

Elin sabía lo que ella pensaba de su raza, y había permitido que la besara y la acariciara.

«¿Y qué iba a hacer? ¿Confesar, y aceptar tu furia como si la mereciera?».

Otra observación poco agradable. Otra observación que ignoró. Siguió despotricando: era muy posible que ella tuviera pensado ayudar a los fénix durante todo el tiempo que había pasado en el club.

«Por favor».

¿Y por qué se había negado a darle los nombres de aquellos que le habían hecho daño? ¡Pues porque no le habían hecho daño, en realidad!

«O, tal vez, porque odia la visión de la sangre, no está acostumbrada a la violencia, y quería impedir que hubiera más actos violentos».

Thane giró hacia la derecha para evitar a una bandada de pájaros. ¿Qué sabía él de aquella chica, en realidad?

Que olía a cerezas. Y que sabía a cerezas. Que era suave bajo sus caricias, y que se derretía cuando él se le acercaba. Que, algunas veces, lo miraba con reverencia y con aprensión a la vez. Algunas veces lo miraba con un hambre insaciable.

Tenía cicatrices en las manos y en la espalda. Cicatrices que él debería haber besado cuando había tenido la oportunidad.

Elin se volvía más guapa cuanto más la miraba. Tenía dos sonrisas diferentes: la que le dedicaba a los clientes del

Downfall, algo forzada, y la que le había lanzado a él en el ascensor, llena de dulzura y de promesas.

Además, tenía una personalidad fuerte y bondadosa, y era inteligente. Y divertida.

Echaba de menos a Bellorie, una muchacha que le había provocado terror. Los gritos del demonio le habían resultado insoportables. Tenía piedad.

Thane recordó el dolor que había aparecido en sus ojos cuando él la había tirado al suelo desde su regazo. Sin embargo, ella había soportado valientemente sus gritos y sus acusaciones, negándose a retroceder, aunque supiera que él podía acabar con su vida. Era sensible, y era valerosa.

Pero no iba a sobrevivir con los fénix. Aquella vez, no. Él mismo había visto un brillo pervertido en los ojos del guerrero Orson cuando había pedido que le entregaran a la mestiza. Tenía propósitos siniestros. Conseguiría hundirla.

Se imaginó a Elin encadenada a la cama del fénix, llena de moraduras e hinchada, llorando. Se imaginó sus gritos de dolor, y la indiferencia y las burlas de los demás. Se imaginó su espíritu roto, su chispa apagada para siempre.

Aquellos pensamientos le causaron un gran dolor.

Había cometido un enorme error.

Elin no era una mala hierba, sino una rosa. Y, algún día, cuando él llegara al final de sus días y mirara atrás, se lamentaría por la decisión que había tomado.

Dio la vuelta bruscamente y, mientras volvía al club, les transmitió a Xerxes y a Bjorn:

«No dejéis salir a Elin del club».

Hubo una pausa que le puso los nervios de punta. Entonces, oyó:

«Lo siento, amigo, pero es demasiado tarde». Era Xerxes.

«¿Está con los fénix?».

«No. La dejé en su hogar humano».

Era culpa suya. Solo culpa suya. Elin se había quedado sola, sin ninguna protección. Aunque, al menos, no estaba con los fénix. Se alegró de que sus amigos tuvieran más sentido común que él.

«¿Dónde?».

Xerxes le dio la dirección, y añadió:

«Hay algo que tienes que saber».

«¿Qué?».

«No te va a gustar».

«Dímelo de todos modos».

«Muy bien. Yo... forjé un vínculo mental con ella, para que pudiéramos comunicarnos».

Thane tuvo un arrebato posesivo, pero se lo tragó. Solo él debería haber tenido aquel privilegio, pero no se lo merecía.

«¿Por qué?».

«Porque sabía que ibas a querer que volviera; pensé que lo mejor era mantener una forma de comunicación abierta».

«Gracias, amigo mío».

«Pero eso no es todo. Vi sus recuerdos, Thane. Son malos. Muy malos».

Había anochecido.

Elin estuvo a punto de echarse a llorar cuando Xerxes la dejó en el umbral de la casa que había sido de sus padres. Una casa grande situada en un valle, con vistas a las maravillosas montañas rojas. Aquella casa le recordó las mejores y las peores cosas de su vida. Decidió no pedirles a los nuevos propietarios que se la enseñaran, y se marchó de allí.

Caminó seis kilómetros hasta el pueblo, y empeñó una de sus pulseras. Sin embargo, no tenía carné de identidad, así que no pudo alquilar ningún coche, ni una habitación. No llevaba abrigo, y tenía frío. Le dolían los hombros de cargar con una mochila llena de ropa y joyas. Necesitaba descansar, así que se refugió en un callejón y se apoyó contra la pared, y dio unos cuantos sorbitos al chocolate caliente que acababa de comprar.

Tal vez fuera mejor no tener carné de identidad, porque tal vez el mundo entero pensara que ella era la asesina de su padre y de Bay, y la secuestradora de su madre. Su nombre podía atraer la atención de los medios de comunicación, y no podía permitirlo. Así pues, a partir de aquel momento tendría que vivir en la ilegalidad; cualquier cosa, con tal de impedir que los fénix volvieran a encontrarla. Y que Thane volviera a encontrarla.

Bah, como si él fuera a buscarla. ¡Un tipo con alas y lleno de prejuicios! Tenía que estropearlo todo...

Por el rabillo del ojo percibió un movimiento en las sombras. Se le aceleró el corazón, y se giró para mirar con más atención. Pasó un momento. Luego, otro. Todo permaneció inmóvil.

No, no era cierto. Una criatura parecida a una serpiente se asomó por detrás de un cubo de basura. Era una cosa con antenas en la cabeza y con unos colmillos tan largos que tocaban el suelo. Abrió la boca y desenrolló una larga lengua bífida.

Elin se irguió y se apartó de ella. La criatura siguió sus movimientos con unos ojos muy rojos.

Otro de aquellos monstruos salió de entre las sombras, y otra, y otra más. Todas se deslizaron hacia ella.

¿Qué demonios eran aquellas cosas?

–El príncipe *desssea* hablar contigo –dijo la que más se le había acercado–. Preferiblemente, viva.

Los otros se echaron a reír.

«Mantén la cabeza fría».

¿A quién podía recurrir? ¿A Xerxes? No, había cortado todos los lazos. Y no podía involucrar a ningún inocente y poner en riesgo su vida...

Tiró el chocolate y echó a correr, con la bolsa golpeándole el costado. Demonios... ¿dinero, o huida? No podía tener ambas cosas, así que dejó caer la bolsa. Sin el peso, tomó mucha más velocidad.

Sin embargo, los cacareos y las risotadas la siguieron... cada vez más cerca.

Capítulo 17

«Xerxes, aquí no está».

Thane estaba frenético. Había registrado toda la casa, adoptando la forma de neblina para poder atravesar las paredes. Allí vivían dos humanos adultos y dos niños, pero no había ni rastro de Elin.

«Inténtalo en esta otra dirección», le dijo su amigo, y se la recitó.

Thane voló rápidamente hasta el apartamento que estaba cerca de la universidad. Había muchos jóvenes que iban de fiesta, y salían del edificio. Él observó todas las caras, pero ninguna de ellas era la de Elin.

«Aquí tampoco».

¿Dónde estaba? A aquellas horas tan tardías, la actividad demoníaca era muy alta. Y, allí, era más intensa de lo habitual. Había unos treinta viha, diez envexa, quince pica y cuarenta slecht reptando por las paredes, buscando víctimas. Se oyeron susurros que suscitaban las emociones de las que se alimentaran aquellas criaturas y, cuando algún humano respondía, llamaba la atención de otros demonios.

En cualquier otro momento, él se habría metido en una batalla. Sin embargo, solo quería encontrar a Elin. Se había equivocado por completo con ella; tal vez tuviera una parte de fénix, pero no era malvada. De hecho, ella tenía muchas más razones que él para odiar a los fénix.

Le había hablado del asesinato de su marido y de su padre, pero no del maltrato que había recibido su madre. La habían encadenado en una tienda y se la habían entregado a varios guerreros al día, hasta que había quedado embarazada. Entonces, habían obligado a Elin a presenciar su muerte y la de su bebé, mientras estaba atada y no podía alcanzarla, ni ayudarla. Le habían prohibido, incluso, dirigirle la palabra.

Después, le habían negado el derecho al luto.

Elin no tenía amigos. Estaba esclavizada, sometida a las burlas, al desprecio y a las palizas. Y, sin embargo, aunque sabía que iban a tratarla aún peor si la atrapaban después de huir, lo había ayudado a él a escapar de aquel campamento.

Y, más tarde, cuando empezaba a sentirse segura, él mismo, su protector, la había tirado al suelo y la había amenazado.

Se sentía avergonzado de sí mismo.

«He intentado establecer contacto con ella», dijo Xerxes, «pero no puedo atravesar su escudo mental».

Imposible. Elin no podía haber aprendido tan rápidamente a bloquear su pensamiento, si era tan abierta como le había explicado Xerxes, y menos contra un guerrero de siglos de edad. Así pues, el bloqueo debía de haberse formado espontáneamente... Y eso solo sucedía a causa del miedo... o del dolor.

«Atraviesa el escudo», le dijo a Xerxes.

«Le causaría una angustia indescriptible. Puede que un daño permanente».

«Pero cabe la posibilidad de que ya esté sufriendo».

«Es cierto, pero yo le dije que no iba a utilizar la fuerza».

Y un Enviado no podía incumplir su palabra.

Así pues, tenía que hacerlo por sí mismo. Mientras volaba sobre la ciudad a baja altitud, para poder observar las caras, intentó dominar sus emociones alteradas. Advirtió que varios grupos de demonios avanzaban rápidamente en una misma dirección. Las criaturas iban muy excitadas, riéndose.

Iban de caza.

Sintió miedo. Cuando los demonios percibían el olor de los Enviados, huían despavoridos, aterrorizados. Pero había una excepción: cuando aquel olor estaba mezclado con el de un humano. Y, después de lo que había ocurrido en el ascensor, el olor de Thane estaba sobre el cuerpo de Elin.

Siguió el rastro de las hordas de demonios hasta un parque pequeño que había a las afueras de la ciudad...

Y, entonces, la vio.

A Thane se le cayó el alma a los pies. Los demonios habían acorralado a Elin encima de un columpio infantil de madera. Ella había recogido un montón de piedras y se las estaba lanzando, pero la fuerza de su miedo les daba a los monstruos la fuerza que necesitaban para materializarse. Pasaban de espíritu, cuando eran incapaces de tocarla, a estado tangible. De ese modo, sí podían destruirla.

Ya le habían desgarrado las perneras de los pantalones vaqueros, y tenía las pantorrillas ensangrentadas. Ya le habían clavado los colmillos en el cuello y los brazos. Elin tenía los ojos vidriosos y estaba vacilando sobre el pequeño fuerte de madera, como si fuera a caerse.

Thane gritó, pero los demonios estaban demasiado frenéticos como para darse cuenta. Hizo surgir la espada de fuego de su mano y comenzó a dar mandobles. La carne chisporroteó; las cabezas rodaron por el suelo.

Notó algo pesado en la espalda, y unas garras que se le clavaban en el cuello. Lanzó la espada hacia atrás, por encima de la cabeza, y le cortó la espina dorsal al demonio que hubiera tenido la buena idea de saltar sobre él. El peso cayó, y Thane abatió la espada hacia delante, de izquierda a derecha, de derecha a izquierda, sin parar de moverse.

Los demonios fueron muriendo, uno tras otro. Él extendió las alas y se elevó hasta la misma altura del fuerte, y se colocó frente a Elin.

—Agárrate a mi cuello —le dijo, mientras mataba a cuatro demonios que se habían atrevido a acercarse.

Esperaba que ella se negara, pero Elin debía de tener más miedo de los demonios que de él, porque obedeció sin titubear. Se lanzó hacia arriba, volando cada vez más alto, para alejarla del enemigo.

—No puedo... sujetarme...

A Elin se le soltaron las manos, y cayó al vacío gritando. Thane, con el corazón en un puño, cambió la dirección del vuelo, descendió y la agarró justo cuando ella iba a tocar el suelo. Volvió a subir rápidamente, alejándose de los monstruos que intentaban alcanzarlos. Ella temblaba de manera incontrolable.

—Lo siento —dijo Thane—. Es culpa mía.

—Sí. Ha... ha sido c... culpa tuya —convino ella.

—Te voy a compensar...

—Cá... cállate —susurró Elin—. No quiero... No quiero hablar ahora.

Muy bien. Cuando llegaron al club, él se dio cuenta de que no quería llevarla a la habitación donde se había acostado con Kendra, donde había mantenido relaciones con incontables mujeres, y donde les había hecho daño a aquellas mujeres. No quería ver los grilletes y pensar en lo que podría haberle hecho a ella, y menos en aquel momento en el que Elin estaba herida y sangrando.

Así pues, tenía tres opciones: llevarla a la habitación que compartía con las otras camareras, dejarla en uno de los sofás del salón de la suite o tenderla en su cama, donde nunca había habido otra mujer.

La llevó a su cama. Y se dio cuenta de que le gustaba que estuviera allí.

La examinó. Su estado era peor de lo que él había pensado. Tenía unos cortes tan profundos que le llegaban a los huesos, y de ellos brotaba una sustancia negra y pegajosa:

era el veneno que inoculaban los demonios. Si no le aplicaba un tratamiento, Elin moriría de la peor de las maneras.

«Todo esto es culpa mía».

Rápidamente, sacó una ampolla de Agua de la Vida de un bolsillo de aire, y le hizo tragar un sorbo del líquido. Ella tosió y escupió. Entonces, todo su cuerpo se tensó como un arco. Elin gritó.

A él se le encogió el corazón nuevamente. Se sintió culpable.

—Te prometo que se te va a pasar muy pronto el dolor, *kulta* —le dijo, acariciándole la frente empapada—. El Agua está luchando contra la toxina que hay en tu organismo, y te habrá curado dentro de unos segundos... ¿Lo ves? Ya está. El dolor ya va mitigándose...

Ella se desplomó sobre el colchón. Estaba empapada en sudor. Lo observó con recelo mientras se apartaba el pelo de la cara.

Él se inclinó y le dio un beso.

—Lo siento —murmuró, y volvió a besarla. Ella se puso muy rígida, pero él no dejó de disculparse. Tenía que ganarse su perdón—. Nunca he lamentado nada tanto en toda mi vida.

—Ya está bien.

Otro beso.

—Por favor —le rogó él.

—No —dijo ella, y lo empujó—. Para ahora mismo.

Entonces, él se irguió, pero no se apartó de su lado.

—Eso no va a volver a pasar. Esa parte de nuestra relación ha muerto —dijo ella, y se limpió la boca con el dorso de la mano, como si hubiera probado algo repugnante.

Las palabras podían ser armas tan poderosas como las acciones, y aquellas palabras iban directamente dirigidas a él.

«Me he ganado esto, y más».

—No quiero estar aquí —dijo ella, e intentó incorporarse.

—Pues es una pena. Estás aquí, y me gustaría que te quedaras.
—Ni hablar. Me marcho. Pero no me voy a ir con los fénix y, si intentas obligarme, voy a gritar hasta que te explote la cabeza.
—Te vas a quedar. Y los fénix ya se han ido —dijo él. La empujó suavemente por los hombros para que no pudiera incorporarse, mirándola fijamente—. Cierra los ojos.
—No, yo...
—Por favor, Elin. No te voy a hacer daño.
—¿Por qué tengo que cerrar los ojos?
—No quiero que veas...
La sangre.
—Vamos, ciérralos. Por favor.
Ella lo entendió, y se estremeció. Entonces, cerró los ojos.
—No los abras hasta que tengas permiso.
Elin frunció los labios.
—No soy una de tus esclavas sexuales, ni tampoco tu empleada. Dejé el trabajo después de que me echaras de aquí. Así que ya no puedes decirme lo que tengo que hacer. Y, para tu información, solo estoy aquí porque tú me salvaste de esos... esos... monstruos...
—Son demonios —dijo él—. Y yo estoy muy orgulloso de que hayas luchado contra ellos con toda tu capacidad.
—Bueno, pues métete tu orgullo por donde te quepa —respondió Elin, y soltó una carcajada llena de amargura que terminó en un sollozo. Cuando se calmó, suspiró; claramente, iba de un extremo al otro—. Incluso los perros luchan cuando están arrinconados.
—No. Algunos huyen. Pero tú no eres un perro. No eres un animal. Eres... preciosa.
Al principio, ella no reaccionó. Después, lo abofeteó con fuerza.
—¿Cómo te atreves a decirme eso?
—¿Por qué? —preguntó él. Cuánto odiaba el escozor.

Cuánto odiaba haberla llevado a aquellos extremos de violencia–. Es cierto.

–¡No! Yo no soy preciosa para ti. Soy desechable. Estoy manchada.

–No –dijo él.

Qué idiota había sido. Antes, se deleitaba con el dolor, y consideraba que los látigos y las cadenas eran el castigo más exquisito. Sin embargo, aquello sí que era el dolor. El dolor del arrepentimiento. Había perdido algo más valioso que el oro: la confianza de Elin.

–Eres preciosa –repitió.

–Bueno, pues tú eres repugnante –dijo ella–. Y no vas a conseguir que cambie de opinión con buenas palabras.

–Tienes razón –respondió Thane, con suavidad–. Soy repugnante. Lo que ha ocurrido ha sido una demostración de mi indignidad, no de la tuya.

Ella se quedó callada y apartó la mirada.

Entonces, tratando de ignorar el dolor que sentía por dentro, él fue al baño y humedeció una toalla con agua tibia. Le limpio la sangre de la piel y, al darse cuenta de que la expresión de Elin se suavizaba un poco, se animó. También se alegró al comprobar que las peores heridas ya se le habían cerrado. Las únicas heridas con las que iba a tener que enfrentarse eran las que le hubieran infligido en la mente. Aquellas, sin embargo, él no podía curárselas; ella misma tendría que hacerlo.

Elin carraspeó y, cuando habló, el tono de ira había desaparecido de su voz.

–¿Por qué me perseguían esos demonios? Sé que mencionaron a un príncipe, pero...

–¿A un príncipe?

Claramente, aquel demonio había dado su primer paso. Y aquel demonio lo iba a pagar muy caro.

–Sí. Y aunque, según tú, a mí solo me interesa el dinero, no tengo ninguna gana de ser princesa.

–No pienso que tú seas eso. Y los demonios te persiguieron a ti solo para hacerme daño a mí –le dijo él, y la envolvió en una de sus túnicas para que el tejido limpiara su ropa–. Ya puedes abrir los ojos.

Ella abrió los párpados, pero no miró a Thane.

–No ha cambiado nada: sigo siendo tu enemiga. ¿Por qué me has ayudado?

–Tú no eres mi enemiga. Reaccioné muy mal ante la noticia de tus orígenes...

–¿Solo «muy mal»? ¡Ja! Eso es un eufemismo.

Él continuó como si ella no lo hubiera interrumpido.

–Y nunca podré explicarte cuánto lo siento. Culparte por los pecados de otra mujer fue algo imperdonable.

Ella abrió la boca, pero volvió a cerrarla. Miró hacia abajo, observó la túnica en la que estaba envuelta y suspiró. Se incorporó, con la cabeza agachada, y encogió las rodillas. Una posición de vergüenza.

Una posición que él conocía bien. Se había prometido a sí mismo que nunca volvería a avergonzarse, pero a eso exactamente había llevado a Elin.

Él era quien debería avergonzarse de sí mismo.

–Lo siento muchísimo, *kulta*.

–Está bien. Acepto las disculpas. Te perdono. Y no eres repugnante –añadió ella, de mala gana–. Puedo ser razonable y tratar de no guardarte rencor.

–¿Tienes frío? ¿Hambre? ¿Necesitas algo? ¿Puedo hacer algo por ti?

Ella entrecerró los ojos con desconfianza y asintió.

–Sí. Mi bolsa de ropa y joyas, si la encuentras. Es mía. Me lo gané todo. Aunque, seguramente, ya se la habrá llevado alguien. Mierda. ¡Ah! –exclamó–. Y, antes de volver, necesito un carné de identidad nuevo.

¿Volver?

–Ya te lo he dicho: quiero que te quedes aquí, en el club. Podemos ser... amigos. Necesito que me ayudes a arrancar el resto de mis malas hierbas.

–No, ni hablar. Me he dado cuenta de que no me gusta

depender de ti. Porque, Thane, tienes que admitir que, en cualquier momento, puedes cambiar de opinión y culparme de las cosas y, entonces, ¿qué harías? ¿Clavarme con unas estacas en el patio?

–No. Yo nunca te voy a hacer daño.

–Sí, bueno, eso ya lo he oído más veces –dijo ella. De repente, la fatiga se reflejó en su semblante–. Me alegro de que creas eso, pero ya es hora de que yo me haga responsable de mí misma.

Él se quedó abatido. Había perdido su confianza.

–Quédate, por favor –le rogó. No podía soportar la idea de que ella estuviera sola e indefensa. O, peor aún, con otro hombre–. Puedes trabajar en el club, o no. Como quieras. Pero aquí estarás a salvo.

Ella hizo un gesto negativo.

Él suspiró.

–Está bien. Te conseguiré un carné. Pero puede que tarde unas cuantas semanas, o meses –dijo. Sobre todo, porque no tenía intención de empezar muy pronto el proceso y, mientras, iba a hacer todo lo posible por recuperar su confianza–. Puedes ganar más dinero mientras estás aquí.

Ella se pellizcó el puente de la nariz, y suspiró también.

–De acuerdo –dijo, finalmente, y asintió–. Voy a trabajar aquí mientras espero. Por lo menos, así podré ahorrar de nuevo.

–Sí, eso es. Ahorrar –dijo Thane–. Yo voy a asegurarme de que tengas las mejores mesas.

–No. No quiero un trato especial. Las chicas no deben sufrir para que tú puedas mitigar tu sentimiento de culpabilidad.

Entonces, Elin bajó los pies al suelo, por el otro lado de la cama, se levantó y se alejó de él todo lo posible.

La túnica cayó al suelo, y Thane comprobó que la tela había hecho su trabajo: no había ni rastro de sangre.

–Me voy a mi habitación –dijo ella, sin mirarlo.

Él agarró la sábana para contenerse y no tratar de agarrarla a ella.

–Puedes quedarte en esta durante toda tu estancia.

Ella miró las paredes desnudas, la escasez de muebles, y en su expresión se reflejó un extraño dolor.

¿Dolor? ¿Por aquella oferta, que él nunca le había hecho a otra mujer?

–No, gracias –dijo Elin, alzando la barbilla–. Me gusta estar con las chicas.

Otro rechazo. Debería haberlo esperado, pero le atravesó el pecho como una puñalada.

–Bellorie llegará dentro de una hora, para hacer el turno de esta noche, como te prometí.

–Gracias –dijo ella, y salió de la habitación con la cabeza alta.

Thane la estaba observando.

¿Qué iba a hacer con él?

Habían pasado quince días desde el ataque de los demonios y, cada una de aquellas dos semanas, Thane le había enviado una cesta de chocolate, un ramo de rosas y una caja de libros. Todos los regalos iban acompañados de una tarjeta que decía *Lo siento*. Eso, aunque ya le había pedido perdón. Ella tenía que admitir que era agradable, y completamente contradictorio con el carácter frío de Thane.

En aquel momento, estaba sentado en una de las mesas, con un guerrero lleno de cicatrices, a quien le había oído llamar «Lucien». Estaban manteniendo una conversación sobre un guerrero llamado Torin, que había desaparecido, una chica llamada Cameo, que estaba atrapada en el tiempo, Bjorn y unas sombras.

No lo sabía porque hubiera estado escuchando la conversación, no. Solo un poco... Bueno, mucho.

Durante todo el tiempo, Thane la había observado una y

otra vez. Y, a cada segundo que pasaba, parecía más enfadado.

¡Como si tuviera algún motivo para estar enfadado con ella!

Ella sí tenía derecho a estar enfadada. Sus hombres la seguían a todas partes. Y no podía olvidar aquello de «podemos ser amigos», y que, además, no era digna de quedarse en su preciosa habitación del sexo. Le había ofrecido que ocupara una habitación que parecía la celda de una cárcel. Vacía, desprovista de todos los lujos que les regalaba alegremente a sus amantes.

Y, sin embargo...

Thane se había enfrentado a los demonios, y la había obligado a beber un líquido extraño con el que la había curado. Después, le había limpiado con ternura toda la sangre del cuerpo y de la ropa. Le había pedido perdón por haberla tratado con crueldad, y la había invitado a quedarse en su casa para el resto de su vida.

Dejarlo en aquella cama, sin arrojarse a sus brazos, era lo más difícil que hubiera hecho nunca, pero no estaba dispuesta a caer bajo su hechizo sexual una segunda vez.

Tenía nuevas metas en la vida: resistir la tentación de Thane, ahorrar y crear un refugio para mestizos inmortales. Y contratar a un cocinero para que les diera de comer.

Así, la gente como ella siempre tendría un sitio al que ir.

—Elin —dijo Thane, y la sacó de su ensimismamiento.

Aquello no era bueno para conseguir su primer objetivo. El mero sonido de su voz tenía el poder de hacerla temblar.

Fue arrastrando los pies hasta su mesa.

—¿Qué?

El hombre de las cicatrices le lanzó una sonrisa antes de levantarse y salir del club. Thane siguió en su sitio, mirándola. A ella le pareció ver un anhelo en el fondo de sus ojos... Un anhelo al que su cuerpo respondió instantáneamente.

–Estás muy guapa –le dijo él, con la voz ronca, y ella se echó a temblar otra vez–. Siempre estás muy guapa.

–Gracias –dijo ella. «Lo que necesitas, Vale, es distancia. Poner distancia»–. ¿Eso es todo, jefe? Porque estoy muy ocupada.

Él frunció el ceño.

–No, no es todo.

–Vaya, pues es una pena, porque me voy de todos modos.

Se dio la vuelta, pero él la agarró de la muñeca para que no se moviera de allí. El contacto fue algo delicioso, y Elin se estremeció por tercera vez. No sabía qué le ocurría.

–¿Tienes frío? Puedo pedir que te traigan una túnica.

¿Por qué siempre quería que se pusiera una túnica?

–No, gracias. Estoy perfectamente.

Hubo una pausa, como si él estuviera buscando las palabras que quería decir.

–¿Te ha causado alguien algún problema?

–Sí. En este momento, estoy delante de él. Suéltame.

A él le vibró un músculo debajo del ojo, pero la soltó.

«¿Por qué le estoy castigando así?», se preguntó Elin.

Sin embargo, ya conocía la respuesta: cuanto más amable era Thane con ella, más difícil le resultaba mantenerse alejada de él. Quería provocarlo para que se pusiera de mal humor.

–Mira, lo siento, pero me voy –dijo, y se dirigió hacia la barra.

Una de las clientas le hizo un gesto para que se acercara, y ella lo hizo apresuradamente.

–Hola, ¿en qué puedo ayudarte?

En vez de pedirle una copa, la clienta, una sirena, dijo:

–He oído que Thane te rescató de un campamento fénix.

–No deberías creer todo lo que oyes por ahí.

–Umm... Bueno, yo soy mucho más guapa que tú, así que no creo que tenga ningún problema para conseguir que él me rescate de mi situación de falta de orgasmos.

Elin tuvo un arrebato de celos.

¿Celos? No, no. No podía sentir eso.

Trató de contener las ganas de responder a la sirena como se merecía, pero no lo consiguió.

—Mira, te diré que no hay ninguna mujer más guapa que yo —le dijo. Y se sintió bien.

La chica soltó un silbido de rabia.

—¿Qué pasa? ¿Es que quieres verte las caras conmigo?

Antes de que la sirena pudiera responder, dos hombres lobo que estaban sentados en la mesa de al lado se levantaron violentamente y tiraron las sillas al suelo, mientras se decían obscenidades entre gruñidos. Parecía que iban a pelearse a muerte.

Adrian se acercó y anunció con despreocupación:

—Hay una nueva regla de la casa: nada de sangre dentro del edificio. Si alguien derrama una gota de sangre, será clavado con estacas inmediatamente. ¿Quién quiere ser el primero?

Los mutantes se miraron de manera torva, pero recogieron las sillas y volvieron a sentarse.

La chica se sentó también. Ya no quería enfrentarse a Elin.

Las arpías que había frente a los hombres lobo, la rubia de Thane entre ellas, gruñeron de desaprobación.

—¿Y cómo nos vamos a divertir ahora?

—¿Por qué no puede haber sangre?

Sí, ¿por qué? Porque... Oh, no. ¿Acaso Thane había impuesto aquella nueva norma por ella?

No había otra explicación.

Elin sintió una calidez muy agradable por todo el cuerpo.

«No ibas a caer bajo su hechizo, ¿no te acuerdas?».

Sin embargo, debería ser más agradable con él.

Thane no era un mal tipo. Solo había elegido mal. Muy mal. Pero ella le había perdonado, así que, ¿no debía actuar en consecuencia?

Sí. Claramente, sí.

Se sintió mucho mejor, y miró a Thane, que se estaba levantando de la mesa. Iba a sonreírle, pero él no la miró. Se acercó a la mesa de las sirenas, y las chicas se entusiasmaron con su atención.

Thane se inclinó hacia la mesa y besó a la más guapa de todas en la mejilla.

Elin tuvo que hacer un gran esfuerzo para mantener una expresión neutral al ver que él le tendía la mano a la sirena. La chica entrelazó sus dedos con los de él y se levantó de la mesa.

Thane iba a... ¡Oh! ¿Cómo se atrevía?

Bellorie se acercó a ella y siguió su mirada.

—Oh, Bonka. Lo siento.

«No es mío. Nunca ha sido mío».

—No pasa nada. De verdad, no pasa nada. Y siento mucho que te echara del club.

Bellorie sonrió ligeramente.

—Ya te he dicho que no fue culpa tuya. Axel me ha dicho que Thane está luchando contra lo que siente por ti, y que por eso está tan volátil. También me dijo que teníamos que tratarlo como si fuera un animal herido si queríamos sobrevivir.

—Está claro que Axel es idiota. Thane no siente nada por mí, es evidente —dijo, señalando con una mano hacia la mesa de las sirenas—. Y ahora, cállate, que estoy intentando escuchar su conversación.

—¿Cuándo te has hecho tan mandona? —refunfuñó Bellorie.

—Hoy. Shh.

Thane y la chica estaban lo suficientemente cerca como para que pudiera oírlos. Iban a pasar a su lado en cualquier momento.

—Te lo dije —le murmuró la sirena, moviendo el cabello moreno y sonriéndole con petulancia.

Thane se dio cuenta, y se detuvo en seco.

—¿Qué es lo que le has dicho? —le preguntó a la sirena.

—Yo... eh... —la chica buscó una respuesta; tal vez, sabía que no podía decir ninguna mentira—. Umm... ¿Le he dicho algo?

«No te preocupes, yo te ayudo con esa amnesia», pensó Elin.

—Me ha dicho que, como era más guapa que yo, no iba a tener problemas para ligar contigo. Parece que tenía razón. Claro que tú tampoco tienes unos gustos muy sofisticados, ¿no?

Un insulto para Thane... y para sí misma. Vaya. La próxima vez tendría que hacerlo mejor.

Thane soltó la mano de la sirena como si acabara de descubrir que era radiactiva, y dijo:

—Márchate del club ahora mismo.

—No, yo...

—Esto no es un debate —dijo él—. Vete.

—Pero... no lo dirás en serio... —continuó la chica.

—Si le faltas el respeto a mi humana, tienes que irte —dijo él.

Qué gracioso. Thane había estado a punto de irse a la cama con aquella sirena, y eso sí habría sido una falta de respeto para ella.

—No puedes hablarle así —dijo Thane—. ¿Lo entiendes?

Entonces, se dio la vuelta hacia el resto del bar, y gritó:

—¡Eso va por todos vosotros! Si lo olvidáis, moriréis.

—¿Y va por ti también? —murmuró Elin.

Él se volvió hacia ella y la miró con los ojos entrecerrados. Entonces, Elin se alejó.

Capítulo 18

Cada día que pasaba, las oscuras emociones que sentía Thane le oprimían más y más el corazón.

Lucien había seguido el rastro espiritual de Bjorn hacía dos semanas, con la esperanza de averiguar a qué lugar se dirigía su amigo cuando se ausentaba últimamente, pero el rastro era tan serpenteante y tan enredado que, según le había dicho Lucien, no había hecho demasiados progresos.

Malice estaba escondido en algún lugar, pero él no había podido encontrarlo.

Parecía que estaba fracasando en todo.

Había pensado que, si se acostaba con una nueva amante, conseguiría mitigar el deseo que sentía por la humana... por la mestiza. Sin embargo, al enterarse de que la sirena le había hablado con desdén a Elin, había sentido una irritación increíble. La sirena era afortunada por haber podido salir viva del club.

Después, Elin se había alejado de él, y él se había ido a su suite. Solo.

Allí, se había paseado de un lado a otro, como un león enjaulado, y había estado pensando. Se había dado cuenta de que él había faltado el respeto a Elin, y mucho más que la sirena.

Habían pasado varios días, y todavía no sabía qué hacer. Lo único que quería era dejar de sufrir.

Mandó a Adrian a comprar uniformes nuevos para las chicas. Uniformes de manga larga, con pantalón. Tal vez eso le ayudara; cuanto menos viera de Elin, menos la desearía, ¿no?

—¡Thane Downfall!

Él frunció el ceño. La apreciada voz de Elin, pero estaba amortiguada.

Abrió las puertas de su suite y la vio allí, en el pasillo, intentando apartar a los guardias para poder pasar. Sintió a la vez ira y excitación, y también una tensión muy intensa. Necesitaba algún tipo de liberación. Y pronto.

—¿Ocurre algo? —preguntó.

Ella lo miró, pero apartó la mirada rápidamente. ¿Acaso había empezado a temerlo?

La decepción superó a la ira y a la excitación.

—Sí —dijo ella—. Ocurre algo, y me gustaría hablar contigo en privado. Si la guardia imperial de su majestad me permite pasar...

No, no tenía miedo. Estaba enfadada. Eso podía soportarlo, así que le hizo un gesto para que avanzara. Cuando ella pasó entre los vampiros, él se inclinó, casi sin darse cuenta, para percibir mejor su olor a cerezas.

Ella se dio cuenta, y le lanzó una mirada fulminante. Después, se sentó en el sofá; Thane se volvió hacia los guardias:

—Ya os he dicho que Elin no necesita invitación. Cuando quiera verme, dejadla entrar inmediatamente.

Una concesión que nunca le había hecho a ninguna otra.

Cerró la puerta y se volvió hacia Elin. Después, se cruzó de brazos. No llevaba camisa, y ella siguió los movimientos de sus músculos con la mirada. Thane sintió que su cuerpo reaccionaba con tanta fuerza como si le hubiera lamido en el pecho.

—Elin —dijo, y dio un paso hacia ella.

Ella pestañeó rápidamente y se ruborizó.

—Pensaba que era una invitada, y no una prisionera, hasta que me he dado cuenta de que no puedo salir del club sin tu permiso —le dijo, en un tono de irritación.

Él se quedó inmóvil.

—El día que viste al rey de los fénix, te dije que no podías salir del club.

—Ese es precisamente el motivo por el que no quiero estar aquí más de lo necesario.

Así que todavía quería dejarlo. «No voy a dar un puñetazo en la pared. Debo mantener la compostura».

—Está bien. Permitiré que te vayas... si llevas escolta. Y, antes de quejarte, acuérdate de que tú solo eres una medio humana entre inmortales. Tú eres vulnerable. Ellos, no.

La expresión de Elin se suavizó.

—Sé que quieres protegerme, y te lo agradezco, pero voy a estar con Bellorie. Ella es más dura que cualquiera de tus hombres.

—Incluso los soldados más fuertes necesitan respaldo.

—No me importa. Necesito descansar. Tus hombres me siguen a todas partes. Un día van a entrar en el baño mientras estoy haciendo mis necesidades. Ya no lo aguanto más.

Él se pasó la lengua por el filo de los dientes.

—¿Adónde quieres ir?

—Al partido de lanzamiento de rocas que hay unas cuantas nubes más allá. He faltado a los dos últimos, y no es justo para mi equipo.

—¿Vas a jugar de verdad? ¿Aunque no hayas mejorado nada? —preguntó Thane. Lo sabía porque había visto los entrenamientos en más de una ocasión.

Ella entrecerró la mirada, pero asintió.

—Va a haber sangre. Mucha sangre.

Elin se estremeció, pero respondió:

—No hay ningún problema. Las chicas han estado trabajando conmigo para que superara ese miedo.

«Debería haber sido yo. Yo debería haber trabajado con ella».

En vez de hacerlo, había intentado envolverla en una burbuja protectora, y la había evitado para darle espacio. Dos errores.

Había llegado la hora de rectificar.

–Si resultas herida, me voy a disgustar mucho.

–Eso no me importa.

Entonces, él no tuvo más remedio que acceder.

–Está bien. Permitiré que te marches sin escolta armada.

Si no lo hacía, le causaría aún más rechazo.

Ella se animó y sonrió, y a Thane se le aceleró el corazón. «Qué preciosa es», pensó.

–Gracias, Thane.

–Si me permites que establezca un vínculo contigo –añadió él.

La alegría de Elin se apagó.

–No. No quiero ningún vínculo contigo.

–De todos modos, vas a tenerlo –dijo él–, para que puedas ponerte en contacto conmigo si tienes algún problema.

–Puedo ponerme en contacto con Xerxes.

Aquel recordatorio lo enfureció.

–Lo bloqueaste.

Ella dio una patada en el suelo.

–¿Y qué? ¿Por qué piensas que no voy a poder bloquearte a ti también?

–Porque, al contrario que mi amigo, yo no te lo voy a permitir.

–Mi respuesta sigue siendo «no» –replicó ella con ira.

Su enfado le añadió un color rosado a sus mejillas.

–Esto no es un debate.

–¡Bah! ¡Esa frase otra vez! Para que lo sepas, eres muy molesto.

Alguien tenía una boca muy descarada aquella mañana.

Thane dio un paso y entró en su espacio personal, y Elin tragó saliva.

–No va a ocurrir –dijo–. No te doy permiso.

–No te lo he pedido –respondió él.

Su cercanía... su olor... su belleza... su carácter... Todo le causó un deseo casi insoportable. Pero había algo más. La admiraba. Elin sabía que podía destruirla en un enfrentamiento físico y, sin embargo, seguía defendiéndose para salirse con la suya.

Él le puso las manos en las sienes y notó su piel cálida y suave. Ella se puso muy tensa, pero él cerró los ojos.

–No quiero establecer ningún vínculo contigo –dijo ella, con la voz entrecortada.

–Elin –dijo él, sonriendo por primera vez desde hacía varias semanas–, he notado el sabor amargo de tu mentira.

Y nunca se había sentido más contento.

A través de la conexión física, Thane entró en su mente. Vio una imagen de Elin, riéndose con su marido. Era un hombre de estatura media, de pelo y ojos oscuros, y de belleza clásica. Ella lo miraba con los ojos llenos de amor y ternura.

Entonces, vio a Orson, zarandeándola por los hombros.

Las imágenes desaparecieron. Elin lo estaba bloqueando. Era muy intrépida, pero había llegado tarde. El vínculo ya se había establecido.

Thane la soltó y retrocedió, poniendo distancia entre los dos.

–Si tienes algún problema, o alguien te amenaza, solo tienes que pensar en mí. Intenta alcanzarme con la mente como lo harías con la mano. Yo me encargaré del resto.

–Ya lo sé –dijo ella, malhumoradamente–. Xerxes me explicó cómo se hace.

Thane sintió una descarga de celos. Respiró profundamente, lentamente, para calmarse. Sin embargo, al inhalar su olor a cerezas, su deseo se convirtió en un hambre voraz.

–Me voy ya –dijo Elin, con la voz temblorosa, y dio un paso atrás. ¿Acaso había notado aquel cambio en él?

—No, todavía no —respondió Thane, tomándola por los hombros—. Hay una cosa más que tienes que hacer.

Sus miradas quedaron atrapadas, y se miraron el uno al otro durante un largo instante. El aire se hizo más denso, como si estuvieran en una zona pantanosa durante una calurosa noche de verano.

Elin comenzó a jadear. Sus pupilas se dilataron.

Él se deleitó al verla.

—¿Qué? —preguntó ella, por fin, casi sin aliento—. ¿Qué es lo que tengo que hacer?

—Esto —respondió él.

La estrechó contra su cuerpo y la besó.

No fue un beso suave. Sacó la lengua y exigió que le permitiera entrar. Ella debió de quedarse sorprendida, o lo deseaba, porque abrió la boca. Y él aprovechó la oportunidad y la invadió, tomando su boca de la manera que quería tomar su cuerpo.

Ella se derritió contra él, y dijo su nombre entre gemidos.

«Lo deseo. Lo deseo tanto que... no puedo luchar contra esto. Ya no quiero luchar más».

La voz de Elin reverberó por su mente, y acabó con el poco dominio que Thane conservaba sobre sí mismo. Devoró su boca, succionando, mordiendo y acometiendo, deleitándose con ella. A Elin se le escaparon pequeños maullidos desde la garganta.

Entonces, él la agarró por el trasero y la alzó para estrecharla contra su erección.

—Dime lo que tengo que hacer, y lo haré —susurró—. Cualquier cosa.

«Pero no me dejes».

A ella se le escapó un jadeo, como si hubiera oído sus palabras. Y tal vez las hubiera oído. A Thane ya no le importaba nada, salvo lo que iba a pasar. Salvo las necesidades de Elin y su capacidad para satisfacerlas.

Pasó un momento. Ella dejó de besarlo. Él apretó los

dientes. Ella se zafó de sus brazos y se alejó de él. Él apretó los dientes con más fuerza. Cuando Elin tocó la mesa de centro con la parte trasera de las rodillas, lo miró. Y él no vio arrepentimiento en sus ojos, sino pasión. Ella se humedeció los labios... y él comenzó a tener esperanzas. Entonces, lentamente, Elin se desnudó de cintura para abajo.

Thane sintió una lujuria como nunca había sentido, y le dolió. Sin embargo, era una buena clase de dolor. Ella no iba a dejarlo.

Él se empapó de su belleza, temblando a causa del deseo de tocarla.

«Tranquilo. Espera a que ella te diga algo».

Entonces, Elin rodeó la mesa, se sentó en el sofá y, despacio, separó las piernas. Le hizo una señal con los dedos.

—Ven aquí.

Él obedeció. Apartó la mesa de centro y se arrodilló delante de ella. Posó las manos en sus rodillas y le separó aún más las piernas. Tuvo que hacer un esfuerzo para poder mantener la compostura.

«Mía. Es mía».

Él nunca había probado a una mujer de aquel modo, pero, en aquel momento, sintió casi desesperación por hacerlo. Sin embargo, esperó.

—¿Elin?

—Hazlo. Posa la boca en mi cuerpo.

Entonces, él la saboreó lentamente. Con los ojos cerrados, percibió los sabores femeninos que, al instante, lo embriagaron y le causaron adicción.

—Más —dijo.

Volvió a probarla, una y otra vez, hasta que comenzó a lamerla...

La respiración de Elin se volvió muy agitada.

—Sí —gimió—. Por favor... no pares...

«Preferiría morirme», pensó él.

—Morir. Sí, me voy a morir si no llegas hasta el final...

Él alzó las manos para acariciarle los pechos, pero ella

le agarró una de las manos y se metió un dedo en la boca, dulce y caliente. Él notó la succión hasta los testículos, y dio un respingo. Frotó su erección contra el sofá. Al lamerla de nuevo, se sintió frenético, y pasó la punta de la lengua por la pequeña punta de su cuerpo, una y otra vez, hasta que ella gritó.

–Más –repitió, y succionó su dedo con más fuerza.

Él se deslizó hacia abajo, hacia la entrada de su cuerpo, y metió la lengua por ella. Empezó a penetrarla imitando los movimientos del sexo. Estaba tan excitado que pensaba que iba a estallar en cualquier momento.

–Thane...

Elin clavó los talones en el borde del sofá, y se onduló contra su boca. Él regresó a su pequeño botón y lo lamió, mientras introducía dos dedos en su cuerpo. Estaba tan caliente y tan húmeda que se deslizó con facilidad.

–¡Sí!

«A mi mujer le gusta esto», pensó Thane. Succionó su cuerpo, utilizando el mismo ritmo que seguía con los movimientos de los dedos, y ella comenzó a moverse contra él, más y más deprisa. Los sonidos que emitía se hicieron incomprensibles. Eran exquisitos... Hasta que lo agarró del pelo y gritó su nombre. Sus músculos internos se ciñeron alrededor de sus dedos.

Todavía la estaba besando cuando su cuerpo dejó de vibrar. Seguía besándola cuando ella se desplomó sobre el sofá con languidez. La estaba besando cuando ella dejó de succionar su dedo y le dio un suave empujón.

Aunque Thane no había terminado con ella, levantó la cabeza. Mientras ella lo miraba, se lamió los labios y saboreó el resto de su esencia. No dejó nada; hasta el último rastro era una recompensa.

Ella se irguió. Tenía una expresión brillante de satisfacción. Alargó la mano y se la pasó por el miembro viril endurecido.

Él estuvo a punto de tener un orgasmo. Gimió.

—Más fuerte...
—No. Voy a dejarlo así —susurró ella, con la respiración entrecortada—. Y tú no vas a hacer nada al respecto. Este será tu castigo por echarme del club.
Castigo. Dolor.
Pero un buen dolor...
Él no recibiría ninguna herida, ni ella tampoco. La culpabilidad no iba a tener cabida en aquello.
Era... perfecto.
Asintió. Quería jugar a aquel juego.
—No voy a tocarlo.
Ella le dio un suave beso en los labios.
—Tal vez te vea luego.
—Cuenta con ello.
Elin se puso en pie, lo rodeó y se vistió. Después, salió de la suite sin decir una palabra más.

Elin permaneció detrás de la línea del campo, intentando no temblar.
El equipo de las Fang Bangers estaba al otro lado de la cancha, esperando a que dieran la señal del comienzo del partido. Eran seis mujeres con dos sustitutas. Todas eran mujeres vampiro.
—Eh, hemoglobinas —dijo Savy—. ¿Qué sentís sabiendo que vais a salir del gimnasio hechas trizas?
Todos los miembros de las Fang Bangers silbaron de rabia. Una le gruñó.
—Vamos, empieza a cantar, gorda. Este partido ya ha terminado.
Entre los dos equipos había seis enormes pedruscos que Elin nunca iba a poder levantar. Thane tenía razón; no había mejorado nada.
«¿Por qué estoy aquí?», se preguntó.
Respuesta: las chicas se lo habían pedido, y ella no había podido negarse.

Repasó rápidamente las reglas del juego: no había reglas. Bueno, si alguien le lanzaba una de las rocas, y ella conseguía atraparla, la lanzadora iba al banquillo, pero no había nada que pudiera llamarse un lanzamiento antirreglamentario. Cualquiera podía darle en la cabeza o en el vientre, literalmente. Que alguien sufriera una muerte física durante cinco segundos o más le proporcionaba diez puntos extra al equipo de la lanzadora. No era ningún problema, puesto que los inmortales resucitaban. No había descansos, ni tiempos muertos. No había penaltis. El partido duraba hasta que un equipo entero había sido eliminado.

Aquello iba a doler mucho.

¡Bum!

Cuando se dio la señal del comienzo del partido, todas las jugadoras se dirigieron al centro de la pista de baloncesto para tomar una roca. Salvo ella. «Tengo que dosificar las fuerzas». Eso era equivalente a la supervivencia. Lanzar misiles de quinientos kilos equivalía a sobrevivir. Se mantuvo atrás, y esperó.

Tenía el corazón acelerado, y le caían gotas de sudor por la espalda. Oía los vítores del público; el estadio estaba lleno de inmortales de todas las razas, un mar de caras sonrientes de euforia. Todo el mundo estaba impaciente por ver el primer aplastamiento.

Por un momento, Elin tuvo la sensación de que Thane la estaba mirando. Solo él podía hacer que su piel ardiera con una sola mirada, y que se le derritieran los huesos. Solo él podía conseguir que se echara a temblar. Sin embargo, no era posible que hubiera ido a verla jugar, y menos después de haberle dejado excitado y desesperado en su suite. Había tenido la esperanza de que... Bueno, eso no tenía importancia; seguramente, Thane estaba muy enfadado. Aquella sensación de que la hubieran acariciado con la mirada debía de estar producida por su nueva conexión. ¡Una conexión que ella no deseaba! Ya pensaba demasiado en él. Necesitaba distancia, no un vínculo que los uniera aún más.

«Vamos, concéntrate».

Buena idea, y muy oportuna, además. Uno de los pedruscos había salido volando y se dirigía directamente hacia ella. Elin se apartó de su camino en el último segundo, y evitó que le aplastara los órganos internos.

Bellorie pasó corriendo a su lado con una roca plateada y enorme bien agarrada contra el pecho.

–¡Vamos a hacerles daño a esas zorras, Bonka Donk!

Sí, claro. Plan A: quedarse junto a Bellorie, pero no tan cerca como para que pareciera que se estaba escondiendo.

Provocar y burlar a las otras jugadoras, suscitarles ira y, de ese modo, conseguir que se olvidaran de que la arpía estaba cerca.

Mientras Elin se acercaba por la izquierda de Bellorie, Chanel le lanzó una piedra a una de sus contrincantes. La piedra impactó contra su mandíbula, y ella no pudo agarrar la piedra antes de que tocara el suelo. La sangre brotaba profusamente de su boca deformada.

A Elin se le encogió el estómago, pero consiguió respirar hondo y controlarse. No le había mentido a Thane. Era cierto que las chicas habían estado trabajando con ella para que superara su fobia. Habían hablado de la sangre sin parar, mientras se hacían cortes en las manos y le ponían el líquido rojo delante de la cara. Lo habían llamado «terapia de choque».

Y ella había visto cómo se les cerraban las heridas. Se había dado cuenta de que la sangre no siempre iba acompañada de dolor y muerte. La sangre podía ser vida.

«Puedo hacerlo», se dijo. Estiró los brazos para parecer más grande de lo que era en realidad y gritó:

–Eh, vampira, eres tan fea que el médico abofeteó a tu madre el día que naciste.

Bueno, no era lo mejor que se le podía haber ocurrido, pero hizo efecto.

–¡Mi madre es impresionante! –gritó la mujer vampiro, y le mostró los colmillos antes de lanzarle su roca.

Cuando Elin la esquivó, Bellorie lanzó la suya y le dio a la chica en el hombro. ¡Fuera!

Bellorie, sonriendo, chocó la palma de la mano con la de Elin.

Bueno, aquello era cada vez más divertido.

Después de que eliminaran a otra jugadora de la misma forma, las Fang Bangers decidieron librarse de Elin, y comenzaron a arrojarle pedrusco tras pedrusco. ¡Vaya, no tenía manera de esquivarlos todos a la vez! Sin embargo, allí estaba Octavia, atrapando uno. Y Chanel, atrapando otro. Bellorie y Savy estaban demasiado lejos. La última piedra iba hacia ella...

Tenía una elección. Agacharse y dejar que el juego continuara. O agarrar la piedra y ganar.

Abrió los brazos, y...

Crack.

Su cuerpo cayó hacia atrás y fue aplastado por la piedra. Su esternón y sus costillas crujieron, y Elin perdió la respiración. ¡Qué dolor! Agarrar la piedra había sido un error. Un gran error.

Cuando se quedó quieta, trató de concentrarse. Solo veía estrellas.

El público se había quedado en silencio.

Entonces, todos prorrumpieron en gritos de júbilo y de admiración.

—¡Lo has conseguido! —exclamó Bellorie.

Elin se dio cuenta de que habían ganado. ¡Habían ganado de verdad! Tuvo una descarga de adrenalina que mitigó su dolor.

Las chicas le quitaron la piedra de encima y la levantaron del suelo. Ella se estremeció de dolor mientras la besaban y la abrazaban, y la levantaban por encima de sus cabezas.

La sensación de triunfo, y de alivio, fue enorme. Había ayudado a sus amigas. Eran sus amigas, sí, de verdad. Ya no era una excluida, ya no era una esclava. Era su igual, y tenía el aprecio de los demás.

Se echó a reír, sin preocuparse del dolor, y levantó los brazos en señal de triunfo. Entonces, se encontró con un par de ojos azules y cristalinos que estaban clavados en ella, y volvió a quedarse sin aliento. Thane había ido al partido.

Y estaba sonriendo, con aquellos deliciosos hoyuelos a todo gas.

Capítulo 19

Elin apuró otro chupito de Legspreader. Así era como Bellorie había llamado a la bebida. Al principio era dulce, pero tenía un regusto amargo, y después golpeaba muy fuerte. Como un pedrusco, pensó con una sonrisa.

Después de inspeccionarla y comprobar que no se le habían roto las costillas y el esternón, las chicas la habían llevado a un bar llamado Inferno, la mayor competencia de Thane, para celebrar su victoria.

—¡Por mí! —gritó, con una risotada.

Bellorie puso los ojos en blanco.

La música resonaba por todo el local. Las luces eran tenues, y el ambiente era oscuro. Había humo. Los cuerpos bailaban y se rozaban. Elin se habría unido a ellos en la pista, pero estaba demasiado embriagada en aquel momento, y el suelo de azulejos negros y blancos no la ayudaba demasiado.

Bellorie le dio una palmadita en el hombro y, pese al alcohol, Elin se estremeció de dolor. No tenía rotos los huesos, pero sí tenía un hematoma en el pecho, del tamaño de la pantalla panorámica de un estadio deportivo.

Una pantalla panorámica, como el pene de Thane.

Se echó a reír.

Tal vez tuviera que reconocer ante Thane que lo había visto desnudo en el campamento de los fénix, y que no pensaba que cupiera dentro de ella. Entonces, él se empeñaría en demostrarle que sí, y ella podría salirse con la suya.

¡Un plan brillante!

Porque, claramente, había química entre ellos. Química de la que provocaba explosiones. No tenía ni idea de las reacciones que se daban entre los elementos, y no le importaban. Solo sabía que reaccionaban el uno al otro, y no iba a seguir luchando en una batalla perdida. Lo deseaba, y él la deseaba a ella. ¿Por qué no iban a intentarlo?

Como el mismo Thane había dicho, Bay hubiera querido que ella continuara con su vida, que fuera feliz.

Y, por algún motivo, las caricias de Thane la hacían feliz.

—Estoy muy orgullosa de ti, Bonka Donk —dijo Bellorie.

—Yo también —respondió ella, asintiendo—. Debe de ser el mejor plan que se haya concebido nunca.

—¿Plan?

—Sí. Tal vez esta misma noche esté montada sobre la gran pantalla panorámica.

—Eres muy rara.

—Gracias.

—De nada, de nada —respondió Bellorie.

Iba a ser muy fácil seducir a Thane. ¡Él ni siquiera estaba enfadado con ella! Debía de haber entendido lo que se proponía al dejarlo tan excitado; había satisfecho todas sus necesidades, incluso las más oscuras, sin hacerles daño a ninguno de los dos. Aunque él negara que tenía esas necesidades.

—La pasada temporada perdimos contra un grupo de fénix, las Deep Fryers —le dijo Savy. Las chicas estaban alrededor de una mesa pequeña, circular—. Desde entonces, el equipo ha dejado la liga por miedo a que las claven con estacas, y eso es una pena, porque habría sido genial haber conseguido la revancha. Con Elin de señuelo, les habríamos robado la victoria, y a sus novios.

—¡Sí!
—Bueno, la próxima vez vamos a jugar contra cuatro Enviadas —dijo Chanel—. Las Knock Knocks. Son del ejército de Thane. Y no entables conversación con ellas. Te dirán: «Somos las Knock Knocks». Y tú te creerás muy graciosa, y responderás: «¿Quién es?». Y ellas te contestarán: «Las que van a aplastaros». Pues muy bien, nosotras somos las que vamos a aplastarlas a ellas.
—Yo voy a jugar con reglas carcelarias, para que lo sepáis —dijo Octavia, alzando su vaso.
—¿Y a Thane no le importará que les rompamos la cara a sus soldados?
Las chicas se pusieron a gritar de alegría, y ella frunció el ceño. Había hecho una pregunta en serio, ¿no?
—¡Sí! Les vamos a romper la cara —gritó Savy, y apuró otro chupito—. ¡Les va a doler!
Aquella era una excusa perfecta para comenzar una conversación con Thane. Exactamente, lo que necesitaba para comenzar una conversación sobre su pene. Cerró los ojos, se concentró e intentó alcanzarlo con la mente.
«¿Vas a clavar con estacas a las Scorgasms cuando les pateemos el trasero a las Knock Knocks?», preguntó.
Silencio.
¿Había fallado?
«Hola, *kulta*», respondió él. Su voz era puro erotismo, y le acarició todas las células del cuerpo. «¿Has estado bebiendo para celebrar tu victoria?».
«Sí».
«¿Cuántos chupitos has tomado?».
«Solo seis... dieciséis. Nada del otro mundo. En la universidad, yo era la que más podía aguantar. Bueno, ¿dónde estás tú, y qué haces? Mejor aún, ¿qué llevas puesto?».
«Estaba luchando contra los demonios. Ahora estoy en el aire, volando. Y llevo una túnica».
«Las túnicas son para las chicas».
«Estoy de acuerdo contigo. Deberías llevarla de ahora

en adelante. Me gusta que den un acceso tan fácil a todas mis partes preferidas».

Ella sintió un calor líquido entre las piernas.

«¿Puedo preguntarte una cosa?».

«Adelante».

Había olvidado lo que quería decir, así que preguntó algo que llevaba semanas rondándole por la cabeza.

«¿Por qué no puede Adrian tocar a ninguna mujer?».

«¿Y por qué quieres saber eso?», preguntó él, con cierta tirantez.

«Tengo curiosidad».

«Entonces, voy a satisfacer esa curiosidad: Adrian mató a sus dos últimas amantes».

«Oh. Vaya».

«Sí, vaya».

«Pero ¿por qué las mató? ¿Cómo?».

«Es demasiado fuerte. Fue algo accidental».

«¿Las dos veces?».

–Elin –dijo Bellorie, en un tono extraño–, tienes que escucharme.

–Todavía no –murmuró ella. Las cosas estaban a punto de ponerse interesantes.

–No, ahora.

«Espera un momento», le dijo a Thane y, por fin, recordó lo que quería decirle. «Pero no te retires, porque tengo que hacerte una revelación muy importante sobre tu pene».

Al principio, él no respondió. Después, dijo, con la voz ronca:

«Todavía estoy dolorido, *kulta*. ¿Vas a hacer algo al respecto?».

«El tiempo lo dirá».

«Eres una descarada».

«No sé por qué he cambiado tanto, pero, sí».

Otra pausa. Después, Thane dijo:

«Me gusta».

Elin estuvo a punto de dar un salto de alegría al oírlo.

Pestañeó, y se volvió hacia su amiga. Al ver la expresión de Bellorie, frunció el ceño. Parecía que estaba... obnubilada. Estaba relajada, sí, pero no transmitía ninguna emoción. Señaló con una mano al hombre que estaba a su lado; era alto y musculoso, y bastante guapo, aunque tenía cientos de serpientes diminutas en la cabeza, como si fueran mechones de pelo. Eso resultaba un poco... disuasorio.

–Tienes que bailar con él –dijo Bellorie.

«Elin», dijo Thane, con exasperación, y ella se sobresaltó.

–Un segundo –les dijo a Bellorie y al hombre.

«Tengo una pregunta, Thane. ¿Qué criatura tiene el pelo de serpientes?».

«Una gorgona».

«Ah, es verdad. Mi madre me lo explicó. ¿Pero no son todas ellas féminas?».

«La mayoría, sí. Pero cada siglo nace un nuevo varón, y se convierte en rey. ¿Por qué?».

«Me parece que estoy delante del nuevo aspirante al trono».

«Aléjate de él inmediatamente», dijo Thane. «Inmediatamente».

¿Por qué? ¿Qué era lo que le había dicho su madre? Que los varones de la raza de las gorgonas tenían un poder especial... ¡Sí! ¡La hipnosis!

–Elin –volvió a decir Bellorie–. Tienes que bailar con él.

Sí, claramente, se trataba de la hipnosis. Su amiga estaba hipnotizada. Cuando ella miró al hombre para decirle que se marchara, su mente se bloqueó.

–Fémina, bailar. Ahora –dijo él, en voz baja, de una forma tan asombrosa que la dejó indefensa.

¿Indefensa? No. Nunca más. Sin embargo, Elin no podía apartar la vista de él, no podía pensar en otra cosa que no fuera él... y él la tomó entre sus brazos. Tenía los ojos dorados con vetas verdes. Eran muy bonitos. Extraños. Sus pupilas no eran más que una línea negra que se extendía desde la parte superior del iris hasta la inferior.

Y, las serpientes... En aquel momento estaban concentradas en ella, atravesándole la piel, los músculos y el alma.

Ella...

Iba a bailar. Sí. Todos los músculos de su cuerpo se relajaron. Era una idea espléndida.

El hombre la llevó hasta la pista de baile y la rodeó con sus brazos fuertes una vez más, y la guio de un modo sensual. Olía a sándalo. Era agradable, pero... no estaba bien.

Todo aquello estaba mal.

—Bésame —dijo el hombre.

—No, yo...

—Vas a besarme —le ordenó él, mirándola, como todas sus pequeñas serpientes.

«No», dijo ella, de nuevo. O, al menos, lo intentó. No consiguió que la negativa saliera de sus labios.

Él la besó, y ella se puso muy rígida. Él alzó la cabeza y la miró fijamente.

—Te gusta.

Cuando él bajó la cabeza para besarla de nuevo, ella encontró la fuerza para girarse. No se sentía atraída por aquel hombre. ¿Verdad?

La música cesó de repente. La risa y las conversaciones se apagaron. Se hizo el silencio, y la multitud se abrió en dos. El hombre gorgona se irguió y se separó de ella. Por fin, sus serpientes y él miraron hacia otro lado, y Elin recuperó el control sobre sí misma.

¿Qué ocurría?

Thane apareció por el centro de la multitud y, al verlo, ella sintió un gran alivio. Y una gran excitación. Aquel hombre era una fantasía hecha realidad, y todo el deseo que sentía por él se despertó al instante. Solo quería besarlo, acariciarlo, tocarlo.

Devorarlo.

Thane se lanzó hacia el hombre gorgona. No se molestó en decir nada. Le dio un puñetazo salvaje.

A Elin se le escapó un jadeo por aquel acto tan violento, pero no se quedó horrorizada. Más bien, aquello la excitó aún más.

La criatura cayó al suelo, y Thane se colocó a horcajadas sobre él y siguió golpeándolo hasta que quedó inconsciente.

—Thane —dijo Elin, con la voz ronca. Una voz que, de algún modo, penetró en la rabia de Thane—. Olvídate de él. Concéntrate en mí. Te necesito.

Él se puso en pie bruscamente y se volvió hacia ella.

Dios Santo... tenía una expresión agresiva. Se cruzó de brazos, y separó las piernas. Pero, al menos, la sangre de su piel y de su túnica desapareció.

—¿Me necesitas? —preguntó él. Pese a su postura de defensa, su tono de voz fue hedonístico. Una invitación que ella aceptó.

Se lanzó a sus brazos, y le rodeó la cintura con las piernas.

—Eres un salvaje. Vamos a besarnos —dijo, y comenzó a acariciarlo por todas partes. Le tocó las alas y pasó las palmas de las manos por sus plumas—. Tú solo tienes que quedarte así, siendo tan guapo como eres, y yo haré el resto.

—Eh... Elin —comentó Bellorie, que se les acercó—. Tal vez sea mejor que cierres la boca. Estás haciendo promesas que, tal vez, tu cuerpo no va a querer cumplir.

—¿Qué ha bebido? —preguntó Thane, sonriendo.

—Legspreader —dijeron Elin y Bellorie al unísono.

Él la miró con severidad.

—No vas a volver a beber eso jamás, a no ser que estés conmigo.

—¿Por qué? ¿Porque me vuelvo un poco sobona? —preguntó ella, y se inclinó hacia él para mordisquearle el lóbulo de la oreja.

–Y mandona. Pero me gusta esta faceta tuya. Me gustan todas tus facetas.

«Mi hombre es muy dulce».

–¿Incluso mi faceta fénix?

Él se puso tenso. Respuesta: no.

«No me voy a dejar herir por eso. Iré poco a poco».

Entonces, él le besó la oreja, y le susurró al oído:

–Creo que querías decirme algo sobre mi pene.

Ella se perdió en un mundo en el que solo existía Thane, y dijo:

–Bueno, he estado pensando todo el día sobre eso –dijo, mientras jugueteaba con su pelo–. Lo vi cuando estábamos en el campamento fénix, y lo sentí cuando estábamos en la bañera, y es tan grande, con tantos *piercings*... Yo quiero pasar la lengua sobre esos *piercings*, y tú me prometiste que podía hacerlo, y nunca mientes, y... oh... Te estoy excitando otra vez, ¿no?

–Sí, verdaderamente, sí –murmuró él–. Vamos a casa.

Entonces, salió disparado hacia el cielo, y a ella se le encogió el estómago al notar que él atravesaba el tejado del edificio. ¡Lo atravesaba, con ella en brazos! Las estrellas brillaban con fuerza en el cielo nocturno, y la luna era un globo luminoso y perfecto.

–Maravilloso –dijo ella.

–Sí. Pero quiero que me mires a mí –le ordenó él–. Un humano puede morir después de beber dieciséis Legspreaders. No vuelvas a beber tanto.

Ella le frotó la nariz con la suya.

–Parece que mi otra mitad ha sido muy beneficiosa hoy, ¿eh?

Él la fulminó con la mirada.

–Bueno, está bien. No volveré a beber tanto.

Entonces, fue él quien le acarició el cuello con la nariz, y ella gruñó.

–Buena chica.

Elin cerró los ojos y saboreó las sensaciones.

—Ummm... Esto es delicioso.
—¿Por mis labios? ¿O te valdrían los de cualquiera esta noche?
—No. Los tuyos. Solo los tuyos. ¿Cuántas veces tengo que decírtelo?
—Las que sean necesarias —respondió él, y le succionó el cuello, justo en el lugar donde le latía el pulso. Elin sintió una descarga de placer—. Las gorgonas pueden hipnotizar solo con una mirada. No vuelvas a mirar a ninguna a los ojos.
—Pero... tú lo hiciste. Tú lo miraste a los ojos.
—Mi mente no está... bien.
—¿Qué quieres decir?
Él suspiró.
—Tú misma lo explicaste. Está llena de malas hierbas. No tantas como antes, pero todavía quedan algunas. Y, después de Kendra...
—Oh... oh, Thane.
—Estoy más protegido que nunca, y eso significa que hipnotizarme sería difícil para cualquiera. Pero, no sé cómo... —añadió con suavidad—: Tú lo has conseguido.
Ella le tomó por la barbilla y le obligó a que la mirara.
—Otra proclamación romántica. ¿Qué voy a hacer contigo, cariño?
—Solo sé lo que a mí me gustaría hacer contigo —murmuró él.
—¿Tiene algo que ver con rodar desnudos por una cama?
—Varias veces. Pero, Elin, tengo que decirte que yo no soy romántico. Es una advertencia.
—¿Lo dices en serio? Me has enviado flores, libros y bombones varias veces. ¡Y notas! Casi me muero de una sobredosis de romanticismo al leerlas.
Él la miró con timidez, y le preguntó:
—Entonces, ¿una sobredosis de romanticismo es algo bueno?
A ella se le encogió el corazón.

—Muy bueno. Es como un desfile del día de San Valentín en mi corazón.

Él se colocó en una postura vertical al suelo, manteniéndola acurrucada contra su pecho.

—Ya hemos llegado —dijo.

Y, un segundo más tarde, aterrizó sobre el tejado del club.

—¡A tu habitación! —ordenó ella.

Entonces, Thane la llevó a buen paso a la suite. Cuando entraron en el salón, él se dirigió hacia la habitación desnuda a la que la había llevado la última vez.

Ella hizo un mohín.

—¿Por qué me traes aquí? ¿Por qué yo no soy lo suficientemente buena como para ir a la habitación lujosa?

—¿Que tú no eres lo suficientemente buena? —preguntó él, mientras la depositaba cuidadosamente sobre la cama—. Elin, esa habitación no es lo suficientemente buena para ti. Esta es la mía, y nunca la he compartido con nadie más.

—Oh —murmuró ella. Thane acababa de darle la mejor respuesta del mundo—. Entonces, ¿yo soy especial?

—Más que especial —respondió él. Se sentó a su lado, y le metió un mechón de pelo detrás de la oreja—. Tú me excitas, me diviertes, me irritas, me frustras, me desafías y... ¿he mencionado ya que me excitas?

Ella estuvo a punto de derretirse.

—Pero, ¿puedo satisfacerte? —le preguntó, revelando el resto de sus miedos—. ¿Qué les haces a tus amantes? Aparte de encadenarlas y supongo que pegarles.

Él se puso muy serio.

—Sé más concreta con las preguntas.

—¿Las golpeas?

—Las golpeaba. Sí. Algunas veces.

—¿Y eso te excita?

—Excitaba. Pasado. Creo que servía para aliviar algo dentro de mí, y eso era lo que me excitaba.

—Pero, podías pegar a otros hombres, en vez de a ellas. Como hiciste con el hombre gorgona.

—Sí. Soy un guerrero experto, y disfruto con eso también, pero es un tipo de satisfacción distinta. Es un deleite menos intenso, como probar una tarta, una tarta que no hayas hecho tú, claro, en vez de comerse la tarta entera. Además, puede causarme problemas. Normalmente, mis contrincantes mueren.

Ah.

—Sí. Es mejor evitar eso. Entonces, ¿vas a tener problemas por el hombre gorgona?

—No. Él va a sobrevivir.

Bien. Pero ella volvió al tema que quería aclarar.

—¿Y las mutilabas?

Él se puso muy tenso.

—Nada que fuera permanente.

Así que... sí. Lo había hecho. Pero, como todas ellas eran inmortales, se recuperaban.

—Perdona mi curiosidad. Es que me resulta difícil entender cómo puede haber placer en el dolor. Y, sobre todo, cuando procede de un dolor mezclado con ira.

—Yo no estaba enfadado cuando hacía eso.

—No estoy de acuerdo. Creo que lo hacías porque estabas lleno de ira por algo.

Thane frunció el ceño.

—Pero... no tenemos por qué hablar de eso ahora –dijo ella, apresuradamente–. Me interesa más saber si tus deseos han cambiado de nuevo. ¿Quieres hacerme daño ahora?

—No –dijo él, con alivio y determinación.

—¿Quieres encadenarme?

—No.

—Pero hace muy poco tiempo, querías hacer esas cosas con la sirena.

Su expresión se volvió de culpabilidad.

—Yo me lo he buscado. Esto es culpa mía: el pasado está enturbiando el presente, intentando estropearme el futuro

—dijo, y respiró profundamente–. Ella era un último intento para olvidarte, y siento haber llevado las cosas tan lejos. Pero te juro que no la deseaba, y no va a volver a ocurrir nada parecido. Tú eres la única mujer a la que deseo.

«Si no se calla, voy a hacer algo más que caer bajo su hechizo». De repente, Elin se sintió azorada, y se puso a juguetear con el cuello de su túnica.

—¿Qué quieres hacer conmigo?

—Mañana te lo demostraré –dijo él, con la voz ronca.

Ella intentó atraerlo hacia sí para darle un beso.

—Demuéstramelo ahora también.

Él se resistió y se zafó suavemente de ella.

—No, *kulta*. Ahora, no.

Pero... ¿por qué no? ¿Para dejarla hambrienta, como ella lo había dejado a él?

—Tenemos un tiempo limitado para estar juntos, y me gustaría que aprovecháramos hasta el último instante.

Él se quedó inmóvil, casi como si no respirara.

—¿Un tiempo limitado?

—Sí. Tú me estás consiguiendo un carné de identidad nuevo, y yo voy a volver al mundo de los humanos, donde tendré una vida medio humana. ¡Incluso tengo objetivos nuevos! He abandonado el plan de abrir una pastelería, porque... seamos serios, eso no iba a funcionar. Quiero ayudar a otros, a mestizos como yo. Nadie va a volver a sentirse rechazado.

Iba a ser una leyenda.

«Entonces, ¿por qué me siento deprimida?».

No, no era cierto. Aquella tristeza solo estaba en su imaginación, y era causa del alcohol.

—¿No vas a plantearte permanecer conmigo? –le preguntó él, en voz baja.

—No, pero me planteo desnudarte –respondió ella, intentando que se tendiera sobre su cuerpo.

Sin embargo, él se resistió, mirándola con una extraña mezcla de ira y de anhelo.

—Tienes que descansar, *kulta*.

El sentimiento depresivo aumentó. Si él la deseara la mitad de lo que ella lo deseaba a él, ya estaría dentro de su cuerpo.

—Thane.

—No voy a tomarte así. Duérmete, Elin —dijo él.

Después, se marchó, dejándola sola.

Capítulo 20

Elin se incorporó de golpe, desorientada. Miró a su alrededor. Una habitación espaciosa, paredes desnudas. Una ventana por la que entraba el sol brillante de la mañana. Poco mobiliario. Una cama vacía, salvo por su presencia.

La habitación de Thane. La que él nunca había compartido con otra mujer. Y que tampoco había compartido con ella. ¿Dónde estaba?

Recordó su comportamiento de la noche anterior y se tapó la cara con las manos, gruñendo. Le había pedido a Thane que fuera su amante, y él había accedido, ¿no? Pero, después, se había marchado diciendo que no quería estar con ella y, claramente, se había marchado enfadado.

¿Seguía deseándola?

Tal vez no. ¿Y ella? ¿Seguía deseándolo a él?

Recordó sus ojos azules y su sonrisa llena de picardía. Sus gloriosas alas. Sus abdominales marcados. Su enorme pantalla panorámica.

Y no tuvo que estrujarse demasiado el cerebro para enumerar el resto de sus atributos: la fuerza, la dulzura que solo reservaba para ella, la inteligencia, el instinto protector, y una vulnerabilidad que intentaba, pero no conseguía, ocultar. Una ferocidad salvaje tanto dentro como fuera del campo de batalla.

Así pues, ¿de veras necesitaba pensárselo? No.

Todavía deseaba a Thane. Con todas sus fuerzas.

Se levantó para ir a buscarlo. Entró en el baño y se desnudó para lavarse. Thane debía de haber previsto sus necesidades, porque había dejado un cepillo de dientes, pasta dentífrica, jabón y algunos cosméticos, además de ropa que debía de haber tomado de su habitación.

¿Habría elegido las prendas personalmente, o había enviado a alguien a hacerlo?

Después de darse una ducha rápida y secarse el pelo, se vistió. Una camiseta blanca, unos pantalones vaqueros y un conjunto de ropa interior rojo, con encaje. Bien, parecía que era él quien había elegido la ropa, puesto que el color del sujetador iba a verse a través de la camiseta, pero un hombre nunca habría tenido eso en cuenta. O tal vez lo hubiera elegido por esa misma razón.

–¿Por qué te has vestido? –preguntó alguien, a su espalda.

Elin se giró. Estuvo a punto de parársele el corazón al ver a Thane en el umbral de la puerta. Sus ojos estaban llenos de fuego, como si estuviera furioso. Tenía las alas plegadas a la espalda, y llevaba una túnica brillante. Estaba despeinado; tenía los rizos rubios encrespados, como si se hubiera pasado las manos por el pelo una y otra vez.

–Tú… –dijo ella, temblando de deseo–. La ropa era…

–Era para luego. Para después.

–Pero… si anoche me rechazaste.

–Estabas borracha, y no es así como te deseo. Desnúdate –le ordenó.

Así pues, Thane no estaba furioso, sino que ardía de necesidad sexual.

Pero… ¿iba a ocurrir en aquel momento?

–Yo… –murmuró ella, sin saber lo que iba a decir.

Aquello debió de ser suficiente, porque él dio un paso hacia ella, como si fuera un depredador. Y, por una vez, Elin se alegró de ser la presa.

Él la besó con una intensidad salvaje, y la llevó, en un solo latido, del deseo a la pasión ardiente.

Sí, aquello estaba sucediendo. No, no iban a parar en aquella ocasión. Iban a llegar hasta el final. Iba a ser salvaje, terrenal, animal.

–Te dije que no iba a hacerte daño, y no voy a hacerlo –murmuró él, mientras recorría su cuello con los labios, con la lengua y la respiración caliente–. Pero no puedo hacer las cosas con delicadeza, Elin. Estoy demasiado desesperado. He esperado demasiado. Llevo semanas pensando en cómo iba a tomarte, y en lo que iba a sentir, en cómo iba a verte y a escucharte. Y anoche fue la peor noche de todas. O la mejor... Necesito estar dentro de ti.

Mientras hablaba, iba caminando hacia delante, obligándola a caminar hacia atrás, hasta que ella tocó con la espalda la pared del baño.

Quedó aprisionada entre un muro de ladrillo y una montaña de músculos.

–No quiero delicadeza –respondió ella, mientras le rodeaba el cuello con los brazos y le acariciaba el pelo–. Solo te deseo a ti.

–Entonces, me tendrás –dijo él, y le rasgó la cintura de los vaqueros. El pantalón cayó al suelo–. Sácatelos de los pies.

Elin notó el aire frío en la piel mientras obedecía.

Después, él le sacó la camiseta por la cabeza y enrolló un mechón de su pelo en su puño, para hacerla inclinar la cabeza hacia atrás. Entonces, la besó.

Elin sospechó que él estaba a punto de perder el control. Nunca la había dominado con tanta intensidad, pero a ella no le importó; por el contrario, le gustó. Más que eso. Le provocó una tensión que se le enroscó en el vientre, lista para saltar en cualquier momento.

–Thane –jadeó.

Él le mordió suavemente los labios, y ella tuvo otra descarga de placer que le recorrió el cuerpo.

«¿Cómo puedes disfrutar de esto? ¿Cómo puedes traicionar a Bay?».

La sorpresa hizo que se separara bruscamente de Thane. La culpabilidad intentó apoderarse de ella, pero Elin se resistió. ¿De dónde habían salido aquellos pensamientos?

–Lo siento. Lo siento. Es que...

Él la tomó de la barbilla.

–Mírame, *kulta*.

Ella lo miró a los ojos. Thane tenía una expresión de deseo; sus ojos estaban medio cerrados, y sus labios, enrojecidos e hinchados por los besos.

–Solo estamos tú y yo. Aquí, ahora. En este momento.

«Exacto». No había sitio para emociones que no deseaba.

–Así... –murmuró él, y bajó la cabeza. En aquella ocasión, y pese a lo que le había advertido, la besó con delicadeza para devolverle la pasión poco a poco. Sus lenguas danzaron juntas, y él la saboreó y la domesticó. Elin se derritió contra él; de repente, sus huesos eran blandos, líquidos.

–¿Con quién estás? –preguntó él.

–Contigo. Con Thane.

–Sí, eso es.

Ella le acarició el arco de las alas con los dedos, y él inclinó las puntas hacia sus piernas y le rozó las pantorrillas. Aquello le puso el vello de punta.

Él le tomó los pechos y se los acarició. A ella se le endurecieron los pezones, y él pasó las yemas de los pulgares por encima de los picos...

–Thane –susurró Elin. Aquella seducción lenta era más de lo que podía soportar–. Quítate la túnica. Necesito notar tu piel contra la mía.

Su urgencia debió de ser contagiosa, porque él respondió al instante; tiró del cuello de la túnica, y la tela se dividió en dos y cayó al suelo, dejándolo completamente desnudo.

«Oh, Dios Santo». Era magnífico. Sus músculos y su piel eran perfectos. La anchura majestuosa de sus hombros hizo que se sintiera protegida y segura. Y su miembro no solo tenía un *piercing*, sino doce. Eran barras plateadas, que formaban una espléndida línea desde la base hasta el extremo.

–No vas a caber en mi cuerpo –dijo, con la voz enronquecida, y estuvo a punto de sonreír.

–Claro que sí –respondió él con determinación.

Thane se deleitó con la admiración que apareció en la mirada de Elin, y en los pensamientos que podía oír, casi reverenciales. «Magnífico. Perfecto. Majestuoso. Glorioso».

Mientras disfrutaba de aquellos susurros cálidos, él también la observó a ella. Su belleza siempre le causaba asombro, pero no era eso lo que alimentaba su deseo. Era ella. Todo lo que era Elin. Sus necesidades ya no giraban en torno al qué, sino a quién. Necesitaba sus caricias. Su sabor. Sus gemidos. Su calor. Su humedad. Su... todo.

–Mi pobre *kulta* –dijo, suavemente, mientras pasaba un dedo por el centro de su pecho, sobre el enorme hematoma negro y azul, que estaba empezando a aclararse. Se estaba curando más rápidamente de lo que hubiera podido cualquier otro humano. Él nunca habría pensado que iba a alegrarse de que ella tuviera sangre de fénix, pero eso era exactamente lo que le ocurría.

–Si ese pedrusco te hubiera hecho más daño, lo habría dejado reducido a polvo.

Ella se rio, y su risa estaba llena de deseo. Fue como una caricia que le hechizó.

–Qué dulce eres.

No era dulce; tan solo había dicho la verdad. Le había gustado mucho verla jugar, y comprobar que era muy valiente enfrentándose a oponentes mucho más fuertes que ella. Y, sobre todo, le había gustado que no se rindiera. Sin embargo, el disfrute que había sentido al verla reaccionar no podía compararse a su empeño en protegerla y defenderla.

—Ya me tienes desnudo —le dijo—. Y ahora, ¿qué?
—Ahora, tú me das lo que me has prometido.
—Exacto.

Thane bajó la cabeza y le dio un ligero beso entre los pechos, en el hematoma. Aquel contacto hizo que Elin gimiera suavemente. Él se acercó, lamiéndola, hasta el pezón, y apartó el sujetador con la barbilla.

Unos pezones preciosos, perfectos, lo saludaron.

Él succionó. Ella gimoteó.

—Mis nuevos juguetes favoritos —murmuró Thane.
—Sí. Son tuyos —dijo ella, y bajó la mano hasta su miembro—. Pero esto es todo mío.

Él mordió, delicadamente, aunque ya tenía que esforzarse por mantener el control. Con su vínculo, percibía los latidos de sus emociones; Elin estaba tan desesperada por él como él por ella, y saberlo le afectaba tanto como sus caricias.

«No voy a durar», pensó.

«Sí, tienes que hacerlo».

Aquello iba a durar.

Y durar.

Y, cuando terminara, ella sabría que le pertenecía. Que tenía que estar a su lado.

No había ninguna otra cosa que pudiera ser aceptable.

Elin pasó el dedo pulgar por el extremo de la erección de Thane, acariciando la punta húmeda, antes de fijarse en las barras que había debajo. Thane empujó contra su mano, gruñendo. La sujetó por la cintura, con fuerza, y succionó su pezón con tanta fuerza que ella gritó.

—¿Más suave? —susurró él.
—No. Por favor, no.

De un tirón, él le abrió el broche del sujetador y liberó sus pechos por completo. Trazó un camino húmedo de besos hasta el otro pezón y, cuando lo alcanzó, comenzó a lamerlo una y otra vez, enviándole descargas de placer a Elin por todo el cuerpo. Sus labios suaves la acariciaban; su lengua ardiente la abrasaba.

Su deseo aumentó tanto que todo se amplificó en un instante. Las sensaciones, el calor, las emociones... y eso la asustó. Cuanto más le daba Thane, más quería ella. Arqueó las caderas contra las de él, sin poder evitarlo, buscando contacto, presión, algo. Cualquier cosa.

—Thane —jadeó.

—¿Es esto lo que deseas, *kulta*? —preguntó él.

Le apartó la mano de su miembro y le sujetó el brazo por encima de la cabeza. Entonces, le apretó la erección entre las piernas.

—Sí. Entra dentro de mí —le ordenó.

—No, todavía no. Lo deseas, pero no estás hambrienta —respondió él.

Le alzó también el otro brazo, y le sujetó ambas muñecas con una mano, obligándola a arquear el torso, de modo que sus pechos se alzaron para él. Era como un *bondage* y, sin embargo, a Elin le encantó. Le encantó estar en aquella posición vulnerable, para él. Solo para él. Le encantó que todas las partes de su cuerpo estuvieran disponibles para su boca, para sus manos y su cuerpo.

—Estoy hambrienta, te lo prometo. Desesperada.

—Hay mil cosas diferentes que quiero hacerte —dijo él, y le separó las piernas con el pie—. Esto es solo el principio.

—Pero es que yo me estoy muriendo por el final...

—Deja que te ayude a disfrutar del viaje —respondió Thane. Bajó la mano por su vientre, y metió un dedo en su cuerpo. Ella gimoteó—. Ya estás muy húmeda —le dijo él—. ¿Sabes lo feliz que me hace tener esta miel solo para mí? —y le susurró al oído—: Me acuerdo de lo bien que sabe. Nunca lo olvidaré.

Aquellas palabras la excitaron aún más. Se derritió por dentro.

—Al sofá —ordenó, al recordar lo que él le había dicho una vez.

—No. Eres demasiado ceñida como para que pueda tomarte en esa postura.

—Entonces, déjame hacerte lo otro. Suéltame las manos. Yo me pondré de rodillas y...

Él gimió y la interrumpió.

—Algún día. Pronto —dijo, y le mordisqueó los labios—. Hoy voy a penetrar en tu cuerpo lentamente, profundamente, y no puedo hacerlo si me has tomado en tu boca.

Ella sintió la tensión de Thane, su poder, y se deleitó al comprender lo que quería decir: aquella primera vez era importante. Si a ella no le gustaba, él nunca podría perdonárselo, y no volvería a tomarla.

—Cariño, hagamos lo que hagamos, me va a dejar alucinada, y...

Él volvió a besarla antes de que pudiera terminar la frase. La besó con dureza, profundamente y, al mismo tiempo, metió un segundo dedo en su cuerpo y lo separó del primero, extendiéndola, quemándola. Pero... el placer superó con mucho al dolor, y ella devoró su boca.

Fuera. Dentro. Aquellos dedos la estaban poseyendo.

—¿Cuánto tiempo ha pasado para ti? —le preguntó Thane, entre dientes, sin dejar de mover los dedos.

—Más de un año.

Ella apenas pudo pronunciar las palabras.

La tensión aumentó. El calor ya no le resultaba incómodo, sino placentero. Las manos de Thane eran calientes, maravillosamente ardientes, y ella acumuló más y más temperatura; estaba a punto de estallar.

—El calor... es demasiado.

—¿No lo habías sentido nunca?

—No.

—No lo lamentes —le dijo él, con un ronroneo de aprobación, y lamió sus labios–. No te resistas, *kulta*. Déjalo fluir, o te harás daño a ti misma.

¿Qué era lo que tenía que permitir? Tal vez... tal vez el calor no proviniera de sus manos, sino de sí misma. Le cayeron gotas de sudor por la frente y por la nuca.

Dentro. Fuera. Lentamente. Era un tormento. Él apretaba la palma de la mano contra ella y le causaba una agonía dulce. Dentro. Fuera.

Él lamió su cuello ladeado, y ella inclinó aún más la cabeza para facilitárselo. Entonces, Thane le dio un mordisco, no lo suficientemente fuerte como para hacerle daño, pero sí como para que sus músculos se contrajeran, y, cuando eso sucedió, él introdujo el tercer dedo.

Y Elin se deshizo en mil pedazos. Gritó y gimió por la fuerza de la sensación. Todos los nervios de su cuerpo se transformaron en cables de alta tensión, y vibraron.

–Maravilloso –dijo él, con la voz ronca–. Elin, te necesito ahora. Dime que estás lista.

Ella pestañeó y abrió los ojos. Vio el rostro de Thane; sus rasgos estaban muy tensos, y tenía la piel enrojecida a causa de una fiebre que solo tenía una cura.

–Sí, estoy lista –respondió ella, entre jadeos.

Él le rasgó las bragas y la levantó del suelo.

–Rodéame con las piernas.

Ella lo hizo; se abrió para recibir su invasión. Él agarró la base de su miembro y puso el extremo en la abertura del sexo de Elin.

–Sé que puedes adaptarte –susurró Thane, e insertó un centímetro en su cuerpo.

Su miembro era más grueso que sus dedos y, al instante, ella se expandió. Estaba tan húmeda que él pudo avanzar algunos centímetros más.

–Sentirte así es maravilloso, *kulta*. Tan dulce... –murmuró él, y avanzó un poco más–. Muy pronto voy a estar dentro de ti, y ni siquiera podrás respirar sin sentirme a mí...

—Thane —gimió Elin. Metió los dedos entre su pelo, y lo atrajo hacia sí para besarlo. Mientras sus lenguas se movían la una contra la otra, él conquistó más distancia en su cuerpo, y ella dejó de sentir incomodidad. Lo necesitaba. Lo necesitaba por completo. Necesitaba el éxtasis y el dolor–. Vamos, dámelo todo.

Thane no necesitó más ánimos. Con una poderosa embestida, la llenó por completo. Ella gritó de alegría y de satisfacción al sentir cosas que no pensaba que iba a sentir de nuevo. Las sintió con Thane, porque eran uno. Él se había convertido en parte de sí misma. Sus cuerpos vibraban juntos.

Aquella idea satisfizo a su mente, casi tanto como satisfizo a su cuerpo.

Él dio un paso atrás y se giró, sin soltarla, permaneciendo en su interior. Aquel movimiento hizo que toda su longitud friccionara sus sensibles paredes internas, y a Elin se le escapó un jadeo. Él se sentó, con la espalda apoyada en la bañera, para que ella quedara a horcajadas sobre él. Era una posición de dominio para ella. Una posición que, seguramente, Thane nunca le había permitido adoptar a nadie.

—Vamos, muévete sobre mí. Tómame como tú desees.

Ella se sintió poderosa. Quería más poder, y más placer. Thane era una fuente de placer, y ella bebió ávidamente.

—Gracias —le dijo.

Apoyó el peso del cuerpo en las rodillas y elevó el cuerpo... se mantuvo inmóvil unos segundos, y dejó que aquel dulce tormento aumentara... hasta que volvió a bajar, con fuerza.

Él emitió un silbido bajo, como si todas aquellas sensaciones fueran demasiado intensas como para poder soportarlas; y, sin embargo, alzó las caderas para hundirse en su cuerpo por completo, aumentando la fricción de sus *piercings* en el interior de Elin. Lo que había comenzado como un susurro de placer se convirtió en una marea de éxtasis;

las barras la golpeaban justo en los lugares más apropiados, una y otra vez.

–Ven aquí –le ordenó él, con la voz ronca–. No he acabado con tu boca.

No esperó a que ella obedeciera, sino que la tomó de la nuca y la atrajo hacia sí. Sus lenguas se entrelazaron mientras le pellizcaba los pezones. Cuando ella se elevó de nuevo, él agachó la cabeza y cambió los dedos por la boca, y lamió cada uno de sus pechos con la lengua. Era demasiado. Demasiado, pero no suficiente... y Elin, temblando, volvió a deslizarse sobre él.

–¿Todavía tienes hambre, *kulta*?

–Sí, oh, sí.

–Eso no puede ser.

Él metió la mano entre sus cuerpos y le acarició el clítoris.

El calor estalló y se convirtió en miles de estrellas fugaces en su interior. Elin echó la cabeza hacia atrás y emitió un grito de satisfacción. Mientras su cuerpo temblaba, ella ciñó los muslos a su cintura. Solo cuando las llamas, por fin, se apagaron, y su respiración se calmó, relajó las piernas y se desplomó contra él.

Pero Thane permaneció endurecido como una roca, dentro de su cuerpo.

–Todavía no hemos terminado.

La separó de él, lo suficiente para poder girarla y situarla sobre el suelo, delante de su cuerpo, apoyada sobre las rodillas y las manos. Elin estaba lista para aquello, y él, desesperado por continuar. Volvió a hundirse en su cuerpo, y las barras de su miembro acariciaron a Elin en sitios nuevos. Todo su deseo despertó de nuevo, con fuerza, en un instante.

Ella miró hacia atrás, y, de repente, se quedó asombrada por la belleza de Thane. Él tenía la cabeza echada hacia atrás, los ojos cerrados, los labios separados. Estaba perdido en ella, en el placer que estaban creando juntos.

Su corazón se hinchó de felicidad.

Él tomó lo que quería, y le dio lo mismo. Los sació a ambos con un deseo visceral que no podía controlar. Era lo que él había temido, pero lo que ella había deseado más.

—¡Sí! –gritó–. Más, por favor, más.

Él embistió una y otra vez, cada vez con más fuerza y más rapidez, y ella disfrutó de todos y cada uno de los puntos de contacto entre sus cuerpos. Por fin, volvió a deshacerse de placer, y su cuerpo se contrajo alrededor del de Thane.

En aquella ocasión, él la siguió, gruñendo cuando acometió por última vez.

Después, se desmoronó sobre ella, y Elin perdió el equilibrio y cayó al suelo. Sin embargo, justo antes de que se golpeara, él tiró y cayó de espaldas, con ella sobre el pecho. La abrazó con fuerza.

Cuando su pulso recuperó el ritmo normal, él la limpió, la tomó en brazos y la llevó a la cama. Ella quería disfrutar de aquella paz con él, y hablar. Sin embargo, no tuvo energías.

Aunque nunca había creído que podría volver a ser feliz, lo era. Y el responsable de aquella felicidad era un hombre a quien ella solo había creído apropiado para una aventura pasajera.

Los milagros ocurrían de verdad.

Los hábitos de varios siglos, olvidados por completo.

Thane siempre había pensado que aquello era imposible; sin embargo, había experimentado un éxtasis sin el horror y la culpabilidad que siempre lo acompañaban.

Era maravilloso.

Era terrible.

Todo el curso de su vida había cambiado, y no sabía cómo continuar.

Elin debió de notar aquel cambio en su ánimo: de satisfecho a inseguro. Se movió, y murmuró:

—¿Cuándo te hiciste los *piercings*? ¿Y por qué? No parece que vaya contigo.

¿Acaso quería distraerlo?

—Hace cincuenta años. Me los hice para sentir dolor, cosa que iba mucho conmigo —dijo él, e hizo una pausa—. ¿Los sientes dentro de ti?

—Sí —admitió ella, tímidamente.

—¿Y te gusta?

Elin lo miró a los ojos.

—Tanto, que me asusta.

Quizá él no estuviera solo en aquello. Quizá ella también estuviera muy confundida.

Thane entrelazó los dedos detrás de su cabeza. Todavía le ardían las palmas de las manos. Al principio, había pensado que el calor provenía de Elin; y, en parte, era así. Ella era una mestiza con capacidades inmortales latentes, y su temperatura siempre aumentaría con la excitación. Cuanto más estimulada estuviera, más ardiente se volvería.

Era terrible por su parte, pero a Thane le encantaba que ella le hubiera dado algo que no le había dado a su marido.

Sin embargo, se había dado cuenta de que él también había irradiado calor; se quedó asombrado al ver que la piel de Elin brillaba suavemente y tenía un color azulado. Al cabo de tantos siglos de vida, su esencia se había liberado por fin.

Aquella sustancia química salía por los poros de los Enviados cuando querían marcar su territorio y advertirles a los depredadores que no se acercaran. Como los perros. Parecía algo apropiado.

Algunos Enviados la producían desde su nacimiento. Otros la desarrollaban después de llegar a la inmortalidad. Otros necesitaban que en su vida tuviera lugar un punto de inflexión que la produjera. Él debía de estar en aquel último grupo, porque Elin le había cambiado la vida, y aquella era la primera prueba.

Thane siempre había pensado que podría elegir el momento en que aquello iba a ocurrir, pero había sucedido involuntariamente. Estaba entusiasmado por haber marcado a Elin, pero también se sentía inseguro. El tiempo transcurría. No habían solucionado su futuro. Ella no le había prometido que fuera a quedarse, y todavía estaba decidida a dejarlo.

–Te has puesto tenso –dijo ella, con una incertidumbre que le encogió el corazón a Thane.

¿A él? ¿Encogérsele el corazón?

Elin tragó saliva.

–¿Ya te arrepientes? –le preguntó.

No podía contarle la verdad. Porque, en cierto modo, sí se arrepentía. Ella era para él. Su única mujer. Lo que habían hecho había reforzado sus vínculos. Y, sin embargo, aún podía perderla.

–¿Y tú? ¿Te arrepientes? –le preguntó.

Ella permaneció en silencio.

–Acabas de responder a mi pregunta con otra pregunta –dijo, por fin–. Y sé lo que significa eso. Sí te arrepientes, pero no tienes agallas suficientes para reconocerlo.

–Elin...

–Creo... que me voy a mi habitación. No, no intentes detenerme –dijo ella, y soltó una amarga carcajada–. ¿O ibas a decirme que me diera prisa?

La había ofendido, le había hecho daño, y se odió a sí mismo por ello.

–No lo entiendes.

–Claro que sí –dijo Elin, y se puso en pie.

Comenzó a vestirse, tambaleándose, y lo miró mientras contenía las lágrimas.

–Vamos a darnos un descanso el uno del otro, ¿te parece? Dentro de unos días, ya decidiremos lo que vamos a hacer.

Él intentó agarrarla, pero ella no se lo permitió. Sonaron unos pasos y, al poco, Thane se quedó solo en el baño.

Se pasó una mano por la cara, y recordó un día, no muy

lejano, en que había dejado a la arpía en la cama. Ella quería consuelo de él, pero él le había pagado con joyas y la había dejado sola. ¿Había hecho que se sintiera de aquel modo?

Era lógico que Elin se arrepintiera de lo que habían hecho.

Debería devolverla a su mundo. Así, ella podría tener la vida que había planeado.

Thane cerró los ojos y negó con la cabeza. Elin había hecho algo más que cambiar el curso de su vida. Lo había cambiado a él, y ya no era un adicto al dolor, sino al placer. No a las mejores relaciones que había tenido en su vida, sino a ella. A su presencia. Ya no podría sobrevivir sin ella.

Para bien o para mal, tenía que conservarla a su lado.

Capítulo 21

«¿En qué clase de mundo he entrado?».

Primero, Elin supo que debería avergonzarse de sí misma. Se había acostado con el hombre que, una vez, la había echado a la calle sin contemplaciones.

«Pero... también me salvó de los demonios».

Sí, pero... se había puesto tenso en cuanto habían terminado, y la había rechazado con un lenguaje corporal que ella había descifrado sin problemas, consiguiendo que se sintiera como un objeto de usar y tirar.

«Tal vez las cosas fueran tan increíbles para él como para mí, y necesitara un momento para asimilar lo que estaba sintiendo».

¡Eso no importaba! Pensar con lógica no valía para nada.

Así pues, debía mirar hacia delante.

Después, sus compañeras de cuarto la habían asediado para que les contara detalles de su noche con Thane. Era de esperar, pero Elin no admitió nada. ¿Cómo iba a responder a las chicas, cuando no tenía respuestas ni siquiera para sí misma? Estaba hecha un lío.

Además, había algo que no se había esperado en absoluto: cómo la trataron los clientes durante su turno de aquella noche. Tanto hombres como mujeres la miraban como si le hubieran salido cuernos y rabo. Cuando les preguntaba qué iban a pedir, rehusaban amablemente que les sirviera.

«No, no», le había dicho más de uno. «Déjame a mí que te sirva yo las copas».

—Me rindo —dijo, y depositó la bandeja sobre la barra con exasperación—. No entiendo qué pasa.

—Es por la esencia —dijo alguien a su espalda.

Elin se dio la vuelta y miró hacia arriba, más hacia arriba, hasta que vio el rostro de Xerxes. El Enviado tenía el pelo blanco y despeinado, alrededor de un rostro que a ella había terminado por parecerle sobrenaturalmente bello. Tenía los ojos de color rojo, tan brillantes, que a Elin le costaba mantener su mirada. Pero, el pobre... tenía más cicatrices aquel día. Aquellas marcas hinchadas, que eran cortas y rectas, le cubrían las mejillas y el cuello.

¿Cómo se las había hecho?

Quizá fuera por el vínculo mental que había entre ellos dos, pero Elin tenía debilidad por aquel chico. También podía ser porque él la había cuidado incluso cuando Thane no quería verla. Se dio cuenta de que aquel recuerdo ya no le hacía daño. Verdaderamente, había perdonado a Thane.

—¿A qué te refieres?

—La esencia es el equivalente, por parte de un Enviado, a una señal de prohibido.

Elin se miró el recatado uniforme que les obligaba a llevar Thane a las chicas y a ella, y que no dejaba ver ni un centímetro de piel por debajo del cuello.

—No veo nada.

—Porque tú no puedes ver en el reino espiritual. Estás envuelta en un color cerúleo brillante, el color de Thane. Y, aunque es precioso, también es peligroso para los demás. Como un vallado electrificado. Puede matar con un solo roce.

¿Tenía la piel azul? ¿De veras?

—¿Puedo freír a la gente con solo rozarla? —preguntó con espanto. ¡Aquella misma mañana había abrazado a Bellorie!

—No. Lo has entendido mal. Tú no, pero Thane sí. Él te

considera suya. Más que este bar, incluso. Si alguien te insulta, se enfadará. Si alguien te hace daño, su furia será incontrolable.

Un momento... Entonces, ¿Thane la consideraba suya? ¿No era solo una compañera divertida en la cama?

Pero... si era cierto, ¿por qué no le había dicho él lo que sentía? ¿Y por qué no le había preguntado si podía utilizar su color para marcarle la piel?

«Tal vez hubiera debido quedarme y hablar con él como una persona adulta».

Sin embargo, no había querido enfrentarse al dolor del rechazo tan pronto, justo después de haber experimentado los dos orgasmos más asombrosos de su vida. Y, por añadidura, quería marcharse antes de que estallase su furia.

¿Furia? Sí. Elin se dio cuenta de que estaba furiosa consigo misma por haber sucumbido al atractivo de Thane. Eso no le gustaba.

Y lo peor de todo era que, como una adicta, solo quería más.

¡Todo era culpa de Thane!

Era una lógica absurda, pero no le importaba. Durante todo aquel día, había tenido que luchar contra muchas emociones distintas: el disgusto, la esperanza, la ira, el arrepentimiento, la tristeza, la felicidad y el anhelo. Todo eso estaba atrapado dentro de ella, esperando a encontrar una salida. Thane y su esencia tenían una diana en la espalda.

–¿Dónde está Thane? –preguntó.

–¿Por qué? –inquirió Xerxes.

–Él y yo tenemos que gritarnos –respondió ella, tirando el delantal sobre la bandeja–. Además, no me voy a quedar aquí si parezco un residuo tóxico. Todo el mundo me trata como si fuera una muñeca de porcelana.

–Para otras mujeres, eso sería una bendición.

Y quizá para ella también. Algún día.

Pero no aquel día.

—Thane —insistió ella.

—No está aquí, pero ha dejado órdenes para ti. Sígueme —le dijo Xerxes y, claramente, esperaba que ella obedeciera.

«Vete a la mierda», le transmitió mentalmente.

—¿Qué órdenes?

Él estaba sonriendo mientras se daba la vuelta. Elin suspiró y corrió tras él. Lo siguió a través de la multitud de clientes del bar, que se apartaban en cuanto la veían, y la miraban con una mezcla cómica de reverencia y de miedo.

—No me has contestado —le dijo a la amplia extensión de la espalda de Xerxes—. ¿Dónde está Thane?

—Matando demonios. Cazando a un príncipe. Como prefieras.

—Muy bien, pero eso tampoco es una respuesta. No te he preguntado lo que estaba haciendo —replicó ella. De repente, se sentía muy preocupada por Thane. «Aj. No, basta». Aquel guerrero sabía cuidar de sí mismo. Esos demonios eran historia.

—Podría preguntárselo por ti.

—No, no te molestes —dijo Elin. No había ninguna necesidad de distraerlo, y menos cuando ella misma podía hacerlo—. ¿Cuánto tiempo dura la esencia?

—Unos cuantos días.

—Ah, bueno. Eso no es tan malo.

—Pero estoy seguro de que recibirás una nueva dosis hoy mismo, un poco más tarde.

Sin poder evitarlo, sintió una impaciencia que le puso el vello de punta por todo el cuerpo. ¡Traidor! Quería negar que había vuelto a perdonar a Thane, y que quería tenerlo en su cama, pero ¿a quién iba a engañar?

—Sí, bueno... —Elin carraspeó—. ¿Pueden verlo los humanos? Me refiero al brillo.

—No, que yo sepa. ¿Por qué?

—Solo era curiosidad.

Salieron del edificio. Estaba atardeciendo y hacía fresco. Caminaron hacia una estructura en la que ella no se había fijado nunca. Estaba a la derecha del gimnasio donde se entrenaban las chicas y ella; había muchos guardias custodiándolo, y estaba rodeado de nubes espesas.

—¿Qué es este sitio? —preguntó ella, un poco inquieta. ¿Y cuántas chicas habían ido allí?—. Espera, ¿estoy en un lío?

—¿En un lío? ¿Tú? —preguntó Xerxes, y puso los ojos en blanco—. Me da la sensación de que, si quemaras todo el bar, solo te ganarías una azotaina de la que Thane y tú disfrutaríais. En cuanto a este lugar, ahora vas a averiguar lo que es.

Asintió una sola vez, y los guardias que flanqueaban la única entrada se apartaron.

Entonces, él entró, y ella lo siguió sin demora. Las suelas de sus botas claquetearon sobre un suelo de piedra clara y brillante, que ella solo había visto en la habitación del sexo de Thane.

—Es asombroso.

—Es oro puro, que solo existe en el nivel superior de los cielos. Fue un regalo que el Más Alto le hizo a Thane.

—¿Por qué?

—Como recompensa por un servicio ejemplar. Una vez, Thane luchó contra un señor de los demonios y cuarenta de sus sirvientes. La batalla duró treinta y dos días; él no se retiró hasta que hubo terminado con todos, y salvó la vida de una familia humana.

Vaya. Era más testarudo de lo que ella había imaginado. Y más feroz, también.

—¿Ha habido alguna batalla que no haya ganado?

—Sí. Una.

Xerxes no dijo nada más, y ella captó la indirecta. Aquel tema de conversación estaba cerrado.

Delante de ellos había un laberinto de pasillos, todos exactamente iguales. Y parecía que había miles de puertas, con miles de guardias, todos ellos con la misma cara. Una cara muy bonita, por cierto. Ojos negros, pelo blanco, pómulos afilados y mandíbula poderosa. Elin no estaba segura de cómo podía conocer el camino Xerxes, pero él no vaciló ni una sola vez.

Por fin llegaron a una puerta, como todas las demás, y se detuvieron. Él dijo algo en un idioma que ella no entendía, y el guardia se apartó.

Ella siguió a Xerxes con el corazón encogido, y entraron en... la habitación del tesoro. A Elin se le escapó un jadeo. Era como el castillo de un rey. Había montañas de oro y joyas. Había muebles antiguos de madera tallada. Algunas de las piezas eran doradas. Otras eran de ébano, y otras, de marfil.

–Puedes elegir lo que quieras –dijo Xerxes.

Ella volvió a jadear.

¿Acaso era un pago por sus servicios?

–No, gracias.

Habían hablado de ello, y Thane había accedido. Ningún dinero iba a cambiar de manos.

–Es para tu habitación.

–¿Mi habitación?

–Sí. La que está junto a la de Thane. Puedes decorarla como quieras.

–Entiendo.

Elin no sabía si llorar o reír. Thane seguía deseándola, pero no quería compartir su habitación con ella. Iban a acostarse juntos, pero nada de abrazos.

–Así que esto es como Ikea, pero en multimillonario, ¿no?

–Si supiera lo que significa eso, seguro que estaría de acuerdo.

«Hazlo. Pregúntale lo que de verdad quieres saber».

–¿Ha hecho esto por alguna otra mujer?

–No. Tú eres la primera. Y estoy seguro de que también la última.

Vaya. Entonces, no tenía por qué echarse a llorar. Con

una gran sonrisa, comenzó a recorrer la enorme cámara. Pasó las yemas de los dedos por algunas cosas que deberían estar en un museo, deseando conocer su historia.

—¿Y tú? ¿Alguna vez has traído a una mujer aquí?
—No.
—¿Por qué no?
—Ninguna me ha importado lo suficiente.
Dicho con tanta indiferencia, parecía triste.
—¿Cuál es tu historia? ¿Un amor que te rompió el corazón? ¿Te traicionó? ¿O sencillamente, no has encontrado a la chica ideal?
—¿Te gustan las películas de terror?
—No. Me dan mucho miedo.
—Entonces, no te gustaría mi historia.

Thane le cortó la cabeza al demonio que tenía ante sí. Otra de las criaturas se lanzó hacia él, por la espalda, pero le traicionó el sonido del aire, y Thane se giró y lo mató exactamente igual que a su amigo.

Por fin, después de una larga búsqueda y muchas batallas con los demonios, había encontrado al príncipe. Estaba sentado en un columpio, en el centro de un parque infantil, observándolo. Thane sabía por qué. La criatura lo estaba evaluando, estudiando sus costumbres mientras él mataba a sus sirvientes. Tenía una enorme sonrisa de alegría.

Hacía un día soleado y agradable, y había unos quince niños jugando en el parque. Estaban por todas partes. Los demonios también estaban por todas partes, pero permanecían en el reino espiritual, y ni los niños ni sus padres podían verlos. El peligro les era ajeno y desconocido, pero era muy real.

Thane necesitaba ayuda. No podía luchar contra los demonios, proteger a los niños y cazar al príncipe, todo a la vez; además, no iba a intentar hacer aquello último sin consultar primero con su líder. Había aprendido la lección.

Pero tampoco podía llamar a sus chicos. Xerxes estaba protegiendo a Elin, y Bjorn... Bjorn todavía no estaba bien.

«Zacharel», proyectó mentalmente. «He encontrado al príncipe, pero no puedo alejarme de él. Está con una horda de demonios en un parque lleno de niños». Después, le dio las coordenadas de la situación.

«Has hecho bien en quedarte allí», respondió Zacharel inmediatamente. «Voy hacia allí ahora mismo».

Thane siguió girando a la derecha y a la izquierda, en movimiento constante, cortando cabezas, alas y brazos de demonios.

Al cabo de unos minutos, oyó un movimiento de aire a su lado, y se volvió. Vio el pelo negro y los ojos verdes de Zacharel.

Thane, entonces, se giró para mirar al príncipe y observar su reacción al ver a un miembro de la Elite de los Siete, pero el demonio ya se había ido. Y sus sirvientes estaban huyendo despavoridos.

Cobardes.

Zacharel miró atentamente a Thane, en busca de alguna herida, y no encontró ninguna.

—No era exactamente el final que esperaba, pero supongo que debería haberlo previsto. ¿Cómo lo has encontrado?

—Siguiendo tu consejo. He estado trabajando con Lucien en otra tarea. Él estaba por esta zona y no tenía nada que hacer, así que le pedí que siguiera el rastro espiritual de la maldad.

—¿Lucien? ¿Y dónde está ahora?

—No estoy seguro. Creo que lo llamaron para que escoltara a un alma humana al más allá.

Lucien no era capaz de resistir, físicamente, aquellas llamadas.

—¿Y cuánto tiempo llevas luchando?

—¿Aquí? Unos quince minutos.

Sin embargo, había estado en otras batallas, y todas

ellas le habían dirigido hacia el parque, donde estaba esperando el príncipe, con una actitud despreocupada.

–Quince minutos, y hay incontables cuerpos de demonios por el suelo, flotando en un mar de sangre.

Thane se encogió de hombros.

–Me gusta mi trabajo.

–Sí, ya lo sé. Lo has hecho bien –dijo Zacharel, y le dio una palmada en un hombro–. Pero debes saber que el príncipe va a observar, a estudiar, y a esperar. Después, lanzará pequeños ataques para debilitar y distraer y, cuando piense que estás en tu momento más bajo, se empleará a fondo.

Una táctica insidiosa.

No podía bajar la guardia.

–Ve a casa a descansar –le dijo su jefe–. Cansado no me sirves de nada. Voy a reunir al resto de la Elite para seguir el rastro del príncipe. Si lo encontramos, te necesitaré.

Thane frunció el ceño.

–Creía que no podía acercarme a él.

–Tú solo, no. Pero, cuando llegue el momento, necesitaremos toda la ayuda posible.

–Estaré preparado –respondió Thane.

Desplegó las alas y salió volando hacia el cielo, lleno de impaciencia. Por primera vez en la vida, tenía a alguien por quien volver a casa. Estaba deseando ver las cosas de Elin en su suite.

Ella estaba disgustada con él, y no podía reprochárselo. El día anterior, le había preguntado si se arrepentía de lo que había ocurrido, y él no le había contestado. Eso había sido un error, porque debería haber hablado con ella. Ella lo habría entendido. Ella le habría ayudado a ver la verdad.

Sin embargo, había tenido que averiguarla por sí mismo, a la luz del día siguiente. No se arrepentía de lo que había ocurrido. ¿Cómo iba a arrepentirse? Ella le hacía un hombre mejor en todos los sentidos. El miedo había alterado su percepción de las cosas. La necesitaba, y no podía soportar la idea de perderla. Nunca.

«Voy a cortejarla de un modo romántico. Le enviaré otra nota. Me perdonará. Tiene que perdonarme».

Cuando llegó al club, fue directamente hacia la suite. Buscó un cuaderno y un lapicero y... frunció el ceño. No había ningún cambio. No había cojines femeninos, ni libros en la mesa de centro. Bjorn y Xerxes estaban en el salón, hablando.

—... un equipaje irrazonablemente pequeño —estaba diciendo Xerxes, refunfuñando.

—¿Quejándote de ella? —preguntó Bjorn, y chasqueó la lengua—. Vas a acabar con una estaca clavada en el cuerpo.

—Merecería la pena —respondió el guerrero, canturreando.

—¿Dónde está Elin? —preguntó Elin, y sus amigos se volvieron hacia él.

Obviamente, estaban conteniendo una sonrisa.

—Casi me avergüenzo de ti —dijo Xerxes—. Lo primero en lo que piensas es en una mujer, y no en tus amigos.

—Yo sí que me avergüenzo de él —dijo Bjorn—. Thane, tío, preferiría verte con un vestido rosa y unos zapatos de tacón que sometido de esta manera.

—Espera a que te llegue el turno —respondió Thane. Cuando eso ocurriera, iban a deshacerse como las galletas de Elin.

Xerxes apoyó los pies en la mesa de centro.

—Tú me conoces, ¿no? No se puede someterme.

Thane puso los ojos en blanco.

—¿Y la chica?

—No está aquí —dijo Xerxes.

¿Qué significaba eso? Thane entró en la habitación que había vaciado y limpiado para ella. Incluso había arrancado las paredes y había puesto unas nuevas. Sin embargo, Elin no la había amueblado.

—Está en su dormitorio —le dijo Bjorn—. El que comparte con las otras camareras.

—Su habitación es esta —respondió él, entre dientes.

Xerxes, por fin, perdió la batalla y no pudo seguir disimulando la sonrisa.

–Dejaré que seas tú quien la convenza de eso. Lo único que tomó de la cámara del tesoro fueron unos brazaletes. Cinco. Porque, y cito textualmente, «las Multiple Scorgasms estarán alucinantes con los brazaletes de Wonder Woman».

«Tenía que haberme dado cuenta de que me iba a llevar la contraria en este asunto». Tenía que organizar un plan nuevo: primero, reconciliarse con ella. Después, conseguir que se cambiara de dormitorio.

–¿Ha dicho algo?

–Que ya hablaría contigo de sus razones para rechazar la oferta. Contigo, y solo contigo.

Capítulo 22

Elin estaba sumida en el sueño erótico más increíble del mundo. Thane la estaba desnudando despacio, y besándole cada centímetro de piel que dejaba a la vista. Acto seguido, se encontró en una pesadilla, porque Thane estaba de pie sobre ella, mirándola con cara de furia.

–Levántate –le espetó. Después, con más suavidad, añadió–: Por favor.

Ella se incorporó de golpe, y permaneció desorientada unos segundos. Entonces, comenzó a percibir detalles: Thane no era una pesadilla, sino una realidad. El sol entraba por la ventana y lo iluminaba como si fuera una estrella del rock en el escenario. Las chicas estaban completamente despiertas, y lo miraban sin disimulo desde sus camas.

–¿Ocurre algo? –preguntó Elin, apartándose el pelo de la cara.

–No estás donde debes estar –respondió él. Se inclinó, la tomó en brazos y se la echó al hombro, como si fuera un bombero–. Sé que hice las cosas mal después de... después, y lo siento. Pero tienes que admitir que no estaba en mi sano juicio. Acababas de nublarme el entendimiento.

No. No era posible que él hubiera dicho eso.

–No me arrepiento de lo que pasó –añadió Thane.

–¡Un tío en la casa! –gritó Savy–. Buuu, buuu.

—Vaya, vaya —comentó Octavia—, Bonka está a punto de recibir su merecido.

«No puedo reírme». Cuando Thane se irguió, ella le golpeó la espalda.

—¡Thane Downfall! Bájame ahora mismo.

Él salió de la habitación. Lo último que vio Elin fue a Bellorie, riéndose como si acabara de tomarse un barril de cerveza.

—Querías que fuéramos amantes. Somos amantes. Querías que te diera lo que soy, y te lo he dado, lo bueno y lo malo. Querías espacio, y te di espacio. Ahora, vamos a hacer lo que yo quiero.

Thane al estilo cavernícola era muy excitante. Tal vez fuera el calor de su voz, o aquellos músculos apretados contra ella, pero Elin estuvo a punto de arder espontáneamente. Así, sin más.

—Veo que te gusta esa idea —dijo él, y con un tono de voz muy petulante—. Tu temperatura corporal ha subido diez grados en menos de un segundo.

Estúpida característica fénix.

—¿Y qué? ¿Qué vas a hacer al respecto?

Él entró al ascensor. Cuando las puertas se cerraron, la dejó deslizarse por su cuerpo hacia el suelo. Su erección quedó atrapada entre las piernas de Elin durante un momento sublime.

Él le rodeó la cintura con los brazos, y le dijo:

—Ya hablaremos de mis planes después de que me digas por qué no estás en tu nueva habitación.

—Bueno —dijo ella, jugueteando con el cuello de su túnica—. Para empezar, estoy enfadada contigo.

—Eso ya lo sé —dijo Thane—. Pero te pedí perdón, y tú me perdonaste.

—No te perdoné —protestó ella.

Él la besó con dulzura y suavidad.

—Entonces, te ruego que me perdones. De lo contrario, no sobreviviré.

Ella sintió un cosquilleo en los labios por el beso, y un cosquilleo en el alma por sus palabras.

—Está bien —dijo, con un suspiro—. Te perdono por cómo te comportaste. Pero has cometido otro delito más.

—Dime cuál es, y lo arreglaré.

—Me cubriste de esencia sin avisarme.

—No por elección propia —dijo él.

Un momento. ¿Acaso él no había querido marcarla? Vaya, vaya. Qué desilusión.

En realidad, nunca se había sentido enfadada porque él la hubiera cubierto de esencia. Solo estaba herida por el posible arrepentimiento de Thane, y había buscado una excusa para desahogarse.

—Entonces, ¿no querías que todo el mundo supiera que en este momento soy tu chica favorita?

Él le tomó las mejillas con las manos, y pasó los pulgares por sus labios.

—*Kulta*, quiero contárselo a gritos a todo el mundo.

Las puertas del ascensor se abrieron antes de que ella pudiera responder. ¡Había vuelto a ponerse romántico! Thane la sacó de la cabina, y los guardias asintieron a modo de saludo cuando entraron en la suite. Xerxes y Bjorn no estaban allí.

—Siéntate —le dijo Thane—, y hablaremos de la cuestión del dormitorio.

Ella no quería hablar de eso. Porque, aunque lo hubiera perdonado, no iba a salir nada bueno de que vivieran juntos. Cuanto más le permitiera formar parte de su vida, más difícil sería dejarlo.

—Solo voy a estar aquí durante unas cuantas semanas más, ¿no?

Él entrecerró los ojos.

—Sí —prosiguió ella, mientras se sentaba en el sofá—. No hay ningún motivo para que te tomes tantas molestias por mí.

Él se sentó a su lado y se la colocó en el regazo, a horcajadas.

—Yo decidiré las molestias que me tomo por ti.

Realmente, eso era muy dulce. Y la nueva posición era muy excitante.

—Sí, bueno, se supone que estamos pasándolo bien juntos, entreteniéndonos —le dijo, mientras se frotaba contra él perezosamente, y le arrancaba un jadeo—. Para eso no tenemos por qué vivir juntos.

Él le pasó los dedos entre el pelo, se detuvo en su nuca y la agarró.

—Si vivimos juntos, será más fácil entretenernos.

Ella se echó a reír, pero su carcajada se convirtió en un gemido de placer.

—Viviste con Kendra, y mira lo que le ocurrió.

—Tú no estás intentando esclavizarme.

—Eso no es lo que dijiste la semana pasada.

Él se puso muy rígido.

—Sabía que tampoco estaba perdonado por eso.

Ella le mordisqueó el labio inferior.

—Mira quién fue a hablar. El rey de los resentimientos. Pero, sí, te he perdonado. Y lo digo de verdad —respondió. Después, bajó la voz de una forma seductora, y añadió—: Ya me vengué, ¿no te acuerdas?

A él se le aceleró el pulso.

—Pero, Thane… creo que lo mejor sería que, de ahora en adelante, fuéramos amigos en vez de amantes.

Mejor, pero seguramente imposible.

—¿Mejor para quién?

—Para mí. Para ti. Yo me voy a marchar muy pronto, y…

Él la interrumpió.

—Vamos a ser amigos y amantes, y no hay nada más que decir.

—Trato hecho.

Él entrecerró los ojos.

—Acabas de engatusarme para conseguir exactamente lo que querías desde el principio, ¿verdad? —le preguntó y, antes de que ella pudiera responder, él añadió—: Entonces,

¿vas a dejarme entrar en tu cuerpo, pero no quieres vivir conmigo?

–Pues, en resumen, sí.

Él se puso en pie, y ella se deslizó hasta el suelo. La mirada que le lanzó Thane... hizo que su temperatura aumentara otros diez grados.

–¿Solo quieres sexo? ¿Nada más?

No.

–Sí.

Oh, no lo sabía.

–Muy bien –dijo él, con tirantez–. Pide, y recibirás.

La tomó en brazos y la llevó a su habitación, donde la dejó sobre la cama. Ella habría botado por el impacto, de no ser porque él se tendió sobre ella inmediatamente, y la besó salvajemente. Su lengua y su boca se hicieron exigentes y le crearon necesidad, hambre y obsesión.

Le dio una muestra de lo que podría tener.

Sin embargo, después suavizó el beso, cambió la pasión desatada por una actitud más fría y calculadora, y ella gimió de desilusión. Él comenzó a mover la lengua con una deliberación lenta, como si ya no sintiera el impulso de las emociones. Como si no le importara nada su respuesta, solo su propia satisfacción.

–¿Te gusta esto? –le preguntó, y le acarició el pecho de una forma superficial. Después, bajó hasta su sexo, pero no tocó el centro de su necesidad, sino que la sujetó como si fuera de su propiedad–. ¿Es esto lo que esperabas?

Aquellas acciones la dejaron extrañamente vacía.

–¿Tha-Thane? –preguntó ella, con inseguridad.

Él levantó la cabeza y la miró fijamente. Sus ojos también estaban desprovistos de toda emoción.

–Calla. Mis mujeres no tienen permitido hablar.

Ella sintió una punzada de dolor.

–Entonces, ¿para qué me has hecho esas preguntas?

–¿Y qué importa? ¿Por qué te quejas? Esto es lo que querías.

Elin se dio cuenta de que la estaba manipulando, y quiso enfadarse. Sin embargo, le resultó imposible sentir ira. Claramente, le había hecho daño al empeñarse en tratarlo como si fuera una aventura pasajera.

—Sí, pero yo pensaba que...

—Sé lo que pensabas —dijo él, y la acalló con otro beso frío y lento.

Ella le golpeó los hombros... sus hombros gloriosos, fuertes y anchos... Y, entonces, sin pensarlo dos veces, le agarró la camisa y se la quitó. Piel desnuda. Sí. Le pasó las uñas por los pectorales, y a él se le escapó un silbido de aprobación.

—Dame todo lo que me has dado antes —le exigió.

—¿Todo? —preguntó él, gruñendo.

—Sí. Sí, todo.

Entonces, tiró de él hacia sí para besarlo de nuevo, y se hizo con el control de la situación. Metió la lengua en su boca, con dureza, profundamente, y no pasaron muchos segundos antes de que él le arrebatara las riendas y la besara, aún, con más intensidad. Thane también le quitó la camisa a ella y, después, el sujetador, liberando sus pechos del confinamiento.

Mientras le besaba y le lamía el cuello, le acarició los senos con sus enormes manos, y le pasó los dedos pulgares por los pezones. Y no de una manera superficial.

—Así —dijo ella, y gritó su nombre cuando él le succionó el pulso del cuello.

Entonces, Thane se incorporó y se sentó, jadeando, sin dejar de mirarla. La miró a los ojos, que estaban entrecerrados. A sus labios separados, húmedos e hinchados. Miró su pecho, que subía y bajaba con fuerza a causa de su respiración agitada, y su vientre, que temblaba.

—¿Estás segura de que lo que quieres es esto? —le preguntó.

—¡Sí!

Le arañó suavemente los músculos tensos del estómago, y pasó los dedos por el rastro de vello rubio que llevaba hacia la cintura de su pantalón.

Él le separó las piernas y preparó un acomodo perfecto para su cuerpo. Después, se tendió sobre ella y creo una fricción ardiente.

—Es estupendo —gimió ella.

—Puede ser mejor aún —respondió él, y comenzó a lamer y besar sus pezones.

Elin movía la cabeza de un lado a otro sobre la almohada, perdiéndose en aquellas sensaciones.

Estaba muy tensa, y la espalda se le arqueó involuntariamente. Pasó las manos por debajo de sus alas, y palpó aquellos músculos duros.

Él deslizó los nudillos por su estómago y metió la mano por debajo de la cintura del pantalón; justo antes de deslizar los dedos dentro de sus braguitas, se detuvo.

—Me arden las manos —dijo, con la voz ronca.

Oh, sí. Le ardían, y ella absorbía todo aquel calor por la piel. Aquella temperatura le tocaba todas las células y la encendía por dentro.

—Lo sé.

—Es la esencia.

Aquel tono de voz tan tenso... ¿Qué era lo que estaba intentando decirle? Ella no podía...

Ah. La esencia. Su forma de marcarla.

Elin recordó que se había quejado por ello, y supo que Thane creía que no debería tocarla, y que no podía marcarla sin permiso.

¡Qué estúpida había sido!

—Me equivoqué. Lo deseo. Lo necesito. Por favor, Thane —gimió, con desesperación—. Quiero que la pongas hasta en el último centímetro de mi cuerpo.

Él hizo un gesto negativo con la cabeza.

—Yo no marco a las conquistas pasajeras.

Entonces, ella se quedó inmóvil; solo su pecho se movía, se elevaba y descendía rápidamente, al ritmo de su respiración. Demonios, Thane tenía razón. Podía tener una relación ardiente, con lazos emocionales, o una relación fría, con seguridad emocional.

–Yo... no quiero ser una conquista pasajera.

–¿Vas a quedarte en la suite?

–Sí.

Al segundo, él perdió el control, y comenzó a marcarle la cara, el cuello, el pecho y el estómago. Después, deslizó los dedos bajo su pantalón, bajo sus bragas, y ella se puso tensa esperando el delicioso momento en que... ¡Ah! ¡Sí! Por fin, él le acarició el centro de su necesidad. Aquel calor que desprendía Thane, y el hecho de saber que su esencia estaba allí... «Tal vez estalle en llamas, finalmente». Arqueó las caderas, siguiendo sus movimientos, para prolongar el contacto.

Thane metió un dedo en su cuerpo, profundamente, y ella gritó, elevándose para atraparlo más aún.

–Tú fuiste hecha exactamente para mí, *kulta*.

«Tú también fuiste hecho para mí».

Un pensamiento que debería analizar más tarde.

Estaba demasiado cerca del clímax.

–Por favor –dijo ella, persiguiendo la sensación con las caderas.

Thane añadió otro dedo al juego, y le presionó, con la palma de la mano, el lugar en que más lo necesitaba. La expandió, la deleitó. Y, aún así, ella no llegó al éxtasis.

–No es suficiente, ¿verdad, *kulta*?

«Casi no puedo respirar». Estaban escapándosele sonidos de la garganta. Tal vez, gimoteos. El placer era tan intenso que bordeaba el dolor. Tuvo que aferrarse a sus hombros.

–Eres tan ardiente, tan ceñida... Estás tan húmeda... –dijo él. Tenía una mirada llena de desesperación, de necesidad, y Elin se sintió muy poderosa al constatar que los sentimientos de Thane estaban a la altura de los suyos–. No puedo esperar más. Tengo que tomarte.

–Sí.

Él se irguió y se abrió el pantalón. No se molestó en bajárselo. Con una mano, se agarró el miembro por la base y, con la otra, desnudó a Elin. Después, se hundió en su cuerpo.

En aquella ocasión, no hizo las cosas gradualmente. Tomó. Lo tomó todo. Ella llegó al éxtasis a la tercera de sus embestidas, gritando su nombre, y sus músculos internos se contrajeron alrededor de su miembro. Él emitió sonidos guturales mientras se retiraba... y volvía a acometer. Después de aquello, ya no hubo dominio alguno. Él comenzó a embestir contra su cuerpo, cada vez más rápidamente y con más fuerza, y creó un ritmo que volvió a anegar de placer a Elin.

–Otra vez, *kulta* –le ordenó.

Sí. Sí. Ya estaba a punto de alcanzar otro orgasmo, y la sangre le ardía. Lo besó apasionadamente. Tenía una necesidad incontrolable de devorarlo, de ser consumida por él.

–Me estoy acercando –dijo él, entre jadeos–. ¿Puedes tomar más?

–Sí. Dámelo.

Él estiró los brazos, y se agarró al cabecero de la cama, para entrar más profundamente en ella, con más fuerza. Elin lo rodeó con las piernas y alzó las caderas; la cama se movió con las acometidas de Thane, y golpeó la pared.

Por fin, ambos se rindieron al placer. Ella gritó su nombre en pleno éxtasis, y él la siguió, rugiendo de placer, hundiéndose en su cuerpo con todas sus fuerzas. Después, se desmoronó sobre ella, y su peso la inmovilizó, pero a Elin no le importó.

–Esta vez no te vas a escapar –le dijo él, con la voz enronquecida.

Temblando, Elin lo abrazó.

–No hay ningún otro sitio al que quiera ir –dijo.

Y se asustó al darse cuenta de lo cierto que era.

Capítulo 23

Thane nunca había sentido tanta alegría.

No obstante, sabía que no podía dormir con ella. No podía tenerla cerca mientras dormía. Las pesadillas... Tenía que llevarla a la otra habitación.

Pero... no podía hacerlo. Su habitación estaba completamente vacía. Él la había vaciado personalmente, para crear un lienzo en blanco en el que Elin pudiera pintar lo que quisiera.

Ella no lo había hecho... Se lo había negado todo, hasta que él la había obligado, mediante el placer, a aceptar.

Decorarían juntos aquella habitación, al día siguiente. Y, aquella noche, iba a abrazarla, tal y como deseaba hacer. No se permitiría a sí mismo conciliar el sueño.

—¿Brillo? —preguntó ella, frotando su pierna contra la de él.

—Sí —respondió Thane. Sin embargo, no le mencionó lo intenso que era su brillo, ni lo satisfecho que se sentía él por esa causa.

—Bien —dijo Elin, y lo sorprendió.

Lo deleitó.

—Thane —murmuró ella—, ¿vamos a salir con otra gente mientras nosotros estemos juntos?

—¿Es que no lo he dejado claro? No. Yo no lo voy a hacer, y tú tampoco.

Estaba dispuesto a matar a cualquiera que osara tocar algo que, evidentemente, le pertenecía.

—Espero que te oigas a ti mismo, y que seas coherente con lo que dices —le respondió ella.

Thane la obligó a mirarlo a la cara.

—Yo me oigo a mí mismo, sí, pero ¿me oyes tú? —le preguntó y, cuando ella intentó replicar algo, él añadió—: Tú ya has tenido tu turno. Ahora me toca a mí. El placer que experimento contigo es tan grande que merecería la pena morir por él. No hay nada que pueda comparársele. Nunca lo había experimentado, y no voy a renunciar a él por ningún motivo. ¿Lo entiendes?

«Voy a quedarme contigo para siempre. Nada ni nadie podrá separarnos. Ni siquiera tú misma».

—Entiendo que parece que estás completamente quedado conmigo —dijo, mientras apoyaba la cabeza en su pecho, mirándolo con una sonrisa llena de promesas.

Su cuerpo respondió al instante. Siempre respondía a su contacto; sin embargo, aquella conversación era demasiado importante como para hacer una pausa.

—Estoy algo más que quedado contigo.

—Eso es muy agradable.

Él frunció los labios.

—A mí me gustaría oírte decir que soy algo más que un entretenimiento para ti.

Ella abrió la boca para decírselo pero, de repente, frunció el ceño.

—Tenemos un problema muy grave. La duración de nuestra vida va a ser muy diferente. ¡Dentro de pocos años, yo puedo tener el pelo gris!

—Y estarás preciosa. Pero, de todos modos, no eres completamente humana, y no sabemos con seguridad cuándo vas a envejecer, o si lo vas a hacer. Ya has empezado a mostrar algunos rasgos fénix.

—Sí, pero...

—Pero, nada. Ardes cuando te excitas, y te curaste de

una forma sobrenaturalmente rápida de las heridas del juego del esquive de rocas. Sospecho que ambas capacidades se activaron con la muerte de tu familia. A los mestizos puede ocurrirles eso con una experiencia traumática.

–Pero yo no ardía en el campamento fénix.

–Allí no sentías excitación. Y creo que habrías muerto en el desierto, de no ser porque también te curaste muy rápido de las heridas que te provocaban los castigos.

–Es cierto.

–Tal vez, con el paso de los años, muestres otros rasgos de inmortalidad.

Ella se quedó pensativa durante un momento, y dijo:

–Tienes razón.

–Normalmente, siempre es así.

–Ja, ja –dijo ella, con ironía–. Ya veremos si eres tan divertido cuando yo empiece a llevar pañales.

A él se le escapó una risa que los sorprendió a los dos.

Entonces, Elin apartó la manta y se sentó con las piernas cruzadas.

–Tenemos que conseguir que hagas eso más a menudo.

¿Reírse?

–Sí, estoy de acuerdo. A partir de este día, te encargo esa tarea.

Ella arqueó una ceja.

–¿Y está bien pagado el trabajo?

–Muy bien –respondió Thane, y le pasó un dedo entre los dos senos. Aquella era la primera vez que probaba la vida doméstica, y le estaba encantando. Un hombre y una mujer... unidos. Una familia–. Un orgasmo por carcajada.

Ella sonrió, pero volvió a ponerse seria enseguida.

–¿Y si conoces a otra mujer y te enamoras? ¿Y si quieres casarte con una Enviada, con alguien de tu propia raza, y formar una familia? –preguntó, y añadió con agitación–. ¡Thane, no hemos utilizado preservativos!

Él necesitaba sentirla contra la piel, así que la tendió de nuevo a su lado y la abrazó.

—He dicho que no había ninguna mujer que pudiera compararse contigo, y eso va también por las mujeres a las que conozca en el futuro. Solo un idiota se casaría con otra cuando ya tiene a la mejor. En segundo lugar, las fénix solo son fértiles dos veces al año y... yo puedo sentir cuándo ocurre eso –le explicó. Entonces, hizo una pausa, y preguntó–: ¿Quieres tener hijos?

—Algún día. No dentro de varios años. ¿Y tú?

—Para ser sincero, no lo había pensado nunca.

Hasta aquel momento. Posó la mano extendida sobre su vientre, imaginándosela embarazada de un hijo suyo.

—Sí –susurró–. Algún día.

Con ella. Solo con ella.

Se quedaron en silencio. Él jugueteó con su pelo. Aunque parecía que Elin estaba poniéndose tensa, bostezó.

—¿Qué te ocurre? –le preguntó él.

—Debería volver a mi habitación.

—No tienes cama.

—Ya lo sé, listillo. Me refiero al dormitorio de las chicas.

Él se puso rígido.

—Has dicho que ibas a venir a la suite.

—Pero no he dicho cuándo –replicó ella, y comenzó a temblar–. Debería irme ahora mismo. Por favor.

Intentó zafarse de sus brazos, pero él no se lo permitió. Entonces, Thane notó algo cálido y húmedo en el pecho. ¿Lágrimas?

—¿Qué te pasa? –preguntó con ternura.

Entonces, las compuertas se abrieron, y Elin comenzó a sollozar.

—Estoy deseando un futuro en el que Bay no está.

Él la estrechó contra sí y le acarició el pelo y la espalda durante un largo rato, hasta que, finalmente, Elin se calmó. Entonces, él hizo que lo mirara. Tenía los ojos enrojecidos e hinchados. «En estos momentos es muy frágil», pensó Thane. «Debes ser cuidadoso».

Sintió una enorme necesidad de conseguir que ella se sintiera mejor.

–¿Por qué dices que estás deseando un futuro en el que Bay no va a estar? Él nunca ha dejado tu corazón. Va a hacer todo el viaje contigo.

Y él se sentía un poco celoso. Sin embargo, con Elin entre sus brazos, aquel sentimiento se mitigó. Podía compartirla, porque aquel humano había contribuido a que ella se convirtiera en la mujer que era.

Elin asintió.

–Eso es precioso.

–Y cierto.

Ella le acarició los labios con un dedo.

–Eres un hombre bueno, Thane... ¿Cómo te apellidas?

–No tengo apellido. Aquí arriba tenemos apodos. Xerxes el Cruel e Inusual. Bjorn, la Muerte Definitiva y Verdadera.

–Son un poco terribles, pero lo entiendo. Antes de que mi madre cortara los lazos con su clan, era Renlay, la Recaudadora del Impuesto de la Muerte, y los cuentos que me contaba para dormir trataban de sus hazañas.

–¿Te dijo por qué había abandonado a los fénix?

–Sí. Por mi padre, Eric Wahlström. Él vivía en Harrogate en aquel momento, y ella se volvió loca de deseo por él en cuanto lo vio. Lo cual debió de ser extraño, porque eran dos personas completamente opuestas: ella era salvaje, y él, muy convencional. Ella era ruidosa, y él, callado. Sin embargo, mi padre se enamoró de mi madre, y ella se salió con la suya. Después, pensó que podría olvidarlo –le explicó Elin.

Thane percibió su tono de voz, lleno de afecto por sus padres.

–Pero no pudo.

–No, no pudo. Siguió yendo a verlo y, un día, se dio cuenta de que tenía que elegir entre su clan y él. Las relaciones interraciales no están prohibidas, siempre y cuando se produzcan con alguien de una raza igualmente fuerte, o más fuerte. Estoy segura de que sabes que los humanos no son aceptados. Se puede tener un amante humano, pero no un compañero humano. Ella, sin embargo, lo eligió a él, y yo nací un año después. Me pasé los primeros diez años de vida en Harrogate.

—Ah. Eso explica el acento.

—No tengo acento. Cuando nos mudamos a Arizona, todos los otros niños se burlaban de la «idiota de la inglesa», y yo tenía miedo de que mi madre los matara a todos. Así que aprendí a pasar inadvertida.

Tal vez él también hubiera querido asesinarlos a todos.

—Es un acento muy ligero, pero está ahí —dijo Thane, y bajó la voz al añadir—: Se te nota mucho cuando te excitas.

Ella se echó a reír, y le besó el cuello.

—Bueno, recapitulemos —dijo—. Eres Thane, ¿qué?

—Thane de los Tres.

—Ah. Bueno, no es precisamente emocionante.

—¿Decepcionada?

—Más o menos. Siento decírtelo, pero necesitas un nuevo alias.

—La mayoría de la gente piensa que «los Tres» se refiere a Xerxes, a Bjorn y a mí, pero yo ya tenía ese apodo antes de conocerlos. En realidad, se refiere a mis tres modos de matar: muerto, más muerto y muerto para toda la eternidad.

—No sé si asustarme o... sentirme contenta.

—Yo voto por lo último.

—Mi madre también lo hubiera preferido.

Él sonrió, casi con timidez.

—¿Crees que yo le habría caído bien a tu madre?

—Tienes unos hoyuelos que me encantan —dijo ella.

Le encantaban, así que él iba a ocuparse de que los viera, y muy a menudo.

—Tu madre —insistió. Estaba ansioso por saberlo.

—No, no le habrías caído bien.

Él disimuló la punzada de dolor que le produjeron aquellas palabras.

—Te habría adorado —añadió Elin.

Otra sonrisa, y otra aparición de los hoyuelos; Thane estaba seguro de ello. La palabra «adorar» reverberó por su mente. Como si él pudiera provocar aquella emoción en alguien.

«No, no puedo», pensó. «Pero voy a conseguirlo. Lo conseguiré».

Se oyeron unas maldiciones oscuras.

La voz de Thane, llena de rabia, despertó a Elin. Pestañeó, abrió los ojos y vio que él estaba revolviéndose al otro lado de la cama, con las sábanas a los pies, arrugadas.

Mientras pronunciaba imprecaciones, se clavó las uñas en el pecho y se lo arañó con tanta saña que se hizo heridas. Sus dedos se crisparon sobre los cortes de la piel, como si... como si...

A ella se le encogió el estómago.

—Thane —dijo, y le dio unas palmaditas en la mejilla—. Despiértate, cariño.

Él alargó el brazo y la tomó del cuello. Apretó con tanta fuerza que le cortó la respiración. Elin no podía ni siquiera quejarse.

Le agarró la muñeca y tiró, pero no sirvió de nada. Thane siguió apretando.

Elin sintió dolor... mareo...

¿Iba a morir?

Hizo un último esfuerzo por liberarse, y le dio unos golpes en la cara.

Debilidad...

Los dedos se le quedaron enganchados en la boca de Thane y, por algún motivo, aquello lo sacó de su pesadilla. Se despertó y agitó la cabeza. Al ver lo que estaba haciendo, su expresión se volvió de espanto.

La soltó rápidamente.

–Elin... Elin, lo siento muchísimo.

Ella se desplomó sobre él.

Thane la abrazó mientras ella tomaba bocanadas de aire. La sujetó contra su corazón, hasta que ella se recuperó.

–Lo siento muchísimo –repetía, una y otra vez.

–No pasa nada, cariño –le dijo Elin, por fin–. No me has causado ningún daño permanente.

Pocas semanas antes, si hubiera visto la carne sangrante del pecho de Thane y hubiera sufrido aquel maltrato por su parte, se habría puesto a gritar como una loca. Sin embargo, había cambiado. Se había convertido en la mujer que su madre siempre había esperado.

Era fuerte, mental y físicamente. Se había enfrentado a unos demonios enloquecidos, había jugado un partido contra un equipo de mujeres vampiro adictas a la adrenalina y se había colocado, deliberadamente, en mitad de una lluvia de pedruscos.

¿Un poco de ahogo? Eso no era nada.

Thane, sin embargo, estaba temblando.

–Podría haberte... No tenía que haberme quedado aquí. No quería quedarme dormido.

Así pues, no quería compartir habitación con ella porque padecía pesadillas violentas y frecuentes. Elin sintió un arrebato de ternura.

–Me alegro de estar aquí.

Al pensar en que él tenía que enfrentarse solo a aquellos sueños, se le rompió el corazón.

–Cuéntame la pesadilla.

Él se puso rígido, pero respondió:

–No es una pesadilla.

–¿Es un recuerdo, entonces?

Thane se levantó, fue hacia el armario y sacó dos túnicas. Se puso una de ellas y, después, vistió a Elin con ternura.

Así pues... las conversaciones sobre pesadillas y recuerdos estaban prohibidas. Entendido. Y a ella le dolió un poco, después de todo lo que habían compartido. Pero, por lo menos, él le había dado una túnica de su armario personal, en vez de obligarla a ponerse alguna de las que reservaba para sus otras amantes.

Vaya. ¿Estaba celosa?

Y ¿por qué estaba tan disgustada, de todos modos? Él le estaba dando lo que ella le había pedido: sexo sin compromiso.

Sí, pero eso no era lo que habían convenido finalmente. Se habían comprometido más seriamente, y él iba a tener que atenerse a las consecuencias.

—Thane —le dijo, tomándolo por las muñecas—. Habla conmigo.

Él no la miraba a la cara.

—Puedes confiar en mí. No voy a revelar tus secretos.

Él le besó los nudillos.

—Vamos a la cámara del tesoro, y allí puedes elegir los muebles que quieras para tu habitación. Sé que no quieres instalarte ahí, pero vas a hacerlo de todos modos.

Primera derrota. Pero, bueno, podía abordar aquel tema desde una perspectiva distinta y lanzar un ataque lateral valiéndose de aquel cambio de habitación. En realidad, era conmovedor que quisiera tenerla tan cerca y, al pensarlo, el dolor del rechazo se disipó. Sin embargo, había tres cosas que le molestaban.

La primera eran las pesadillas de Thane. Estaba claro, por su mirada atormentada, que sufría mucho. La segunda, los horribles recuerdos que él había creado en la otra habitación. Había llegado el momento de crear nuevos recuerdos allí. Y, en tercer lugar, el estado de su habitación. Él quería que ella viviera lujosamente y, sin embargo, su habitación era completamente espartana.

Thane era muy complicado, mucho más de lo que ella hubiera pensado. Castigaba sin piedad a sus enemigos, así que... tal vez aquello fuera un castigo para sí mismo. Pero ¿por qué?

Fuera cual fuera el problema, hubiera hecho lo que hubiera hecho, ella solo quería cosas buenas para él, a partir de aquel momento.

–Está bien –dijo–. Vamos a la cámara del tesoro, y yo elegiré cosas para la otra habitación.

Él se quedó muy aliviado y sonrió, mostrándole los hoyuelos.

Y ella lanzó el golpe.

–Pero –añadió, y vio que él volvía a ponerse tenso– también quiero decorar esta habitación.

Él abrió la boca, seguramente, para protestar.

–Me da la sensación de que voy a pasar mucho tiempo aquí, y quiero estar cómoda.

En realidad, ya se sentía cómoda, pero estaba empezando a pensar que Thane pondría sus necesidades y sus deseos por encima de los de él.

Aquel pensamiento... le provocó felicidad. Le provocó un sentimiento de humildad. La atemorizó, también.

¿Cómo se suponía que iba a enfrentarse a algo así?

Claramente, Thane comenzó a luchar consigo mismo y, después de unos instantes, asintió.

–Está bien. Las dos habitaciones.

Capítulo 24

Thane estaba completamente entusiasmado.

Elin se tomó muy en serio su papel de decoradora. Le pidió que llevara papel y lápiz para apuntar sus ideas y sus planes. En la enorme cámara del tesoro, se pasó de un lado a otro con el ceño fruncido de concentración. Algunas veces, se detenía y tomaba notas. Parecía que estaba en una misión a vida o muerte, e incluso mantenía conversaciones consigo misma.

«¿Pongo esto aquí? ¿O allí?».

«No, en ninguno de los dos sitios. Me gusta más el armario de puertas de cristal».

«Demonios, ¿qué elegirían los *Hermanos a la obra*?».

Allí, rodeada de riquezas incalculables, entre joyas y magníficas antigüedades, vestida con su túnica blanca, parecía una reina.

Pasó una hora. Y otra.

Él no dijo ni una palabra. No tenía interés en apresurar las cosas. Sentía alegría y paz con solo mirarla.

Pasó otra hora.

–Thane –dijo ella, con una voz ronca y llena de promesas. Era la misma voz con la que hablaba cuando él estaba dentro de ella.

Agitó las alas, y respondió:

–Sí, Elin.

De espaldas a él, con el pelo oscuro suelto por la espalda, miró hacia atrás por encima del hombro y sonrió lentamente... con picardía. La fuerza de su propia reacción ya no asombró a Thane. Sus músculos se tensaron, y su sangre comenzó a arder. Su necesidad creció. «Está hecha para mí. Es mía».

–No puedo saber si esta es la cama de mis sueños sin probarla primero –dijo ella y, mientras hablaba, se deslizó la túnica hombros abajo. La prenda cayó al suelo, y ella quedó completa y gloriosamente desnuda.

Mientras devoraba su imagen con la mirada, el deseo se apoderó de él. Vio la línea elegante de su espalda, las dos depresiones que tenía sobre las nalgas. La longitud de sus piernas.

Entonces, ella se volvió, y Thane sufrió un ataque frontal.

Se quedó sin respiración.

Ella se sentó sobre el colchón y separó las piernas.

–Ven conmigo –le dijo.

Él anduvo hacia ella como si estuviera en un sueño, quitándose la túnica por el camino. Cuando llegó a su lado, hizo ademán de ponerse de rodillas, pero Elin le puso las manos en las caderas y lo detuvo.

–Quédate así...

Le lanzó otra sonrisa llena de picardía, y ella fue quien se puso de rodillas.

Thane ya estaba endurecido como el acero, pero se puso aún más rígido, debido a la impaciencia. Entonces, Elin lo atrapó con la boca, y él notó un calor abrasador, una succión embriagadora. Estuvo a punto de llegar al orgasmo, pero se contuvo. «Tengo que experimentar más de esto». Se inclinó hacia delante y apoyó las manos en la cama. Ella siguió acariciándolo con la boca, de arriba abajo y de abajo arriba, tomándolo profundamente.

Cuando Thane se dio cuenta de que ella estaba jugando con los dedos entre sus piernas, atendiendo a su propio deseo, comenzó a mover las caderas sin poder evitarlo. Aunque intentó ser suave, delicado, porque no quería hacerle daño ni provocarle un atragantamiento, no pudo controlarse demasiado tiempo. Ella lo acariciaba con la lengua, y él se meció con más ímpetu.

Los músculos se le tensaron más y más... el calor... Oh, aquel calor... combinado con la succión de su boca y los roces de su lengua, y con el hecho de saber quién le estaba proporcionando todo aquel placer... La presión estalló dentro de él, y las compuertas se abrieron. Thane rugió al llegar al clímax. Se irguió para sujetarle las mejillas a Elin mientras le daba hasta la última gota.

Ella se estremeció por la fuerza de su propio clímax. Y, cuando se quedó inmóvil, sus ojos se encontraron.

Thane, temblando, la ayudó a levantarse.

—Me falta práctica, pero, bien, ¿no? —le preguntó, con una sonrisa. Sus ojos brillaban como las estrellas en el cielo nocturno.

—Sin palabras —dijo él, con la voz entrecortada—. Espera, tal vez una: agradecimiento.

—¿Para mí, o para Bay?

¿Su marido le había enseñado aquella habilidad tan útil?

—Para los dos.

Thane no pudo sentir ni un ápice de celos. Tal vez Elin hubiera aprendido con aquel hombre, pero él iba a ser quien se beneficiara durante el resto de su vida.

Aquellas dos últimas palabras le llamaron la atención: «su vida».

¿Cuánto tiempo le quedaba a Elin de vida?

Él le había dicho que no se preocupara. La preocupación no servía de nada. Sin embargo, no estaba mal prepararse para las cosas. ¿Cómo podía él asegurarse de que iba a compartir la eternidad con Elin? Convirtiéndola en inmortal.

¿Y cómo podía convertirla en inmortal?

Thane sabía un poco sobre los fénix. La inmortalidad les llegaba con la primera muerte, y los guerreros y las mujeres se quedaban para siempre con la edad a la que hubieran muerto. Los bebés, los niños pequeños y los adolescentes casi nunca se regeneraban.

Elin tenía veintiún años. Todavía era un poco joven. Y el hecho de que su sangre fénix estuviera mezclada con sangre humana...

En aquel momento, Thane se dio cuenta de que hubiera dado cualquier cosa a cambio de que ella fuera una fénix pura. Cualquier cosa.

La ayudó a vestirse. Cuando él se hubo puesto la túnica, dijo:

—No hemos llegado a probar la cama.

—Lo suficiente para que yo sepa que tiene que ser mía.

Thane sonrió.

—¿Tienes ya todo lo que necesitas?

—Sí, pero te advierto que te vas a quedar alucinado cuando veas las habitaciones terminadas.

No tenía ninguna duda. Ella siempre salía airosa de todo lo que hacía.

—Yo debo hacer algunos recados, pero Adrian está a tu disposición. Él se ocupará de que pongan todo lo que has elegido en el sitio que tú quieras.

Elin hizo un mohín.

—No me entusiasma la idea de obligar a Adrian a que me obedezca. ¿Por qué no puedes hacerlo tú? ¿Adónde vas?

—Tengo una reunión con mi líder.

—¿Con el Más Alto?

—No. Con Zacharel, otro Enviado.

—No estás metido en ningún lío, ¿verdad?

—No. ¿Por qué? ¿Qué harías si lo estuviera?

—Iría contigo y me pegaría con quien hiciera falta. Nadie castiga a mi hombre salvo yo.

«Mi hombre».

Elin acababa de expresar verbalmente que era suyo. Él sonrió, la tomó en brazos y la hizo girar por el aire.

–Gracias. La intención es lo que cuenta.

Ella se echó a reír, y él también, y aquel momento de alegría se quedó para siempre grabado en el corazón de Thane.

Cuando la dejó en el suelo, Elin le dijo:

–Ah, y tengo otra advertencia: voy a invitar a las chicas a tu suite.

A él le caían bien las otras chicas, las respetaba, pero no deseaba especialmente pasar tiempo con ellas. Sin embargo, Elin les tenía cariño, y él no iba a impedir que estuvieran juntas. Así pues, aprendería a soportarlo, por ella.

–Muy bien.

–Espera. Debe de ser que no lo entiendes. Van a tocarlo todo, van a beberse todo tu bar, y tú no vas a poder echarles un sermón, ni castigarlas.

–Sí, lo entiendo.

Ella se puso de puntillas y le dio un beso en la barbilla.

–No te preocupes. No voy a dejar que entren en tu habitación. Esa es solo para ti. Y, algunas veces, para mí.

Al final, su tono de voz se había vuelto casi feroz. A él le gustó, y le gustó lo que implicaba aquella ferocidad: si era necesario, Elin lucharía por conseguir un lugar en su vida.

Lucharía por él.

–Solo para ti y para mí –dijo Thane.

Elin trabajó como una loca para terminarlo todo antes de que volviera Thane, e hizo trabajar también a sus amigas. Y a Adrian.

No se sentía tan mal obligando a la gente a hacer su voluntad.

Aquello era por Thane, y todo valía.

Sin embargo, Adrian salió de allí rápidamente, en cuanto todos los muebles estuvieron en su sitio. Chanel, Octavia y Savy se marcharon muy poco después, llamándola Godzilla. ¿Godzilla, ella? ¡Si era la persona más dulce del mundo!

Pero en los cielos no.

Ya solo quedaba poner en su sitio los jarrones, cuencos de cristal y piedras preciosas. Tenía que ser perfecto.

Thane la mantuvo informada de su situación durante todo el día, transmitiéndole mentalmente mensajes privados. Cada una de las veces, ella se detuvo y sonrió.

Bellorie lo denominó «empalagoso».

Hasta aquel momento, Thane había visitado a su líder, Zacharel, y había hablado con Lucien. Estaba con un grupo de Enviados, incluidos Bjorn y Xerxes, intentando cazar al príncipe de los demonios.

–Estoy pensando en encargar unos retratos –dijo Elin, mientras llenaba uno de los cuencos de cristal con unos rubíes del tamaño de su puño.

–Buena idea –dijo Bellorie, mientras se acomodaba en el centro de la cama de aquella habitación, la que antiguamente servía para las sesiones de sexo salvaje de Thane–. Deberías vestirte de reina del castillo y colgar retratos tuyos por todas las paredes del club, para que quede claro que eres superior a todas las demás mujeres, salvo a mí, claro.

–Claro.

Y a Elin no le parecía mal del todo. Sería una declaración de que Thane estaba ocupado, y que las demás debían tener cuidado. Aunque, en realidad, ella no quería ser ese tipo de chica. Si no podía confiar en Thane, no necesitaba estar con él.

–Bueno, por ahora, creo que debería conformarme con retratos de Thane, Bjorn y Xerxes.

–Claro, claro –dijo Bellorie, asintiendo–. Pero hay un pequeño problema. No vas a conseguir que se sienten a posar más de cinco minutos seguidos.

Thane podía hacerlo, si ella se lo pedía. Parecía que él

siempre estaba dispuesto a agradarla. De hecho, nunca se había sentido tan mimada, y eso le encantaba. Pero quería que él se sintiera igual.

–Tendré que encontrar a un pintor lo suficientemente bueno como para que pueda trabajar con unas pocas miradas.

Bellorie se quedó pensativa un momento.

–Bueno, yo tengo una amiga que se llama Anya, la Grande y Terrible, la diosa de la anarquía. Está con ese tipo de las cicatrices, Lucien. ¿Te acuerdas de él? Bueno, pues lo único que tienes que hacer es decirle a Anya a quién quieres que pinte, y ella puede crear algo en una hora. No sé cómo lo hace, y no voy a preguntárselo.

–¿Y cuánto cobra?

–Normalmente cobra almas, pero como tú eres mi mejor amiga, seguro que te hará un descuento. ¿Quieres que la llame?

«¿Yo soy su mejor amiga?». Elin sonrió tanto que le dolieron las mejillas.

–Sí, por favor.

Bellorie se sacó el teléfono móvil del bolsillo y marcó el número. Elin escuchó la conversación con interés.

–Se requiere tu talento... Sí, sí, hace mucho que no hablamos... Escucha, Thane tiene novia... Sí, es raro, ¿verdad? Sí, las pinturas, como las que hiciste para los Señores del Inframundo... Perfección, sí. Claro, claro, pero yo quiero que mi amiga Bonka tenga unos cuantos retratos como reina del castillo... Sí, voy a averiguarlo –entonces, puso la mano sobre el auricular, y le dijo a Elin–: Como pago, quiere ser camarera y encargada del karaoke esta noche.

¿Eso era todo?

–¡Hecho!

A Thane no le importaría. Claro que no. Trabajo gratis y ¿qué daño podía hacer una mujer?

Bellorie quitó la mano y dijo:

—Bonka dice que sí.

Después, se despidió. Elin dio unas palmaditas de alegría.

—¡Esto va a ser increíble! ¿Cuándo cree que puede tenerlo todo listo?

—Dentro de cinco minutos.

—¿Qué? ¿Cómo? —preguntó Elin con asombro. Eso tenía que ser imposible, incluso para una inmortal.

—No preguntes nada, ¿de acuerdo? Ella siempre consigue que te arrepientas de haber preguntado. Y... no cantes victoria todavía. Te enseñe lo que te enseñe, tiene que encantarte. Hazle todos los cumplidos que haga falta. Dile que nunca has visto nada tan maravilloso, bla, bla, bla. Si no, te convertirá en miembro de su club de retrato del mes y te enviará uno nuevo cada cuatro semanas, y tú tendrás ganas de sacarte los ojos y lavarte el cerebro con lejía para borrar el recuerdo.

—Vaya, esta Anya me recuerda a mi madre —dijo Elin, sin alterarse—. No te preocupes, nos vamos a llevar muy bien.

Bellorie se encogió.

—De repente, estoy pensando que esto ha sido un grave error. Si te hace daño, Thane la va a matar. Y, si Thane la mata a ella, Lucien les declarará la guerra a los Enviados. Si Lucien les declara la guerra a los enviados, Xerxes y Bjorn matarán a los Señores del Inframundo para proteger a su chico. El mundo se ahogará en sangre. Oh, mira... ¡galletas! —exclamó, y se lanzó hacia una bandeja que había en una mesa de la habitación.

«Pase lo que pase, me comportaré a la perfección», pensó Elin. Quería mejorar la vida de Thane, no empeorarla.

—Está claro que estas galletas no las has hecho tú —dijo Bellorie—. ¿Sabes por qué lo sé? Porque están deliciosas.

Elin puso los ojos en blanco.

—Ya está bien de decirme lo mala cocinera que soy.

–Si no puedes soportar eso, no enciendas el horno. Bueno, en realidad... Por favor, no enciendas nunca más el horno.

Elin soltó un resoplido.

Bellorie le hizo un gesto para que se acercara.

–Vamos, ven a probar estas.

Elin, con un sentimiento de ligereza, se acercó a su amiga. La vida era absolutamente perfecta.

Capítulo 25

Una misión como las demás. Productiva, pero insatisfactoria. Thane y los demás Enviados habían matado a más de dos docenas de demonios, pero el príncipe permanecía a salvo, como siempre. Thane se preguntaba adónde habría ido, y qué estaba haciendo... cuáles eran sus planes.

Nada bueno; de eso sí estaba seguro.

Tenía el mal presentimiento de que iba a ocurrir algo grave.

Cuando terminaron aquel día, Bjorn, Xerxes y él entraron al club, y se detuvieron en seco, a la vez. El Downfall estaba transformado. De un libertinaje elegante a una hermandad femenina. Los letreros de neón decían *Ladies' Night! ¡Cerveza gratis!*, y los había por todas las paredes.

En uno de los rincones había un cartel en el que rezaba: *Se ofrece recompensa por información que ayude a la libertad de Cameo y el regreso de Torin.*

Cameo, la guardiana de la Tristeza. Una Señora del Inframundo, que, en aquel momento, se encontraba atrapada dentro de una poderosa lanza.

Lucien había ayudado a Thane en nombre de Bjorn; le debían un favor.

Thane pensó que enviaría a Elandra a investigar sobre aquella lanza. Ella pertenecía a una parte del ejército de

Zacharel que él siempre intentaba evitar, pero sabía más de armas antiguas que cualquiera.

En cuanto a Torin, el guardián de la Enfermedad, no sabía por dónde empezar; pero Axel, seguramente, sí lo sabría. El chico podía encontrar cualquier cosa en cualquier parte.

Anya, la rubia y preciosa novia de Lucien, estaba dirigiendo el bar, sirviendo copas sin ton ni son, mezclando licores que no debían mezclarse y formando un caos. Y, de paso, enseñando a Elin a hacer lo mismo. Sin embargo, era evidente que ambas lo estaban pasando en grande.

Elin tenía una enorme sonrisa.

—Esta se va a llamar La Amanita Muscaria de Kitty —gritó, mientras alzaba un vaso lleno de un líquido de color rosa—. Estás acabada, Anya. Tu Perca Pájaro Cebra que Muge no puede comparársele.

Se oyó un coro de vítores, y Elin se bebió hasta la última gota.

—¡Otra! —gritó alguien—. ¡Vamos, patéale el trasero a Anya!

Anya le lanzó un cuchillo a quien acababa de hablar y, de no haber sido por la rapidez de reflejos de la muchacha, la diosa le habría sacado un ojo.

—No puedo —dijo Elin, agitando la cabeza—. Le prometí al jefe que nunca más volvería a tomarme dieciséis chupitos en una noche, y yo nunca rompo mis promesas.

—¡Pues tómate diecisiete, so boba! —le gritó alguien.

—¡Sí! ¡Sí! —gritaron todas a la vez, y Elin asintió, como si fueran increíblemente sabias.

No había ningún hombre; tal vez, porque había un letrero que proclamaba que el que se atreviera a entrar sería castrado al instante. Había un grupo de gorgonas en una mesa, cantando... pero Thane no supo discernir cuál era la canción.

—Estoy maravillado y espantado a la vez —dijo Bjorn.

—Yo temo por mis preciosidades —dijo Xerxes, poniéndose las manos entre las piernas—. Pero tengo que admitir que tu Elin ha mejorado mucho este sitio. La decoración es genial.

No había usado nada de la cámara del tesoro. Solo ropa. Había sujetadores colgados de los letreros, y bragas de las lámparas del techo.

—Ummm... Ha llegado la carne de hombre —dijo una mujer.

Thane notó unos dedos suaves que le acariciaban las alas, y se giró rápidamente para enfrentarse a la culpable.

—Sí, cariño. Mamá tiene mucha hambre esta noche. No va a dejar de comer hasta que haya terminado con la última miga.

—¡Eh! ¡Nada de tocar! —gritó Elin y, de repente, estaba entre Thane y la otra mujer. Era Kaia, la arpía que salía con Strider, el guardián de la Derrota, otro de los Señores del Inframundo. Elin debía de haber pasado por debajo de la barra para acercarse a ellos a toda velocidad—. Es mío.

A él se le hinchó el pecho de orgullo. Ella acababa de declarar que era suyo por segunda vez. Y, en aquella ocasión, lo había hecho delante de testigos.

Sin embargo, había olvidado advertirle a Elin que no se podía desafiar nunca a una arpía, a no ser que uno estuviera dispuesto a perder un miembro, o todos los órganos internos.

—Pues ya lo he tocado, guapita —le dijo Kaia la Rasgadora de alas, una bella pelirroja que tenía muy mal genio—. ¿Qué vas a hacer al respecto?

—Te voy a romper los dedos y, después, la cara.

Thane estaba a punto de meter a la frágil humana detrás de él y de despedirse de su amistad con los Señores del Inframundo, cuando Kaia sonrió y asintió.

—Eso está mejor, Bonka Donk. Mucho mejor.

Elin le devolvió la sonrisa.

—Ya lo sé. Me he hecho una tipa tan dura que doy miedo.

Las dos chicas chocaron la palma de la mano.

—Pero, en serio —dijo Elin, moviendo el dedo índice delante de la arpía—, Thane está prohibido. Sin excepciones.

—Está bien, está bien —respondió Kaia, alzando las manos con una expresión de inocencia—. Dejaré las caricias de amor para el juego del esquive de rocas.

Elin se abrazó a Thane.

—Oh, cariño, ¿no te he dado las buenas noticias? Las novias, consortes y esposas... ¡lo que sea! de los Señores del Inframundo han entrado en la Liga Nacional de Esquive de Rocas.

Kaia asintió.

—Lo único que nos falta para la dominación total es un buen nombre para el equipo.

—Pues poneos el nombre con el que os llamamos las Scorgasms —le dijo Elin—. Perdedoras.

Kaia soltó un silbido de advertencia.

—¡Lo he oído! —gritó Anya, que estaba preparada para lanzar otro cuchillo, en aquella ocasión, a Elin.

Ya era suficiente. Thane tomó las mejillas de Elin y la obligó a mirarlo.

—¿Te estás divirtiendo?

—¡Muchísimo! —dijo ella, y le metió los dedos entre el pelo. Y, al instante, el resto del mundo desapareció para él—. ¿Y tú?

—Ahora, sí.

En su presencia, Thane se sentía más ligero, incluso libre, como si las cadenas invisibles se hubieran roto por fin.

—Pues espera a ver las habitaciones —dijo Elin—. Te van a encantar.

—Si tú eres feliz, yo también.

—Pues lo soy —respondió ella, y le besó la barbilla. Después, le lanzó una sonrisa deslumbrante—. Es como si te hubiera pedido a medida. Como si hubiera dicho: quiero esta cara impresionante y ese cuerpo tan sexy. Después, añádele un poco de dulzura, un tanto de sentimiento protector y, bueno, empápalo de lujuria.

Él sonrió.

—Entonces, ¿no me harías ningún cambio?

—Ni uno.

—¿Soy perfecto?

—Para mí, sí —susurró ella—. Pero ¿y tú? ¿Cambiarías algo de mí?

—Tú no tienes ni un solo defecto —dijo él.

«Salvo tu fecha de caducidad».

Al pensar en aquello, Thane frunció el ceño.

«Tengo que hacer algo, y pronto».

El problema era que todavía no sabía la solución. Lo único que sabía era que no iba a matarla para intentar que se regenerara a la manera inmortal.

Pensó en los dos hombres del Ejército de la Desgracia que tenían mujeres humanas.

La mujer de Zacharel, Annabelle, había sido marcada por un demonio en la adolescencia; la criatura le había robado parte del alma. El guerrero había tenido que limpiar el mal y rellenar su alma con un aparte de sí mismo; de esa manera, había igualado la duración de sus vidas.

Eso no era factible con Elin. Su alma estaba intacta.

La mujer de Koldo se había vinculado con el Río de la Vida, y se había convertido en una Enviada.

Pero nadie sabía cómo había iniciado aquel vínculo.

Tal vez él pudiera proporcionarle a Elin un frasco de Agua de la Vida cada día. Por lo menos, eso ralentizaría su envejecimiento.

Durante el reinado de Germanus, todos los enviados eran obligados a soportar una larga tanda de latigazos y renunciar a algo muy querido para poder conseguir un frasco de Agua. A partir de su muerte, el nuevo rey, Clerici, ofrecía el agua sin contrapartidas, pero había una cola de Enviados que estaban esperando poder aproximarse a la orilla, e iba a durar como poco tres años. Era incluso más difícil de conseguir ahora que antes.

«Tal vez pudiera sobornar a alguien para que me ceda su sitio en la cola».

—Tengo una sorpresa para ti —dijo Elin, y él volvió a

prestarle toda su atención–. La sorpresa más maravillosa e increíble de la historia.

Él arqueó una ceja.

–¿Eres tú, desnuda en mi cama?

–No. Es mejor.

–No hay nada mejor que eso.

«Tengo un nuevo propósito en la vida», pensó Elin.

Cuando Thane había entrado en el bar, ella se había dado cuenta de que había nacido para hacerle feliz, y no solo para ayudarlo a curarse. No para divertirlo y deleitarlo. Había nacido para llevarlo hasta la verdadera felicidad.

–Llévame a la suite –le susurró, y le mordisqueó el lóbulo de la oreja–. Y te enseño la sorpresa.

Él empezó a caminar hacia delante, arrastrándola consigo. Ella miró hacia atrás, y les dijo a Xerxes y a Bjorn:

–Vosotros también tenéis que venir, chicos. Quiero que veáis esto.

Ellos se sorprendieron, pero los acompañaron.

–No olvidéis darme vuestro veredicto –les gritó Anya.

Elin le hizo un gesto con los pulgares hacia arriba.

Dentro de la suite, ella sintió un gran nerviosismo, pero señaló hacia la pared más lejana.

–Allí.

Thane miró y se puso tenso. Su expresión no reveló nada.

–Bueno –dijo Elin, y miró a Bjorn y a Xerxes. Ellos eran igual de indescifrables que Thane–. ¿Qué os parece?

Silencio.

Elin observó el retrato que había llevado Anya, y trató de verlo a través de los ojos de los guerreros. Era un lienzo enorme; Thane estaba en el centro, y Bjorn y Xerxes a ambos lados de su amigo. Las alas de Thane estaban extendidas detrás de ellos, y era difícil distinguir dónde terminaban las suyas y comenzaban las de ellos, porque las suyas también estaban desplegadas. Los tres iban desarmados, pero no necesitaban armas. Ellos eran las armas.

No llevaban camisa, y sus músculos férreos quedaban a la vista; tenían la piel salpicada de manchas rojas. Por desgracia, llevaban pantalón. La tela era blanca y holgada, como si fuera la parte inferior de una túnica. Tras ellos había una destrucción absoluta. Sangre. Los cuerpos de los demonios estaban hechos trizas.

–Si no te gusta… –dijo.

–No me gusta –respondió Thane.

Oh. A Elin se le hundieron los hombros. Estaba segura de que sí le iba a gustar tanto como a ella.

–Me encanta –dijo él.

¡Oh, qué alivio!

–Encargué algunos más, y…

–¿Dónde están? –preguntó Thane–. Quiero verlos.

–En tu habitación.

Él entró en el dormitorio, y se quedó con la boca abierta. Todo había cambiado: la enorme cama en forma de barco, la cómoda con incrustaciones de oro, las mesillas de jade… Las paredes estaban adornadas con fotografías de la propia Elin.

Ella se ruborizó de azoramiento cuando Bjorn y Xerxes los siguieron para ver lo que había hecho.

Al conocerla, Anya le había echado una mirada y le había dicho, chasqueando los dedos:

–Sé exactamente lo que voy a hacer.

Envió a Bellorie en busca de su cámara de fotos Canon, y comenzó a indicarle a Elin que hiciera el amor con la cámara, que odiara a la cámara, que hiciera mil bebés con la cámara… Sí. Los veinte minutos más raros de su vida.

Sin embargo, ella había sonreído y había posado. Y, en aquel momento, las fotografías de su cara y de todas sus emociones la observaban desde todos los ángulos de la habitación.

–Esto es… –dijo Thane, con la voz llena de… ¿qué?

—Puedo quitarlas...

—¡No! —rugió él. Después, añadió con más suavidad—: No. Estas son aún mejor que el cuadro. No voy a querer salir de la habitación.

—Dime que tienes una hermana, Elin —dijo Bjorn—. No me importa que...

De repente, se quedó en silencio.

Ella se volvió a mirarlo, y se dio cuenta de que había palidecido.

—¿Qué te pasa?

Él miró a Thane, y se giró hacia Xerxes.

—Me está ocurriendo otra vez. Me llaman, y debo...

Desapareció en un instante, sin poder terminar la frase.

Thane solo dijo una palabra:

—Lucien.

Unos segundos después, como si Lucien hubiera estado esperando a que lo avisaran, apareció en el pasillo.

—Si esperas que pague la cuenta del bar de Anya...

—Bjorn. Ahora —dijo Thane, entre dientes, y Lucien asintió con gravedad. Después, se desvaneció también.

—¿Qué pasa? —preguntó Elin.

Xerxes salió al salón a servirse una copa.

—Vuelve a la fiesta, *kulta*.

—No —dijo ella. Thane estaba muy disgustado, y la necesitaba—. Voy a quedarme contigo.

—Elin...

—Thane...

Elin lo empujó al sofá y se sentó en su regazo. Él la tomó entre sus brazos y escondió la cara entre su pelo. Inhaló profundamente su olor.

—Cuéntame qué ocurre —dijo Elin.

—Unos demonios de sombra están obligando a Bjorn a ir a alguna parte. No sabemos adónde, y no podemos ayudarlo hasta que lo averigüemos. Lucien lo está siguiendo.

—¿Y por qué querías que me fuera?

—Porque tal vez, debido a la preocupación, me ponga un

poco... malhumorado. Puede que no sea agradable contigo.

—No tienes por qué ser siempre agradable conmigo, Thane. Solo tienes que ser tú mismo. Puedo hacerme cargo.

Él exhaló un suspiro, y su respiración le hizo cosquillas en la sien.

—¿Y ahora quién es el que dice cosas románticas?

Pasó una hora y, después, otra. Y Thane se puso de mal humor. Ella intentó distraerlos, tanto a Xerxes como a él, con historias de cuando era niña. De la vergüenza que había pasado cuando su madre había ido al colegio a hablarle de su profesión a su clase de educación elemental, y les había explicado a los niños cómo destripar un pescado. El día en que su mejor amiga del instituto se había quedado a dormir en su casa y sus padres habían salido del baño envueltos en toallas. Era evidente que acababan de ducharse juntos. ¡Horrible!

Thane y Xerxes escucharon, e incluso sonrieron. Sin embargo, la tensión nunca los abandonó.

Un poco antes de que transcurriera la tercera hora, volvió Lucien. Estaba muy pálido, y tenía los ojos empañados. Parecía que había visto horrores que ningún hombre debería ver.

Thane dejó a Elin sobre el sofá, y se puso en pie.

—¿Lo has encontrado? ¿Puedes llevarnos con él?

Lucien no dijo una palabra. Fue al bar y se sirvió una copa. La apuró y se volvió hacia ellos.

—Cuéntanos lo que pasa —le ordenó Thane.

—Vuestro amigo está... No, no puedo llevaros con él. No sé dónde está. Pude seguir su rastro pero, cuando llegué al destino, me resultó muy difícil encontrar la salida. No pude volver por donde había ido, porque el rastro se había borrado. Pero lo vi. Vi lo que ella le hace.

¿Ella?

—Tenías razón, Thane —dijo el guerrero—. La reina es la culpable. Lo está protegiendo, porque se ha casado con él.

Capítulo 26

Thane se tambaleó.
Después de que Lucien les diera la noticia del matrimonio, reveló con detalle todo lo que había visto.
Bjorn estaba indefenso, atado a una pared de roca, mientras una sombra oscura se le acercaba. Era la reina. Y, cuando ella lo alcanzaba, el centro de su oscuridad se abría como una boca y revelaba una oscuridad aún mayor. Lo envolvía, hasta que él desaparecía por completo.
¿Qué le estaba haciendo? ¿Torturándolo? ¿Violándolo?
Thane sabía que Bjorn iba a regresar muy pronto, y que no querría que Elin viera su estado, así que la acompañó a su habitación. Allí había una cama. Una cama grande y muy bonita de madera tallada.
–Gracias por lo que has hecho hoy. Por todo. Pero será mejor que Bjorn no te vea –dijo, y le explicó la situación. Después, añadió–: No va a estar bien cuando vuelva.
Ella se aferró al cuello de su túnica.
–¿Qué puedo hacer para ayudar?
–Quédate aquí y descansa. Nos veremos por la mañana.
Elin suspiró.
–De acuerdo.
Aunque Thane la necesitaba junto a él, porque su mera presencia lo calmaba, la besó y se marchó de su habitación.

Después de unas cuantas horas más de espera, Bjorn volvió por fin. Estaba muy pálido, y temblaba. Tenía náuseas.

Xerxes y él lo llevaron al baño, y él vomitó. Después, lo limpiaron y lo acostaron.

Tenía que haber algún modo de salvarlo de aquella horrible sentencia.

Bjorn se tendió de costado y se acurrucó.

—Sabemos adónde vas, y adivinamos que te están haciendo cosas espantosas —le dijo Thane—. Vamos a dar con la forma de salvarte.

Bjorn cerró los ojos.

—Ella se dio cuenta de que Lucien me había encontrado —dijo, con una voz monótona—. Me liberó de mi voto de silencio para que pudiera deciros que no hay nada que hacer. Nunca va a cortar sus lazos conmigo.

—Podemos obligarla —dijo Thane—. Todos los demonios tienen sus debilidades.

—No. Las sombras no son demonios. Son Sine Lumine. Perversos y depravados, como los demonios. Pero ellos están hambrientos de vida.

—¿Se alimentan de ti? —preguntó Xerxes.

El guerrero enrojeció de vergüenza sobre su palidez.

—Solo la reina, y solo un poco cada vez. Cuanto más viva, más fuerte se volverá ella.

—¿Qué es lo que te quita? —preguntó Thane con temor.

Bjorn cerró los ojos de nuevo.

—Mi... alma.

Bien. Aquello era muy malo, pero tenía solución. Su alma podía restaurarse con el Agua de la Vida. «Tengo que conseguir más. Por Elin y por Bjorn».

—¿Dónde está tu frasco? —preguntó.

—No importa. Está vacío.

Xerxes le dijo a Thane, mentalmente: «El mío también está vacío».

Thane tenía unas cuantas gotas. Eso sería suficiente para

aquel día, pero no para la siguiente visita. Sacó su frasco del bolsillo de aire y le transmitió a Xerxes:

«Voy a intentar comprarles los frascos a los demás Enviados. Y voy a sobornar a la gente que está esperando para acercarse al Río de la Vida. Por ahora, dale lo que necesite de esto».

Le entregó su frasco, y Xerxes aceptó asintiendo.

—No vamos a descansar hasta que te hayamos liberado de la reina —le dijo Thane a Bjorn—. Te lo juro.

Su amigo negó con la cabeza.

—No. No quiero que os mezcléis en esto.

—Pues es una pena, porque ya está hecho.

Thane salió del dormitorio y del edificio, y echó a volar hacia el cielo nocturno.

Había decidido intentar comprar primero a los extraños, porque le parecía menos complicado. Se detuvo en el Templo del Sol, la residencia de Clerici. La fila para acceder al Río de la Vida era más larga de lo que recordaba. Daba la vuelta al mundo varias veces.

Entre miradas fulminantes y reproches, voló hacia el principio de la cola y se detuvo junto a la fémina que iba a entrar por la puerta del recinto. Intentó comprarle el sitio, e intentó comprar todos los sitios que había a dos kilómetros de ella. Sin embargo, nadie se lo vendió, y tuvo que resignarse. Hubiera hecho uso de la violencia con tal de conseguir su objetivo, pero la nueva ley dictaba que, quien obtuviera un puesto en la fila con violencia perdería todos los derechos sobre el Agua, eternamente.

¿Cómo iba a pensar él que iba a ser más difícil obtener el agua después de que cesaran los latigazos?

Se volvió hacia la multitud, y anunció:

—Soy Thane de los Tres, y quiero comprar Agua de la Vida; compraré la cantidad que queráis venderme, sea cual sea el precio. Vivo en el Downfall. Cuando tengáis el Agua, id a verme.

Ya no podía hacer más allí, así que fue a la nube de Zacharel. Sin embargo, su líder no tenía Agua de la Vida, ni Koldo tampoco. Magnus y Malcolm, los hermanos, le dijeron que necesitaban la suya para sus propios propósitos de vida y muerte. Jamilla le ofreció media botella a cambio de cien cabezas de demonio, y convinieron en que le pagaría veinticinco a la semana.

Cuando terminó la búsqueda, volvió al club y le dio a Bjorn el frasco y tomó el ascensor para hablar con Adrian. El vikingo lo había llamado.

El edificio estaba vacío, aunque, al entrar, había visto en el patio a muchas féminas durmiendo la borrachera, y había oído sus ronquidos.

Adrian salió de la barra y lo saludó.

—Tienes visita. Es Ardeo —dijo, e hizo un gesto para señalar al rey de los fénix.

El hombre estaba al otro lado del local, ya casi embriagado.

Thane se le acercó con cautela.

—¿Llegó tu gente al campamento?

Ardeo asintió sin levantar la vista de su vaso vacío.

—Sí. He venido a darte las gracias.

—No es necesario. Hicimos un trato, y yo cumplí mi parte.

El rey de los fénix le dio una patada a la silla que tenía enfrente, ordenándole a Thane que se sentara.

¿Órdenes en su propia casa? No. Thane se cruzó de brazos.

—¿Algo más?

Ardeo se encogió de hombros y se puso en pie, tambaleándose.

—He hablado con un conocido que tenemos en común —dijo el rey, arrastrando las palabras, y le dio una palmadita en el hombro—. Te envía saludos.

Thane sintió un dolor lacerante en el estómago.

Frunció el ceño con desconcierto, y miró hacia abajo. Tenía una espada clavada hasta la espina dorsal.

Ardeo la sacó, con la mano ensangrentada.

—Lo siento. Malice me dijo que me devolvería a Malta si te debilitaba. Y, sea cual sea el precio, tengo que recuperarla —dijo, y dejó caer la espada al suelo.

Thane se tambaleó hacia atrás, intentando taparse la herida para impedir la hemorragia.

Adrian fue rápidamente a bloquear la salida, y esperó órdenes.

—Los ángeles caídos mienten —le dijo Thane al rey, con la voz entrecortada.

Ardeo asintió con una expresión de tristeza.

—Lo sé, pero estaba dispuesto a arriesgarme.

—Entonces, atente a las consecuencias. Hazlo —le dijo Thane a Adrian.

Entonces, el vikingo creció y se estiró varios centímetros. Su cara se volvió de color granate, y sus ojos se oscurecieron hasta el negro. Se movió tan rápido que se convirtió en un borrón. En un instante, despedazó al rey.

Después, volvió a su sitio. Las únicas pruebas del esfuerzo que había realizado eran sus jadeos.

Thane metió la mano en su bolsillo de aire para tomar el frasco de Agua de la Vida, pero recordó que se lo había dado a Bjorn. No lo lamentaba, pero no iba a curarse tan rápidamente sin ella.

—Encierra las partes del rey en un calabozo, por si se regenera. Y, después, tómate el tiempo que necesites para calmarte.

Adrian asintió y se llevó los trozos del cuerpo.

«Thane», gritó Elin en su mente. «¡Está aquí! ¡Orson está aquí!».

Entonces, Thane ignoró su dolor y su debilidad y emprendió el vuelo. Abandonó el reino natural y entró en el espiritual para poder atravesar los forjados y las paredes.

«Voy, *kulta*».

«Estoy en tu habitación, no en la mía».

«Casi he llegado».

Cuando llegó al piso superior, aterrizó y rodó por el suelo. Toda la suite estaba llena de demonios que impedían entrar a su dormitorio. Xerxes y Bjorn, totalmente recuperado, luchaban contra las criaturas en el salón. Las paredes estaban llenas de salpicaduras de sangre, y había miembros cercenados por todas partes.

Thane hizo surgir la espada de fuego en su mano y se abalanzó hacia el enemigo. Sin embargo, cuanto más luchaba, más sufría por la herida que tenía en el estómago. Era más lento de lo normal, y varios de los demonios consiguieron clavarle las uñas. En poco tiempo, su falta de rapidez provocó que las criaturas lo acorralaran, y él no pudo llegar hacia Elin.

Recordó a Orson, y la lascivia que el guerrero fénix sentía por ella. La desesperación, el miedo y la rabia se apoderaron de él.

«Aguanta, Elin», le ordenó. «He tenido que luchar. Haz lo que sea necesario con tal de sobrevivir, ¿me oyes?».

No hubo respuesta.

Quería oírla, pero no podía permitirse el lujo de distraerla. Uno de los demonios lo arañó, y él le cortó rápidamente el brazo. Cuando el miembro cayó al suelo, otro de los monstruos le pinchó en la herida y se echó a reír. Thane se encogió de dolor. Sin embargo, siguió luchando con todas sus fuerzas; iba a resistir lo imposible con tal de llegar al lado de su mujer.

Elin no se había quedado en su habitación. Había atravesado el baño sigilosamente y se había acurrucado en el dormitorio de Thane, porque sabía que iba a estar muy abatido después de ver a Bjorn. Ella había decidido esperarlo por mucho que tardara. Le daría consuelo, y le daría lo que fuera necesario.

Pasó el tiempo de espera leyendo un libro que le había prestado Bellorie, titulado *El esquive de rocas: la historia de un verdadero perro alfa*. Debió de quedarse dormida, porque lo siguiente que notó fue que una mano muy dura y grande la había tomado por el hombro y la estaba zarandeando.

Abrió los ojos, y vio la expresión petulante y la sonrisa de Orson.

Entonces, se lanzó corriendo al otro lado de la cama.

El guerrero se echó a reír mientras sacaba una pequeña daga.

–Tu reacción es conmovedora, chica. De veras.

Thane quería que aguantara la situación como fuera posible, y no le resultó difícil saber por qué. Parecía que se estaba librando la III Guerra Mundial al otro lado de la puerta.

–No te acerques a mí –le advirtió a Orson.

–¿O qué? ¿Me vas a insultar? –preguntó él, y miró a su alrededor por la habitación–. Veo que te has instalado aquí con el Enviado, como si esta fuera tu casa. Y que le estás calentando la cama, pese a su reputación de dejar a sus amantes después de la primera noche. ¿Qué estás haciendo para satisfacerlo?

–Nunca lo sabrás.

Aquel hombre llevaba más de un año acosándola, arrinconándola para manosearla y besarla, y amenazándola con muchas más cosas. Ella sentía terror hacia él, pero eso ya había terminado. Por primera vez, iba a luchar contra él.

–¿Quieres apostarte algo? –le preguntó Orson y, con la rapidez de un rayo, se abalanzó sobre la cama para intentar atraparla.

Ella estaba preparada para aquel movimiento y se apartó ágilmente. Corrió hacia la cómoda, en la que había acumulado algunas armas que había encontrado en la cámara del tesoro para darle una sorpresa a Thane. Tomó lo primero que halló en el cajón: un par de nudillos de oro. ¡Vaya! Tendría que apañárselas con eso.

Orson se le había acercado, y no podía perder un segundo. Se giró bruscamente y le dio un puñetazo en la mejilla.

Al instante, el hueso crujió, y los nudillos de oro hicieron algo que ella no esperaba: con el impacto, liberaron unos pinchos muy agudos, motorizados, que se clavaron en las grietas del hueso y comenzaron a cortar.

Orson rugió de dolor y le dio un puñetazo en la cara. Aunque Elin vio las estrellas, se mantuvo firme. Él intentó apartarse, pero el movimiento hizo que aumentara la velocidad de los pinchos. Uno de ellos se hundió muy profundamente, hacia arriba, y le sacó un ojo a Orson. El ojo rodó por el suelo.

Elin sacó los dedos de los agujeros del arma, pero los nudillos permanecieron pegados a la cara del guerrero.

–¡Zorra! –gritó él, y le dio otro puñetazo.

Elin notó otra explosión de estrellas detrás de los párpados, y el sabor metálico de la sangre.

«Me he llevado golpes peores en el juego del esquive». Al pensar aquello, se sintió poderosa y sonrió con frialdad. Se puso en pie, y Orson se quedó muy sorprendido y le lanzó una mirada fulminante con el único ojo que le quedaba.

–¿Eso es lo mejor que sabes hacer? –le dijo ella–. De repente, me estoy preguntando por qué te he tenido miedo alguna vez.

Él se lanzó hacia ella, gruñendo de rabia, e intentó darle otro golpe. Ella se agachó para evitar el impacto y, al levantarse de nuevo, volvió a deslizar los dedos en los agujeros del nudillo y tiró con todas sus fuerzas. El hueso y el metal se separaron por fin.

Con un gruñido de agonía, Orson le dio un puñetazo en el estómago a Elin. A ella se le escapó todo el aire de los pulmones, y tuvo que agacharse. En aquella posición era muy vulnerable, y él la aprovechó: le golpeó la parte posterior de la cabeza. Elin cayó de rodillas, entre náuseas.

–Ríndete a mí.

«No, nunca», pensó ella. Avanzó un poco a gatas, y le golpeó en la entrepierna con los nudillos de oro.

Se oyó un chillido agudo, y Orson tiró de los pinchos que se le habían clavado en los testículos. Después, se tambaleó hacia atrás y cayó sobre la cama.

Elin tomó la daga que él había dejado caer y, sin pararse a pensar en sus actos, lo apuñaló con saña en el estómago. La sangre brotó a borbotones. Sangre caliente que le manchó las manos.

Ella se alejó temblando.

Y, mientras él agonizaba, le dijo entre jadeos:

–Voy a volver, y te haré el mismo favor. Pero yo te obligaré a ver cómo mato a tu amante primero.

Ella le mostró los dientes con un gesto de desprecio.

–Si crees que vas a vencer a Thane, eres más tonto de lo que yo pensaba. Y, ahora, te dejo morir tranquilo –afirmó.

Después, abrió la puerta para salir y ayudar a Thane en lo que pudiera.

Sin embargo, una horda de demonios la empujó a un lado y entró en la habitación.

Las criaturas se lanzaron hacia Orson, como si hubieran olido la sangre y no hubiera nada más importante para ellas. Comenzaron a comerse su carne... los músculos y los huesos... Él luchó lo mejor que pudo, pero estaba muy débil, y perdió la batalla.

Elin supo que Orson ya no se regeneraría. Las criaturas lo devoraron por completo.

Y, cuando terminaron, los demonios empezaron a mirar a Elin. A ella se le aceleró el corazón.

–Yo soy muy amarga. Os aconsejo que esperéis a alguien dulce, de veras. Es mejor para vuestra digestión.

Las criaturas avanzaron hacia ella.

Capítulo 27

Por muchos demonios que mataran Thane y los demás, el número seguía aumentando. Había demasiados. Eran de todos los tamaños y tipos. Eran una horda incontenible.

Claramente, aquel era un ataque planeado por el príncipe, que había enviado a Ardeo para que lo debilitara mientras sus soldados lo atacaban.

Cuanto más luchaba Thane, más sangre y más fuerzas perdía. No había tenido oportunidad de que sus amigos le dieran un poco de Agua de la Vida. Si se distraía un instante, moriría.

Los demonios trataban de clavarle garras, colmillos y cuernos envenenados. Lo único que pudo hacer fue dar golpes y mandobles con la espada de fuego, moviéndose constantemente para evitar el contacto.

«No podemos seguir así», le dijo Xerxes, mentalmente.

«Puedo salir del club para que me sigan», respondió Thane. «Y tú puedes llevarte a todo el mundo a un lugar seguro».

«Puede que te sigan algunos, pero no todos».

Era cierto. Si el número de criaturas seguía aumentando, aunque él se marchara, no podría impedir que sus seres más queridos murieran.

«Zacharel», le transmitió a su líder. «Tengo problemas», añadió, y le explicó la situación.

«Yo estoy demasiado lejos para ayudar», dijo Zacharel, «pero te enviaré a los demás».

«Vienen a ayudarnos», les transmitió a Xerxes y a Bjorn.

Siguió luchando. Con un movimiento de la muñeca, le cortó la cabeza al demonio que tenía más cerca y, al girarse, vio a Elin en el pasillo, luchando contra seis demonios mono. Solo tenía una daga, y sus manos estaban cubiertas de sangre. ¿Suya? Tenía cortes y raspaduras en los brazos, y su ropa estaba rasgada.

Uno de los demonios la agarró del pelo y la tiró al suelo. Al caer, ella le dio una patada en el estómago y lo lanzó al otro lado de la habitación. Otra criatura se le abalanzó, pero ella le dio un puñetazo en la cara e impidió que la mordiera.

Al verla así, Thane sintió una rabia que le devolvió las fuerzas. Se abrió paso hacia ella, destrozando a todos los demonios que se cruzaban en su camino. Aunque ella seguía tumbada en el suelo, boca arriba, luchaba con ferocidad. Agarró a uno de los demonios por los cuernos y lo mantuvo inmóvil para usarlo de escudo, pero no pudo librarse de los mordiscos de los demás.

Thane sintió una furia que lo volvió loco. Cortó el brazo de uno de los demonios y se lo metió en la boca a otro. Después...

Se quedó inmóvil.

Todos se quedaron inmóviles en la habitación.

Se hizo un horrible silencio y el ambiente se volvió cargado, como si alguien hubiera vertido agua hirviendo por el aire. Él miró a Elin y, en sus ojos, vio dolor y confusión, pero también, determinación.

«¿Qué ocurre?», le preguntó ella.

«No lo sé. ¿Estás bien?».

«Voy a recuperarme».

Thane le dio una patada al demonio y se lo quitó de encima. El resto de las criaturas, moviéndose con lentitud, se apartaron también, y ella trató de sentarse. Con un gran esfuerzo, él se agachó a su lado y la cubrió con las alas, impidiendo que se incorporara.

«Nunca había experimentado algo así. Hasta que esté seguro de que no va a pasar nada, no te muevas de ahí».

«No sé si...».

Sus palabras se interrumpieron.

Los demonios empezaron a gritar y a correr por el pasillo, y tal vez llegaran a la salida. Tal vez no. Una oscuridad terrible lo envolvió todo. Era una oscuridad completa, sin un solo ápice de claridad. Producía indefensión, vacío. De repente, Thane perdió la percepción de los sentidos. No había nada, ni nadie. Únicamente, soledad.

Se le puso la piel de gallina, y su mente le gritó que tenía que proteger a Elin. Intentó cubrirla con su cuerpo, pero no pudo moverse. Sus músculos se habían vuelto de hierro y su piel, de piedra.

Cuando creía que no podía soportarlo más, y que iba a volverse loco, la oscuridad se levantó. Él pestañeó. Lo primero que notó fue que todos los demonios estaban muertos. El suelo estaba cubierto de cuerpos mutilados y sangrientos.

¿Qué acababa de ocurrir?

Se dio cuenta de que estaba jadeando y sudando. Le sangraban los ojos y los oídos.

Si él estaba así de mal...

—¡Elin!

Plegó las alas a su espalda y vio a Elin tal y como la había tapado. No tenía heridas nuevas, y seguía consciente.

Sintió un alivio abrumador.

—Oh, cariño —dijo ella, y se incorporó para limpiarle la sangre de la cara—. ¿Estás bien? He intentado hablarte, he intentado moverme, pero no podía hacer nada. Ha sido horrible.

—Yo...

Thane no pudo mentir. No estaba bien, y no sabía cómo podía mantenerse en pie.

—Ha sido ella —dijo Bjorn, que se les acercó—. La reina. Mi... esposa —añadió, encogiéndose al pronunciar aquella última palabra—. Intentaba acabar con uno de mis aliados para que yo estuviera más indefenso ante ella. Solo habéis experimentado un poco de su oscuridad.

¿Lo que experimentaba Bjorn era peor aún?

—Si esa es tu mujer —dijo Elin, estremeciéndose—, no creo que sirva de nada la terapia matrimonial.

Bjorn sonrió débilmente.

Thane no pudo sostenerse más, y cayó al suelo.

—Thane —dijo Elin.

Él percibió su tono de preocupación, pero su voz sonaba muy lejana.

Intentó alcanzarla, pero terminó dándole un golpe a Bjorn en el pecho.

—Elin.

—Estoy aquí, cariño. Estoy aquí. Deja que te ayude Bjorn, ¿de acuerdo?

Bajó el brazo, y notó que alguien fuerte lo tumbaba boca arriba. Le abrieron los labios.

—Toma —dijo una mujer, cuya voz reconoció—. La otra mitad de la botella, a cambio de otras cien cabezas de demonio.

Thane sintió que le caía un líquido frío por la garganta. El dolor se agudizó tanto que se convirtió en una agonía. Las propiedades curativas del Agua de la Vida estaban reparando los músculos y la carne rasgada.

—... lo prometes? —estaba preguntando Elin, una eternidad después—. Si te equivocas y no se recupera, voy a quemarte vivo.

Era evidente que Elin se preocupaba por él, pero ¿lo quería? Él nunca había deseado aquella emoción por parte de una de sus amantes, pero quería el amor de Elin. Lo anhelaba más de lo que nunca hubiera anhelado nada en toda su vida. Si ella lo quería, nunca se apartaría de su lado.

—Sí. Sobrevivirá —dijo Xerxes.

Xerxes también había sobrevivido al ataque, gracias al Más Alto.

Thane pestañeó e intentó enfocar la visión.

—¿Lo ves? Ya ha recobrado el conocimiento —dijo Bjorn.

—Thane —gimió ella, y se acercó a él—. Nunca vuelvas a asustarme tanto.

Al mirarla, Thane se dio cuenta de que tenía los ojos llenos de lágrimas. Cuando él alzó el brazo para enjugárselas, ella se inclinó y lo besó.

Aunque solo deseaba quedarse donde estaba y saborear aquel beso, Thane se sentó. Los chicos estaban en el pasillo, mirándolo. Jamilla, la voz femenina que había reconocido, ya se había marchado. Él estrechó a Elin contra su cuerpo y dijo:

—Tenemos que sacar a todo el mundo del club. No es seguro. Si es que hay supervivientes —dijo, con el corazón encogido al pensar en que había podido perder a sus empleados.

Eran su gente, y él protegía lo que era suyo.

—Adrian acaba de estar aquí —dijo Xerxes, con una expresión grave—. Los otros Enviados llegaron justo después de la mujer de la sombra. Todos están bien. Ricker, el marido de Kendra, debía de estar escondido en el club cuando entró Ardeo, porque entró en los calabozos y huyó con ella y con el rey.

—Oh, Thane —dijo Elin—. Tu venganza...

—Eso no me importa —respondió él.

Xerxes alzó una mano para pedir silencio.

—Tengo que deciros algo... Chanel no lo ha conseguido.

—¿Qué? —jadeó Elin, intentando ponerse en pie—. No. Chanel no. Es muy fuerte. Se recuperará.

—No, esta vez no —dijo Xerxes, con un gesto negativo—. Las criaturas la devoraron.

Thane abrazó a Elin. Al principio, ella forcejeó. Después, entre sollozos, se desplomó contra su pecho y se aferró a él. Las otras chicas también debían de estar destrozadas. Las cinco estaban muy unidas.

–Lo siento, *kulta*.
–Ni siquiera he podido despedirme.
–Ya lo sé –dijo él, suavemente–. Lo sé.
De un modo u otro, el príncipe pagaría por todo aquello.

Elin lloró hasta que se quedó sin fuerzas. Quería consolar a sus amigas, pero todas se habían separado. Le dijeron que, de ese modo, sería más difícil que el príncipe volviera a atacarlos. Lo que fuera; no le importaba.

Xerxes se había llevado a Bellorie y a McCadden. Bjorn se llevó a Octavia. Adrian se llevó a Savy.

Thane llevó a Elin a una de sus residencias. Estaba en una isla desierta. Era un verdadero paraíso; una playa de arena blanca con palmeras y frondosa vegetación. El agua era cristalina y las olas rompían suavemente en la orilla. Olía a coco y a orquídeas, y los pájaros volaban por el cielo azul. El sol brillaba en el horizonte.

Elin pasó el primer día en la orilla, con los pies hundidos en la arena, sollozando. Thane pasó el primer día enviando órdenes mentales a Axel y a Elandra, ayudándolos a organizar estrategias para los Señores del Inframundo y para los demás Enviados. Debían encontrar al príncipe.

Al menos, eso fue lo que creyó oír Elin durante los pocos momentos en que pudo mantener la calma.

El segundo día transcurrió de manera parecida. Elin lloraba en la orilla, y Thane se comunicaba con Zacharel y le explicaba lo que estaba sucediendo y solicitaba su aprobación para las diferentes acciones. Más tarde, él le explicó que nunca más iba a meterse en un lío con su líder y correr el riesgo de perder sus alas. Sus casas.

A su mujer.

Elin también pasó el tercer día en la orilla, mirando pasar la vida, como si no hubiera sucedido nada. Como si no hubiera perdido un precioso don. Thane la observaba en silencio.

El cuarto día, él se sentó a su lado, esperando a que hablara.

—Hay tanta muerte en el mundo —dijo ella, por fin.

—Sí. Y tú has visto demasiado en tu corta vida. Lo malo es que, cuanto más vivas, más tendrás que ver.

—¿Y nunca se hace menos duro?

—Ojalá, pero... no. No se hace menos duro.

Como siempre, una sinceridad brutal. Ella amaba aquel rasgo de Thane, incluso cuando dolía.

Tuvo ganas de gritar, de despotricar, de maldecir. No era justo. Chanel había sido una buena persona. Una persona magnífica, dulce, encantadora y divertida.

—¿Quién la mató? ¿Los demonios, los fénix o las sombras?

—Los demonios. Bellorie estaba con ella, y lo vio todo.

Pobre Bellorie. Tendría que vivir el resto de sus años con aquellas horribles imágenes en la mente. Y, tal vez, con el sentimiento de culpabilidad que aquejaba al superviviente. Elin lo sabía muy bien.

«Quiero abrazarla. Necesito llorar con ella».

—Sé que no hemos hablado sobre el futuro —dijo—. Sé que te he dicho varias veces que iba a volver al mundo de los humanos.

Thane se puso muy tenso.

—Pero no voy a volver. Voy a quedarme contigo para siempre. Quiero asegurarme de que esto no vuelva a suceder —dijo. La violencia... Era evidente que podía soportarla. Había luchado contra los demonios y contra Orson, y lo había superado—. Y te deseo. Quiero estar contigo. Total y completamente.

Él exhaló un suspiro de alivio.

—No quería que te fueras. No me encargué de conseguirte el nuevo carné de identidad —admitió—. Lo siento, Elin, pero quería que te quedaras conmigo, y no me esforcé en absoluto.

Astuto Enviado...

—Debería enfadarme. Seguramente, más tarde, cuando las cosas se calmen, te castigue.

—Y yo aceptaré el castigo —dijo él, y la empujó suavemente con el hombro—. Si es como el último castigo, disfrutaré mucho.

—Debes de ser el primer hombre que dice algo semejante. Pero me alegro —dijo ella. Con el corazón encogido, se apoyó en su brazo—. ¿Y qué va a pasar ahora?

Él suspiró.

—Ahora, vamos a recuperarnos —contestó. Después, su expresión se endureció, y añadió—: Y después, iremos a la guerra.

Capítulo 28

Thane y Elin permanecieron en la isla durante una semana. Su casa estaba en el extremo derecho de la playa, y tenía una fachada de cristal orientada al amanecer. Había muy pocos muebles, pero eran piezas muy lujosas. La favorita de Thane era la cama; las cortinas ligeras del dosel caían por ambos lados y, cuando se separaban, permitían ver el mar.

Todos los Enviados tenían varias residencias por todo el mundo, porque nunca sabían dónde tendrían que refugiarse.

Se mantuvo en contacto con los demás Enviados. Todo el mundo estaba a salvo; llorando la muerte de Chanel, pero a salvo.

Él cuidó a Elin en todo lo posible. Le hizo el amor con ternura, con dureza, con lentitud y con rapidez. Se quedó en su cama toda la noche, intentando no dormir para no tener una pesadilla, pero ella se dio cuenta y lo sedujo hasta que le provocó un coma de placer. No tuvo ni un mal sueño.

Comieron juntos, y él intentó que se bañara con él en el mar, pero Elin le dijo que tenía un trato con los tiburones: ella se quedaba fuera del agua, y ellos no la mordían.

«Hoy», pensó él, «voy a hacer sonreír a Elin».

Echaba de menos sus sonrisas, y podía ayudarla a mitigar el sentimiento de culpabilidad.

La luz del sol entraba en la habitación. Él la tomó en brazos de la cama. Elin estaba desnuda y suave.

—Eh —murmuró, medio dormida, y pestañeó. Había pasado demasiado tiempo dormida, y era hora de obligarla a jugar.

Thane salió a la playa y notó la arena en las plantas de los pies. La brisa cálida le acarició la piel.

—Eh, que nos va a ver alguien —le dijo ella, que ya se había despertado del todo—. Méteme en casa antes de que te dé un buen azote en el trasero.

—Somos los únicos de la isla. No nos va a ver nadie —respondió él, y continuó su marcha hacia el agua.

—No me importa. No sé qué planes tienes, pero yo no voy a participar —dijo ella, y comenzó a forcejear contra su pecho—. ¡Suéltame ahora mismo, Thane Downfall!

—Claro que voy a soltarte, no te preocupes —dijo él, justo cuando notaba el agua fría en los pies.

—¡Thane! ¡Acuérdate de mi trato con los tiburones!

—No se atreverán a demandarte por incumplimiento de contrato si yo estoy cerca —dijo él. Cuando le llegaba el agua por los muslos, la abrazó y le besó la sien—. Yo nunca te haría daño, ¿lo sabes?

Ella se relajó en sus brazos.

—Sí, claro que lo sé.

—Bien —dijo él. Le dedicó una sonrisa y la soltó.

Ella gritó y movió los brazos. El agua salpicó con el impacto, y Elin se hundió como una piedra. Unos segundos después, salió escupiendo y tartamudeando.

—¡Traidor!

Qué mujer tan adorable. Tenía el pelo mojado y pegado a la cara y el cuello. Las gotas le resbalaban por las mejillas.

—La venganza va a ser dolorosa, y no vas a volver a darte un revolcón en tu vida —le dijo ella, entre dientes, nadando hacia él.

Thane se tiró de cabeza a su izquierda antes de que ella

pudiera agarrarlo. Pero Elin lo siguió y, cuando él salió a tomar aire, ella estaba detrás, y le empujó hacia abajo con las manos en los hombros.

Cuando él salió a la superficie, la agarró por las muñecas y tiró de ella hasta que sus pechos estuvieron aplastados contra su torso. Elin exhaló un suspiro brusco. Y él también, cuando su belleza lo golpeó como si fuera un puñetazo. El sol la favorecía y volvía su piel de un precioso dorado, y le arrancaba reflejos rojizos a su pelo oscuro.

Ella sonrió... pero su sonrisa se apagó un segundo más tarde.

–Chanel está en tu corazón –le dijo él–. Como Bay. Seguir adelante no significa que los quieras menos, ni que no los quisieras lo suficiente, y no es algo por lo que tengas que sentirte culpable. Sé más fuerte que tus emociones, *kulta*. No permitas que ellas te definan.

Elin frunció el ceño.

–El amor es una emoción. Y no hay ninguna que sea más fuerte.

–El amor es algo más que una emoción. Es una elección. Sentir amor es una cosa. Demostrar el amor es otra.

–Y, en este caso, ¿cuál es la manera de demostrar el amor?

–Dar. Estoy aprendiendo que siempre es dar. Tiempo. Paciencia. Piedad. En este caso, darles a Bay y a Chanel lo que ellos hubieran querido para ti. Felicidad.

Ella cerró los ojos durante varios segundos y, cuando volvió a abrirlos, su expresión brilló. Tenía un color bonito en las mejillas, y Thane estuvo a punto de gritar de alivio.

–Tienes razón –susurró Elin.

–Creo que ya hemos tenido esta conversación. Yo siempre tengo razón.

Ella puso los ojos en blanco.

–Corrección: tú siempre tienes razón... cuando estás de acuerdo conmigo.

Entonces, él estuvo a punto de sonreír. La estrechó contra sí, y ella le rodeó la cintura con las piernas, situando sus cuerpos en la postura perfecta para una penetración. Él sintió que el deseo le endurecía el miembro viril.

Ella se inclinó hacia él y le susurró:

—¿Se te están ocurriendo ideas lascivas? Porque cabe la posibilidad de que vuelvas a darte un revolcón alguna vez.

—Muchas.

—Bueno, entonces... es una pena.

Elin se apartó de él y se alejó.

Thane abrió la boca para protestar... hasta que vio su sonrisa. Lo había conseguido. La había hecho sonreír, tal y como esperaba. Y era mucho más bonita de lo que recordaba.

—Si me deseas —dijo ella, en voz baja—, vas a tener que pagarme una enorme factura.

—¿Ahora me vas a cobrar?

—Sí. Ya me conoces, ¿no? Me gusta el dinero.

Él agitó la mano con un desdén de rey.

—Te escucho. Puedes continuar.

Ella nadó a su alrededor, como si estuviera marcando su territorio.

—Háblame de los Enviados. Sé muy pocas cosas de tu raza.

—¿Tu precio es la información?

—Exacto.

Él fingió que se quedaba desilusionado, aunque aquello le había deleitado. Si Elin quería saber más, era porque él le importaba más.

—Estoy seguro de que sabes lo que son los ángeles. Los Enviados y los ángeles se parecen mucho.

—¿Y los dos podéis caer?

—Sí. Aunque, cuando cae un Enviado, pierde la inmortalidad. Cuando cae un ángel, se convierte en un ser absolutamente malvado.

—¿Como los demonios contra los que hemos luchado?

—No. Los demonios llevan viviendo en tu mundo mu-

cho más tiempo que los humanos. Tal vez, más que los dinosaurios. Los ángeles caídos llegaron después, y dudo que tú hayas conocido alguno. Muchos están encadenados en el núcleo de la tierra.
—Entonces, los demonios... ¿consideran que el mundo es su habitación de juegos?
—Sí. Y que los humanos son sus juguetes.
—Y vosotros, los Enviados, se supone que tenéis que hacer... ¿qué?
—Cazarlos y matarlos.
—¿Y los ángeles?
—Hacen lo mismo, pero ellos son sirvientes del Más Alto, y su función es ayudarnos.
—Vaya, eso es muy *cool*.
—¿Ah, sí? —preguntó él, y chasqueó la lengua—. ¿Acaso el poder la excita, señorita Vale?
—Puede que un poco —admitió ella—. Bueno, ¿y qué otras diferencias hay?
—Los ángeles son seres creados, y los Enviados nacen.
—Entonces, ¿tienes padres?
—Tenía padres.
—Quieres decir que...
Él asintió.
—A mi madre la mataron los demonios y, después, mi padre se dejó morir.
—Lo siento mucho, Thane. ¿Cuántos años tenías cuando ocurrió eso?
—Seis.
—Eras casi un bebé. ¿Qué te pasó después?
—Ya me habían enviado a adiestrarme como guerrero. Mi vida no se alteró —dijo él. Sin embargo, aunque él apenas había conocido a sus padres, todavía sufría por su pérdida—. Mi vida no cambió hasta hace cien años, cuando los demonios me capturaron y me encerraron en una de sus prisiones.
—Xerxes me dijo que habías ganado todas las batallas,

menos una –dijo ella–. ¿Se refería al tiempo que pasaste en esa prisión?

Elin era su mujer, e iba a compartirlo todo con ella, incluso su pasado. Iba a confiar en que, pese a todo, lo quisiera. Señaló con un dedo las cicatrices que tenía en el cuello.

–No. Aunque nos torturaron, considero que eso fue una victoria, porque, al final, matamos a todos nuestros captores. Xerxes se refiere a una batalla que perdí... contra mí mismo. Bjorn, Xerxes y yo acabábamos de escapar de la prisión, y yo quería sentir algo físico. Me corté el cuello. Xerxes y Bjorn me curaron con el Agua de la Vida. Yo estaba tan furioso que me corté el cuello de nuevo. No tenían más Agua, así que me llevaron a un médico para que me curara. Cada día, durante mi convalecencia, vi la angustia en sus ojos, y eso me afectó. Ya habían sufrido demasiado. Le pedí al Más Alto que me dejara las cicatrices en el cuello como recordatorio de que yo no estaba solo, de que había otros que dependían de mí, y me concedió mi petición.

–Oh, Thane.

–El calabozo nos cambió.

–¿Cómo terminasteis allí?

–A mí me atraparon cuando estaba en una misión. Me encadenaron en una celda y, más tarde, llevaron allí a Bjorn y a Xerxes. Les hicieron cosas tan horribles que solo sobrevivieron porque son inmortales. Pero yo... A mí, los demonios me dejaron en paz, y nunca entendí el porqué, hasta mucho después.

–¿Por qué?

–Estaban creándome culpabilidad, furia y desesperanza.

Ella abrió los ojos.

–Aunque intentes disimularlo, tus sentimientos son mucho más profundos que los de cualquier otra persona. Eso explica muchas cosas.

Él se hundió en el agua durante un momento, para refrescarse la cara.

—Me obligaron a mirar cómo torturaban a mis amigos, sin poder hacer nada. Estaba desesperado. Quería herir a los demonios pero, como sabía que no podía, quería que me torturaran a mí en vez de a ellos.

—¿Y cómo escapaste?

—Tiré con tanta fuerza de mis cadenas, que rompí los grilletes de las muñecas y de los tobillos. También me rompí las muñecas y los tobillos, y me disloqué los dos hombros, pero encontré las fuerzas necesarias para soltar a Bjorn y a Xerxes. Cuando los demonios volvieron para torturarnos de nuevo, nos habíamos curado y podíamos luchar.

—Oh, Thane... es horrible lo que tuviste que soportar. Lo siento.

—No sientas tristeza por mí. Es cierto que la experiencia me destrozó, pero, al final, conseguí recuperarme, y todo eso me hizo más fuerte que antes. Y ahora tengo a mi lado a Xerxes y a Bjorn. De aquella oscuridad surgió algo bello.

—Belleza de las cenizas —dijo ella. Se estrechó contra su pecho y lo abrazó—. Pero, Thane...

—¿Qué, Elin?

—También me tienes a mí.

Después de aquella conversación, Elin entendió la necesidad que tenía Thane de herir y de ser herido. Su pasado le había afectado profundamente, y lo que le habían negado se había convertido en su deseo más grande y se había mezclado, de algún modo, con la parte más apasionada de su vida. El sexo.

En aquel momento, todas las inseguridades y las reservas de Elin con respecto a esa faceta se desvanecieron.

—Si alguna vez vuelves a tener esos deseos... —dijo.

—No va a ocurrir.

—No lo sabes, así que, como iba diciendo, si vuelves a tener esos deseos, cuéntamelo. Deja que yo sea la que te satisfaga. Ya no me da miedo –añadió ella, cuando él abrió la boca para protestar–. Ni un poco de miedo.

Los rasgos de Thane se suavizaron, y la miró con adoración.

–No se trata solo de tu miedo. Me causa espanto la idea de hacerle daño a quien más quiero proteger... a la mujer a la que más adoro.

Ella sonrió.

–Estoy segura de que hay modos de hacerlo que no me causarán ningún daño, en realidad.

–Sí. Yo también puedo castigarte como tú me castigas a mí.

A ella se le endurecieron los pezones, y se frotó contra él.

–Lo estoy deseando. Pero, en este momento, estoy más interesada en castigarte oralmente, con severidad...

Thane estrechó a Elin contra su pecho. Le había castigado oralmente, de verdad, y como él era todo un guerrero, había encontrado la fuerza para soportarlo.

Era una mujer apasionada y salvaje. Lo llevaba a extremos que él nunca hubiera imaginado.

La sesión de castigo había tenido lugar en la cama, hacía varias horas, y todavía no se habían levantado.

–Quiero hablar del futuro –dijo ella, en aquel momento, y se sentó sobre él, a horcajadas.

Él asintió.

–Te he dicho que quería quedarme contigo, y es verdad. Pero no quiero ser tu empleada. Quiero ser tu igual. Y, sí, ya sé que tú eres más fuerte. No soy tonta. Sé que tienes muchas riquezas, y que yo he venido con las manos vacías. Pero quiero ser tu mujer, y...

–De acuerdo –dijo él, rápidamente. Ella le estaba diciendo exactamente lo que quería oír, las palabras que había deseado más que respirar. Le habría prometido las estrellas y la luna.

Ella sonrió.
–Ni siquiera has oído lo que tengo que decir.
–No es necesario. Te deseo, ahora y siempre. Haré lo que sea necesario para quedarme contigo.
–Bueno, me parece bien, porque eso significa exclusividad, líneas de comunicación abiertas, confianza, noche de mujeres en el bar todos los viernes, y que duermas conmigo todas las noches. Y que conste que dormir no significa quedarte despierto abrazándome.
–Elin...
–No. Has dicho que «de acuerdo», y esto es lo que te estoy pidiendo. Deja que te ayude con las pesadillas. Hasta ahora no lo he hecho mal, ¿no?
–A costa de tu propio descanso.
–No es verdad. Yo sí descanso. Si me dejas, ahuyentaré a tus malos sueños. Y lo digo de verdad. ¿Has visto mis nuevos bíceps?

Él asintió, sonriendo al mirar los brazos de Elin. Su mujer tenía un cuerpo delicado, y eso no tenía nada de malo. Más bien, todo lo contrario.
–Está bien.

Le daría lo que quisiera pedir, incluso eso. Porque Elin tenía razón; estar con ella le estaba ayudando a controlar las pesadillas. Nunca hubiera creído que eso era posible, pero había muchas cosas que le resultaban increíbles hasta que había conocido a Elin.
–Pero yo también necesito que tú me hagas una concesión.

Entonces, ella se inclinó hacia él, con una expresión de triunfo, y le mordisqueó el lóbulo de la oreja. Thane estuvo a punto de perder el hilo de su pensamiento. A punto.
–Te quiero, Elin –admitió, mientras enredaba las manos entre su pelo–. Te quiero con toda mi alma.

Ella se irguió de golpe, con los ojos abiertos como platos.
–¿Qué has dicho?

—Que te quiero. Me conquistaste desde el principio, cuando me ayudaste con tanto valor a escapar del campamento de los fénix. Te has convertido en mi luz, en mi esperanza. Me has convertido en un adicto a ti, y no puedo dejarte. No voy a dejarte nunca. A partir de ahora, estamos juntos en esto.

A ella se le llenaron los ojos de lágrimas.

Thane la tendió boca arriba en el colchón, y se tumbó sobre ella, aplastándola con su peso, mientras le besaba las lágrimas.

—Y, ahora, la concesión —le dijo—. Cuando encuentre la manera de hacerte completamente inmortal, y voy a encontrarla, tú harás lo necesario. Sea lo que sea.

—Pero...

—Nada de «peros». Lo harás. Yo prefiero morir a perderte. Y eso es exactamente lo que ocurriría: si tú me dejas alguna vez, sea por el motivo que sea, no podré continuar.

—Pero... yo quiero que tú...

—No —dijo él—. Sin ti no tengo nada. Sin ti no quiero nada.

De repente, sintió un deseo abrumador de poseerla para siempre, y extendió las manos ardientes sobre su piel, sobre toda su piel, para dejar su marca.

—Eres mía —dijo—, y no voy a perderte.

—Soy tuya, y tú eres mío. Yo tampoco voy a perderte —dijo ella, con la voz entrecortada, y atrajo su cara para besarlo—. Por nada del mundo.

—Nunca —convino él.

Capítulo 29

Elin se dio cuenta de que ella no le había dicho a Thane que lo quería.

Y quería decírselo, porque él era dueño de su corazón, tanto como ella del suyo. Sin embargo, la culpabilidad se lo impidió.

Ya le había dado todo lo que había perdido Bay. ¿Cómo iba a darle también aquellas palabras preciosas? Sobre todo, cuando entre los brazos de Thane era más feliz de lo que hubiera sido nunca.

–¿Estás lista, *kulta*? –le preguntó él.

Se le acercó por la espalda y le rodeó la cintura con los brazos; extendió las manos sobre su vientre, y le besó el cuello.

Había llegado la hora de marcharse de la isla y reunirse con los demás. Thane se había curado por completo de su herida, y ella había recuperado el ánimo. Tenían que cazar a un príncipe demonio y darle una buena tunda a un rey fénix.

–Sí –dijo ella, y se giró entre sus brazos y se abrazó a su cuello, con cuidado de no tirarle de las plumas de las alas.

Muy pocos fénix tenían alas; aquellos apéndices se formaban del humo, y tenían el color de la noche más oscura y, por ese motivo, ella nunca las había deseado. Hasta aquel momento, para estar a la altura de Thane. Para ser igual a él en algo. Sabía que le había dicho que quería ser tratada como si fueran iguales, pero también sabía que sería una actuación, y nada más.

Él le dio un golpecito en la barbilla.

—¿Qué te pasa? —le preguntó.

Él siempre adivinaba su estado de ánimo, y sentía hasta el más mínimo cambio. «¿Acaso soy tan predecible?».

Le dijo lo que pensaba, sin omitir nada. Le había pedido su confianza, y también iba a darle la suya. Él era su hombre, y nunca utilizaría sus debilidades en contra de ella.

—Elin, de nosotros dos, tú eres la que tienes más poder, no lo dudes.

Ella pestañeó. No podía creer lo que acababa de decirle Thane y, sin embargo, ¡él no podía mentir! Así pues... aquello era cierto para él.

—Lo siento, cariño, pero lo dudo —admitió Elin—. No lo entiendo.

—Ya te lo he dicho. Yo te pertenezco. Soy tuyo. Tu felicidad es mía. Tu furia es mía. Todas tus necesidades serán satisfechas antes que las mías. Te quiero y, para mí, eso significa ponerte por encima de todo lo demás y darte lo que nunca le habría dado a otra mujer: poder sobre mí.

Ella se echó a temblar, y posó la frente en su pecho.

—Gracias.

«Díselo. Díselo ahora».

No pudo hacerlo.

Se agarró a su túnica.

—Las cosas que me dices...

—Salen directamente del corazón que tú has hecho revivir.

—¿Ves? ¡Como eso! —exclamó ella—. Es precioso. Como poesía. Y ¿qué te doy yo a cambio?

Nada, salvo problemas.

—Me das algo que nunca había tenido: paz.

—¿Cómo? Solo soy... yo.

—Un rompecabezas al que le falta una pieza nunca estará completo. Para mí, tú eres esa pieza –dijo él. Después, sonrió burlonamente, y añadió–: Yo soy una rosa, y tú eres mi espina.

Ella soltó un resoplido.

—Las espinas no son solo algo molesto. Sirven para proteger a la rosa, ¿sabes?

—Sí, lo sé.

—Entonces, ¿el estoico Thane acaba de reconocer que su cariñito es una matona?

—Pues sí.

—Bueno, pues se ha ganado un buen revolcón para luego.

A él se le escapó una carcajada. Con un solo aleteo, salió disparado hacia el cielo, con Elin bien agarrada contra su pecho. Cuanto más ascendían, más frío estaba el aire, pero, unida al cuerpo de Thane, no notaba la bajada de temperatura. Cuando él se colocó horizontalmente, la presión mantuvo juntos sus cuerpos, casi pegados el uno al otro. El viento le azotaba las mejillas y el pelo.

Tardaron varias horas en llegar a su destino: el castillo de Bjorn, en el tercer nivel de los cielos, a unos treinta kilómetros del Downfall. Elin se quedó boquiabierta al ver la enorme escalinata de piedra adornada con flores, que ascendía hacia una construcción de cuento de hadas. Los muros exteriores eran más oscuros que las nubes que los rodeaban, y tenían ventanas de cristales de colores.

—¿Te gusta? –le preguntó Thane, mientras la posaba en el suelo y le daba la mano.

—La palabra «gustar» no es suficiente para expresarlo. Quiero casarme con este castillo.

Él sonrió.

—Hay uno muy parecido en venta, al otro lado del mundo. Nadie lo ha comprado porque, en este momento, lo han ocupado los trolls. Sin embargo, con una sola llamada de teléfono puede ser nuestro.

«¿Nuestro? ¡Nuestro!». ¿Podían vivir juntos de verdad? Ella arqueó las cejas, y le preguntó:

—¿Y por qué no estás haciendo esa llamada ahora mismo?

Él se echó a reír otra vez. Su risa era preciosa. Un poco oxidada, sí, pero preciosa.

—¿Qué? —inquirió ella—. Toda chica se merece ser princesa en un momento u otro.

—Tú tendrás que conformarte con ser la reina de mi corazón.

Descarado.

—Está bien. Trato hecho.

Thane no se molestó en llamar al enorme portón de madera. Lo abrió con el hombro. El vestíbulo tenía el techo abovedado, las paredes doradas y el suelo de mármol.

Se oyeron unos pasos que se acercaban rápidamente.

Entonces, Elin vio a Bellorie, que corría hacia ella, y soltó a Thane para ir a su encuentro. Se abrazaron y se echaron a llorar. Todo el tiempo, ella notó la mirada de Thane en su espalda.

«Está loco por mí. Y, gracias al Más Alto, porque yo también estoy loca por él».

Tenía que reunir valor y decirle que lo quería. «Te quiero, Thane. Con toda mi alma».

Bum. Hecho. Así de fácil. Aquel sentimiento era absorbente, desconcertante. Y, sin embargo, hacía que se sintiera poderosa. Estar con Thane no le arrebataba nada de la relación que había tenido con Bay, y le recordaba que los finales felices eran posibles. Nunca tendría que estar sola otra vez, ni sería una apestada. Thane la aceptaba tal y como era. La adoraba. Y la necesitaba.

Bay nunca la había necesitado. Ellos eran dos seres completos que existían uno junto al otro, en vez de dos mitades de un todo, en el que cada una de ellas era necesaria para la vida de la otra.

Thane... Sin Thane, ella no podría respirar.

—Eres la última en llegar, Bonka Donk —le dijo Bellorie, entre lágrimas—. Estábamos preocupadas por ti, aunque no teníamos por qué, claramente. Brillas como un árbol de Navidad por la esencia de tu amado. Brillas mucho más que antes... ¿Qué habrás estado haciendo?

Elin se ruborizó. No porque le avergonzara ser la mujer de Thane, cosa de la que estaba muy orgullosa, sino porque todo el mundo iba a saber lo que habían estado haciendo. «Como si no lo supieran ya. Para tu información, Elin Vale, tu sonrisa ya es lo suficientemente reveladora», se dijo.

—Bueno, estamos en una ceremonia de homenaje ahí fuera —dijo Bellorie, y miró por encima del hombro de Elin—. Thane, a todos los gallineros les hace falta un gallo. ¿Quieres ser el nuestro?

«No te rías». Elin miró hacia atrás. Él sonrió con suavidad y le hizo un gesto para que siguiera adelante.

—Ve sin mí. Yo tengo que hablar con los otros... hombres.

Elin le sopló un beso.

Él lo atrapó en el aire, y dijo:

—Te voy a echar de menos.

El hecho de que él le dijera aquello en público, sin preocuparse de nada, hizo que ella se derritiera.

—Yo también te voy a echar de menos.

—Puaj —dijo Bellorie, tirando de Elin—. Poneos tan melosos cuando estéis a solas.

Bellorie se dio tanta prisa que ella no tuvo tiempo de admirar el castillo, aunque sí percibió su magia.

En la parte trasera había un enorme jardín lleno de flores y enredaderas. Todo estaba envuelto en una neblina etérea y brillante. ¿Eran hadas aquello que veía danzando por el aire?

No hadas adultas, como Chanel, sino hadas pequeñitas, del tamaño de un dedo índice, que...

Chanel.

Con una punzada de remordimiento, recordó a Chanel. Su espléndida sonrisa. Su risa adorable. Su instinto asesino en la cancha de esquive de rocas.

Octavia y Savy tenían una botella de un líquido claro. Tenía que ser el alcohol de más alta graduación de todos los tiempos, a juzgar por el olor. Bellorie tomó una de las botellas que había a sus pies y se la tendió a Elin.

–¡Por Chanel!

Todo el mundo alzó la botella y tomó un trago.

Elin tosió al notar las llamas por el esófago.

–¿Qué es esto? ¿Moonshine?

–Mejor aún –respondió Octavia–. Moonshine del Tártaro. Ya sabes, la prisión para inmortales. Tengo un amigo dentro. Bueno, dentro de la parte que todavía está en pie, claro.

Así que estaba bebiendo alcohol destilado en una prisión para inmortales. Increíble.

–No paro de imaginarme que aparece Chanel diciendo: «Os he pillado, todavía estoy viva».

–Sería típico de esa pequeña cabrona. Hacernos llorar por ella, y hablar de ella, solo para echarse unas risas –dijo Bellorie, sonriendo, y miró a su alrededor–. Sal, sal, estés donde estés.

Esperaron.

Chanel no apareció, y la sonrisa de Bellorie se apagó.

–Las cosas no van a ser iguales sin ella.

–No.

Aquello era agradable. Elin nunca había podido tener camaradería y amistad después de perder a su familia. Después de la muerte de su marido y su padre, la habían convertido en esclava, y no le toleraban los estallidos emocionales. Su único consuelo había sido sollozar contra la manta, por las noches.

Y, cuando habían muerto su madre y su hermano pequeño, había sucedido lo mismo.

–Nunca olvidaré lo listilla que era. Me gustaría pensar

que me ha transmitido algo de ese descaro –dijo, pensando en Chanel.

–Lo mismo digo –intervino Bellorie–. Pero sé que ella no querría que hubiera ni una sola persona sobria en su funeral, así que, ¡bebamos!

–¡Por ti, Alcoballic! –exclamó Elin, y todas bebieron.

Al cabo de una hora, todo el mundo estaba riéndose y contando anécdotas e historias sobre Chanel. Elin comenzó a preguntarse dónde estaba Thane, qué estaba haciendo.

Seguramente, estaba con los otros chicos, haciendo planes para la guerra. «Yo estoy en esto con él». Aunque no tenía ni idea de qué podía hacerse con respecto al príncipe, sí tenía alguna idea para Ardeo.

«Si quieres llamar la atención de un hombre», le había dicho su madre, una vez, «averigua qué es lo que más quiere... y quítaselo. Te garantizo que, desde ese momento, te seguirá hasta el fin del mundo».

Ardeo quería a Malta. Sería cruel hacerle creer que la mujer se había regenerado y estaba en sus manos, pero él era quien había dictado las reglas de aquella guerra al apuñalar a Thane, y esas reglas eran muy sencillas: todo valía.

Con solo mencionar el nombre de Malta, Ardeo acudiría corriendo... y caería directamente en la trampa.

–... estás escuchando? –le preguntó Bellorie, y ella pestañeó–. Está muy mal, de verdad. El amor le ha frito el cerebro.

Sí, era cierto.

–¿Qué es lo que me he perdido?

–La mejor historia del mundo, que he contado yo misma: voy a ir al reino de los Fae y voy a decapitar a todo aquel que se me cruce. A Chanel le habría gustado acabar con toda su raza por haberla expulsado. Lo sé.

Savy agitó la cabeza e hizo un movimiento cortante a través de su cuello, con la mano estirada.

–¿Y por qué la expulsaron? –preguntó Elin.

Savy gruñó.

–Por ser demasiado maravillosa –dijo Bellorie, ignorándola–. Pero, volvamos a mis planes. Voy a ponerme un traje negro de malla, por supuesto, como una verdadera ninja, y…

Octavia miró al cielo con resignación, y preguntó:

–¿Por qué yo?

Elin se echó a reír. Después, se recostó en la silla y escuchó la historia de Bellorie, sobre la ropa que iba a llevar, las armas que iba a utilizar y los libros que iban a ser escritos sobre sus hazañas.

Elin nunca hubiera pensado que iba a encontrarse en aquella situación. Triste, pero reconfortante y dulce. Aquella no era la vida que había imaginado; era mucho mejor.

Capítulo 30

Thane salió del baño con una toalla sujeta a la cintura. Los chicos y él habían elaborado un plan de actuación que iban a llevar a cabo aquel mismo día: encontrar a Ardeo y seguirlo hasta que los llevara hasta el príncipe. El rey creía que el ángel caído podía devolverle la vida a Malta, y no descansaría hasta que le demostraran que estaba equivocado.

Después de eso, el Ejército de la Desgracia se reuniría con los Siete de la Elite y capturarían al príncipe para interrogarlo. Y, finalmente, irían en busca de los demás príncipes que habían participado en la muerte de Germanus, y los matarían.

Lo único que le quedaba por decidir era qué iba a hacer con Elin, ¿cuál sería el lugar más seguro para ella?

A Thane se le aceleró el pulso al verla tumbada en el centro de la cama. Ya estaba desnuda.

Ella le lanzó una sonrisa verdaderamente perversa, distinta a todas las que le había dedicado hasta el momento. Él no supo qué pensar.

—¿A qué estás esperando, guapo? —le preguntó Elin, con la voz ronca, pasándose un dedo entre los pechos—. Yo ya estoy dispuesta a todo. Quiero que me encadenes y me tomes con tanta fuerza que te sienta durante semanas.

¿Encadenarla?

Thane frunció el ceño. A Elin le ocurría algo.

Debía de ser el alcohol. Su comportamiento siempre se alteraba un poco cuando bebía.

Se acercó al borde de la cama, y ella intentó tirarle de la toalla, pero él sujetó la tela y se sentó junto a ella.

—*Kulta* —le dijo, suavemente.

—¿*Kulta*? —preguntó ella, y en sus ojos se reflejó algo, algo que enmascaró rápidamente. Thane no pudo distinguirlo—. ¿No me deseas? Porque yo sí te deseo, y no quiero esperar.

—Sí, te deseo, pero ¿qué te ocurre? ¿Alguien te ha dicho algo para herirte?

—¿Y qué harías tú si alguien me hiciera daño? —preguntó Elin.

—Vengarte —dijo él. Brutalmente.

Ella se quedó sorprendida.

—¿Por qué?

—Porque te quiero.

«Tú ya lo sabes».

«¿Qué es lo que sé?», preguntó ella, mentalmente.

Thane se sintió aún más confuso.

«Que te quiero».

«Claro que lo sé, pero nunca me cansaría de oír esas palabras».

Mientras su voz llenaba la mente de Thane, ella entrecerró los ojos.

—Demuéstramelo. Demuéstrame que me quieres —dijo ella, y comenzó a besarle el cuello.

El roce de su lengua era más caliente de lo normal. Sus labios eran más cálidos de lo normal, y su olor no era... No olía a alcohol, como antes, cuando había ido a verla; y, algo que resultaba todavía más desconcertante, su fragancia no era la de las cerezas...

Además, la esencia había desaparecido por completo de su piel.

Thane se alarmó.

Aquella no era Elin. No podía ser Elin.

Le tomó la barbilla y estudió su cara. Sus ojos de color

gris no tenían ninguna calidez. Eran fríos y duros, estaban llenos de determinación, y no tenía las pupilas dilatadas. Sus mejillas delicadas no tenían el rubor de la excitación.

Al comprender la verdad, Thane se puso furioso.

Aquella mujer era Kendra.

Había conseguido quitarse las ataduras de la esclavitud, y había dado con él. Y estaba intentando acostarse con él para poder esclavizarlo de nuevo. Así era como lo había capturado la última vez. Lo había seducido ocho veces, cada una de ellas con la forma de una mujer distinta, y en las ocho ocasiones, él había derramado su semen dentro de ella y, de ese modo, había vinculado su alma con la de Kendra, más y más estrechamente.

Tuvo ganas de maltratarla, de hacerle daño, pero no siguió sus impulsos. Se había convertido en un hombre distinto, y no iba a cometer los mismos errores.

Tomó aire profundamente, y lo exhaló. Cuando consiguió dominar su rabia, se concentró en el arrepentimiento que había sentido cada vez que había pensado en el pasado.

¿Qué clase de vida había llevado Kendra? ¿Qué la había llevado hasta aquel momento?

Si él le hacía daño ahora, ella querría vengarse después, y él querría tomarse la revancha, y la situación se convertiría en un círculo interminable de dolor y remordimiento.

Era hora de romper aquel círculo vicioso.

Fue hacia el armario.

–¿Qué estás haciendo? –preguntó ella, sin poder disimular su enfado.

–¿Y tú qué crees? –inquirió él. Se giró, y le mostró unas cadenas–. Querías que te encadenara, ¿no?

Por fin, llegó la excitación. Thane la percibió en ella, y eso le entristeció.

–Sí.

–Túmbate –le ordenó él.

Al instante, ella obedeció; puso los brazos por encima de su cabeza y separó las piernas. Cuando él le puso los grilletes de metal en los tobillos y las muñecas, ella se estremeció. Después de atarla a la cama, Thane se quedó a un lado, observándola, y suspiró. Él iba a hablar, y ella iba a escuchar. Esperaba poder llegar a un entendimiento.

–Esta vez te has confiado... Kendra.

Thane creía que ella se revolvería, que se defendería con uñas y dientes, o que le contaría más mentiras. Sin embargo, Kendra sonrió.

–¿Tú crees?

Se oyó un jadeo, y Thane se volvió hacia la puerta.

Bjorn y Elin estaban allí.

–Eh... he venido a decirte que he conseguido un frasco de Agua de la Vida –murmuró Bjorn, mostrándole una botellita transparente–. Pero podemos hablar más tarde. Voy a llevarme a Elin.

–No –dijo Elin, que había palidecido, y se dirigió a Thane–. Te pedí que acudieras a mí para cualquier cosa, te dije que yo haría cualquier cosa para satisfacer tus necesidades, y tú dijiste que sí. Incluso dijiste que habías cambiado, que habías terminado con esto.

–Pues está claro que mintió –dijo Kendra, que ya había cambiado de aspecto, y había adoptado la forma de una mujer rubia.

Elin retrocedió.

–Esto no es lo que parece –dijo Thane, desesperado por hacerla entender.

A ella se le escapó una carcajada llena de amargura.

–Hazme un favor, y guárdate la explicación para la próxima chica de la que quieras reírte.

Entonces, se dio la vuelta y echó a correr.

–¡Elin!

Thane dio un paso hacia delante, pero se detuvo al pensar que tendría que sujetarla y usar la fuerza para conseguir que lo escuchara. Si la sujetaba, ella pensaría en las cadenas, y él hubiera dado cualquier cosa por que olvidara lo que acababa de ver.

Kendra se echó a reír.

—Pobre Thane. Cuando, por fin, se enamora de una mujer, ella no quiere saber nada de él.

Thane apretó los dientes.

«*Kulta*», proyectó. «Necesito que me escuches».

«Pues yo necesito que te calles».

«Elin, te lo prometo. Lo que está ocurriendo no tiene nada de sexual. Kendra se metió aquí y adoptó tu forma, pero yo me di cuenta y la encadené».

Elin no respondió.

Thane volvió a intentarlo, pero tampoco obtuvo respuesta.

Lo había bloqueado. Seguramente, no había oído ni una sola palabra de su explicación.

—Ve a buscarla —le dijo a Bjorn—, y protégela. Yo me haré cargo en cuanto termine aquí.

El guerrero salió apresuradamente a cumplir la orden y Thane se volvió hacia Kendra.

Ella sonrió con alegría.

«Cálmate. Solo porque esto haya empezado tan mal, no tiene por qué acabar del mismo modo».

—No deberías haber vuelto —le dijo, en voz baja—. Yo ya había terminado con mi venganza.

—Pero yo no había terminado con la mía.

—Te va a costar caro, porque no voy a permitir que te marches hasta que comprendas las consecuencias que tiene dañar algo mío.

—Yo podría decir lo mismo de ti —gruñó una voz detrás de él.

Thane se giró.

Ricker el Terminador de Guerras salió de una nube de humo negro y le atravesó el pecho a Thane con una espada.

Un momento.

¡Un momento!, pensó Elin.

La verdad comenzó a abrirse paso en su mente. Thane no era un embustero, y la quería. Y ella lo quería a él. Confiaba en él, pese a lo que había visto.

Él siempre la había protegido. Nunca encadenaría a otra mujer en su cama si ella estaba cerca y podía toparse con la escena. No lo haría si no tenía un buen motivo.

Tenía que haber una explicación.

Elin sintió alivio, y dejó de correr. Había llegado hasta el porche delantero. El sol ya se había puesto, y la luna había ocupado su lugar. Estaba en lo alto del cielo, redonda y plateada. Ella cerró los ojos y respiró profundamente. Su corazón se calmó.

«Siento haber dudado de ti», le transmitió a Thane. Sin embargo, notó un muro en su cabeza, un muro que atrapaba las palabras en su mente.

–¿Thane? ¿Me oyes?

Silencio.

¿Acaso él la había bloqueado?

–No –dijo alguien de voz ronca–. Te he bloqueado yo.

Miró a la derecha y a la izquierda. A su espalda. No había nadie cerca, pero sí percibió una forma a cierta distancia. Era un hombre muy alto, muy grande; tenía el pelo blanco y largo. Aunque no tenía alas, estaba levitando y flotaba hacia ella.

Cuando distinguió sus rasgos, se quedó boquiabierta. Era magnífico, como un rayo de luz que brillaba con una belleza pura.

Y, sin embargo, el miedo le atenazó el cuerpo.

¿Debía luchar, o debía huir?

¿Era amigo de Thane, o su enemigo?

No podía ser su amigo. ¿Por qué, entonces, la había bloqueado?

«¡Huye!».

No. De ninguna manera. No volvería a huir.

Cuando él se detuvo, a pocos metros, ella observó su belleza durante un instante. Después, le preguntó:

—¿Quién eres?

—Soy Oscuridad y Destrucción. Soy Muerte. La tuya, por lo menos.

A ella se le quedó seca la garganta.

—¿Por qué has venido? —preguntó, con un nudo de miedo en el estómago—. No importa. Vete.

Él sonrió con crueldad.

—No tengo intención de quedarme mucho tiempo, pero Thane y tú habréis muerto antes de que me marche.

El príncipe. Aquel era el príncipe de los demonios de quien habían hablado Thane, Xerxes y Bjorn.

Ella no podía permitir que llegara hasta los Enviados, pero ¿qué podía hacer? No tenía armas.

En realidad, no. Tomó uno de los pedruscos que había junto a las escaleras del porche.

—¿Quieres a Thane? Antes tendrás que pasar por encima de mí.

Él sonrió.

—Esperaba que dijeras eso.

—¡Porque eres tonto!

Le lanzó el proyectil, pero él ni siquiera intentó esquivarlo. Sin embargo, al recibir un golpe en el pecho, la miró con sorpresa.

—Eres fuerte —dijo.

—¡Y estoy cabreada! —dijo ella, y tomó otro pedrusco.

Bjorn pasó por delante de Elin y se quedó allí, como si fuera su escudo. Sacó dos dagas.

—Entra, Elin —le ordenó—. Ahora mismo.

«Ni hablar».

—Pero... si a mí me gusta que esté aquí —dijo el príncipe.

De repente, ella tuvo la sensación de que sus pies pesaban una tonelada. Intentó levantar uno, pero no pudo, y tampoco pudo mover el otro. Se le habían pegado los pies al suelo.

—He llamado a todo mi ejército —dijo Bjorn—. Aunque

seas un príncipe, Malice, no vas a poder vencernos a todos.

El demonio asintió.

–Claro que sí. Solo tengo que trabajar deprisa.

Su voz era como un susurro, pero estaba llena de gritos de angustia.

Elin se encogió; le parecía que iban a sangrarle los oídos.

Sin motivo aparente, a Bjorn le fallaron las piernas. De repente, se le rompieron los huesos de las pantorrillas, y le desgarraron la carne y la piel. Mientras gritaba de dolor, le lanzó una de las dagas al príncipe. Sin embargo, el demonio esquivó fácilmente el puñal.

A Bjorn se le partieron los dos brazos.

Se oyó otro grito de dolor. Elin se agachó e intentó agarrarlo para ponerlo detrás de su cuerpo. Ella sería su escudo.

Malice se echó a reír.

–No sabía que esto iba a ser tan divertido.

–¡Ya basta!

–¿Tú crees?

Crac.

A Bjorn se le rompió el cuello, y quedó torcido con un ángulo insoportable. Su pecho dejó de moverse. Ya no respiraba.

–¡No! –gritó Elin. Bjorn había... estaba...

¿Muerto?

Él no iba a regenerarse, como los fénix. Sin embargo, un Enviado no podía morir tan fácilmente, ¿no?

Elin sintió una rabia inmensa.

–Suéltame y lucha contra mí. ¿O es que eres un cobarde?

Él pasó la mirada por su figura, y chasqueó la lengua.

–Qué valiente... y para nada. Veamos qué podemos hacer al respecto.

Elin se levantó del suelo involuntariamente y, flotando, se

acercó al príncipe. El instinto le pedía que moviera los brazos y las piernas para detener el movimiento. Sin embargo, no lo hizo. Apretó los puños y se preparó para soltar el primer puñetazo en cuanto estuviera lo suficientemente cerca.

Por supuesto, él la detuvo antes de que eso pudiera suceder.

—¿Acaso el gran y perverso guerrero está asustado de una chica? —le dijo ella.

Él frunció los labios.

—Estás empezando a aburrirme, querida.

—Estoy destrozada, de verdad.

—No, todavía no. Pero lo vas a estar.

Entonces, se deslizó hacia delante y, cuando estaba al alcance de Elin, le inmovilizó los brazos sin tocarla.

—Voy a hacerle a Thane un gran favor, y también algo que no le va a gustar. Te voy a convertir en una fénix completa, para darte la eternidad a su lado... Pero tendrá que verme matarte una y otra vez.

Si la convertía en fénix, la haría inmortal. Era algo que Thane deseaba por encima de todo. Antes, a ella le hubiera preocupado mucho que él rechazara su lado fénix, pero ya no. Él la quería, fuera de la raza que fuera.

—Hazlo —gruñó ella—. Hazme más fuerte, y verás lo que sucede cuando desencadene mi furia contra ti.

Él se echó a reír, y extendió la palma de la mano. Allí apareció una jeringuilla llena de un líquido rojo.

—He tenido que intercambiar unos cuantos favores para conseguir esto. Sé que el Enviado ha terminado por aceptar tu raza fénix, pero... dudo que acepte con tanta facilidad la capacidad de Kendra para esclavizar. Al contrario que la princesa, tú no podrás deshacerte de ella a voluntad.

¿Cómo?

—¡No! —gritó Elin, y comenzó a contorsionar el cuerpo para evitar la jeringuilla. «El veneno no. Cualquier cosa, menos el veneno». Porque el demonio tenía razón. Thane admitiría cualquier cosa, menos eso.

El príncipe le clavó la aguja en el cuello. En un abrir y cerrar de ojos, Elin sintió fuego por todo el cuerpo. Dentro de su cráneo reverberaban los gritos.

–Sangre del más fuerte de todos los fénix, además de la de Kendra, con un poco de la mía para acelerar el proceso. Vendrás a verme cuando revivas.

–No.

–Ah, bueno. Pronto descubrirás lo contrario. Cuando te despiertes, estarás atada a mí. Harás todo lo que yo te diga.

Era demasiado petulante como para estar mintiendo. Ella quería responderle que nunca sucedería lo que estaba diciendo, pero no tenía fuerzas.

El príncipe volvió a extender la mano, y la espada de Bjorn voló hasta ella. Elin abrió mucho los ojos. ¿Qué iba a...?

Entonces, él le clavó la hoja en el estómago, tres veces seguidas. Elin sintió un dolor agónico, y la sangre se le subió por la garganta y le salió a borbotones por la boca. En cuanto el demonio sacó la espada, ella cayó al suelo.

–Nos vemos muy pronto, querida.

De reojo, Elin vio con espanto que el demonio le clavaba la espada a Bjorn en el corazón. Si el guerrero había conseguido sobrevivir a la rotura de la espina dorsal, aquella puñalada habría terminado de matarlo.

No, no, no. Era un Enviado. Era más fuerte que la mayoría de los seres. Podría sobrevivir, incluso a aquello.

Por favor.

La espada cayó al suelo. El príncipe entró silbando al castillo.

Mientras Elin se retorcía de dolor, solo podía pensar en una cosa: si alguien no lo evitaba, mataría a todos a quienes ella había llegado a querer tanto. «No puedo permitírselo».

Intentó tomar la espada, pero el mero movimiento aceleró el pulso de su sangre. Se quedó inmóvil. «Me estoy muriendo. Están pasando mis últimos minutos».

Pero... no importaba. Iba a volver. Malice se había ocupado de eso.

A ojos de Thane, sería un monstruo.

«No puedo preocuparme por eso en este momento».

Para enfrentarse al príncipe, para ayudar a Thane, tenía que ser más fuerte.

Elin se movió sin parar para acelerar el paso de la sangre por sus venas. La oscuridad que había alrededor de sus globos oculares empezó a aumentar, a cubrir toda su visión, a hacerse más y más intensa...

¿Y si el príncipe te ha mentido, y no eres inmortal?

Al pensar en aquella posibilidad se quedó inmóvil.

Sin embargo, supo que iba a regresar, aunque no fuera una fénix completa. Estaba decidida a hacerlo. Nada conseguiría separar su cuerpo de su espíritu. Nada.

Sintió un frío inmenso en los miembros, que fue avanzando hacia su corazón. La muerte le estaba llegando, y no había forma de pararla.

—Thane... —susurró, con su último aliento.

Thane se esforzó por mantenerse consciente. Ricker había liberado a Kendra y, entre los dos, lo habían encadenado a la cama. Kendra quería matarlo, y Ricker, que claramente estaba bajo los efectos de su veneno, quería agradarla, pero, aparte de atarlo y apuñalarlo por segunda vez, ninguno de los dos había intentado acabar con él de veras.

—¿Cómo te volviste así, Kendra? —le preguntó Thane.

—¿Tan increíble? —preguntó ella, apartándose el pelo de un hombro.

—No. Tan... retorcida.

Apareció un reflejo de vulnerabilidad en sus ojos, pero desapareció tan rápidamente que Thane pensó que, tal vez, lo había imaginado.

—¿De verdad quieres oír la triste historia de la pobre princesa ignorada por todo su clan, que estaba tan desesperada por conseguir algo de afecto que se entregó a un rey de un clan rival a los catorce años, y él se la pasó a todos sus soldados? Bueno, ya no soy esa niña. He aprendido a tomar lo que quiero. Al clan entero. A los hombres. No me importa.

Debería haberse dado cuenta, pensó Thane. Kendra tenía un pasado más terrible que el suyo, y él solo había contribuido a empeorar sus problemas.

—Lo siento —dijo, con franqueza.

—¿Que lo sientes? ¡Lo sientes! —gritó ella—. Él te va a torturar, y yo voy a disfrutar mucho viéndolo.

—¿Quién es él?

Ella se echó a reír con crueldad.

—Tu peor pesadilla.

—¿Es eso lo que soy? —preguntó alguien conocido por Thane—. Siempre me había considerado una fantasía prohibida.

Thane se puso muy tenso. Era el príncipe.

Malice entró en la habitación. Llevaba una túnica blanca. ¿Acaso fingía que era un Enviado? Era sabido por todos que los ángeles caídos tenían unos celos enfermizos de los Enviados.

Thane forcejeó para liberarse de las cadenas. «Bjorn. Xerxes». Desde que lo habían apuñalado, había intentado ponerse en contacto con ellos unas diez veces, pero no le habían respondido. También había intentado llamar a Zacharel. «El príncipe está aquí. Marchaos con las mujeres. Ahora».

No tuvo respuesta alguna.

Sintió un miedo afilado como la hoja de un cuchillo. Ellos nunca lo bloquearían, ni lo ignorarían deliberadamente. Eso significaba que tenían que estar... incapacitados de algún modo. Sí, incapacitados. No muertos.

Y, si ellos estaban incapacitados, las mujeres...

No. ¡No!

—Mira lo que hemos hecho —dijo Kendra, con una sonrisa, señalando a Thane—. Tal y como nos ordenaste.

—No es demasiado tarde —le dijo Thane—. Tú puedes ayudarme, y yo puedo ayudarte a ti.

—No necesito ayuda —respondió Kendra. Sin embargo, en su semblante apareció la indecisión.

—Lo habéis hecho muy bien —dijo el príncipe—, pero tenéis un problema. Ya no me servís para nada.

Entonces, puso cada una de las manos sobre la frente de Kendra y la de Ricker. En las mejillas de los fénix aparecieron estrías negras que fueron extendiéndose por su cuerpo. Los ojos se les quedaron en blanco, y sus cuerpos comenzaron a temblar, a agitarse... Y, cuando aquel movimiento cesó, su piel se había convertido en piedra negra. Thane nunca había visto nada semejante.

El príncipe separó las manos, y los dos fénix cayeron al suelo convertidos en polvo.

Malice sonrió.

—Tus enemigos no volverán a regenerarse. Enhorabuena.

—Esa es la diferencia entre tú y yo. Yo ya no tenía deseos de vengarme.

El príncipe entrecerró los ojos.

—Mientes.

—Y tú tienes tanto miedo de enfrentarte a mí, que has tenido que rebajarte a esto.

El príncipe no acusó el insulto, sino que pareció divertirle lo que había dicho Thane.

—Te burlas, pero mi estrategia ha superado a la tuya —dijo, y se encogió de hombros—. ¿Has intentado llamar a tus amigos? Siento decirte que no van a responder. Están muertos.

Sus peores sospechas... confirmadas.

Aunque el príncipe no lo había tocado, su corazón se hizo de piedra.

—Tú eres el mentiroso —le dijo. Los demonios disfrutaban alterando la verdad. No debía olvidarlo.

—No. Estoy seguro de que puedes saborear la verdad de

mis palabras. Me encontré con Bjorn fuera, y con Xerxes, en el pasillo. Los dos tenían una estructura ósea muy frágil. Y, cuando los dejé, los dos tenían un agujero en el pecho.

—¡No! —rugió Thane. Aquella negativa surgió de lo más hondo de su ser. La idea de perder a sus amigos... No.

—Oh, sí.

—No percibo el sabor de la mentira. Los has dejado con los huesos rotos y con un agujero en el pecho. Pero eso no significa que estén muertos. Se han recuperado de heridas peores.

—El tiempo lo dirá —le espetó Malice, con irritación. Después, se calmó y añadió—: Te distrajeron de nuestro juego... como tu fémina.

Thane volvió a forcejear, tirando de las cadenas, y los grilletes de metal le mordieron la carne.

—No la toques. No te atrevas a tocarla.

El príncipe le dio una palmadita en la mejilla, y el contacto le provocó más ampollas en la piel a Thane que un baño de ácido.

—Oh, ya la he tocado. Y más aún. Estoy impaciente por mostrarte el resultado de mis actos.

El deleite de su tono de voz, y sus palabras, le produjeron terror.

—¿Qué has hecho? —gritó Thane.

—No te preocupes, Enviado. Va a vivir.

En aquella ocasión, Thane tampoco notó el sabor de la mentira. Se desplomó contra el colchón. Podía superarlo todo, salvo la muerte de Elin.

Malice se paseó alrededor de la cama.

—Tu ejército viene de camino, ¿lo sabías? ¿Los has llamado tú? Tus amigos sí los llamaron. Pero mis sirvientes contendrán a los guerreros hasta que yo haya terminado aquí.

—Desestimas nuestra fuerza.

El príncipe se echó a reír.

—Seguramente, verás lo irónica que es tu afirmación.

Sí, lo veía. Pero no le importaba.

Se había pasado la vida resistiéndose contra la autoridad de sus líderes, y así era como había terminado bajo el mandato de Zacharel, el más frío de entre todos los fríos, formando parte de un ejército que el resto de su mundo consideraba inútil.

Aquellos soldados lucharían por él con la misma ferocidad que Xerxes y Bjorn. Se habían convertido en su familia, como Elin.

—No tienes ni la más mínima oportunidad —le dijo Thane, con seguridad.

Malice hizo un gesto desdeñoso.

—Me habré ido mucho antes de que tus amigos puedan entrar al castillo —dijo. Movió las orejas, y asintió con satisfacción.

—Excelente. Creo que tu Elin viene para acá.

¡Elin!

—Huye —gritó Thane—. ¡Elin, márchate!

—No puede.

Ella torció una esquina, y entró en la habitación con la túnica de Bjorn. Thane sintió euforia al ver que había sobrevivido, pero también ira al verla en aquella situación. Sintió desesperación por ponerla a salvo. Sintió un inmenso miedo por Bjorn.

Sus miradas se encontraron, pero ella apartó los ojos rápidamente.

¿Todavía estaba enfadada por lo que había visto?

¿O disgustada por lo que le había ocurrido a Bjorn?

—Huye —le dijo—. Por favor.

—No, no, no —dijo el príncipe—. Quédate.

Ella obedeció, con la cabeza agachada y los hombros hundidos. Una postura de sumisión.

A Thane se le encogió el corazón. Parecía que tenía el pelo de color más claro, porque estaba entremezclado con llamas. Y en sus ojos, que antes eran del color de un cristal ahumado, estaba el color anaranjado del fuego.

Era una fénix.

Y no lo miraba.

¿Acaso pensaba que él iba a rechazarla?

¿Cómo podía pensar eso? Era una visión terrible y bella a la vez. Y seguía siendo su amada, para siempre.

—Te quiero, Elin, con toda mi alma. Pase lo que pase.

A ella se le resbalaron las lágrimas por las mejillas.

—Suéltalo —le pidió al príncipe—. Por favor.

—No creo que lo haga, pero gracias por la sugerencia —respondió Malice, frotándose las manos. Miró a Thane, y le dijo—: Me pregunto si tu amor no se convertirá en odio cuando sepas que tu mujer tiene ahora la misma habilidad que poseía Kendra.

Thane se limitó a pestañear.

«*Kulta*, no me importa. ¿Me oyes?».

Lo único que le importaba era que ella estuviera viva.

Aquella falta de reacción enfureció al príncipe.

Malice se giró hacia Elin, que estaba inmóvil.

—¿Se te ha quemado la ropa, pequeña? ¿Y le has robado la túnica a un muerto, porque no querías que viera la carne que voy a destrozar ahora mismo? Qué ingenua.

Rasgó la tela de la túnica, y dejó desnuda a Elin.

Thane intentó alcanzarla para poder protegerla. Y, por un momento, se sintió transportado al calabozo de los demonios, y vio a Bjorn colgado sobre él, y a Xerxes sufriendo violación tras violación, frente a él.

—No te atrevas a hacerle daño. Hazme daño a mí. Hazme lo que quieras a mí, pero a ella, suéltala.

—¿Hacerte daño a ti? Por lo que tengo entendido, te gustaría.

—Thane —dijo Elin, temblando—. No te preocupes por mí. Voy a estar bien. Y... lo siento. Siento mucho lo que ocurrió antes. Confío en ti, y te quiero. Te quiero mucho.

Él había deseado con toda su alma oír aquellas palabras. En aquel momento, avivaron aún más su instinto protector. «No lo sientas», intentó transmitirle. «Sobrevive».

–Qué conmovedor –dijo el príncipe. Extendió una mano, y una espada apareció en ella–. Tú la quieres. Ella te quiere. Y, ahora, puedes verla morir.

–¡No! –gritó Thane.

Elin se estremeció.

–No te preocupes. Yo...

Malice la apuñaló en el corazón, y a ella se le escapó un gemido de agonía.

Thane rugió, y tiró con tanta fuerza de las cadenas que toda la cama se movió. Elin cayó al suelo y quedó inmóvil.

El hecho de saber que Elin se había transformado completamente en fénix no atemperó su reacción. Verla ensangrentada y sin vida en el suelo lo destrozó. Sintió una furia salvaje, incontrolable. Las llamas surgieron en el cuerpo de Elin y la devoraron en pocos segundos. Fue la regeneración más rápida que él hubiera visto nunca. Y, mientras presenciaba aquello, rompió el cabecero de la cama con la fuerza de sus movimientos. Los grilletes se abrieron y lo dejaron libre.

Se irguió y vio expanderse el fuego. Elin apareció en el centro de las llamas, en un estallido de luz. Thane se sintió aliviado, pero también iracundo al pensar en lo mucho que debía de haber sufrido.

El fuego se apagó y, una vez más, ella cayó al suelo. Tomando aire a bocanadas, se puso a gatas y, después, se apoyó en ambos pies y permaneció agachada.

–¿Listo para la segunda ronda? –le preguntó al príncipe, entre jadeos.

A Thane se le formó un nudo en el estómago. Hizo ademán de agarrarla y ponerla a su espalda, aunque tenía las muñecas y los antebrazos rotos, torcidos en ángulos extraños.

–No, nada de eso –dijo Malice, y le cortó ambas manos.

Elin gritó de furia. Se puso en pie y se lanzó contra el príncipe, pero él la alzó por el aire con la fuerza de la mente, y le atravesó el estómago con la espada.

–Oh, vaya... –le dijo Malice a Thane, mientras ella caía al suelo–. Espero que no llevara a tu hijo en el vientre...

Thane no tuvo tiempo de aullar de rabia, porque, cuando Elin resurgió de entre las llamas, el demonio la decapitó instantáneamente.

En aquella ocasión, ella apareció al instante, agachada y rodeada de humo. Thane apenas podía respirar a causa de la furia y la impotencia.

–Por favor –dijo. Estaba dispuesto a suplicar, a sacrificar su orgullo a cambio del bienestar y la seguridad de Elin.

–Las cosas van a ser así –respondió el príncipe–. Yo te doy una orden, Thane, y tú obedeces. De lo contrario, mataré a tu fémina de una manera nueva y creativa.

–Haré lo que quieras –dijo Thane, y se tambaleó–. Esto es algo entre tú y yo.

–Exacto.

–Ella ya ha sufrido suficiente.

–¿De verdad?

Thane se dio cuenta de que Elin estaba flotando, acercándose más y más al príncipe. Ella lo miró, y le sonrió suavemente. Entonces, Thane hizo ademán de colocarse entre el príncipe y ella, para llevarse los golpes, pero Elin le hizo un gesto negativo, casi imperceptible. Él frunció el ceño.

–Gracias –le dijo Elin a Malice.

El demonio arqueó una ceja.

–¿Por qué, querida? –le preguntó y, con delicadeza, le apartó el pelo de la frente.

–Por preparar tu propia destrucción. Verás, la segunda vez que me mataste, acabaste con el vínculo que nos unía. Después, cada una de las veces que me has matado, me has fortalecido más y más. Ahora soy tan poderosa que puedo controlar las habilidades que, de otro modo, me habrían abrumado.

Entonces, de su espalda surgieron un par de alas. Eran

alas rojas, amarillas y negras; no eran de plumas, sino de llamas. De sus bordes salía un humo espeso.

Antes de que el príncipe pudiera entenderlo, ella giró y le cortó el cuello con las alas.

Elin aterrizó en el suelo y permaneció agachada, esperando, con las alas extendidas a su espalda.

La cabeza de Malice se separó de su cuello y cayó, ensangrentada, pero él la agarró antes de que tocara el suelo, y se la colocó de nuevo.

La piel se regeneró al instante.

—Eso no ha sido nada agradable —dijo.

Thane sintió espanto, pero se obligó a dominarse. Debía concentrarse en su instinto. Todos los demonios, fuera cual fuera su rango, eran susceptibles a algo.

—No —susurró Elin—. Imposible.

—Otra vez, Elin —le dijo Thane.

Ella lo oyó, y reaccionó al instante, antes de que el príncipe golpeara otra vez. Le cortó la cabeza.

—Agua —dijo Thane—. Está en la túnica. Viértela.

Elin sabía lo que quería. Se acercó a la túnica de Bjorn, que el demonio había rasgado, y sacó un frasco de Agua de la Vida.

La cabeza del príncipe había caído, y él la había agarrado. Sin embargo, antes de que pudiera colocársela de nuevo en el cuello, Elin aleteó, se alzó por el aire y le golpeó el pecho con ambos pies. Lo derribó.

La cabeza se le cayó de las manos y rodó por el suelo, alejándose.

El príncipe, aunque no podía verla, la atacó. Sin embargo, no consiguió golpearla, y ella aprovechó el movimiento para verter el Agua de la Vida sobre su cuello cercenado.

El tejido chisporroteó, despidiendo vapor de azufre.

El cuerpo se convulsionó.

La cabeza gritó.

El chisporroteo de la carne se intensificó, y se extendió

por todo el cuerpo. La piel se quemó, y la carne y, finalmente, los huesos. Todo borboteó como el queso en un microondas.

Elin tosió a causa del olor a azufre. Cuando el aire se despejó, no quedaba ni rastro del príncipe.

Había desaparecido.

Thane había leído aquello: sabía que el príncipe acababa de perder su cuello, y que su espíritu había caído al infierno. Allí, quedaría atado para siempre.

Y eso significaba que todo había terminado.

A él le fallaron las rodillas, y cayó al suelo. Se sentía eufórico, aliviado. Y, sin embargo, estaba muriéndose: la espada de Ricker le había atravesado el corazón y un pulmón. Además, se estaba desagrando por las muñecas.

Nunca había odiado más el dolor, porque significaba que iba a separarse de Elin.

—*Kulta* —dijo, entre jadeos.

Las alas de Elin desaparecieron, y ella corrió a su lado.

—Bjorn y Xerxes están vivos. Le di unas gotas de Agua de la Vida a cada uno. Y, después, he gastado el resto con el príncipe. Debería haber reservado algunas para ti. ¿En qué estaba pensando? Lo siento...

—Lo has hecho bien —dijo él, admirando su dulce belleza. El tiempo que había podido pasar junto a ella... Había merecido la pena—. Quédate... con ellos... Ellos te cuidarán...

—¡No digas eso! No vas a morir. Eres inmortal. Te recuperarás.

Si tomaba Agua de la Vida durante los próximos minutos, sí. Tal vez. De lo contrario, moriría, porque las heridas eran demasiado graves, y había perdido demasiada sangre. Sin embargo, no quería decírselo, porque ella empezaría a sentirse culpable otra vez.

Sus amigos entraron en la habitación, junto a Bellorie y el ejército de Zacharel. Todos habían sobrevivido al ataque. Y, gracias al Más Alto, los sirvientes del demonio debían de haber sentido su muerte, porque habían huido. Eran demasiado cobardes como para actuar sin un líder que los protegiera.

Mientras Xerxes tapaba a Elin para que los demás no pudieran verla, Bjorn tomó una túnica del armario y se la metió por la cabeza para cubrir su desnudez.

Zacharel observó la escena y, cuando vio a Thane, su fachada de frialdad estuvo a punto de desmoronarse.

–Estás a punto de morir, amigo mío.

–Díme algo que no sepa.

–¿Alguien tiene un frasco de Agua de la Vida? –gritó Elin–. Si la tenéis, será mejor que me la deis ahora mismo. He matado a un príncipe, y no voy a parar ahí.

Malcolm, que se había negado a entregarle el Agua a Thane, a pesar de todas sus súplicas y sus exigencias, metió la mano al bolsillo de aire sin titubear.

«Mi pequeña tirana», pensó Thane, con una sonrisa.

Entonces, comenzó a toser, y sintió una opresión en el pecho. Comenzó a perder visión, mientras Elin se volvía hacia él. La perdió de vista mientras ella destapaba el frasco. Dejó de oír su voz, y dejó de sentir el consuelo que le proporcionaba su olor a cerezas. Lo perdió... todo.

Elin vertió hasta la última gota de Agua de la Vida en la boca de Thane, pero él se había quedado inconsciente, y no la tragó. La mayor parte se le cayó de la boca.

–Vamos, Thane...

Con desesperación, ella le masajeó la garganta para que el líquido cayera hacia su estómago.

El guerrero de pelo negro y ojos verdes preguntó con tensión:

–¿Alguien más tiene un frasco de Agua? Thane lo necesita ahora.

Todos negaron con la cabeza, con la desesperación reflejada en el semblante.

—Bjorn, Xerxes —dijo ella, decididamente—. Vamos a llevar a Thane a la fuente. Ahora.

—No podemos obligar a la gente a que nos ceda su sitio en la cola —dijo Xerxes—. Es la única norma.

Ella no sabía de qué estaba hablando el guerrero, pero estaba dispuesta a hacer cualquier cosa.

Xerxes tomó a Thane en brazos. La sangre se deslizó por sus alas, manchando todas las plumas blancas de Thane.

—Tienes razón. Tenemos que intentarlo.

Bjorn estrechó a Elin contra su pecho, algo que no podía ser agradable para él. Sin embargo, todos estaban de acuerdo en que había que hacer lo necesario para salvarle la vida a Thane.

Los cuatro volaron hasta una especie de templo. El trayecto duró unos veinte minutos, los más largos de la vida de Elin; Thane no abrió los ojos ni una sola vez. No dijo nada.

Al ver la cola de gente que esperaba para entrar por una puerta de hierro, Elin entendió lo que quería decir Xerxes, y sintió horror. ¿Se suponía que tenían que esperar a que entrara toda aquella muchedumbre?

—Déjanos el siguiente turno —le rogó Xerxes al primer hombre de la fila—. Por favor.

—Ni hablar. He esperado demasiado.

—Entonces, no te va a pasar nada porque esperes unos cuantos minutos más —le espetó Elin, y las llamas comenzaron a brotar de su pelo.

Ella emitió un sonido siseante, y su rostro se cubrió de ampollas. Bjorn la soltó.

Cuando se irguió, el primer hombre de la fila retrocedió para apartarse de ella.

—No podemos hacer uso de la fuerza —le recordó Xerxes—. El método que usemos para entrar nos perseguirá durante el resto de la vida.

Eso no iba a servirle de ayuda a Thane. ¡Elin quería gritar!

Entonces, decidió cambiar de estrategia.

–Thane de los Tres se está muriendo –dijo en voz alta, alzando la barbilla–. Es un buen hombre, un hombre querido. Ayudadnos a salvarlo. Por favor.

No hubo respuesta. Todo el mundo miró a otro lado.

Ella apretó los puños.

–Poneos en mi lugar. Imaginad que vuestro esposo o vuestro amigo, o vuestro padre, está intentando sobrevivir. Imaginad que hay una forma de salvarlo, pero alguien os impide llegar a ella. ¿Cómo os sentiríais? ¿Qué haríais?

No hubo respuesta. Hasta que, después de un instante…

–Déjalos pasar –gritó alguien.

–Sí –dijo otro–. Hay que ayudarle. Es uno de los nuestros.

–No van a ser más que cinco minutos.

–Está bien –dijo el primer hombre de la fila, aunque de mala gana–. Sois los siguientes.

Ella sintió un gran alivio, pero al ver la palidez de Thane, y sus labios morados, volvió a angustiarse. Habían ganado la primera batalla, pero no la guerra.

«Vamos, vamos», pensó, con angustia. Por fin, la verja se abrió, y por ella salió una Enviada muy sonriente. Entonces, Xerxes entró con Thane en brazos, y Bjorn y Elin lo siguieron.

Aquello tenía que funcionar. No podían aceptar el fracaso.

Xerxes no se detuvo en la orilla del Río de la Vida, sino que entró en el agua. Bjorn y Elin también. Sin embargo, en cuanto entró en contacto con el Agua de la Vida, sintió un dolor espantoso, y retrocedió. ¿Qué ocurría?

Bjorn la miró, y comprendió al instante lo que le ocurría.

–Oí lo que te dijo el príncipe. Te infectó con el veneno de Kendra y con su propia oscuridad.

–Sí.

–Y sientes dolor.

—Sí —repitió ella, sin apartar la vista de Thane.

Bjorn ladeó la cabeza, como si estuviera escuchando una voz que ella no oía.

—El Agua es purificadora —dijo él—. El Más Alto acaba de decirme que te has ganado una recompensa por haber vencido al príncipe. Entra al Río y conseguirás limpiarte de la oscuridad del ángel caído y del veneno de Kendra.

«Gracias, gracias, gracias».

—¿Y mi inmortalidad? —preguntó.

Tenía que conservarla, por Thane. Porque él iba a sobrevivir.

De nuevo, Bjorn escuchó atentamente, en silencio.

—Solo perderás el veneno y la oscuridad, no la inmortalidad.

Elin no supo cómo agradecer aquello. Se preparó para el dolor que iba a sentir, se hundió en el agua y tragó una bocanada. El dolor fue instantáneo e intenso, y a ella se le escapó un grito de la garganta. Sin embargo, a los pocos minutos, solo sintió una paz muy dulce.

En cuanto fue capaz, nadó hacia Xerxes y Thane. El Agua de la Vida estaba a una temperatura perfecta y brillaba contra su piel. Ella intentó que Thane tomara varios tragos, pero no lo consiguió. Su pulso era cada vez más débil.

—¡Thane me ayudó! —gritó, con desesperación, dirigiéndose al Más Alto—. Me ayudó a vencer al príncipe. Yo no lo habría conseguido sin él. Recompénsalo, por favor.

No hubo ningún cambio.

—Thane —dijo Elin, con la voz enronquecida—. Por favor. No hagas esto. Me obligaste a quererte. Me diste nuevas ganas de vivir. Ahora... dame un futuro, por favor.

Bjorn y Xerxes se miraron con tristeza.

Ella continuó.

—Esto no es un debate. Te he dicho que te cures, y vas a curarte. ¿Me oyes?

¡Por fin! Por fin, Thane comenzó a toser, y ella empezó a meterle más Agua de la Vida en la boca.

Él tosió de nuevo, y ella sintió un arrebato de alegría.
—¡Está funcionando!
—¿Elin?
—Estoy aquí, cariño. Estoy aquí.

Thane alzó los brazos para enjugarse el agua de los ojos. Sus manos se habían regenerado por completo. Al verse en brazos de Xerxes, frunció el ceño.

—¿Dónde estoy?
—En el Río de la Vida.

Xerxes lo soltó.

—Elin pensó que necesitabas un baño —dijo su amigo, con la voz tomada por la emoción.

—Y tenía razón —añadió Bjorn.

Elin se abrazó a Thane.

—Te quiero. Te quiero muchísimo, y me he purificado del veneno de Kendra. No tienes nada de lo que preocuparte...

—No estaba preocupado. Tú estabas viva, y eso era lo único que me importaba —dijo él, estrechándola entre sus brazos—. Te quiero de cualquier forma.

—Yo también te quiero —dijo ella—. Y siento haber dudado de ti cuando te vi con la otra chica. Yo...

—Era Kendra —respondió él, tomándola por las mejillas—. Era Kendra, que había adoptado tu forma. Sin embargo, yo noté la diferencia, y solo quería hablar con ella cuando tú entraste. Ricker entró y me incapacitó. Después, apareció el príncipe y mató a Ricker y a Kendra, y ellos no pudieron regenerarse.

—Bien. Entonces, el único enemigo que te queda es Ardeo.

—No —dijo él—. Lo que hizo Ardeo fue motivado por su tristeza. Yo sé lo que sentiría si te perdiera a ti, y lo perdono. He terminado con mi guerra. Ya no tengo malas hierbas.

Elin le cubrió la cara de besos. Entonces, con los ojos empañados, se volvió hacia Xerxes y Bjorn.

—¡No os quedéis ahí pasmados! ¡Es hora de que nos abracemos todos, chicos!

Y, para su deleite, ellos obedecieron.

«Son mi familia. Ahora, y siempre».

Aquellos hombres eran un regalo. Thane le había dicho que ella era como una luz en medio de la oscuridad, pero no era cierto. Aquellos hombres no eran oscuros. Bueno, un poco. Pero... por una vez, ella adoró la oscuridad. Además, estaban curándose. Con un poco de ayuda por su parte, todos se librarían por completo de sus malas hierbas.

Lo primero era ayudar a Bjorn a que se divorciara.

Lo segundo, encontrar a una candidata para que Xerxes tuviera una buena cita.

—¿En qué estás pensando, *kulta*? –le preguntó Thane.

—En que te quiero –respondió ella–, y en que voy a ayudarte a hacer felices a tus chicos.

Bjorn y Xerxes soltaron un resoplido.

—Eh, Xerxes –le dijo ella–. ¿Nunca te he hablado de una chica que he conocido en uno de mis partidos de esquive de rocas? Es...

—No, ni hablar –respondió él, agitando la cabeza–. No vas a hacer de celestina.

—Ya tiene una novia –dijo Bjorn, moviendo las cejas–. Se llama Cario, y es...

—No es mi novia –dijo Xerxes.

Elin dio unas palmaditas.

—Oh, estoy muy intrigada. Cuéntame más cosas.

Xerxes se llevó a Bjorn aparte, discutiendo con él.

—Voy a averiguarlo todo, y la voy a llamar –les gritó ella–. Tal vez podamos tener una cita doble.

Thane sonrió lentamente, con dulzura.

—Una cita doble sería algo muy entretenido, seguro.

—¿Por qué?

—Porque a Xerxes le gustaría matar a Cario.

—Ah. Bueno, no todas las relaciones pueden ser tan saludables como la nuestra.

–Es verdad. Tendremos que dar ejemplo a los demás durante el resto de la eternidad.

Ella le acarició la nariz con la suya.

–Hay un pequeño problema señor De los Tres. No sé si eso va a ser tiempo suficiente.

Epílogo

—¡Chupaos esa! —gritó Elin.

Se acercaba corriendo desde uno de los límites del campo de juego, y acababa de eliminar a una de las jugadoras del equipo rival, The Erections. La gente vitoreaba a las Multiple Scorgasms.

Tal vez, porque habían llegado a la final. Y, tal vez, porque, en aquel partido, todas sus jugadoras seguían en el campo. No habían sufrido ni una sola eliminación.

Porque eran feroces y decididas.

Aquello era por Chanel.

Thane, Bjorn y Xerxes estaban viendo el partido desde las gradas, animando como todo el mundo. Bueno, salvo los seguidores de The Erections. Aquellos las estaban abucheando.

No debían de haberse enterado de lo que les habían hecho Thane, Bjorn y Xerxes a los últimos que las habían abucheado. En resumen, habían vuelto a sacar las estacas al patio. Por poco tiempo, eso sí; no querían enfadar a Zacharel, su líder. Pero el tiempo suficiente como para dejar las cosas bien claras.

«Es imposible no querer a mi hombre».

Las integrantes de The Erections eran Kaia, sus hermanas Bianka y Gwen, y Anya. Eran muy rápidas y fuertes, pero no lo suficiente.

Tal vez porque estaban un poco distraídas. Aunque un par de Enviados estaban ayudando a buscar, dos de sus amigos seguían desaparecidos: Torin y Cameo.

«Quizá yo pueda hacer algo. Ahora soy increíble».

Cuando Bellorie lanzó un pedrusco con todas sus fuerzas, la única jugadora del equipo contrario que no había sido eliminada, Kaia, la agarró y eliminó a Bellorie, y pudo recuperar a otra de las jugadoras de The Erections. Entonces, ascendió por el aire como una flecha, valiéndose de sus pequeñas alas para flotar mientras seleccionaba su objetivo: Elin, por supuesto.

Y ella no tenía roca en aquel momento.

Kaia soltó la que llevaba en los brazos. Por el ángulo de caída, era difícil de agarrar... salvo que ella se tirara de cabeza, con el riesgo de sufrir una herida grave. Sin embargo, si no lo hacía, la eliminarían, y su equipo perdería.

«Bah. Ya me curaré después».

Elin se tiró de cabeza.

Todo el público se quedó en silencio, a la expectativa. El pedrusco le golpeó la cara, y se le llenó la boca de sangre. Sin embargo, se puso en pie con una sonrisa y le arrojó el pedrusco a Anya, golpeándole el tobillo.

–¡Fuera! –gritó Elin, con alegría, y les sacó la lengua a ambas mujeres–. ¡Eliminadas!

Y eso significaba... ¡que las Scorgasms habían ganado!

Las chicas se le echaron encima.

–¡Viva Bonka Donk!

–¡Somos las campeonas, y todas las demás son unas perdedoras!

–¡Somos imparables!

–¡Invencibles!

–Y un poco horribles –dijo Bellorie, que dejó de saltar al fijarse bien en Elin–. Siento decírtelo, pero un alien se ha hecho cargo de tu cara.

–Thane me la curará a besos –dijo Elin.

Se zafó de sus amigas y corrió hacia las gradas.

Él ya había bajado al campo, y la tomó en brazos a medio camino.

—Estoy muy orgulloso de ti, *kulta*.

—¿Aunque haya tenido que darles una buena tunda a tus amigas la semana pasada para poder estar aquí?

—Sobre todo, por eso —dijo él y, con ternura, le tomó la cara entre las manos—. Vamos a buscar un poco de Agua de la Vida.

—No.

Habían llenado varios frascos mientras nadaban en el Río de la Vida, pero Bjorn necesitaba hasta la última gota. Últimamente, la reina lo llamaba con mucha frecuencia.

Seguían buscando la manera de liberarlo de aquel vínculo pero, hasta la fecha, no habían encontrado ninguna.

—Puede que tarde algunos días más —dijo Elin—, pero me curaré sola.

Aquella era una de las ventajas de ser inmortal.

Todavía estaban investigando sobre todas las cosas que podía hacer. Averiguando cuáles eran sus puntos fuertes, y sus puntos débiles. Pero Thane se tomaba las cosas con calma, y la ayudaba a dar todos los pasos del camino.

Él le sonrió.

—Hay un problema con ese plan tuyo —le dijo—. Necesito tu boca para otras cosas. Por ejemplo, para tu próximo castigo oral.

—Nada podrá impedírmelo —respondió ella, a modo de promesa—. Nada.

ÚLTIMOS TÍTULOS PUBLICADOS EN HQN

No reclames al amor de Carla Crespo

Secretos prohibidos de Kasey Michaels

Noche de luciérnagas de Sherryl Woods

Viaje al pasado de Megan Hart

Placeres robados de Brenda Novak

El escándalo perfecto de Delilah Marvelle

Dos almas gemelas de Susan Mallery

Ángel sin alas de Gena Showalter

El señor del castillo de Margaret Moore

Siete razones para no enamorarse de J. de la Rosa

Cuando florecen las azaleas de Sherryl Woods

Hombres de honor de Suzanne Brockmann

Dulces palabras de amor de Susan Mallery

Juego de engaños de Nicola Cornick

Cuando llegue el verano de Brenda Novak

Inmisericorde de Arlette Geneve

Made in the USA
Monee, IL
03 May 2026